그림자 덫

그림자 덫

초판 발행 1986년 9월 20일
중판 발행 2023년 8월 5일

지은이 | 로버트 러들럼
옮긴이 | 이상영
펴낸이 | 홍철부

펴낸곳 | 문지사
등록번호 | 제25100-2002-000038호
주소 | 서울특별시 은평구 갈현로 312
전화 | 02) 386-8451/2
팩스 | 02) 386-8453

ISBN 978-89-8308-5591-7 (03840)

값 16,800원

Nimrod

그림자 덫

로버트 러들럼 지음
이상영 옮김

코이오테와 백인

Nimrod

니믈롯은 헤브라이 사람의 이름이다.
구약성서에 나오는 인물로
노아의 후손이고 바빌론과 니네베의 왕이었다.
용감한 사냥꾼이었다는 이야기와
아시리아와 메소포타미아에 큰 도시를 건설했다는
중요한 역사적 사실이 기록되어 있다.
지금은 마피아의 보이지 않는
거대한 조직의 그림자와 같은 실체다.

1

로링은 사법부 건물의 옆문을 빠져나와 택시를 찾았다. 오후 5시 반이 다 된 데다가, 봄철의 금요일이었으므로 워싱턴 시내의 교통 체증은 이루 말할 수가 없을 정도로 번잡했다.

로링은 택시를 잡기 위해 길가에 서서 별 기대도 없이 왼손을 들었다. 그가 막 택시 타기를 포기하려는데, 30피트(9.14미터) 거리쯤에서 방향을 튼 택시가 그의 앞에 섰다.

"동쪽으로 가십니까? 이 손님께서 합승해도 괜찮답니다."

로링은 이런 일이 있을 때마다 언제나 당황했다. 그는 무의식적으로 오른팔을 움츠리며 소매로 손을 가렸다. 서류 가방의 손잡이에 연결된 그의 손목에 맨 가느다란 검은 색 체인을 감추기 위해서였다.

"고맙지만, 난 다음 모퉁이에서 남쪽으로 더 가야 합니다."

그는 그 택시가 차량의 흐름으로 들어가기를 잠시 기다렸다가 희망도 없이 다시 빈 택시를 찾아 두리번거렸다.

보통 그런 상황이 되면 그의 정신은 경계했고, 감정은 경쟁심이

들었다. 그래서 보통은 눈을 들어 양방향을 살피면서 승객을 내려 주려는 택시를 찾으며, 동시에 길모퉁이에서 빈 차가 돌아오면 즉시 달려갈 준비를 하는 것이다.

하지만 오늘, 랠프 로링은 달려갈 기분이 아니었다. 오늘은 끔찍한 현실만 생각하느라 마음의 여유가 없었다. 그는 방금 한 남자에게 사형을 언도하는 것을 목격하고 법정을 나왔다.

그를 만나본 적은 없지만, 잘 알고 있는 남자로 400마일(640킬로미터)이나 떨어진 작은 마을 뉴잉글랜드에 살면서 열심히 일하며, 사법부가 자기에 대해 가진 관심은 물론, 로링의 존재에 대해서는 눈곱만큼도 알지 못하고 있는 서른세 살의 남자였다.

로링의 마음속에는 계속 넓은 회의실이 떠올랐다. 그곳의 커다란 직사각형 테이블에 둘러앉았던 사람들이 그에게 사형을 언도한 것이다.

그 자신은 완강하게 반대했었다. 만나본 적도 없는 남자, 너무나 정확하게 조종되어 그러한 위치에까지 이르게 된 남자를 위해 그가 할 수 있는 최소한의 일은 그것뿐이었다.

"잊으셨나 본데, 로링 씨. 어떠한 전투 상황에서든 기본적인 위험은 따르게 마련입니다. 1퍼센트의 불의의 사태는 예상해야 하는 것입니다."

전에 해군에서 법무국장을 역임한 적이 있는 법무 장관보가 힘주어 말했다.

"이건 상황이 다릅니다. 이 사람은 훈련받은 사람이 아닙니다. 그는 적이 누구인지, 또 어디 있는지도 모르고 있습니다. 어떻게 알겠습니까? 우리도 모르고 있는데 말입니다."

그러자 또 한 명의 법무 장관보가 말했다. 로링의 생각으로는, 이 사람은 어느 법률사무소 직원으로 위원회 회의를 꽤 좋아하여 이런 회의가 없으면 삶의 결정을 내릴 능력조차 없는 것 같았다.

"중요한 건, 우리가 지명한 이 사람은 유동성이 있다는 것입니다. 그 사람의 심리상태에 대한 항목을 보십시오. '결함은 있지만, 극도로 유동적임'이라고 되어있지 않습니까? 그는 적임잡니다."

"결함은 있지만 유동적이라니요? 도대체 그게 무슨 뜻입니까? 난 이 분야에서 15년을 일해 왔습니다. 심리상태는 피상적이고 잘못되기 쉬운 판단입니다. 사람을 완전히 알지도 못한 채로 침투 작전에 투입한다는 것은 내가 미 항공우주국의 방위를 책임지는 것이나 마찬가지입니다."

위원회 회장이 로링의 말에 대답했다.

"로링 씨의 생각은 이해합니다. 보통의 경우라면 나도 그 말에 동의했을 것입니다. 하지만 이번 일은 상황이 좀 다릅니다. 우리에게 주어진 시간은 3주일밖에 없습니다. 이런 시간적인 문제 때문에 평상시의 주의를 다하지 못하는 것입니다."

"우린 그 위험을 감수해야만 합니다."

전직 법무국장이 말했다.

"그렇다고 당신이 감수하는 것은 아니잖습니까?"

로링이 대답했다.

"그럼 로링 씨는 이 일에서 빠지고 싶다는 말씀입니까?"

회장은 진지하게 말했다.

"아닙니다. 하겠습니다. 할 수 없이 하는 겁니다. 이 말은 꼭 기록해주십시오."

법률사무소 사람이 몸을 앞으로 내밀면서 말했다.

"회의를 끝내기 전에 한 가지 드릴 말씀이 있습니다. 이것은 가장 중요한 일입니다. 우린 우리가 지목한 사람에게 동기가 있다는 사실에 대해서는 합의했습니다. 그의 신상을 보면 그 사실은 분명합니다. 아울러 분명히 해야 할 것은 이 사람이 우리 위원회에 줄 도움은 자유의사에 따라서 이루어져야 한다는 것입니다. 이것은 강제적인 일이 아닙니다. 우리가 책임질 수는 없습니다. 가능하다면, 기록상에서 그 사람이 우리에게로 왔다는 사실이 암시되도록 했으면 좋겠습니다."

랠프 로링은 더 이상 참지 못하고 그 사람에게서 몸을 돌렸다. 교통은 조금 전보다도 더 복잡해졌다. 로링이 아파트까지 20여 블록을 걸어가야겠다고 마음을 정하는 순간 흰색 볼보가 그의 앞에 와서 섰다.

"어서 타게. 손을 그렇게 쳐들고 있으니 꼭 바보 같군."

"아, 자네로군. 정말 고맙네."

로링은 문을 열고 앞좌석으로 들어가 앉으며 가방을 무릎에 올려놓았다. 손목의 검은 체인을 가릴 필요가 없었다. 크랜스톤도 그와 같은 정보원으로 해외 루트 담당이었다. 그는 지금 로링이 맡은 임무의 배경 조사를 거의 다 해주었다.

"회의가 길었군. 뭐 좀 결론이 났나?"

"파란불이야."

"그럴 때도 되었지."

"명예 법무 장관 보좌관들과 백악관에서 온 걱정스런 전문가 덕분이었네."

"잘 됐군. 지오(GO) 부서에서 오늘 지중해로부터 보고받았다더군. 우리가 알고 있는 공급 루트에 일대 변화가 일어났다나. 터키의 앙카라와 코니야, 이집트의 시디 바라니와 라시드, 심지어 알제리에서도 조직적으로 생산을 줄이고 있어. 일이 어려워지겠어."

"뭘 원하는 거야? 난 그들을 완전히 쓸어내려는 것이 목적인 줄 알았는데? 정말 너희 쪽 사람들은 만족할 줄을 모르는군."

"자네도 그렇게 될걸. 우린 알고 있는 루트를 조정할 뿐이야. 우리가 알고 있는 게 뭐가 있어? 포르투갈의 벨크루즈, 파라과이의 필코마요, 브라질의 구아나, 몇 군데밖에 더 돼? 이건 야구 경기와 같은 거라네, 랠프."

"라틴아메리카 전문가들을 오라고 하면 되잖아. CIA에 그런 사람들 득실거리잖나."

"안 돼. 우린 첩보용 지도를 달라는 말도 못 하는걸."

"놀부 심보로군."

"첩보 일이 다 그렇지 뭐. 우린 깨끗하게 놀아. 철두철미하게."

"인터폴 법령에 따라 움직이는 거지. 말썽이 일어날 일은 절대로 안 하지. 자네도 그런 것쯤은 알고 있는 줄 알았는데?"

"알지. 그래도 놀부는 놀부야."

로링은 피곤한 듯 말했다.

"자넨 미국, 뉴잉글랜드 걱정이나 해. 열대초원이나 그런 곳은 우리가 알아서 할 테니까."

"미국 뉴잉글랜드는 망할 놈의 미립자야. 그게 무서운 점이지. 녹슨 담장과 양키 정신과 담쟁이로 뒤덮인 벽돌담 같은 시적인 모습은 다 어떻게 된 거야?"

"새로운 시가 탄생한 거야. 익숙해져야지."

"자네의 동정심은 기특하기도 하군. 고마워해야 하나?"

"기분이 울적한가 보군."

"시간이 너무 없어."

"뭐, 언젠 있었나?"

크랜스톤은 덜 복잡한 차선으로 차를 몰았지만, 결국은 네브래스카 도로와 18번가에서 다시 막히고 말았다. 그는 한숨을 쉬면서 기어를 중간에 놓고 어깨를 으쓱했다. 그는 로링을 보았다. 로링은 멍하니 차창 밖을 바라보고 있었다.

"최소한 사건에 파란불은 켜졌잖아. 그게 중요한 거지, 뭐."

"그래. 그런데 사람을 잘못 고른 거야."

"오호라…… 알겠어. 그게 그 사람에 관한 것인가?"

크랜스톤은 로링의 가방을 턱으로 가리키면서 말했다.

"그래, 태어난 날부터 다 들어있지."

"이름이 뭔데?"

"매틀록. 제임스 B 매틀록. B는 바버의 약자야. 아주 오래된 가문이지. 매틀록…… 학사, 석사, 박사. 영국 문학과 사회정치적 영향에 관해선 최고 권위자지, 어때?"

"맙소사! 그런 사람이 어떻게? 그런 사람이…… 어디서부터 질문을 시작하지? 퇴직 교수들…… 티 파티?"

"아니. 그 점은 괜찮아. 아직 젊으니까. 그가 가진 재주는 '결함은 있지만, 극도로 유동적'이라는 점이야. 아주 근사한 말 같지 않은가?"

"기가 막히게 멋있군. 그게 무슨 뜻인데?"

"그건 별로 잘나지 못한 사람을 표현하는 말이야. 아마 군대 기록이나 이혼 경력 때문이겠지만, 내 생각은 군대 기록 때문인 것 같아. 아무리 핸디캡이 있어도 사람들이 아주 좋아할 타입이지."

"난 벌써 좋아지기 시작하는군."

"나도 그게 문제라네."

두 사람 사이에 침묵이 흘렀다. 크랜스톤도 이 바닥에서 꽤 일을 해보았기 때문에 프로가 혼자 생각하고, 자기 나름대로 결론을 내리거나 합리적인 판단을 해야 할 때가 있다는 것 정도는 아는 것이다. 실은 그것이 어려운 점이었다.

지금 랠프 로링은 자신의 서류 가방에 들어있는, 인생의 모든 자료가 담겨있는 그 남자에 대해 생각했다.

제임스 바버 매틀록이 그의 본명이었다. 하지만 그 이름 뒤에 있는 사람은 분명히 이해하지 못했다. 그것이 로링의 마음을 괴롭혔다. 사실 젊은 매틀록의 인생은 격렬한 모순으로 이루어져 있는 것이었다.

그는 나이가 지긋한 엄청난 부호의 아들 중 유일하게 살아있는 후손이다. 그는 현재 뉴욕 스카스데일에서 살고 있으며, 당연히 동부지역에서 교육받았다.

엔도버와 아메스트를 졸업하고, 맨해튼에서 은행이나 유통업계, 아니면 광고업 등을 할 것으로 기대를 모았다. 고등학교, 아니 대학교 학부 때까지만 해도 그가 이러한 패턴에서 벗어날 기미는 전혀 없었다. 실제로 그리니치 출신의 사회적 지위가 높은 고귀한 신분의 여자와 결혼한 것까지도 그 패턴에는 꼭 들어맞았다.

그런데 그 후에 제임스 바버 매틀록에게 문제가 생겼는데, 그것이 무엇인지 로링은 이해할 수가 없었다. 처음 문제는 군대였다.

그때는 60년대 초였다. 매틀록은 6개월간의 연장근무에 동의하면 아무 문제 없이 아버지의 연줄을 이용해 워싱턴이나 뉴욕의 고급장교로 책상에 앉아 편안히 복무할 수 있었을 것이다. 그러나 그의 군 복무 시의 기록은 부랑아 같았다. 잇단 위반행위와 불복종으로 그는 제일 나쁜 자리인 베트남으로 배속된 것이었다. 메콩 델타에서는 두 차례에 걸친 군사재판까지 받기도 했다.

하지만 이러한 그의 행동과 미흡한 적응력 뒤에 이념적인 동기 따위는 없는 것 같았다.

민간인 생활로 돌아온 후에도 그의 삶은 계속 어려움의 연속이었다. 처음에는 부모, 그리고 그다음에는 아내와. 학과성적이 괜찮기는 했지만, 남달리 우수하다고는 할 수 없었는데도 제임스 바버 매틀록은 어찌 된 일인지 컬럼비아 대학원에 입학하고 모닝사이드 하이츠에 작은 아파트를 얻었다.

아내는 3년 반을 같이 살다가 조심스럽게 이혼을 신청하고는 미련 없이 매틀록의 삶에서 빠져버렸다.

그 후의 몇 해 동안은 단조로운 지성의 생활이었다. 부랑아 매틀록이 학자 매틀록으로 탈바꿈하는 과정으로 들어간 것이다.

그는 꼬박 1년 공부해서 14개월 만에 석사학위를 받고, 그로부터 2년 뒤에는 박사학위까지 받았다. 그 후 그는 부모와 화해하고, 코네티컷에 있는 칼라일대학 영문과 교수 자리를 얻었다.

그러는 동안 매틀록은 서너 권의 책과 논문을 발표했으며, 학계에서도 상당한 명성을 얻었다. 그는 인기도 좋았으며 경제적으로 적당히 풍족하고, 난폭하던 시절에 보이던 적대적인 성질마저도 전부 없어진 것 같았다. 물론 그가 만족 못할 이유는 없었다.

그리하여 제임스 바버 매틀록 2세의 앞날은 창창했고, 어느 면에서도 부족한 것이 없었다. 여자까지 포함해서. 그는 현재 패트리샤 발렌타인이라는 대학원생과 몰래 만나고 있었다.

그들은 따로 살기는 했지만, 자료에 의하면 연인 사이였다. 하지만 결혼할 예정은 없는 것 같았다. 여자는 고고학과에서 박사과정을 밟고 있고, 십여 군데의 연구기금이 기다리고 있었다. 멀리 떨어진 나라와 낯선 사람들에게로 인도해줄 연구기금까지 보장되어 있으며, 현재의 자료에 의하면 패트리샤 발렌타인은 그와 결혼할 마음이 없는 것으로 보였다.

하지만 매틀록은 어떤가? 그의 자료는 무엇을 말하는가? 그 자료는 그를 선택한 것이 그녀가 잘한 일임을 말해주는가?

그렇지 않았다. 그럴 수가 없었다. 현 상황이 요구하는 일은 오직 훈련된 프로만이 해낼 수 있는 수준으로 아마추어가 하기에는 사안이 너무 심각하고 함정이 많았다.

그런데 만약 매틀록이라는 사람이 실수해서 함정에 빠지게 되면, 어떤 프로보다도 더 빨리 일을 완수하게 될 수도 있다는 점이 아이러니다. 또 그가 목숨을 잃는다면 어떻게 될 것인가.

"그 사람이 일을 수락하리라는 것을 어떻게 알지?"

크랜스톤이 로링의 아파트가 가까워지자 호기심이 발동해서 물었다.

"응? 미안해. 지금 뭐라고 했나?"

"그 사람이 받아들일 수밖에 없는 동기가 뭐냐고."

"동생 때문이지. 사실은 동생의 나이가 그보다 열 살이나 아래지만, 그들 부모는 나이가 꽤 많은 편이야. 아주 부자고. 그래서 매틀록은 자기책임이라고 생각하고 있어."

"뭐가?"

"동생 말이야. 3년 전에 헤로인 과다복용으로 죽었거든."

ꕥ

랠프 로링은 잘 다듬어진 잔디밭 뒤쪽으로 이어진 넓은 저택들을 지나 가로수가 우거진 비교적 넓은 길 아래쪽으로 렌터카를 천천히 몰았다. 학생들이 애용하는 클럽회관이 있기는 했지만, 지금은 10년 전보다 그 수가 훨씬 줄었다. 70년대와 80년대 초의 사회적 배타주의는 너무나 빨리 변해가고 있었다. 몇몇 건물들은 이제 다른 간판을 달고 있었다.

'하우스', '어퀘리어스', '아프로커먼즈', '와윅', '루뭄바 홀' 등.

코네티컷의 칼라일대학은 뉴잉글랜드 전역에 흩어진 여러 명문대학 캠퍼스 중 하나였다. 고명한 총장 에드리언 실폰트 박사의 지도하에 대학 행정은 이제 20세기 후반에 걸맞도록 대학을 재건하고 있었다.

그러나 그에 대한 반대도 있었고, 수염을 기르는 학생들이 생겨났으며, 조용한 학생부와 클럽 티셔츠, 동창회가 후원하는 요트경기, 아프리카 연구부도 생겨났다. 하드록과 교직원과의 티 파티도 그에 박자를 맞추기 위한 진행 방법을 모색 중이었다.

로링은 봄날의 맑은 햇빛에 빛나는 고요한 캠퍼스를 바라보면서, 이런 곳에 문제가 있다는 것은 믿을 수 없는 일이라고 생각했다. 분명, 외견상으로는 적어도 그를 이곳으로 오게 만든 문제 같은 것은 없을 것 같았다. 하지만 문제가 있었다.

이 칼라일대학의 뇌관이 터지는 날에는 상상할 수도 없는 많은 희생자가 발생할 것이다. 그것은 불가피한 일이다. 또 그 전에 어떤 일이 일어날지 예측할 수 없었다. 최상의 가능성으로 유도하는 열쇠는 젊은 매틀록 박사가 쥐고 있었다.

로링은 각각 별도의 입구로 들어가게 되어있는 4개 동으로 된 2층짜리 교직원 사택을 지나갔다. 그곳은 다른 교직원 사택보다 더 나은 곳으로, 유능한 젊은 교수 가족들이 자기 집을 장만할 때까지 살았는데, 매틀록이 사는 집은 1층 서쪽이었다.

로링은 한 블록을 돌아 매틀록의 집 문에서 대각선 지점에 차를 세웠다. 오래 있을 수는 없었다. 그는 앉은 채로 자세를 바꾸어 가면서 지나가는 차들과 일요일 아침 산책하는 사람들을 살펴보았다. 그러나 그를 눈여겨보는 사람은 없었다.

매틀록의 기록파일에 의하면, 이 젊은 교수는 일요일 아침에는 정오까지 신문을 보고, 그다음에는 패트리샤 발렌타인이 사는 칼라일 북쪽의 대학원생 아파트로 간다.

그것은 물론 그녀가 전날 밤을 그와 함께 자지 않았을 때 그렇다는 뜻이다. 같이 잔 경우 두 사람은 시외로 가서 점심을 먹고 매틀록의 아파트로 오거나, 아니면 남쪽의 하트퍼드나 뉴헤이븐으로 간다.

어떤 때는 발렌타인과 매틀록이 부부로 가장하고 주말여행을 가는 적도 많았다. 하지만 이번 주말은 그렇지 않았다. 미행자들이 그 사실을 확인해주었다.

로링은 시계를 보았다. 12시 40분이었다. 하지만 매틀록은 아직 아파트에 있었다. 지금 그에게는 시간이 없다. 몇 분 후면 로링은 크레센트 가로 가야 했다. 217번지로. 그곳에서 그는 다른 차로 바꾸어 타기로 약속되어 있기 때문이다.

이렇게 그가 직접 매틀록을 감시해야 할 필요는 없다. 어쨌거나 그는 파일을 속속들이 읽고, 수십 장의 사진을 보고, 칼라일대학 총장 실폰트 박사와 이야기를 나누기도 했으니까.

모든 첩보부원은 각자 나름의 활동 방식을 가지고 있는데, 그는 대상 인물을 만나기 전 몇 시간 동안 직접 관찰하는 것을 관례처럼 해오고 있었다. 사법부의 동료들은 그렇게 하는 것이 자신이 힘을 가졌다는 기분을 느끼고 싶어 하기 때문이라고 했다. 물론 그도 자신감을 뽐내고 싶은 것뿐이었다.

그때 매틀록의 아파트 문이 열리고 키가 훤칠한 남자가 햇빛 속으로 걸어 나왔다. 그는 카키색 바지에 황갈색 터틀넥 스웨터를 입고 랜드로버를 신고 있었다.

로링은 그가 뚜렷한 이목구비에 머리카락이 긴 편인 금발의 미남이라고 느꼈다. 그는 문이 잠겼는지 확인하고, 선글라스를 끼고는 옆길로 돌아갔다. 아마 주차장으로 가는 것 같았다. 몇 분 후 매틀록은 트라이엄프 스포츠카를 타고 길로 나왔다.

로링은 매틀록이 최상의 삶을 살고 있다고 생각했다. 충분한 수입에 책임도 없고, 자기가 좋아하는 일을 하면서, 게다가 매력적인 여자와 편리한 관계까지 누리고 있으니…….

로링은 매틀록의 삶이 3주일 후에도 지금까지와 같을까 생각했다. 왜냐하면 매틀록의 세계는 이제 깊은 심연으로 빠져들도록 예정되어 있으니 말이다.

2

매틀록은 트라이엄프의 액셀을 끝까지 밟았다. 속도계가 시속 62마일(99.2㎞)까지 올라가자, 차는 몹시 요동했다. 시간이 급해서가 아니었다.

팻(패트리샤의 애칭 : 역자) 발렌타인이 어디로 가지는 않을 테니까. 하지만 화가 났다. 아니, 그냥 마음이 상했다. 집에서 걸려 온 전화를 받은 후에는 늘 그렇게 속이 상했다. 시간이 흘러도 그것만은 변하지 않았다. 돈도 마찬가지였다. 그가 아버지 생각대로 괜찮은 액수의 돈을 벌어도.

그를 속상하게 만든 것은 그 참을 수 없는 우월감 때문이었다. 그의 어머니와 아버지는 나이가 들수록 더했다. 그들은 상황에 적응하지 못하고, 그냥 곱씹기만 했다. 그들은 그에게 봄방학 때 스카스데일로 와서 함께 도시 나들이를 가자고 조르는 것이었다. 은행으로, 변호사에게로, 불가피한 때를 대비해서 말이다.

"……, 네가 알아두어야 할 게 많단다. 아직 다 배우질 못했잖니……."

그의 아버지는 늘 이런 투로 말했다.

"우리한테는 이제 너밖에 없잖니, 얘야."

그의 어머니는 고통을 역력히 드러내면서 강요하다시피 이렇게 말했다.

매틀록은 그들이 이 세상을 하직할 날을 순교자처럼 예상하고 즐기고 있다는 사실을 알고 있었다. 어머니는 몰라도 최소한 그의 아버지는 이제 다 살았다는 것이다. 하지만 그의 부모는 야생마처럼 건강했다. 자신들이 아들보다 수십 년은 더 살 것이라고 믿는 것처럼 생활했다.

사실 그들은 매틀록이 원하는 것보다 훨씬 더 그와 같이 오래 세상에 남아있기를 원했다.

작은아들 데이빗이 케이프에서 죽은 후부터 지난 3년 동안 늘 그런 식이었다. 매틀록은 어쩌면 자신이 이토록 마음을 상해하는 것은 동생에 대한 죄책감 때문인지도 모른다고 생각했다. 그는 한 번도 데이빗에 대해서 마음 편하게 생각한 날이 없었다. 앞으로도 그런 날은 없을 것이다.

그래서 그는 봄방학 때 스카스데일에 가고 싶은 마음이 전혀 없었다. 그는 추억 따위는 원하지 않았다. 이제 그에게는 그 끔찍했던 시절, 죽음과 사랑의 결핍과 우유부단하던 시절을 잊도록 도와주는 사람이 생겼기 때문이다. 그는 팻을 세인트 토마스로 데려가겠다고 약속한 것이다.

ꕥ

시골 선술집의 이름은 '체이셔 캣'이었다. 이름에서도 알 수 있듯이 영국 냄새가 났다. 음식은 먹을 만했고, 술은 양이 후했다. 이 두 가지 때문에 이곳은 코네티컷 교외에서도 비교적 인기가 있었다. 그들은 브론디 메리 두 잔을 마시기로 하고, 로스트비프와 요크셔푸딩을 함께 주문했다.

널찍한 식당 안에는 십여 쌍의 남녀와 여러 가족이 적당히 자리 잡고 있었고, 구석에서 한 남자가 지하철 통근자들처럼 「뉴욕타임스」를 세로로 접어서 읽고 있었다.

"저 사람은 지금 아들한테 한바탕 잔소리를 늘어놓으려고 기다리는 화난 아버지일 거야. 난 저런 타입을 잘 알지. 매일 아침 스카스데일 전철을 타고 다니는 사람임이 분명해."

"화난 사람 같지는 않은데요?"

"저런 사람들은 긴장을 숨기기 마련이야. 그런 사실은 약사들만 알지. 진정제를 먹으니까."

"하지만 그래도 뭔가 티가 나기 마련인데, 저 사람은 그런 게 없어요. 아주 만족해하며 사는 사람 같아요."

"스카스데일을 몰라서 하는 말이야. 자기만족은 이곳 사람들의 등록 상표라고. 그게 없으면 집도 못 사는 신세지."

"그 말을 들으니까 생각나는데, 어떻게 하실 거예요? 정말이지

내 생각에는 우리가 세인트 토마스에 가는 것을 취소해야 할 것 같아요."

"아니, 지난겨울 내내 우린 쉬지도 못했잖아. 이젠 햇볕을 좀 쬐어야 해. 어쨌든 아버지 말은 말도 안 돼. 난 매틀록 가문 식의 조종법에 대해서는 알고 싶은 게 하나도 없으니까. 설령 아버지가 돌아가시더라도 다른 사람들이 일을 맡아서 하면 돼."

"그건 그냥 핑계라는 걸 알잖아요. 그분들은 당신과 같이 있고 싶으신 거라고요. 그런 방식이 난 아주 감동적이에요."

"감동적인 게 아니라, 아버지가 나를 매수하려는 뻔한 수작이라고……. 저기 좀 봐. 아까 그 통근자가 드디어 포기했군."

신문을 보고 있던 남자는 마시던 술을 다 마시고는 웨이트리스에게 식사는 주문하지 않을 것이라고 말하고 있었다.

"십중팔구 저 사람은 아들의 머리와 가죽 재킷, 그리고 맨발까지 머릿속에 그려보고는 속이 터질 지경이 된 거야."

"당신은 저 가엾은 사람한테, 그런 일이 생기기를 바라는 것 같군요."

"아니야, 그렇지 않아. 내가 얼마나 동정심이 많은 사람인데 그래? 난 반란에 대해 깊은 감정을 갖는 것은 참을 수 없어."

"매틀록 사병, 당신 참 우스운 사람이에요."

팻은 은근히 매틀록의 명예롭지 못한 군대 경력을 비꼬아 꼬집으며 말했다.

"점심을 다 먹은 다음에는 하트포드로 가요. 거기서 좋은 영화를 상영하고 있거든요."

"아 참, 미안해. 잊어버리고 말을 안 했군. 오늘은 안 되겠어……. 실폰트가 아침에 전화했어. 저녁에 회의가 있다고. 중요한 일이라더군."

"무슨 일인데요?"

"나도 몰라. 뭐 아프리카 연구가 잘 안되는가 보지. 내가 하워드에게 소개해주었던 톰이 예쁘다는 거야. 루이 14세하고 너무 닮은 것 같다나."

그녀는 웃었다.

"당신 정말 못 말리는 사람이에요."

매틀록은 그녀의 손을 잡았다.

❧

에드리언 실폰트의 저택은 대학 총장의 품위에 더할 수 없이 꼭 알맞았다. 그것은 식민지 시대 양식의 집으로 넓은 대리석 계단이 조각된 두꺼운 이중문으로 이어지고, 건물 앞면으론 이오니아식 대리석 기둥이 간격을 두고 서 있었다. 해가 지기 시작했기 때문에 정원 잔디밭의 조명이 밝게 켜져 있었다.

매틀록은 계단을 올라가 초인종을 눌렀다. 곧 가정부가 나와 그를 실폰트의 넓은 거실로 안내했다.

에드리언 실폰트는 거실 한가운데에 두 명의 남자와 함께 있었다. 매틀록은 언제나 그랬듯 그의 위압감에 놀랐다. 6피트가 넘는 키에 마르고 가는 이목구비, 그리고 그와 함께 있노라면 누구나 느낄 수 있는 따스함을 발산하고 있었다. 그의 내면에는 진정한 겸허함이 숨겨져 있어서, 그를 모르는 사람들은 그가 얼마나 비범한 인물인지 쉽게 알 수 없었다. 매틀록은 그를 무척 좋아했다.

"어서 오게, 매틀록."

실폰트는 매틀록에게 악수를 청했다.

"로링 씨, 매틀록 박사를 소개합니다."

"안녕하십니까, 샘?"

매틀록은 두 번째 인사를 칼라일대학 학장인 새뮤얼 크레셀에게 했다.

"잘 있었나, 짐."

"전에 만난 적이 있지 않습니까? 어디서인지는 잘 생각나지 않지만."

매틀록은 로링을 보면서 물었다.

"그렇다면 저로서는 대단히 당혹스럽네요."

"그렇겠지!"

크레셀이 비아냥거리면서 웃었다. 그 역시 매틀록을 좋아했다. 그건 그 사람의 인간성보다는 크레셀이 해야 하는 일이 얼마나 힘든지 알기 때문이었다.

"그게 무슨 말입니까, 샘?"

"그 대답은 내가 해주겠네."

에드리언 실폰트가 말했다.

"로링 씨는 연방정부에서 나온 분이라네. 사법부 소속이지. 세 사람이 만나도록 주선하는 일에 나도 동의했지만, 샘과 로링 씨가 방금 말한 일에 대해서는 반대했었네. 로링 씨는 뭐랄까, 자네를……, 미행하는 일이 옳다고 보는 것 같지만. 난 반대했네."

실폰트는 로링을 똑바로 보면서 말했다.

"저한테 뭘 시켰다고요?"

매틀록은 조용히 물었다.

"미안합니다. 그건 제 개인적인 괴벽 때문이었을 뿐, 우리 일과는 아무 관련이 없습니다."

"체이셔 캣에 있던 통근자가 당신이었군요."

"통근자?"

"신문을 보고 있던 사람, 맞죠?"

"맞습니다. 오늘 오후에 선생이 나를 눈치챈 것을 나도 알았습니다. 나를 본 순간 날 알아보시는 줄 알았습니다. 그런데 내가 통근자처럼 보이는 줄은 몰랐는데요?"

"신문 때문이었습니다. 우린 당신이 자식들 때문에 화난 아버지일 거라고 짐작했죠."

"가끔은 그렇습니다. 그러나 지금은 아닙니다. 내 딸은 이제 겨우 일곱 살이니까요."

"어서 시작하는 게 좋을 것 같습니다. 그건 그렇고, 제임스, 자네가 그렇게 이해해주어서 안심했네."

"궁금할 뿐입니다. 그리고 겁도 나고요. 실은 아주 많이 겁이 납니다."

매틀록은 머뭇거리면서 미소 지었다.

"무슨 일입니까?"

"뭘 좀 마시면서 이야기하지."

에드리언 실폰트도 웃어 보이면서 거실 구석 쪽에 자리 잡은 바로 갔다.

"자네는 버번에 물을 타서 마시지, 제임스? 그리고 샘은 더블 스카치에 얼음을 넣고, 맞지? 로링 씨는 뭘 드시겠습니까?"

"스카치나 주십시오, 물만 섞어서."

"제임스, 자네가 좀 도와주겠나?"

매틀록은 실폰트에게로 가서 그를 도왔다.

"놀랐습니다, 총장님. 어떻게 아랫사람들이 무슨 술을 좋아하는지까지도 기억하십니까?"

실폰트는 웃었다.

"너무나 당연한 일이지. 그건 우리 대학에만 국한된 일도 아니라네. 기금모금 단체의 분석적인 머리로 만든 수백 가지 보고서보다 더 많은 돈을 난 알코올로 거둬들인 걸세."

여기서 에드리언은 말을 멈추고 혼자 키득거렸다.

"한번은 대학 총장협회에서 연설한 적이 있다네. 칼라일 재단이 지금에 이르게 된 비결이 뭐냐고 묻더군. 그때 난 이렇게 대답했지. 포도밭을 발효시키는 법을 알아낸 조상들 덕분이라고……. 죽은 아내는 나중에 내가 기금을 10년 전 규모로 축소해버렸다고 노발대발했지."

세 남자는 웃었다. 매틀록은 술잔을 돌렸다.

"건강을 위하여."

칼라일대학 총장은 자기 잔을 들면서 말했다. 그러나 건배사는 짧았다.

"이건 좀 거북하네만, 제임스, …… 샘. 몇 주일 전에 로링 씨의 상관이 나한테 연락을 해왔다네. 그는 칼라일대학과도 관련이 있는 아주 중요한 일이 있다면서 나더러 워싱턴으로 오라고 했네. 그래서 난 갔고, 어떤 상황에 대한 브리핑을 받았는데, 그것은 지금도 받아들이고 싶지 않은 상황이었다네. 로링 씨가 자네들한테 알려줄 정보 중에 어떤 것은 외면적으로 볼 때는 논쟁의 여지가 없는 것처럼 보이지. 하지만 그건 외면적으로 보이는, 바꾸어 말하자면 소문이라는 뜻이네. 문맥이 통하지 않는 진술들, 아무 의미도 없을지 모르는 조립된 증거들뿐이라는 뜻일세. 반면에 그중에 어느 정도 확실한 것이 있을 수도 있네. 그러한 가능성이 있어서 오늘 이 자리를 갖는 데 동의한 것일세. 하지만 내가 이 일에 낄 수 없다는 점은 분명히 해두어야겠네. 우리 칼라일대학은 그 일에 개입해서는 안 된다는 말일세. 이 방에서 일어나는 일은 내 동의하에 이루어진 것이기는 하지만, 내 공식적인 허가에 의한 것은 아니라는 뜻일세. 두 사람은 개인적으로 행동해야 하며, 칼라일대학교 직원으로서 행동해서는 안 되네. 만약 행동하기로 결정한다면 말이지만……. 제임스, 겁나나?"

"겁납니다."

크레셀 학장은 안경을 벗고 의자에서 몸을 앞으로 내밀었다.

"그 말은 여기에 로링이 있다는 사실을 인정하지 않는다는 말씀입니까? 그 사람이 원하는 일까지도?"

"그건 두고 봐야 알겠네. 만약 그가 하는 말이 사실이라면, 나도 등을 돌릴 수는 없지. 하지만 요즘에는 어떤 대학 총장도 추측만으로 정부 요원에게 협조하지는 않는다네. 용서하십시오, 로링 씨. 하지만 워싱턴 사람들은 대학을 너무 많이 이용했습니다. 구체적으로 말하자면, 미시간, 콜롬비아, 버클리……. 단순한 경찰 사건과 침투와는 문제가 다른 겁니다."

"침투? 좀 강한 말이군요."

매틀록이 말했다.

"너무 강하다고 해야겠지. 그 말에 대해서는 로링 씨에게 맡기겠네."

크레셀은 술잔을 들었다.

"왜 우리……, 매틀록과 내가 선택된 겁니까?"

"그것 역시 로링 씨가 말해줄 걸세. 하지만 자네가 여기 오게 된 것은 내 책임이니까, 그 이유는 말해주겠네. 자네는 학장으로서 캠퍼스에서 일어나는 일을 누구보다도 정확히 알고 있네. 또 로링 씨나 그의 동료들이 영역 밖으로 이탈하게 되면 자네가 그걸 알 것이기 때문이지. 내가 할 수 있는 말은 이게 전부라네. 이제 난 회의에 가야 하네. 영화 제작자인 슈트라우스가 오늘 밤 연설을 하는데, 내가 그 자리에 있어야 하거든."

실폰트는 다시 바로 가서 잔을 내려놓았다. 세 남자는 일어섰다.

"가시기 전에 한 가지만 더 여쭙고 싶습니다. 우리 두 사람 중 한 사람, 또는 두 사람 모두 로링 씨의 일에 끼고 싶지 않다면 어떻게 되는 겁니까?"

"그렇다면 거절하게나. 자네들에게는 아무 의무도 없네. 그 점은 분명히 하고 싶네. 로링 씨도 이해하고 있는 사실이지. 그럼 난 이만."

실폰트는 서재로 들어가 문을 닫았다.

3

세 명의 남자는 꼼짝도 하지 않은 채 아무 말도 없이 서 있었다. 다시 문이 열렸다가 닫히는 소리가 들렸다. 크레셀은 고개를 돌려 로링을 보았다.

"좀 불안해 보이십니다."

"이런 상황에선 그럴 수밖에 없죠. 내 처지를 설명해 드리죠. 그럼 오늘 왜 만나자고 했는지도 알게 될 테니까. 우선 알아두셔야 할 것은 내가 사법부의 마약국에서 일하고 있다는 사실입니다."

크레셀은 앉아서 술 한 모금을 홀짝 마셨다.

"설마 학생 중 40퍼센트가 마약을 복용한다는 이야기나 하려고 여기까지 온 것은 아니겠죠? 만약 그렇다면, 우린 그런 일에 대해선 아는 것이 없습니다."

"아니, 그건 아닙니다. 그런 일은 이미 알고 계시리라고 생각합니다. 누구나 다 아는 사실 아닙니까. 하지만 정확히 몇 퍼센트인지는 모르겠군요. 40퍼센트라고 하는 것은 너무 적게 잡은 것 같습니다만."

매틀록은 버번을 다 마시고, 한 잔 더 마시기로 했다. 그는 바 테이블 쪽으로 가면서 말했다.

"높을 수도 있고, 낮을 수도 있겠죠. 하지만 다른 학교와 비교해 볼 때, 우린 걱정할 정도는 아니지요."

"걱정할 필요는 없을 겁니다. 그 일에 관해서 만큼은……."

"그럼 다른 걱정할 일이 있단 말입니까?"

"아주 많죠."

로링은 책상으로 가서 바닥에 놓인 서류 가방을 집어 들었다.

'이 자와 칼라일 총장은 매틀록과 크레셀이 오기 전에 이야기를 나눈 것이 분명했다.'

로링은 책상 위에 가방을 올려놓고 열었다. 매틀록은 의자로 가서 앉았다.

"보여드릴 것이 있소."

로링은 가방 안에서 핑킹가위로 자른 것처럼 비스듬히 자른 두꺼운 은색 종이를 꺼냈다. 손때가 많이 묻어 얼룩덜룩했다. 그는 매틀록에게로 가까이 가서 종이를 건네주었다. 크레셀도 그에게로 가까이 다가왔다.

"이건 편지입니다. 아니, 안내문이라고 해야겠죠. 번호가 붙어 있는 프랑스어…… 아니, 이탈리아어로 씌어있는 것 같습니다. 난 알 수가 없습니다만."

"잘 보셨습니다, 교수님. 프랑스어와 이탈리아어가 같이 섞여

있고, 어느 쪽이 더 많이 쓰였다고 할 수는 없겠군요. 사실, 이건 코르시카 방언입니다. 올트르몽타 사투리라고 합니다. 남부 산악 지대에서 쓰는 말이죠. 데트루스카어처럼 이걸 완전하게 번역하기란 어려운 말입니다. 하지만 여기 쓰인 암호는 아주 단순해서 암호라고 할 수도 없겠네요. 우리가 알아야 할 것은 충분히 있다고 봐도 될 것 같습니다."

로링이 말했다.

"그게 뭡니까?"

크레셀이 이상하게 생긴 종이를 매틀록에게서 받아 들면서 대수롭지 않게 물었다.

"우선 우리가 이 편지를 어떻게 손에 넣었는지부터 말씀드리죠. 그걸 설명하지 않으면 정보 자체도 의미 없을 테니 말입니다."

"그러십시오."

크레셀은 더러운 은색 종이를 다시 정부 요원에게 돌려주었다. 그는 편지를 다시 가져가 조심스럽게 가방 속에 넣었다.

"마약 운반책, 다시 말해서 지령과 돈을 받고 어떤 지역에 잠입할 사람이 6주일 전에 이 나라를 떠났습니다. 사실 그 사람은 연락책 이상이었습니다. 마약 분배조직에서 상당히 영향력이 큰 사람이었죠. 지중해식으로 버스를 타고 휴가를 갔다고 할 수 있을 겁니다. 아니면 투자할 곳을 물색하고 있었는지도 모르죠. 하여간 그 사람은 토로스 다 클라리라는 곳에서 산 사람들에게 살해당했습니다. 그곳은 터키에 있는 개발 지역입니다. 요점만 말하자면, 그 사람은 그곳의 일거리를 모두 취소했고, 그 후 폭력 사태가 일어난 것입니다. 그 사실은 그들도 인정합니다. 지금 지중해의 많은 이들이 남미로 이주하고 있습니다. 그의 시체에서 이 편지가 발견되었습니다. 혁대에 끼워져 있었죠. 보시다시피, 이 편지는 여러 사람의 손을 거친 듯합니다. 앙카라에서부터 모로코의 마라케시까지 계속 사고팔고, 그러다 인터폴이 이것을 사서 우리에게 넘겨주었습니다."

"토로스 …… 뭐라는 곳에서부터 워싱턴까지라, 상당히 먼 거리를 여행한 편지로군요."

매틀록이 말했다.

"그리고 아주 비싼 편지죠. 하지만 지금은 워싱턴에 있는 것이 아니라, 지금 여기 있다는 사실입니다. 토로스 다 클라리에서 코네티컷의 칼라일로 온 것입니다."

로링이 덧붙였다.

"그게 중요한 사실입니까?"

샘 크레셀은 앉아서 걱정스러운 얼굴로 정부 요원을 보았다.

"그건 그 편지에 들어있는 정보가 칼라일과 관련이 있다는 뜻입니다."

로링은 책상에 그대로 앉아 전혀 서두르는 기색 없이 조용히 말했다. 그는 학생들에게 재미없는, 그러나 반드시 알아두어야 하는 수학 공식을 설명하는 선생 같았다.

"이 편지에는 5월 10일에 회의가 있을 것이라고 씌어있습니다. 내일부터 꼭 3주일 후죠. 이 숫자들은 칼라일 지역의 위도와 경도를 나타내는 숫자와 정확히 일치합니다. 이 편지의 다른 조각을 가진 사람이 소환된 사람 중 한 명이라는 사실을 확인할 수 있게 되어있습니다. 편지마다 반으로, 혹은 정해진 패턴으로 잘라, 나머지 반쪽이나 정해진 패턴과 맞추면 꼭 맞아떨어지게 한 것입니다. 안전에 만반을 기한 것이죠. 하지만 문제는 장소가 어디인지가 적혀 있지 않다는 점입니다."

"잠깐, 너무 성급하신 것 아닙니까, 로링 씨? 당신은 우리한테 뭘 원하는지도 말하지 않고 벌써 정보를 알려주고 있지 않습니까? 우리 대학행정부는 정부조사반의 팔이 되고 싶은 생각은 추호도 없습니다. 사실을 줄줄 읊어대기 전에 먼저 당신이 원하는 게 뭔지 말씀해주시는 게 좋을 것 같습니다."

크레셀의 목소리는 나직하기는 했지만 날카로웠다. 그는 기분이 상한 것이다.

"미안합니다, 크레셀 씨. 아까 저더러 불안해 보인다고 하셨는데, 사실 그렇습니다. 어떻게 잘되지 않는군요."

"전문가께서 어떻게?"

"그만, 샘."

매틀록은 의자 팔걸이를 짚고 있던 손을 쳐들어 보이면서 말했다. 크레셀의 돌출한 적대감은 도움이 될 것 같지 않았다.

“실폰트 총장은 우리가 그의 청을 받아들이지 않아도 된다고 했소. 우리가 받아들이지 않겠다면 말이오. 아마 그렇게 될 것 같은데, 그건 올바른 판단하에 하는 일이어야지, 맹목적인 반동으로 하는 일이어서는 안 된다고 생각합니다.”

“순진한 소리 마시오, 짐. 비밀정보를 듣는 순간 우리는 연루되고 마는 것이오. 그런 정보를 듣지 않았다고 부인할 수 없게 될 것이오.”

매틀록은 로링을 쳐다보았다.

“그게 사실입니까?"

“어느 정도는 그렇다고 할 수 있습니다. 그런 것까지 속이지는 않겠습니다.”

“그럼 우리가 당신의 말을 들어야 하는 이유가 무엇입니까?”

“그건 칼라일대학도 관련되어 있기 때문입니다. 벌써 몇 년째, 그리고 상황이 지금 매우 급박해졌습니다. 얼마나 급박해졌는가 하면, 우리가 가지고 있는 정보를 가지고 행동을 취할 시간이 겨우 3주일밖에 안 남았습니다.”

크레셀은 의자에서 일어나 깊은숨을 들이마셨다가 천천히 내뱉었다.

“증거도 없이 위기를 조작해내서는 관련성을 만들어 넣으시려는 건가요. 어쨌든 위기는 점차 사라지겠지만, 우리 대학이 정부의 조사에 묵묵히 관여했다는 기록은 영원히 남게 될 것이오. 바로 그게 위스콘신대학이 당한 일이었소."

크레셀은 매틀록을 향해 다시 말했다.

"그때 일을 기억하지 않소, 짐? 엿새 동안 캠퍼스에서는 큰 데모가 일어났었소. 학기 중에 반은 강의도 못 하고 말이오."

"그건 국무성과 연관된 사건으로 성질이 완전히 다른 일이었습니다."

로링이 말했다.

"사법부가 하는 일은 다르다는 말입니까? 학교신문 좀 읽어보시오."

"제발, 샘. 이 사람의 말을 들어봅시다. 듣기 싫으면 집으로 가면 될 것 아닙니까. 난 이 사람 말을 들어보고 싶습니다."

크레셀은 매틀록을 내려다보았다.

"좋소, 알겠습니다. 어서 계속해 보시오, 로링. 단 우리에게 책임을 지우지는 마시오. 또 우린 비밀을 보장해야 할 의무도 없소."

"당신의 상식을 믿겠습니다."

"그건 실수일 수도 있습니다."

크레셀은 바로 가서 술잔을 채웠다.

로링은 책상 끝에 걸터앉았다.

"혹시 '님로드(nimrod)'라는 말 들어보신 적 있습니까?"

"님로드는 헤브라이 사람의 이름입니다. 구약성서에 나오는 사람이죠. 노아의 후손이고 바빌론과 니네베의 왕이었소. 용감한 사냥꾼이라는 전설이 전해지는데, 그 때문에 그가 아시리아와 메소포타미아에서 큰 도시들을 건설했다는 중요한 사실의 신빙성이 흐려지게 만드는 일면이 있죠."

매틀록이 대답했다.

로링은 미소를 지었다.

"대단하십니다, 교수님. 사냥꾼에다가 도시 건설자, 하지만 저는 지금, 현재를 이야기하는 중입니다."

"그렇다면, 들어본 적이 없습니다. 샘, 당신은 들어봤습니까?"

크레셀은 술잔을 든 채 도로 의자에 와서 앉았다.

"난 방금 당신이 한 이야기도 금시초문이요. 난 님로드는 낚시미끼로 쓰는 파리인 줄 알았는데요. 송어 잡는 데는 아주 좋죠."

"그렇다면 제가 설명을 좀 해드리죠. 마약 통계를 지루하게 말씀드리지는 않겠습니다. 아마 그런 이야기는 끊임없이 들으셨을 줄 압니다."

"끊임없이 듣고 있소."

크레셀이 말했다.

"하지만 한 가지 모르시는 지리학적 통계가 있습니다. 뉴잉글랜드 지방의 몇몇 주에서 마약 거래가 전국 어느 곳보다도 빠른 속도로 급격히 증가하고 있다는 사실입니다. 정말 놀라실 겁니다. 1978년부터 강력한 조직적인 잠식행위가 이루어진 것입니다. 캘

리포니아, 일리노이, 루이지애나에서의 마약 단속은 크게 향상되어 최소한 성장곡선은 완화하기에 이르렀습니다. 사실 국제적인 협약이 이루어지기까지는 그 정도가 최선입니다. 하지만 뉴잉글랜드 지역에서는 그렇지 않다는 게 문제입니다. 이 지역에서는 마약 거래가 걷잡을 수 없이 팽창하여, 그 여파가 대학까지도 강타했습니다."

"그걸 어떻게 아십니까?"

매틀록이 물었다.

"수십 가지 방법을 통해서……. 하지만 번번이 마약이 분배된 후였죠. 정보원들, 지중해 연안, 아시아, 그리고 남미의 재고목록과 스위스의 각종 창고를 확인해서 얻은 정보입니다. 물론, 이건 비밀 자료입니다."

로링은 크레셀을 보면서 웃었다.

"당신들이 몸이 단 이유를 알겠소. 내가 볼 때는 그런 사실을 증명할 수 있다면 공개적으로 해야 할 것이오."

"그렇게 못하는 이유가 있습니다."

"그것도 물론 비밀이시겠지."

크레셀은 못마땅한 듯 말했다.

"부수적인 문제가 또 있습니다. 동부의 명문대학들, 그러니까 프린스턴, 아메스트, 하버드, 바사, 윌리엄즈, 칼라일대학까지 학생들 대부분은 정부와 사업체에서 요직에 있는 인물들의 아들딸

이란 것입니다. 밀수가 이루어지고 있을 가능성도 있습니다. 그런 사람들은 마약 스캔들에 아주 민감한 반응을 보이게 마련이죠.”

크레셀이 그의 말을 막았다.

“당신의 말이 사실이라고 해도, 난 그렇게 생각하지 않지만, 우리 학교는 북동부의 다른 대학들보다 문제가 적습니다.”

“그건 우리도 알고 있습니다. 그 이유도 안다고 말씀드릴 수 있습니다.”

“듣기 거북한 말씀을 하시네요, 로링 씨. 어서 요점을 말씀하시지요.”

매틀록은 말장난을 싫어했다.

“전국의 요소요소를 조직적으로 다루고, 확장하고, 통제할 수 있는 분배망이라면 그렇게 하는 본부가 있게 마련입니다. 지휘부 말입니다. 놀라지 마십시오. 이 지휘부, 다시 말해서 뉴잉글랜드 지역 전체에 마약을 유통하는 책임을 맡은 본부는 바로 칼라일대학입니다.”

새뮤얼 크레셀 학장은 들고 있던 술잔을 바닥에 떨어뜨렸다.

랠프 로링은 이 믿기지 않는 이야기를 계속했다. 매틀록과 크레셀은 의자에 꼼짝도 하지 않고 앉아서 듣고 있었다. 그가 조용히 침착하게 설명해 나가는 동안 크레셀은 여러 번 말을 끊고 부인하려고 했지만, 로링의 설득력 있는 말은 그를 저지시켰다. 그의 설명에 반론을 제기할 여지가 없었다.

칼라일대학에 대한 조사는 18개월 전에 시작되었다고 한다. 조사를 시작하게 된 동기는 프랑스 쉬레떼가 마르세유에서 통상적으로 하던 마약 검사 중에 거래장부를 발견했기 때문이다. 이 장부에 미국인 마약 거래자들의 명단이 나오자, 장부는 인터폴과의 계약에 따라 워싱턴으로 보내졌다.

장부에 적힌 모든 거래마다 'C—22° 59°'라는 표시와 '니믈룻'이라는 이름이 적혀 있었다. 숫자 표시는 지도에서 코네티컷 북부에 해당하는 좌표지만, 어딘지 분명히는 알 수 없었다.

대서양 연안의 부두와 공항에서부터 마르세유까지 가능한 유통 루트 수백 가지를 추적해 본 결과 칼라일 근방이 유력한 것으로 수사망이 좁혀지게 되었다.

뉴욕, 하트포드, 보스턴, 그리고 뉴헤이븐과 같은 곳에서 마약 거래에 관련된 사람들의 전화를 도청해서 탐문을 시작했다. 지하 조직원들의 대화도 녹음했다. 칼라일 지역에서 오가는 마약 관련 전화는 모두 공중전화를 이용해서 이루어졌다. 그래서 전화 내용을 추적하기는 힘들지만, 아주 불가능한 것은 아니었다. 물론 비밀스러운 방법을 통해서 얻은 정보였다.

정보가 입수되면서 놀라운 사실이 속속 드러나기 시작했다. 칼라일 그룹은 독자적인 마약 그룹이라는 사실이다. 이들은 조직적인 범죄와 공식적인 유대가 없었고, 어느 한 사람에게 예속되지도 않았다. 범죄적인 요소들을 모방했지만, 그것들에 이용당하지는 않았다. 조직 자체는 아주 결속력이 강했고, 뉴잉글랜드 대학들 속으로 그림자처럼 파고들었다. 한편 이 조직은 단순히 마약으로만 그치지 않았다.

칼라일 조직이 도박, 매춘, 심지어 졸업생들의 취업 문제에까지 관여하고 있다는 증거가 있었다. 또한 불법적인 활동으로 얻는 이익 외에 또 다른 어떤 목적이 있는 것 같았다.

칼라일 조직은 알려진 범죄자들, 즉 모든 지역에서 공급책으로 인정받고 있는 사람들과 직접 거래함으로써 일은 그만큼 단순해지고 이윤은 훨씬 더 많이 거둘 수 있었다. 그 대신 조직을 설립하는 일에는 자체 내의 돈을 썼다. 그리하여 남의 지휘를 받지 않고 조직 내의 자원을 가지고, 공급 루트도 스스로 조절했다. 하지만 이 조직의 궁극적인 목적이 무엇인지는 알 수 없었다.

칼라일 조직은 힘이 막강해져서 북동부의 조직범죄집단의 지도층을 위협하는 위치에까지 오르게 되었다. 이러한 이유로 지하세계의 주요 인물들은 칼라일 조직의 책임자들과의 협의를 요구하기에 이르게 된 것이다. 칼라일 조직의 주요 책임자는 니믈롯이라고 불리는 사람, 혹은 그룹이었다.

이 협의의 목적은 니믈롯과 그의 놀라운 성장으로 위협을 느끼는 범죄 집단들끼리 타협을 하자는 것이었다. 이 협의에는 뉴잉글랜드 각 주의 범죄자들 수십 명이 참석한 것으로 되어있었다.

로링은 칼라일대학 학장을 건너다보면서 약간 망설이며 머뭇거리듯 말했다.

"크레셀 씨. 마약과 관련이 있다는 사실을 알거나, 아니면 혐의를 받는 사람들 – 학생, 교직원 등 – 의 명단을 가지고 계실 줄 압니다. 저야 알 수가 없어 단언할 수는 없지만, 대학들 대부분은 그 명단을 가지고 있으니 하는 말입니다."

"그 질문에는 대답하지 않겠소."

"물론 그 말이 저에게는 대답이나 다름없습니다."

로링은 다정하게 느껴질 정도로 조용하게 말했다.

"말도 안 되는 소리! 당신들은 생각하고 싶은 대로 생각하는 버릇이 있지."

"좋습니다. 하지만 학장님께서 설사 '그렇다'고 대답하셨더라도, 그 명단이 필요해서 여쭤본 것은 아닙니다. 저는 다만, 우리가 그런 명단을 가지고 있다는 사실을 말씀드리려고 한 말이었습니다. 학장님께서도 그 사실을 알고 계시기 바랍니다."

샘 크레셀은 덫에 걸렸음을 깨달았다. 로링의 기발한 전술은 그를 더 화나게 할 뿐이었다.

"물론 가지고 계시겠죠?"

"……."

"굳이 말 안 해도 아시겠지만, 학장님께 그 명단 사본을 드릴 수도 있습니다."

"필요 없소."

"샘, 그렇게 고집만 부리다 어쩌려고 그러십니까?"

매틀록이 말했다.

크레셀이 대답하기 전에 로링이 먼저 말했다.

"학장님께서는 마음을 바꾸실 수 있다는 것도 알고 계십니다. 그리고 앞서 동의한 대로, 여기에 위험 따위는 없습니다. 얼마나 많은 사람이 지붕이 무너져 내린 후에야 도움을 청하는지 아십니까? 아니, 지붕이 무너졌다는 사실을 받아들이기까지도 그렇습니다."

"하지만, 당신네 조직이 상황을 더 어렵게 만들고 있다는 것을 알고 있지 않습니까?"

샘 크레셀은 무섭게 반박했다.

"그건 실수였습니다."

"명단을 가지고 있다면, 왜 그들을 조사하지 않는 거요? 우린 빼주시오. 무엇 때문에 당신들의 지저분한 일을 대신해서 한단 말이오. 체포도 하고, 고소도 하시오. 우리를 통해 해결하려고 하지 말란 말이오?"

"전혀 그렇게 하고 싶지 않습니다. 또 우리가 가지고 있는 증거라는 것조차 대부분 허용받기 힘든 내용이기 때문입니다."

"그건 미처 생각 못했던 사실이로군."

크레셀이 불쑥 말했다.

"또 그렇게 해서 우리가 얻는 게 뭡니까? 당신은 또 뭘 얻습니까? 마리화나나 필로폰 상습 복용자들 몇 명 잡는 게 고작입니다. 그렇게 해서는 아무것도 해결되지 않는다는 말입니다."

"그렇다면 당신이 정말 원하는 것이 무엇입니까?"

매틀록은 의자에 깊숙이 앉아 로링을 유심히 쳐다보았다.

"우리가 원하는 것은 니믈롯입니다. 5월 10일에 열린다는 회의가 어디서 열리는지 알고 싶은 것입니다. 50내지 100마일 반경내의 어느 곳이겠죠. 우린 그 회의에 대비하고 싶은 것입니다. 니믈롯 조직을 근본적으로 파괴하고 싶습니다. 그 이유는 마약만이 아니라 칼라일대학의 범주를 훨씬 뛰어넘는 일입니다."

"어떻게 말입니까?"

제임스 매틀록이 물었다.

"실폰트 박사가 말했듯이 침투 말입니다. 매틀록 교수님, 교수님께서는 대학 정보조직 내에서 상당히 기동성이 있는 분으로 알려져 있습니다. 교수님은 경쟁 분야에서까지도 널리 인정받고 계십니다. 우리에겐 명단이 있고, 교수님에게는 상당한 기동성이 있습니다."

로링은 여기까지 말하고 서류 가방에서 잘린 편지를 꺼냈다.

"어딘가에 우리가 알고 싶은 정보가 있을 것입니다. 그곳에 이것과 비슷한 편지를 가진 인물이 있습니다. 그는 우리가 알아야 하는 정보를 알고 있는 인물입니다."

제임스 바버 매틀록은 의자에 꼼짝도 하지 않고 앉아 로링을 물끄러미 바라보았다. 로링도 크레셀도 그가 무슨 생각을 하는지 알 수는 없었지만, 짐작은 할 수 있었다. 그의 생각을 들을 수 있다면, 지금 이 방 안에서는 만장일치가 이루어질 수 있을 것이다.

제임스 매틀록은 3년 아니, 거의 4년 전을 생각하고 있었다. 그는 19살의 금발 소년을 떠올리고 있었다. 나이에 비해 어린 편이긴 했지만, 착하고 고민이 많은 소년이었다.

그때 그들은 전국의 크고 작은 수천 개의 도시와 마을에서 그와 같은 소년들을 찾듯이 그를 찾아냈었다. 다른 시대, 다른 니믈롯들을…….

제임스 매틀록의 동생 데이빗은 오른팔에 주삿바늘을 꽂고 흰 액체 30밀리그램을 주사했다. 이 행동은 케이프 코드의 조용한 앞바다에서 이루어졌다. 작은 돛단배는 해안가 근처의 갈대밭 속을 표류하고 있었다. 그들이 배를 발견했을 때, 제임스 매틀록의 동생은 죽어 있었다.

매틀록은 결정을 내렸다.

"명단을 줄 수 있습니까?"

"지금 가지고 있습니다."

"잠깐."

크레셀이 벌떡 일어났다. 그의 목소리는 화난 사람의 목소리는 아니었다. 그것은 두려워하는 사람의 목소리였다.

"당신이 지금 이 사람에게 어떤 일을 부탁하고 있는지 알기나 하는 거요? 이 사람은 이런 종류의 일은 해본 적도 없는 사람이오. 훈련도 못 받았단 말입니다. 당신네 사람 중 누구를 쓰시오."

"시간이 없습니다. 우리 역시 절대적으로 시간이 없습니다. 매틀록 씨는 안전할 것입니다. 학장님께서 도와주십시오."

"천만에, 이런 일은 못 하게 막겠소!"

"아니, 그럴 수는 없습니다, 샘."

매틀록은 의자에 앉은 채로 말했다.

"짐, 정신 차리시오. 이 사람이 부탁하는 일이 어떤 것인지 알고 있소? 이 사람 말이 사실이라면, 당신은 지금 인간으로서 최악의 상황에 빠지게 되는 거요. 꼭두각시가 되는 것이란 말이오."

"학장님은 더 이상 이 자리에 계실 필요가 없습니다. 학장님이 제 결정에 따라야 하는 건 아닙니다. 댁으로 돌아가십시오."

매틀록은 일어나서 잔을 가지고 천천히 바로 갔다.

"이젠 집으로 갈 수도 없게 되었소. 저 사람도 그 사실을 알고 있을 거요."

크레셀은 로링을 향해 말했다.

로링은 서글픈 마음이 들었다. 이 매틀록이란 사람은 좋은 사람이다. 지금 그는 동생에게 빚을 졌다는 생각 때문에 이런 일을 하겠다고 나서는 것이다.

냉정하게 보면, 이 일을 맡음으로써 매틀록은 죽임을 당할 가능성도 커졌다. 사실 이 가능성은 대가치고는 끔찍한 것이다. 하지만 그 목적은 대가를 치를 만한 가치가 있는 일이고, 그의 선택은 그만한 가치가 있는 일이다.

니믈롯은 그에게 그만한 값을 치를 준비가 필요하다.

이것이 로링의 결론이었다.

그렇게 생각하기 때문에 그는 임무를 수행할 수 있을 것이다.

4

아무것도 쓸 수가 없었다. 브리핑은 느렸고, 끊임없이 반복이 이어졌다. 그러나 로링은 프로였고, 너무 많은 것을 성급하게 흡수하려고 하기보다 여유를 가져야 한다는 사실을 잘 알고 있었다.

휴식을 취하는 동안, 그는 매틀록에 대해 좀 더 알기 위해 노력했다. 시간은 거의 자정이 가까워지고 있었다. 샘 크레셀은 8시가 되기 전에 떠났다. 세부적인 사항을 의논하는 자리에 학장이 있을 필요도 없었다. 차라리 없는 편이 나았다. 그는 활동가가 아니라 연락책이었다. 크레셀도 이러한 결정에 반대하지는 않았다.

로링은 매틀록이 마음을 쉽게 열지 않는 사람이라는 사실을 금방 알 수 있었다. 그의 대답은 언제나 짧았고, 아무렇게나 던지는 말은 자신을 격하시키는 설명에 불과했다.

얼마 안 있어 로링은 포기했다. 매틀록은 일하기로 동의한 것이지, 자기 생각이나 왜 이 일을 하는지 그 이유를 밝히기로 동의한 것은 아니기 때문이다. 그럴 필요도 없었다. 로링은 이에 대해 이해했다. 오히려 매틀록에 대해 잘 모르는 편이 그에게도 마음

편했다.

한편 매틀록은 복잡한 정보를 외우는 동안 다른 생각을 하고 있었다. 그는 자기의 삶에 대해서, 그리고 왜 자기가 선택되었는지에 대해서 생각했다. 그는 자기가 '기동성 있는' 사람으로 표현되는 것에 마음이 끌렸다. 얼마나 안 어울리는 말인가!

하지만 그 말이 의미하는 것을 정확히 알고 있었다. 사실 그는 기동성이 있었다. 학자들, 혹은 심리학자들은 정확했다. 하지만 그들은 그의 기동성 뒤에 숨겨진 이유는 모르고 있었다.

학문의 세계는 성스러운 도피처였다. 야심의 대상이 아니었다. 그는 시간을 벌고, 부서져 가는 삶을 재정리하고, 이해하기 위해서 이곳으로 도피한 것이다. 요즘 아이들이 말하듯 정신을 차리기 위해서였다.

그는 아내에게도 설명하려고 해보았다. 그녀는 아름답고 민첩하고 영리했지만, 결국은 이해를 못 하고 남편이 제정신이 아니라고 생각했다. 속된 말로 엄청 좋은 직장에, 엄청 좋은 집에, 엄청 좋은 클럽에, 사회 경제적으로 확실한 지위를 누리고 있는데, 이해할 것이 무엇이 더 있단 말인가? 그녀에게는 더 이상 이해할 것이 없었다. 그리고 이 점은 그도 이해했다.

하지만 그에게는 세상이 의미가 없었다. 그는 에머스트대학 졸업반 때인 20대 초반에 자신의 중심에서 벗어나 표류하기 시작했다. 군 생활을 하면서 표류는 완전히 분리되어 이탈하였다.

그의 거절 반응을 유발한 요인은 한두 개가 아니었다. 또 거절 반응 자체도 폭력적인 행동은 아니었다. 물론 사이공 시절 폭력 행위를 담당하기는 했지만, 그의 거절 반응은 집에서부터 시작되었었다. 대부분의 생활양식이 용납 아니면, 거절 둘 중의 하나로 귀착된 것이다.

그 '신사(아버지)'는 너무 늙었고, 너무 신사적이었던 사람은 맏아들에게 좀 더 나은 것을 요구하는 일이 당연하다고 생각했다. 어떤 방향이나 목적의식이 도무지 보이지 않는다는 것이다.

그의 아버지는 다음 세기까지는 아니라도 다른 세대에 속한 사람으로, 아버지와 아들 사이의 세대 차는 바람직하고, 차세대의 인물로 '시장'사업에서 괜찮은 존재로 증명될 때까지는 무시해도 좋다고 생각하고 있었다. 무시할 수는 있되, 물론 융통성의 여지는 있는 것. 어떤 점에서 그의 아버지는 수 세대에 걸쳐 집권을 누리다 보니 올바른 의견이라도 그것 때문에 권좌를 버리기는 싫어하는 통치자와 같았다. 그에게는 아들이 집안의 사업, 아니 사업들을 이어받으려고 하지 않는 것이 도저히 있을 수도 없는 믿기 어려운 상황이었다.

그러나 아들 매틀록에게는 당연히 있을 수 있는 일이었다. 오히려 더 나은 일이었다. 그는 아버지의 '시장'에서 사는 미래를 생각할 때 불편한 정도가 아니라 두렵기까지 했다. 그는 경제적인 압박 속에서 아무런 즐거움도 느낄 수 없었다.

오히려 자신이 어울리지 않을 존재라는 무시무시한 두려움이 앞섰고, 그것은 아버지의 강한, 너무나 강력한 유능함 때문에 더욱더 불안감을 주었다. 그 세계로 들어가는 일에 점점 더 가까워질수록 그의 두려움은 커져만 갔다.

그때, 사치스러운 생활과 불필요한 안락에서 오는 즐거움에는 그것들을 소유하기 위해 해야만 하는 일에 대해 정당성을 가져야 할 것이라는 생각이 들었다. 그러나 그로서는 그러한 정당성을 찾을 수가 없었다. 생활이 덜 사치스럽고 안락이 제한되는 편이 끊임없는 두려움과 불편에 직면하는 것보다는 나을 것이라는 생각이 들었다.

그는 이것을 아버지에게 설명해야 했다. 그의 아내는 그가 정신이 나갔다고 했고, 그의 아버지는 낙오자라고 했다. 이 문제는 그가 군대에서 생각했던 것과 완전히 다른 것은 아니었다.

군대 – 재난. 이 불행은 그가 만들어낸 고통이라는 사실을 깨닫게 되면서 더 끔찍한 것이 되었다. 그는 맹목적인 육체적 훈련이나 의문의 여지를 두지 않는 군 당국이 혐오스럽게 느껴졌다. 또 그는 체격도 크고 힘도 있는 데다가 충분한 어휘 구사력도 지니고 있어 자신의 부적합하고 순진한 목적을 남에게 알릴 수 있었는데, 오히려 이것이 그에게는 불리하게 작용했다.

그의 삼촌은 그의 복무기간이 채 끝나기도 전에 손을 써서 그를 제대시켰다. 이 점에 대해서만은 그도 막강한 집안에서 태어난 것을 감사하게 여겼다.

이 시점에서 제임스 바버 매틀록 2세의 인생은 한 마디로 엉망진창이 되었다. 군에서도 별로 명예스럽지 못하게 제대하고, 아내와는 이별했고, 가족으로부터 재산권마저 빼앗기자, 그는 아무 곳에도 소속되지 못한 채 삶의 동기와 목적도 없이 두려움에 휩싸였다.

그는 이러한 두려움을 해소하기 위해 대학원에 들어갔으며 섹스를 심리적인 위안으로 삼으며 연애에 몰두했다. 거의 5년에 가까운 시간을 보내며 자신의 새로운 모습을 발견하게 된 것이다. 그가 자신을 위해 노력한 것은 처음이었다. 이것이 그에게는 자유로웠다.

의미 있는 도전이 주는 흥분을 자유롭게 즐길 수 있었고, 자신이 그러한 도전을 맞이할 수 있다는 자신감을 자유롭게 만끽할 수 있었다. 그는 개종한 사람처럼 신이 났다. 그러나 맹목적이 아닌, 이 새로운 세계 속으로 빠져들었다. 그는 에너지와 삶과 모순된 평가들로 얼룩진 시대와 문학을 선택했다.

수업 시간은 금방 흘러갔다. 그는 열심히 공부했고, 자기의 능력에 놀라워했다. 교단에 들어섰을 때, 그는 곰팡내 나는 창고에 신선한 바람을 일으켰다. 그는 오랫동안 당연시해 왔던 연구 방법에 참신한 혁신을 일으켰다.

영국 르네상스 문학에 대한 왕실의 간섭에 관해 쓴 그의 박사학위 논문은 엘리자베스라는 한 명의 후원자에 관한 여러 신성한 이론들을 쓰레기통 속으로 내동댕이치게 했다.

그는 신세대 학자였다. 불안하고, 회의적이고, 만족할 줄 모르고, 끊임없이 연구하면서, 자기가 배운 것을 남에게 나누어 주었다. 그는 박사학위를 받은 지 2년 반 만에, 종신 재직 조교수로 발령받았다. 칼라일대학 역사상 그러한 계약을 따낸 교수로는 최연소였다.

제임스 바버 매틀록 2세는 잃어버렸던 그 끔찍한 세월을 온전히 보상받았다. 무엇보다 가장 좋은 일은 그가 자신의 흥분을 다른 사람에게 전할 수 있다는 사실을 안다는 것이었다. 그는 자신의 흥분을 남과 같이 나눌 수 있을 만큼 젊고, 질문의 방향을 알 수 있을 만큼 적당한 나이였다.

그렇다. 그는 기동성이 있었다. 그렇고말고! 그는 의견이 다르다고 해서 아니, 싫다고 해서 다른 사람을 배척할 수는 없었다. 그렇게 하고 싶지도 않았다. 그 자신이 감사하는 마음, 안도감이 너무나 깊었기 때문에 결코 다른 사람의 관심사를 무시하는 일은 하지 않겠다고 그는 자기도 모르게 약속했을 정도였다.

"놀라셨습니까?"

로링은 그들이 추적해낸 마약매매에 관한 자료를 정리한 후 물었다.

"놀랐다기보다는 좀 더 분명해졌다고 해야 할 것 같습니다. 오래된 서클이나 클럽들 — 대부분 백인이고 부자들 — 은 하트퍼드에서 물건을 조달하고, 루뭄바 홀 같은 흑인 클럽들은 뉴헤이븐에서 조달한다는 말씀이군요. 그렇다면 조달원이 서로 다르다는 이야기인가요?"

"그렇습니다. 학생들 선에서 거래하는 것이죠. 여기서 중요한 사실은 칼라일의 공급책으로부터 물건을 사는 클럽은 한 군데도 없다는 것입니다. 니믈롯으로부터 말입니다."

"네. 니믈롯 사람들은 선전되는 것을 안 좋아하는 것 같군요."

"하지만 그들은 여기에도 있기는 있습니다. 이용당하고 있죠."

"누구한테 말입니까?"

"교직원들입니다. 이 사실을 아시면 놀라실 겁니다. 아치 비슨 부부……."

매틀록은 즉시 이 젊은 역사학 교수와 그의 아내를 떠올렸다. 그들도 거만하고 콧대 높은 아이비리그 타입이었다. 아치 비슨은 학문계에 갓 들어온 젊은이였고, 그의 아내는 섹시하고 무엇에나 감탄하는 여자였다.

"이들 두 사람은 엘에스디(LSD : 약학. 맥각麥角의 알칼로이드로 만든 강력한 환각제. 맛과 색, 냄새가 없고 적은 양으로도 조현병과 같은 증상을 일으킨다. 향정신성 의약품으로 지정하여 법률로 사용을 규제한다.)와 메테드린(Methedrine)을 쓰고 있습니다. 애시드와 스피드도 함께 말입니다."

"세상에! 난 전혀 몰랐습니다. 그것을 어떻게 아셨습니까?"

"너무 복잡한 이야기입니다. 극비이기도 하고요. 간단히 말하면, 그 사람들 아니, 아치 비슨은 브리지포트에 있는 분배 책에게 너무 많이 산 모양입니다. 계약이 끝났는데도 그는 다른 명단 어디에도 없었습니다. 하지만 마약을 끊은 것은 아니었습니다. 그래서 우리는 그가 칼라일과 거래하는 것이라 짐작할 따름입니다. 물론 증거는 없습니다. 또 다른 사람도 연루되어 있다는 사실을 알고 있습니다."

그가 다음에 들려준 사람은 대학축구단의 코치이자, 체육 과목을 가르치는 사람이었다. 그가 상용하는 것은 마리화나와 암페타민(Amphetamines : 흥분제)이었는데, 전에는 하트퍼드에서 물건을 구했다는 것이다.

그는 마약 밀매는 하지만 상습복용자는 아니었다. 하트퍼드에서 물건을 더 사지 않았는데도, 이 남자의 여러 비밀은행 계좌에는 돈이 계속해서 불어나고 있었다. 그래서 니믈롯이라고 추측하게 된 것이다.

사건은 또 있었다. 이 이야기는 매틀록을 경악시켰다. 교무처의 부학장이었다. 칼라일대학을 졸업하고, 한동안 세일즈맨으로 일했던 사람이다.

그는 떠벌리기를 좋아하는 활달한 사람이었는데, 칼라일대학을 위해 개종까지 하고, 요즘에는 냉소주의를 주창하고 나섰다. 그 역시 상용자가 아니라 분배 책이었다. 그는 2급~3급 정도의 밀매꾼들과 거래하고 있었다.

"그 사람도 니믈롯 조직과 거래하고 있는 것으로 생각됩니다. 아마도 니믈롯 쪽에서 괜찮은 위치에 있을 겁니다."

"무서운 사실이군요. 그 개자식은 겉으론 우주비행사와 목사를 합쳐놓은 사람처럼 행동하고 다니는데."

"괜찮은 위치를 점하고 있다고 하지 않았습니까? 당신과 크레셀에게 말했듯이 이 니믈롯 사람들은 마약 이상의 것에 더 관심을 두고 있습니다."

"그러나 그게 뭔지는 모른다면서요?"

"알아내야죠. 자, 학생들 명단입니다."

학생들의 이름은 끝도 없는 것 같았다. 총 1천2백여 명의 재학생 중 563명이 포함되어 있었다. 그중에는 마약을 사용하지는 않았어도 학교 내 클럽과의 연계 때문에 명단에 오른 학생들도 많다고 했다. 학생들의 서클과 클럽이 마약을 구하는 곳이었다.

"이 학생들 전원을 확인할 시간은 없었습니다. 다만 관계망을 찾고 있는 것이니까, 아무리 관련이 적더라도 모든 방면의 모든 영역을 조사해야 합니다. 제약을 둘 수가 없습니다. 이 명단의 의미는 한 가지입니다. 알고 계실지 모르겠군요."

"압니다. 여기 이삼십 명의 이름은 꽤 영향력이 있는 부모들을 가졌군요. 사업계에서나 혹은 정부에서……. 여기 이 학생은 대통

령 내각 임원 중 한 사람의 자녀가 아닙니까?"

"맞습니다."

"이것이 어떤 영향을 줍니까?"

"아직 모릅니다. 그렇지만 있을 수 있겠죠. 니믈롯 조직은 아주 빠른 속도로 팽창하고 있습니다. 그래서 위험한 겁니다. 모르긴 해도, 우리가 상상도 못 했던 일이 벌어지고 있는지도 모릅니다."

"맙소사."

매틀록은 조용히 말했다.

그때 실폰트 저택의 현관문이 열렸다 닫히는 소리가 났다. 로링은 반사적으로 매틀록의 손에서 서류를 빼앗아 얼른 서류 가방에 넣었다. 그리고는 아무 말 없이 재킷 속의 권총을 잡았다. 그의 행동에 매틀록은 깜짝 놀랐다. 매틀록은 그의 감추어져 있는 손을 물끄러미 보았다.

서재 문이 열리고 에드리언 실폰트가 들어왔다. 로링은 재킷 속에 넣었던 손을 도로 꺼냈다. 실폰트가 말했다.

"나도 노력은 한답니다. 정말입니다. 말도 이해하고, 상황도 이해하고, 또 머리를 땋은 녀석들에 대해 기분 나쁜 감정을 품지는 않아요. 내가 이해할 수 없는 것은 그 적대감입니다. 서른 살이 넘은 사람이면 누구나 이 녀석들의 적이니 말입니다."

"슈트라우스였죠?"

매틀록이 물었다.

"그렇소. 누가 뉴웨이브의 영향에 관해 물었소. 그는 뉴웨이브는 옛날 일이라고 대답했습니다. 그리고 선사시대의 이야기라고도 했소. 두 분의 일을 방해하지는 않겠습니다. 하지만 로링 씨, 크레셀의 입장이 어떤지 알고 싶습니다. 보아하니 제임스는 받아들인 것 같군요."

"크레셀 씨도 수락하셨습니다. 우리 두 사람의 연락을 맡아주실 겁니다."

"알았소."

실폰트는 매틀록을 쳐다보았다. 그의 눈에는 안도의 표정이 깃들어 있었다.

"제임스, 돕기로 해 주셔서 얼마나 감사한지 모르겠습니다."

"다른 길이 없었습니다."

"없죠. 무서운 사실은 매우 깊숙하게 연관되어 있을 수도 있다는 것입니다. 로링 씨, 구체적인 것을 알게 되면 즉시 저에게 알려 주시기 바랍니다. 그때 가면, 당신이 원하는 것은 무엇이든 해드릴 것이고, 어떤 지시든 다 따르겠습니다. 제가 바라는 것은 증거를 찾아달라는 것뿐입니다. 그럼 저도 모든 협조를 아끼지 않겠습니다."

"알겠습니다. 감사합니다. 저희가 생각했던 것보다 더 많은 정보를 주셨습니다. 정말 감사드립니다."

"제임스가 말했듯이 다른 길은 없습니다. 하지만 제한은 두겠습니다. 내 첫 번째 의무는 이 학교에 대한 것입니다. 요즘 학교들의 활동이 부진한 것처럼 보이겠지만, 그건 겉으로 보이는 것에 불과합니다. 두 분도 할 일이 있고, 나도 읽어야 할 게 많습니다. 로링 씨, 그리고 제임스, 그럼 이만."

매틀록과 로링은 고개를 끄덕여 인사했고, 에드리언 실폰트는 서재 문을 닫고 나갔다.

1시가 되자, 매틀록은 더 이상 계속할 수가 없었다. 이름, 공급원, 협의 등의 중요한 사항들은 모두 알았다. 영원히 잊을 수 없는 것들이었다. 모든 사항을 처음부터 끝까지 외울 수 있다는 뜻은 아니다. 그럴 필요는 없었다. 하지만 명단에 들어있는 이름 하나만 보아도 기억이 자동으로 되살아났다.

그 점에서는 로링의 판단이 옳았다. 그래서 로링은 매틀록에게 이름을 소리 내서 말해보게 하고 여러 번씩 되풀이하게 한 것이다. 그것으로 충분했다.

이제 그에게 필요한 것은 충분한 잠이다. 잠이 오기만 한다면 말이다. 이제는 모든 것을 시작부터 이해할 수 있어야 했다. 그리고 아침이 되면, 그는 어떤 사람부터 접근하고, 어떤 사람을 제외해야 할지 결정해야 했다. 이것은 로링이 알려준 정보 외에 여러 단편적인 정보들을 바탕으로 하여 가까운 친구들, 교직원들, 학생들과 만나야 한다는 의미였다. 로링이 있을 것이라고 했던 크레셀이 가지고 있는 명단을 보면 도움이 될 것이다.

상대방과 대화를 나누게 되면, 그는 조심스럽게 사인이나 표정, 배신의 흔적을 찾아야 할 것이다. 어딘가, 누구에게서든 그것은 밝혀질 것이다.

"한 가지 다시 살펴보아야 할 것이 있습니다. 배경에 관한 자료입니다."

"그건 충분하지 않습니다. 이젠 이미 전해 들은 자료를 좀 소화해야 할 것 같습니다."

"일 분도 안 걸릴 겁니다. 중요한 일입니다."

로링은 서류 가방에서 때 묻고 잘린 문제의 편지를 꺼냈다.

"자, 이건 이제 당신 것입니다."

"뭔지는 모르지만 감사합니다."

매틀록은 한때는 반짝거렸을 은빛 종이를 받아 들고, 이 이상한 글자를 보았다.

"이건 두 단어만 제외하면 모두 올트레몬타 — 코르시카어로 씌어있다고 조금 전에 말씀드렸죠. 밑에 보면 한 줄로 'Venerare Omerta'라는 문구가 있을 것입니다. 이건 코르시카어가 아닙니다. 시칠리아어죠. 정확히 말하면 시칠리아 축약어입니다."

"본 적 있습니다."

"그러실 겁니다. 신문, 영화, 소설에서 흔히 나오는 말이니까. 그렇다고 해서 여기서 이 말이 갖는 의미가 줄어들지는 않습니다. 이건 사실입니다."

"그게 무슨 뜻입니까?"

"의역하면, 오메르타의 법을 존중하라. 오메르타는 동맹과 침묵의 맹세이다. 동맹이나 침묵의 맹세를 배반하면 곧 죽임을 당할 것이다."

"마피아입니까?"

"마피아도 관계는 있습니다. 배후에 있다고 보시면 될 겁니다. 이 안내문이 상호타협을 바라는 두 개의 그룹이 공동으로 작성한 것이라는 사실을 명심하십시오. '오메르타'는 그 두 그룹이 모두 인식하고 있다는 뜻입니다."

"명심하겠습니다. 그래서 뭘 어떻게 하라는 말인지 모르겠군요."

"그냥 알고만 계시면 됩니다."

"알겠습니다."

"마지막으로 한 가지. 오늘 밤 여기서 한 이야기는 마약과 관련된 것입니다. 하지만 우리 정보가 정확하다면, 니믈롯 사람들은 다른 분야에도 관계하고 있습니다. 사기, 매춘, 도박, 어쩌면 시 행정, 주입법, 심지어는 연방정부까지도 관련되어 있습니다. 경험에 비춰보면 이 중에서 마약은 제일 약한 행동이고 붕괴할 확률이 가장 높습니다. 그 이유로 우리가 마약에 초점을 맞추고 있는 것이죠. 다시 말해서, 마약 상황에 집중하되 다른 분야도 있다는 사실을 잊지 말아야 한다 이겁니다."

"그건 이미 다 아는 이야기 아닙니까?"

"맞습니다. 그럼 오늘은 이만합시다."

"당신한테 연락할 수 있는 전화번호를 알려주시지요?"

"안 됩니다. 크레셀을 통해서 하십시오. 수시로 그에게 연락해 보겠습니다. 당신이 질문하기 시작하면 의심만 받게 될 겁니다. 워싱턴으로 전화하지 마십시오. 코르시카어 초청장을 잃어버리지 않도록 조심하십시오. 그건 당신의 결정적인 무기입니다. 다른 것을 찾아보도록 하시오."

"그렇게 하죠."

로링은 서류 가방을 닫고, 검은 체인을 손목에 감고는 자물쇠를 채웠다.

"굉장한 것처럼 보이죠?"

로링은 웃으면서 말했다.

"놀랍습니다."

"놀랄 것 없습니다. 이러한 관습은 서류 가방을 가지고 다녀야 하는 외교관들에게서 시작된 것인데, 지금은 그저 소매치기당하지 않기 위해서 쓰고 있죠. 자, 그러니 도와주십시오. 그들은 우리를 그렇게 생각하고 있습니다."

"난 당신의 말은 한마디도 믿지 않습니다. 그건 연막을 치고, 무전 신호를 보내고, 폭탄을 터뜨리는 장치가 있는 것 아닙니까?"

"맞습니다. 그런 것들도 들어있습니다. 그 외에 다른 것도 있지요. 샌드위치, 빨랫감 등을 넣는 칸도 있습니다."

로링은 책상에서 가방을 집어 들었다.

"따로 나가는 것이 좋을 것 같습니다. 한 사람은 앞문으로, 다른 한 사람은 뒷문으로, 10분 간격을 두고 말입니다."

"꼭 그렇게 해야 합니까?"

"솔직히 말하면, 그런 것은 아닙니다. 하지만 저의 상관들이 그렇게 하길 바라니까요."

"그럼 좋습니다. 제가 이 집을 잘 알고 있으니, 당신이 먼저 나가고 제가 10분 후에 주방 문을 통해서 나가죠."

"좋습니다."

로링은 왼손으로 가방 밑을 받치고 오른손을 내밀었다.

"당신이 하는 일에 대해 우리가 얼마나 고맙게 생각하는지 말씀 안 드려도 아시겠죠."

"그렇다면 내가 왜 이 일을 승낙했는지 아시겠지요?"

"네, 압니다. 솔직히 그 점에 기대했었습니다."

로링은 서재에서 나갔다. 매틀록은 바깥문이 열렸다가 닫히기를 기다렸다. 그는 시계를 보았다. 술 한 잔을 더 마실 시간은 남아있었다.

1시 20분에 매틀록은 집에서 대여섯 블록 떨어진 곳을 걷고 있었다. 그는 자기 아파트를 향해 천천히 서쪽으로 가면서 캠퍼스로 돌아갈까 생각 중이었다. 생각할 문제가 있을 때는 걷는 것이 도움이 되는 경우도 종종 있었고, 어차피 집에 가봐야 잠도 올 것 같지 않았다.

가는 길에 학생들 몇 명과 교수 여러 명을 지나치면서, 아는 사람과는 주말 밤의 밤 인사도 나직하게 주고받았다. 그의 아파트와는 반대인 북쪽으로 돌아 하이스트리트로 가야겠다고 생각하는 순간, 뒤에서 발소리가 들렸다. 곧이어 거친 속삭임이 들렸다.

"매틀록! 뒤돌아보지 마시오. 난 로링이요. 그냥 계속 걸으면서 내 말 들으시오."

"무슨 일입니까?"

"내가 여기 온 걸 누가 알았습니다. 내 차를 뒤졌습니다."

"아니, 그걸 어떻게 압니까?"

"작전용 실, 손자국이 차 전체에 있었소. 앞뒤 트렁크에. 아주 철저하고 전문적인 솜씨였소."

"확실합니까?"

"확실하다마다. 난 절대로 내 차에 시동은 걸지 않겠소."

"세상에!"

매틀록은 걸음을 멈추려고 했다.

"계속 걸으시오! 누가 나를 감시하고 있을 경우를 대비해서 – 분명히 그럴 테지만 – 자동차 키를 잃어버린 시늉을 했소. 지나가는 사람들한테 공중전화가 어디 있는지 물어보고, 당신이 올 때까지 기다린 것이오."

"내가 어떻게 하면 되겠습니까? 다음 코너에 공중전화가 있는데……."

"압니다. 당신이 할 일은 없을 것 같습니다. 우리 둘 모두를 위해서 내 생각이 맞기를 바랍니다. 내가 지나가면서 당신을 치겠소, 아주 세게. 당신이 비틀거리며 넘어지면 내가 미안하다고 소리칠 것이오. 발목이든 손목이든 삔 시늉을 하시오. 어쨌든 시간을 벌란 말이오! 나를 데리러 온 차가 와서 내가 '됐다'고 고개를 끄덕일 때까지 나를 보고 계시오. 알아들었소? 난 빨리 공중전화 있는 곳으로 가야겠소."

"내가 그곳으로 갈 때까지 당신이 계속 전화를 걸고 있으면 어떻게 합니까?"

"계속 걸어가시오. 하지만 계속 나를 주시해야만 하오. 차가 오고 있습니다."

"뭐가 문제입니까?"

"이 가방. 이게 문제입니다. 니믈롯 – 이게 니믈롯의 짓이라면

— 이 이 가방보다 더 원하는 게 있다면 그건 한 가지밖에 없습니다. 당신의 코트 주머니 속에 있는 편지요. 그러니 조심하시오!"

그는 아무런 경고도 없이 매틀록 옆을 급하게 지나치면서 매틀록을 길바닥에 넘어뜨렸다.

"아, 미안합니다! 너무 급해서!"

매틀록은 땅바닥에 넘어진 채 그를 올려다보았다. 넘어지는 시늉을 할 필요도 없었다. 밀어붙인 로링의 힘이 너무 셌기 때문이다. 그는 욕을 하면서 어설프게 일어났다. 일어나자마자 그는 수백 야드(수십 미터) 정도 떨어진 공중전화 부스가 있는 쪽으로 천천히 절뚝거리면서 걸어갔다. 담배에 불을 붙이면서 1분 가까이 소비했다. 로링은 이제 공중전화 부스 안의 플라스틱 의자에 앉아 전화기 위로 몸을 수그리고 있었다.

매틀록은 로링의 차가 이제 곧 이 길로 오리라고 생각했다.

하지만 차는 오지 않았다.

대신 봄날의 어수선함 속에 가느다랗게 뭔가 부러지는 것 같은 소리가 들렸다. 새로 난 이파리들 사이로 바람이 스쳐 가는 것처럼, 아니면 돌이 발에 밟혀 부딪치는 소리, 혹은 새싹의 무게를 이기지 못한 작은 나뭇가지가 부러지는 소리였을까? 아니면 매틀록이 환청을 들었을까? 알 수가 없었다.

그는 공중전화 부스 가까이 와 있었다. 로링의 지시가 생각났다. '주의를 기울이지 말고 그냥 지나갈 것'이라고 했다. 로링은 아직도 전화기 위에 웅크리고 있었다. 서류 가방은 바닥에 있고, 체인이 보였다. 아무런 움직임도 보이지 않았다. 대신, 예의 그 소리가 들렸다. 이번에는 다이얼이 늦었다는 경고를 알리는 소리였다.

로링의 지시에도 불구하고, 매틀록은 공중전화 부스로 가서 문을 열었다. 그가 할 수 있는 일은 아무것도 없었다. 로링은 아직 전화를 채 걸지도 못한 상태였다.

매틀록은 그 이유를 금방 알 수 있었다.

로링은 죽어 있었다. 눈을 크게 뜬 채 이마에는 피가 흐르고 있었다. 셔츠 단추만 한 작은 구멍이 어떤 일이 있었는지 충분히 말해주었다.

매틀록은 몇 시간 동안 자기에게 브리핑해주고 불과 몇 분 전에 헤어졌던 이 남자를 멍하니 쳐다보았다. 그에게 고맙다고 말하고, 농담하고, 마지막에는 경고를 해준 남자. 매틀록은 어떻게 해야 할지 몰랐고 겁이 났다.

그는 전화 부스에서 나와 천천히 집으로 갔다. 허겁지겁 달아나서는 안 된다는 것을 느꼈다. 분명히 길에 누가 있을 것이다. 라이플을 가진 누군가가.

"사람 살려! 사람 살려! 여기 사람이 있어요! 총에 맞았어요!"

그는 정신없이 소리치며 모퉁이에 있는 집 계단을 뛰어 올라가 온 힘을 다해 문을 두드렸다. 여러 집에서 불이 켜졌다. 매틀록은 계속 소리 질렀다.

“제발, 누가 경찰에 전화 좀 걸어주시오! 여기 사람이 죽었소!”

갑자기 블록 한가운데의 짙은 나무 그림자들 속에서 자동차 엔진과 타이어가 미끄러지는 소리와 함께 차가 길 한복판으로 들어갔다. 어둠에서 나온 길고 검은 자동차는 구석 쪽으로 쌩하고 바람같이 달려갔다.

매틀록은 번호판과 차종을 보려고 계단을 내려갔지만 허사였다. 갑자기 앞이 안 보였다. 서치라이트의 불빛이 그를 향해 비췄기 때문이다. 그는 두 손으로 눈을 가렸다. 그때 희미한, 몇 분 전에 들었던 것과 같은 순간적인 바람 소리가 들렸다.

그를 향해 누군가가 라이플을 쏘는 것이다. 소음기가 달린 라이플을.

그는 현관에서 뛰어내리면서 수풀 속으로 몸을 던졌다. 검은 차는 그대로 달아났다.

5

그는 혼자 우두커니 기다렸다. 방은 작고, 유리창은 창살로 막혀 있었다. 칼라일 경찰서는 경찰관과 사복형사들로 북적거렸다. 살인사건의 의미에 대해서는 아무것도 알 수가 없었다. 연쇄살인이 이어질 가능성에 대해서는 아무것도 배제하지 않았다.

매틀록은 경계심, 총, 이런 것들이 오늘날 미국 사회의 특징이라고 생각했다.

그는 경찰서에 도착한 후 샘 크레셀에게 전화했다. 크레셀은 몹시 놀라워하며 워싱턴 사람들과 연락을 취한 후 경찰서로 오겠다고 했다. 더 이상의 지시가 있기 전까지는 단지 매틀록이 시체를 발견했다는 것과 차를 봤다는 사실만 진술하기로 했다.

그는 밤에 산책하러 나왔던 것으로 하자고 했다.

더는 없었다.

그의 진술은 타이핑되어 종이에 찍혔다. 시간, 사건 현장 부근에 나와 있었던 이유, 살인 용의자의 것으로 보이는 자동차에 대한 설명, 차가 달아난 방향, 차의 속도, 이 모든 사항에 대한 통상적인 질문이 있었고, 매틀록의 답은 그대로 받아들여졌다.

한편 매틀록은 한 가지 질문에 대해 거짓 진술한 것이 마음에 걸렸다.

"피해자를 전에 본 일이 있습니까?"

"아니요."

그는 마음이 아팠다. 로링에 대해 고의로 거짓말을 해서는 안 될 것 같았다. 로링의 일곱 살 난 딸에 대해 한 이야기가 생각났기 때문이다. 아내와 딸을 둔 남편이자 아버지가 살해당했는데, 그의 이름을 안다는 사실을 시인할 수 없었다. 그는 자신의 마음이 왜 불편한지 알 수는 없었지만, 왠지 불편했다. 아마 이것이 숱한 거짓말의 시작이 될 것임을 알기 때문이었을까.

그가 짤막한 진술서에 서명하고 나가려고 할 때, 책상 너머의 사무실 안에서 전화가 울렸다. 잠시 후 제복 차림의 경관이 나와서 그의 이름을 큰 소리로 불렀다.

"네?"

"잠깐 이리 오시겠습니까?"

매틀록은 거의 한 시간 가까이 이 작은 방에 있었다. 새벽 2시 45분이었고, 담배도 떨어졌다. 하필 이런 때 담배가 떨어지다니.

문이 열리자 키가 크고 마른, 눈이 큰 남자가 들어왔다. 그는 로링의 서류 가방을 들고 있었다.

"기다리시게 해서 죄송합니다. 매틀록 박사님, 박사님 맞죠?"

"그냥 매틀록이라고 불러주십시오."

"저를 소개하죠. 제 이름은 그린버그입니다, 제이슨 그린버그. 연방 조사국에서 나왔습니다. 당신의 상황을 확인해야겠습니다. ……. 메모가 많군요."

"메모가 많군요? 하실 말이 고작 그것뿐입니까?"

그린버그는 재미있다는 표정으로 매틀록을 쳐다보았다.

"내가 궁금한 것은 그게 전부입니다. 만약 랠프 로링이 전화를 걸었다면, 나한테 연락이 닿았을 것입니다."

"미안합니다."

"괜찮습니다. 브리핑을 제대로 받을 수가 없었습니다. 그러니까 니믈롯 상황에 대해서 좀 알기는 하지만, 물론 아침이 되기 전에 다 알게 되겠지요. 참, 크레셀도 이리로 오고 있습니다. 내가 여기와 있다는 사실을 그분도 알고 계십니다."

"달라지는 게 있습니까? 말하고 보니 바보 같은 말이군요. 사람이 죽었는데, 뭐가 달라지냐고 묻다니……. 미안합니다."

"사과하실 필요는 없습니다. 무서운 경험을 하셨으니……. 모든 건 당신한테 달려있습니다. 랠프의 죽음으로 인해 당신이 오늘 밤에 했던 결정이 달라질 수 있다는 사실을 우리도 인정합니다.

다만 당신이 알고 있는 사실에 비추어서 결정을 내려주시기만 바라겠습니다.”

“그렇다면 내가 번복할 수도 있다는 뜻입니까?”

“물론입니다. 당신은 우리한테 책임이 없습니다.”

매틀록은 창살이 둘린 작은 사각형 창문으로 갔다.

경찰서는 칼라일 시의 남쪽 끝에 있었다. 대학으로부터는 반 마일 정도 떨어져 있고, 상업지구로 알려진 곳이었다. 그래도 길가엔 나무가 있었다. 칼라일은 아주 깨끗한 도시였다. 경찰서 주변의 나무들은 가지치기가 깔끔하게 잘 되어있었다.

“한 가지만 여쭤보겠습니다. 내가 로링의 시체를 발견했다는 사실 때문에 그 사람과 관련이 되는 겁니까? 다시 말해서 로링의 죽음에 내가 실질적으로 연관이 있다는 말입니까?”

“그렇지는 않으리라고 생각합니다. 당신이 취한 행동으로 보아 관련성은 배제될 것입니다.”

“무슨 뜻입니까?”

매틀록은 뒤로 돌아 그린버그를 보았다.

“솔직히 말해서, 그때 당신은 매우 당황했습니다. 달아나지도 않았고, 그 지역을 떠나지도 않았습니다. 그저 놀라서 고래고래 소리를 질렀습니다. 그 일에 관련된 사람이라면 그런 반응은 보이지 않았을 것입니다.”

“이 일에 관련이 안 되었다고요!”

"맞습니다. 당신은 그저 죽은 사람을 발견하고는 당황한 것뿐입니다. 니믈롯이 우리와 관련되어 있다는 사실을 눈치챘더라도……."

"눈치를 챘다고? 그자들은 로링을 살해했습니다!"

"어떤 사람이 살해했지요. 살인자가 니믈롯 사람일 것 같지는 않습니다. 다른 파였다면 모를까. 누구의 조사도 완전할 수는 없습니다. 로링이라도 말입니다. 하지만 그의 조사는 늘 사실에 가장 가까웠습니다."

"무슨 말씀인지 모르겠습니다."

그린버그는 벽에 기대며 팔짱을 끼었다.

"랠프 로링의 현장 조사는 사법부 내에서 최고였습니다. 15년 가까운 세월 동안 말입니다. 완벽하게 조사한 겁니다. 그의 자료가 쓰이게 되면, 모든 것이 완전히 뒤집히죠. 가족들에게는 치욕이 되고……."

그린버그는 그를 올려다보며 미소를 지으려고 했지만, 미소가 나오지 않았다.

"아직도 무슨 말씀을 하시는지 모르겠습니다."

"아실 필요도 없습니다. 중요한 건 당신이 우연히 현장을 보게 되었고, 당황해서 혼비백산했다는 사실입니다. 일을 안 맡으셔도 됩니다. 매틀록 씨…… 어떻게 하시겠습니까?"

매틀록이 대답하기 전에 샘 크레셀이 들어왔다. 그는 초조하고 겁에 질린 표정이었다.

"세상에 이런 일이! 당신이 그린버그요?"

"크레셀 씨인가요?"

"그렇소. 어떻게 된 일이오?"

크레셀은 매틀록을 보았다.

"자넨 괜찮나, 짐?"

"괜찮습니다."

"그린버그, 대체 어떻게 되어가는 겁니까? 워싱턴 사람들은 당신이 말해줄 것이라고 믿고 있습니다."

"방금 매틀록 씨하고 이야기하고 있었습니다만……."

"내 말 좀 들어보시오. 실폰트하고 이야기했는데, 우린 같은 의견을 갖고 있소. 오늘 밤의 일은 너무 끔찍한 사건이었소. 슬픈 일입니다. 죽은 사람의 가족에게 애도를 표합니다. 하지만 칼라일 대학이 언급되는 일은 없어야겠소. 이 일로 모든 것들을 다른 시각으로 봐야 할 것입니다. 따라서 우리를 이 일에서 빼주시오. 이해해주실 줄 믿습니다."

그린버그의 얼굴에 불쾌한 표정이 스쳤다.

"당신은 내가 대답할 기회도 주지 않고 다짜고짜 지금 무슨 일이 일어나고 있으며, 앞으로 해야 할 일만 말씀하시는군요. 자, 어떻게 해드릴까요? 워싱턴에 전화해서 당신의 말을 직접 들려드릴까요, 아니면 내 말을 먼저 들어보시겠습니까? 저는 어느 쪽이든 상관없습니다."

"기분 나쁘게 생각하실 것 없소. 우리가 이 일에 끼워달라고 한 것도 아니잖소?"

"그런 사람은 아무도 없습니다. 일단 제 말을 다 들어보시라는 말입니다. 전 매틀록에게 이 일에서 손을 떼도 좋다는 뜻을 전했습니다. 그는 아직 대답을 안 했습니다. 따라서 내 답도 들려드릴 수가 없습니다. 하지만 만약 매틀록이 내가 생각하는 대답을 한다면, 로링의 조사는 즉시 재개될 것입니다. 누가 하든 그 일은 계속될 것입니다. 하지만 매틀록이 계속 일하기로 한다면, 일을 약간 더 크게 벌일 생각입니다."

"도대체 무슨 말을 하는 거요?"

"랠프는 몇 년 동안 워싱턴에 있는 악명 높은 법률회사를 조사했습니다. 그 회사의 고객들은 마피아조직원에 버금가는 인물들이었죠. 오늘 아침 일찍 처음으로 차량 교환이 있었습니다. 엘름우드라는 하트퍼드 교외에서였습니다. 워싱턴시 번호판을 단 로링의 차는 아주 잘 알려진 마피아 두목의 집 근처에 세워두었습니다. 그때 몇 블록 떨어진 곳에서 렌터카 한 대가 그를 기다리고 있었습니다. 그는 그 차를 타고 칼라일까지 가서 실폰트의 집에서 다섯 블록 떨어진 크레센트 스트리트 217번지 앞에 주차했습니다. 크레센트 스트리트 217번지는 랠스넌 박사의 집……."

"나도 그 사람을 만난 적이 있습니다. 듣자니 그 사람은……."

매틀록이 그의 말을 끊으면서 말했다.

"낙태 시술 전문의죠."

그린버그가 매틀록의 말을 대신 이었다.

"그 사람은 이 대학과 아무 관련도 없소!"

크레셀은 힘주어 말했다.

"그 의사는 지금도 마피아의 소개 책입니다. 어쨌든 랠프는 차를 세우고, 차를 바꿔 타기 위해 다시 시내로 들어갔습니다. 순회 중인 벨 전화회사 트럭을 타고, 실폰트 총장의 집으로 간 것입니다. 그가 실폰트의 집에 간 사실은 아무도 알 수 없었습니다. 만약 알았다면 밖에서 그를 저지했을 것입니다. 크레센트 가에 차를 세워두었을 때부터 주시하고 있었으니까 말입니다."

"나한테도 그렇게 말했습니다."

매틀록이 말했다.

"그 역시 그게 가능하다는 것을 알고 있었습니다. 크레센트에 갈 때까지는 일부러 눈에 띄도록 했습니다. 눈에 띈 것을 확인한 후 재빨리 행동했습니다. 어떻게 했는지는 모르지만, 당신을 발견할 때까지 지나다니는 행인들을 이용했을 것입니다."

"그렇게 했다고 나한테 말했습니다."

"하지만 좀 늦었죠."

"도대체 이게 우리와 무슨 상관이 있다는 거요?"

크레셀은 고함을 지르다시피 했다.

"만약 매틀록 씨가 일을 계속하기로 한다면, 로링의 죽음은 지하조직에 의한 살인으로 공개될 것입니다. 불명예스러운 변호사, 아니면 도부 장수, 속이 구린 고객들, 마피아 두목과 그 의사가 조사받게 되겠지요. 결국 이들이 희생자들이지요. 연막은 두꺼워서 모든 사람이 휘청일 겁니다. 살인자들마저도. 그러면 매틀록은 잊힐 것입니다. 잘될 겁니다. 전에도 잘 됐으니까요."

크레셀은 확신에 찬 그린버그의 말에 놀라는 것 같았다.

"말 한번 잘하십니다."

"똑똑하니까요."

매틀록은 자기도 모르게 미소 지었다. 그는 그린버그가 마음에 들었다. 이렇게 슬프고 답답한 상황에서도. 아니면, 오히려 상황이 그렇기에 더 그런지도 몰랐다. 그린버그는 언어를 잘 구사했고, 두뇌 회전이 빨랐다. 정말로 그는 똑똑했다.

"짐이 손을 떼겠다고 한다면?"

그린버그는 어깨를 으쓱했다.

"나는 말을 낭비하는 것을 아주 싫어합니다. 직접 그에게 들어보시죠."

두 남자는 매틀록을 쳐다보았다.

"그렇지는 않을 것 같습니다, 샘. 계속하겠습니다."

"정신이 있소? 사람이 살해당했잖소!"

"압니다. 내가 발견했으니까요."

크레셀은 매틀록의 팔을 잡았다. 그것은 친구의 제스처였다.

"난 양 떼를 지키는 히스테릭한 양치기가 아닙니다. 걱정되어 그러는 것입니다. 겁이 난단 말이오. 감당할 능력도 없는 상황 속으로 빠져가는 사람을 어떻게 그냥 놔두겠습니까?"

"그건 주관적인 생각입니다. 우리도 걱정은 됩니다. 우리가 매틀록이 해낼 능력이 없다고 생각했다면, 애당초 접근하지도 않았을 겁니다."

그린버그가 조용히 말했다.

"그래도 마찬가지였을 거요. 당신들이 그러한 고려를 한다고는 단 한 순간도 생각할 수가 없단 말이오. 당신은 '희생자'라는 말을 너무 쉽게 하고 있소, 그린버그 씨."

"그렇게 생각하신다니 유감입니다. 우린 그런 식으로 일하지는 않습니다. 난 아직 세부적인 브리핑은 받지 못했습니다, 크레셀. 하지만 당신은 연락책이 되기로 하지 않았습니까? 만약 그렇다면 그 일에서 손 떼십시오. 다른 사람에게 그 일을 맡기겠습니다."

"누구 좋으라고 말이오? 그렇게 해서 당신이 이 캠퍼스 안을 마음대로 휘젓고 다니라고? 그런 일은 절대 있을 수 없소."

"그렇다면 같이 일하는 겁니다. 우리에겐 불편하겠지만……. 당신은 정의감에 불타고 있습니다. 아마 그건 오히려 좋은 점일 겁니다. 당신 때문에라도 나는 더 빈틈없이 일할 테니까요. 당신은 반대를 너무 많이 합니다."

매틀록은 그린버그의 말에 놀랐다. 적대적인 연합을 제휴하는 것과 베일에 가린 비난의 화살을 던지는 것은 다른 것이다.

"그 말에 설명이 필요할 것 같군요."

크레셀은 화가 나서 붉어진 얼굴로 말했다.

그린버그는 조용하고 침착한 목소리로 말했다.

"난 오늘 밤 아주 소중한 친구를 잃었습니다. 20분 전에 그 친구의 아내와 이야기했습니다. 이런 상황에선 아무런 설명도 하고 싶지 않습니다. 자, 그러니 아무 말 마시고, 연락할 시간과 긴급 연락용 전화번호를 알려드리죠. 그게 필요하지 않으시다면, 여기서 나가주시오."

그린버그는 서류 가방을 작은 탁자 위에 올려놓고 열었다. 샘 크레셀은 딱딱하게 굳은 표정으로 아무 말 없이 그린버그에게 다가갔다.

매틀록은 낡은 가죽가방을 쳐다보았다. 바로 몇 시간 전만 해도 그것은 로링의 손목에 체인으로 묶여 있던 것이다. 이제 죽음의 가무가 시작된 것이다. 춤의 첫 스텝은 강렬했다. 이제 결정을 하고 사람들을 대면해야 했다.

6

두 가구가 살도록 되어있는 교직원 사택의 문패에는 '아치 비슨'이라고 씌어있었다.

매틀록은 저녁 초대를 쉽게 유도해 낼 수 있었다. 사학과 강사인 비슨은 매틀록이 두 사람의 강의를 묶어 세미나를 열고 싶다는 말에 반가워했다.

아치 비슨은 매틀록이 데리고 있는 교직원 중 한 명이 그의 아내의 침대 매너가 어떤지 물어보았다 해도 반가워했을 것이다. 매틀록이 분명한 남성이니만큼 아치 비슨은 짧은 치마를 입고 몸을 꼬아가며 돌아다니는 자기 아내와 술 마시고 흥청대는 일쯤은 높은 자리에 있는 이 영문학 교수와의 관계를 돈독히 하는 데 도움이 되리라고 생각했다.

2층 층계참에서 숨찬 목소리가 들렸다.

"잠깐만요!"

비슨의 아내였다.

매틀록은 그녀가 최고급 치즈 따위를 담은 그릇을 가지고 바삐 뛰어다니는 모습을 연상했다.

그녀의 남편은 책장의 겉모습에 마지막 손질을 가하고 있으리라. 필경 몇 권은 손님의 눈에 잘 뜨이도록 테이블 위에 놓았을 것이다.

매틀록은 과연 두 사람이 리세르긴산(LSD : 리세르긴산 디에틸아미드, 환각제) 알약이나 메테드린 캡슐 같은 것을 몰래 먹고 있는지 궁금했다.

문이 열리고 비슨의 자그마한 아내가 나왔다. 그녀는 예상대로 짧은 치마에 속이 비치는 실크 블라우스를 입고 순진한 미소를 지어 보였다.

"안녕하세요! 전 지니 비슨이예요. 칵테일파티에서 몇 번 만났었죠. 이렇게 와주셔서 정말 고마워요. 아치는 지금 논문을 읽고 있는데, 곧 끝날 거예요. 어서 들어오세요."

그녀는 앞장서서 2층으로 안내했다.

"이 계단은 한심하죠! 뭐, 인생을 바닥부터 시작하려면 어쩔 수 없는 거지만요."

"오래 걸리지 않을 겁니다."

매틀록은 말했다.

"아치도 매일 그렇게 말하죠. 그래야죠, 안 그러면 내 종아리에 알이 박일 테니까요!"

"아무렴, 곧 잘될 겁니다."

매틀록은 앞서서 가는, 알이라고는 하나도 박이지 않은 매끈한 다리를 보면서 말했다.

비슨의 방으로 들어가자 기묘하게 생긴 커피 테이블 위에 치즈가 멋들어지게 차려져 있고, 예상했던 과시용 책은 매틀록이 쓴 것이었다. 제목은 <리처드 2세의 가필加筆>, 이것은 테이블 위 램프 밑에 놓여있었다. 손님이 못 보고 지나칠 수 없는 곳이다.

문을 닫는 순간, 아치가 거실로 들어왔다. 그는 왼손에 종이 한 뭉치를 들고 있었다. 그는 오른손을 내밀었다.

"이렇게 와주셔서 감사합니다. 어서 앉으십시오. 마실 것은 아주 많이 있습니다. 나도 정말 목이 탑니다. 3시간 동안 30년 전쟁에 관한 논문을 20개나 읽었습니다!"

"우연한 일이지만, 어제 볼폰(Volpone)에 관한 논문을 읽었는데, 결론이 아주 이상하다 했습니다. 알고 보니, 그 녀석은 책은 읽지도 않고 하트퍼드에서 영화를 봤더군요."

"결말이 다르게 났습니까?"

"완전히 달랐어요."

"저런! 뭘 드시겠어요. 짐? 짐이라고 불러도 되지요, 박사님?"

지니가 물었다.

"버번에 물 조금만 넣어주십시오. 물론 짐이라고 불러주시는 게 더 좋습니다. 아직 박사라는 말에 익숙지 못합니다. 우리 아버지는 그건 잘못된 명칭이라고 하시죠. 박사라면 청진기를 들고 다녀야지, 책을 들고 다니면 안 된다고 말입니다."

매틀록은 인디언 세라페가 덮여있는 안락의자에 앉았다.

"말이 나왔으니 말인데, 전 지금 박사학위 준비 중입니다. 학위를 받은 후 2년만 더 고생하면 뭐가 좀 되지 않겠습니까?"

비슨은 아내에게서 얼음 통을 받아 들고는 술병과 술잔이 어수선하게 진열되어있는 긴 테이블 쪽으로 갔다.

"고생할 만한 거죠. 안 그래요, 짐?"

지니 비슨이 힘주어 말했다.

"반드시 거쳐야 하는 과정이죠. 보답이 있을 겁니다."

"학위뿐만 아니라 책도 내야죠."

지니 비슨은 치즈와 크래커를 집어 매틀록에게 주었다.

"이건 아일랜드에서 만든 프로마주(치즈 케이크)랍니다. 글쎄, 이걸 '블레어니'라고 부른다는 사실이 믿어지세요? 2주 전 뉴욕에서 샀죠."

"맛있게 생겼습니다. 아니요, 들어본 적 없습니다."

"책 이야기가 났으니 말인데, 며칠 전 교수님이 쓰신 <가필>이란 책을 보았어요. 아주 재미있던데요. 정말이에요!"

"난 벌써 다 잊어버렸습니다. 4년 전에 썼죠."

"그런 책이 필수교재가 되어야 해요. 아치도 그렇게 말했죠. 안 그래요, 아치?"

"그럼요! 자, 독약을 드시지요."

비슨은 매틀록에게 술잔을 건네면서 말했다.

"대리인을 통해서 일하십니까, 짐? 뭘 캐내려는 게 아닙니다. 저야, 뭘 쓰려면 아직 몇 년은 더 있어야 하니까요."

"그렇지 않아요, 당신도 알면서…."

지니가 뾰로통해서 말했다.

"그렇다네. 보스턴에 있는 어빙블록을 통해서 하지. 혹시 뭐 쓰고 있는 게 있으면, 내가 그 사람한테 한 번 보여주지."

"아, 아닙니다. ……, 어떻게 감히."

비슨은 짐짓 겸손한 시늉을 하면서 술잔을 든 채 아내의 옆 소파에 앉았다. 그들은 서로 흡족한 표정으로 눈길을 주고받았다.

"왜 그러나, 아치. 자네는 똑똑한 사람이야. 우리 대학의 유망주 아닌가. 내가 왜 세미나 이야기를 꺼냈다고 생각하나? 오히려 자네가 나를 도와주는 걸세. 블록한테 큰 횡재를 안겨다 주는 일이 될 수도 있지 않은가."

비슨의 표정에는 진실로 감사하다는 마음이 담겨있었다. 매틀록은 그 시선을 마주 보면서 당황스러웠다. 그러나 비슨의 눈에는 또 다른 것이 있었다. 그것이 무엇인지 정확히 꼬집을 수는 없어도 분명히 뭔가가 있었다. 동공이 약간 풀리고, 겁에 질린 표정이 들어 있었다.

그것은 필시 마약으로 중독된 사람의 표정이었다.

"대단히 고마우신 말씀입니다. 정말 감사합니다."

치즈와 술과 저녁도 다 끝이 났다.

매틀록은 자신이 외부에서 옛날 영화의 한 장면을 보는 기분이 들 때가 있었다. 세 명의 배우가 배에 타고 있거나, 혹은 세 사람이 몸에 딱 맞는 정장을 입고 뉴욕 시내의 한 고층 아파트에 있는 것 같은. 왜 그런 장면을 연상하게 되었는지, 그 자신도 알 수가 없었다. 아니, 알았다. 비슨 부부에게는 어딘지 30년대 같은 분위기가 있었다. 늦은 밤 텔레비전에서 본 적 있는 30년대.

그들에게는 이 시대와는 맞지 않는 분위기가 있었다. 그것은 멋을 부리기 위해 척하는 것인지, 아니면 속임수인지 알 수가 없었다. 그들의 성격은 가식적이지는 않았다. 하지만 그들이 하는 말 속에는 가식이 들어있었다. 그러나 그들은 현세대에 속하는 남녀였다.

리세르긴산과 메테드린.

애시드 헤드.

비슨 부부는 자신들을 과거 자유롭던 시대의 일부인 것처럼 위장하고 있었다. 시대와 자신들이 사는 상황을 부정하기라도 하는 것처럼 말이다.

사실 아치 비슨과 그의 아내는 무서운 사람들이다.

세 사람은 상당한 양의 술을 마셨고, 밤 11시까지 거실에 앉아 있었다. 세미나에 관한 문제도 모두 일단락 지었다.

이제 매틀록은 시작할 때가 되었음을 알았다. 무섭고 거북한 순간이었다. 하지만 어떻게 해야 할지 자신이 없었다. 어설픈 본능을 믿는 것이 최선이라고 생각했다.

"저……, 두 사람이 너무 충격적으로 듣지는 말았으면 하는데, 사실 난 오랫동안 스틱(마약이 든 궐련)을 못 피워서 말이야."

그는 주머니에서 얇은 담뱃갑을 꺼내 뚜껑을 열었다. 그의 몸짓은 말할 수 없이 서툴고 불안했다. 하지만 그런 기분을 내색해서는 안 된다는 것이 더 힘들었다.

"두 사람이 어떤 판단을 내리기 전에 알아주었으면 하는 마음이야. 난 마약법 같은 것은 따르지 않는 사람일세."

매틀록은 담뱃갑에 있는 12개비의 담배 중 하나를 꺼내고는 케이스를 열어 둔 채로 테이블 위에 놓았다.

이것이 과연 잘하는 짓일까? 그는 확신이 서지 않았고, 상대의 기분을 알 수 없었다. 아치와 그의 아내는 서로를 쳐다보았다. 내뿜은 연기 사이로 매틀록은 그들의 표정을 살폈다. 조심스럽기는 하지만 긍정적이었다. 어쩌면 지니의 알코올 기운 때문인지도 모르지만, 아무튼 그녀는 마치 친구를 만나 반갑다는 듯 머뭇거리면서 미소 지었다. 아치는 아직 반응을 보이지 않았다.

"어서 피우십시오. 저희 역시 법무부 장관이 주는 봉급을 받고 사는 사람은 아니니까요."

젊은 강사는 아랫사람에게 관용이라도 베풀듯 말했다.

"아니다마다……."

그의 아내는 깔깔거렸다.

"법은 너무 케케묵었어. 모든 분야에서 스스로 알아서 하는 게 중요한데 말이야. 경험을 부인하는 것은 죄악이지. 지성을 갖춘 사람이 하고 싶은 대로 하지 못하게 막는 것은……. 젠장, 그건 억압이지."

매틀록이 연기를 깊이 들이마시면서 말했다.

"바로 '지성'이 중요하다고 생각합니다. 지성이 없는 사람들이 마구잡이로 사용한다면 혼란이 일어나겠지만 말입니다."

"자네 말은 반만 맞네. 나머지 반은 '조절'이지. '쇠'와 '청동'을 효과적으로 조절하면 '금'을 자유롭게 해준다네. ― <공화국>에 나오는 표현을 빌자면 말일세. 지성을 가진 우수한 사람들이 평범한 시민들이 이해해주지 않는다고 해서 사고와 실험을 못 한다면 위대한 작품은 있을 수 없지. ― 예술, 기술, 정치 모든 면에서 말일세. 그랬다면 우린 아마 암흑시대에 살고 있을 걸세."

매틀록은 담배 연기를 깊이 들이마시고는 눈을 감았다. 너무 강조한 것 아닐까? 너무 가짜처럼 이야기한 게 아닐까? 그는 기다렸다. 기다림은 오래 가지 않았다. 아치는 조용히, 그러나 다급하게 말했다.

"진보는 매일 일어나고 있습니다. 믿으십시오. 정말입니다."

매틀록은 안도하며 눈을 뜨고 담배 연기 사이로 비슨을 바라보았다.

그는 눈을 깜빡이지도 않고 똑바로 보다가 비슨의 아내에게로 시선을 돌렸다. 그는 단 두 마디만 했다.

"아직 애들이구먼."

"그건 상황에 따른 상대적인 가설입니다."

비슨은 여전히 목소리를 낮추어 말했다.

"그만 됐네."

"오, 아직 그렇게 단정하지는 마세요!"

지니 비슨은 알코올 기운으로 긴장이 풀려 있었다. 아치는 그녀의 팔을 잡았다. 그것은 조심하라는 표시였다. 그는 매틀록에게서 눈을 떼고 허공을 바라보면서 다시 말했다.

"아직 우리가 코드가 맞는지 모르기 때문에……."

"아니, 같지 않을 걸세. 잊어버리게……. 이거나 마저 피우고 그만 가겠네. 세미나 문제로나 다시 만나기로 하지."

매틀록은 세미나에 대한 말이 무심히 들리도록 했다.

출세에 급급한 아치 비슨은 이러한 무심한 태도를 견디지 못하는 듯했다.

"저도 하나 피워도 되겠습니까?"

"이게 처음이라면, 한 번 피워보게나. 나한테 잘 보이려고 그러지는 말게나. 난 아무래도 괜찮으니까."

"처음이냐고요? 뭐요?"

비슨은 소파에서 일어나 담뱃갑이 놓여있는 탁자로 갔다. 그는 담배를 하나 집어 들고 코로 가져다 댔다.

"괜찮은 풀이군요. 그저 괜찮은 정도입니다. 하나 피워보죠, 처음으로."

"처음?"

"교수님은 꽤 좋아하시는 것 같습니다만, 사실 한물간 겁니다."

비슨은 담배 두 개비를 꺼내 불을 붙이고는 깊이 빨았다. 그리고는 고개를 끄덕이고 어깨를 으쓱해 보이고는 한 개비를 아내 지니에게 주었다.

"이건 전채요리라고 합니다."

그는 서재로 가더니 중국산 칠보 상자를 가지고 나와 매틀록에게 작은 핀을 보여주었다.

그 핀을 누르자, 뚜껑이 열리면서 상자 바닥에 얇은 나무판을 댄 가짜 바닥이 나왔다. 그 밑에는 20여 개의 알약이 투명한 비닐에 싸여 있었다.

"이게 본 코스, 앙트레입니다."

매틀록은 지난 48시간 동안 공부한 것이 고마웠다. 그는 미소를 지었다. 그러나 그의 목소리는 단호했다.

"난 여행은 두 가지 조건에서만 하네. 첫째는 우리 집에서 아주, 아주 친한 친구들과 같이한다는 것. 둘째는 아주 친한 친구들과 그들의 집에서 한다는 것일세. 아직 자네에 대해서는 잘 모르지, 아치……. 하지만 빨간 여행 정도는 마다하지 않겠네. 다만 내가 이건 준비가 안 되어서 그러는 걸세."

"더 말씀하실 필요 없습니다. 그냥 한 번 꺼내 본 것뿐이니까요."

비슨은 상자를 다시 서재로 가지고 갔다가 이번에는 파이프 담배를 피우는 사람들이 쓰는 것 같은 작은 가죽 주머니를 가지고 매틀록에게로 다가왔다.

그러자 그의 아내 지니 비슨이 눈을 휘둥그레 떴다. 그녀는 반은 열려있는 블라우스 단추를 하나 더 풀고는 다리를 뻗었다.

"던힐이 제일 좋죠!"

비슨은 주머니를 열고 매틀록에게 속을 보여주었다.

그 속에도 역시 비닐에 싸인 알약이 있었다. 하지만 이 약들은 진한 붉은색이었고, 칠보 상자에 있던 알약보다 약간 더 컸다. 세코날(수면제)이 최소한 50개 내지 60개는 들어있었다.

지니는 의자에서 벌떡 일어나며 소리 질렀다.

"난 이게 정말 좋아!"

"술이 확 깨는군."

매틀록도 덧붙였다.

"여행합시다. 너무 많이는 말고요. 다섯 개가 최대 한계치입니다. 우리 집 규칙이죠."

ꕤ

그 후 2시간은 안개 속을 걷는 것처럼 어렴풋했다. 하지만 매틀록은 비슨 부부보다는 덜했다. 사회학 강사와 그의 아내는 다섯 개의 알약을 먹고 '기분 좋은 상태'에 도달했다.

매틀록도 마지막 세 알까지 다 먹었다면 그랬을 것이다.

그러나 그는 나머지 세 알은 호주머니 속에 감춰두었다. 매틀록은 두 사람에게 한 알 더 먹도록 열심히 권할 필요가 없어졌다. 두 사람은 긴장이 풀어진 채 소파에 늘어졌다.

"고명하신 분별력은 어디로 갔습니까, 박사님?"

비슨은 소파 앞의 바닥에 앉으며 아내의 다리를 만지작거리면서 키득거렸다.

"자네들은 내가 생각했던 것보다 더 좋은 친구들이구먼."

"이건 아주 아름다운 우정의 시작일 뿐이죠."

젊은 아내는 천천히 소파에 기대면서 깔깔거렸다. 그녀는 몸을 비틀면서 오른손을 남편의 머리카락 속으로 집어넣어 머리를 앞으로 잡아당겼다.

비슨은 전보다 더 긴장이 풀린 모습으로 껄껄 웃으며 일어섰다.

"그럼 이제 마법의 약을 가지고 오지."

비슨이 서재로 들어가자, 매틀록은 그의 아내를 쳐다보았다.

그녀의 행동에는 오해의 소지도 없었다. 그녀는 매틀록을 쳐다보면서 천천히 입을 벌리며 혀를 내밀었다. 매틀록은 세코날의 부작용 중 하나가 과시욕이라는 것을 알았다. 버지니아 비슨의 행동이 거의 다 그렇듯이.

두 번째 것은 세 알씩 먹기로 했다. 이제 매틀록은 속이기 쉬웠다. 비슨은 스테레오를 크게 틀고 '카미나버라나'판을 틀었다. 15분이 지나자 지니 비슨은 매틀록의 무릎 위에 앉아 가끔 그의 가랑이 사이에 몸을 비벼댔다. 그녀의 남편은 스테레오 스피커 앞에 벌렁 누웠다. 매틀록은 숨을 내뿜듯이 음악 소리 위로 들릴 수 있을 만큼 큰 소리로 말했다.

"이건 내가 먹어 본 중에 제일 좋은 것들일세, 아치……. 어디야? 어디서 구하나?"

"교수님이 거래하는 곳과 같은 곳일 겁니다."

비슨은 몸을 돌려 매틀록과 자기 아내를 쳐다보았다.

그는 웃었다.

"저런, 뭘 말씀하시는 건지 모르겠군요. 약 말입니까, 아니면 무릎 위에 있는 여자 말입니까? 그 여자 조심하십시오, 박사님. 말괄량이이니까요."

"농담이 아닐세. 자네의 약은 내 것보다 더 질이 좋아. 내가 쓰는 풀은 그저 검사기준을 겨우 통과할 정도밖에 안 되거든, 어딘가? 나한테도 좀 알려주게."

"이상한 분이시군요. 왜 그렇게 계속 물어보는 겁니까? 내가 뭘 물어봅니까? 안 물어보잖습니까? 그건 예의가 아닙니다. 지니와 같이 놀기나 하십시오. 난 음악 좀 들어야겠습니다."

비슨은 다시 바닥에 엎드렸다.

매틀록의 무릎 위에 있던 여자가 갑자기 그의 목을 팔로 감싸고 그의 가슴에 자기 가슴을 붙였다. 그리고는 머리를 그의 얼굴 옆에 대고는 그의 귀에 키스하기 시작했다.

매틀록은 그녀를 의자에서 들어 올려 침대로 안고 가면 어떤 일이 벌어질까 생각했다. 그러나 지금 확인하고 싶지는 않았다. 매틀록의 성생활을 증진하기 위해서 랠프 로링이 죽은 것은 아니니까.

"자네 담배를 하나만 피우게 해주게나. 그저 자네가 피우는 담배 맛이 내 것보다 얼마나 더 좋은가만 보겠네."

갑자기 비슨은 벌떡 일어나 앉으며 매틀록을 빤히 쳐다보았다. 그는 자기 아내에 대해서는 걱정하지 않았다. 매틀록의 목소리에 본능적으로 의심을 불러일으킬 만한 무언가가 있었다. 아니면 그의 말 때문이었을까?

매틀록은 여자의 어깨 너머로 비슨의 표정을 살피며 이런 생각을 모두 해보았다. 아치 비슨은 갑자기 경계 태세를 취했는데, 매틀록은 그 이유를 알지 못했다.

비슨은 더듬거리며 말했다.

"물론이죠. 지니, 짐을 귀찮게 하지 마."

그는 천천히 몸을 일으켰다.

"주방에 몇 개 있습니다. ……. 어디에다 두었는지 모르지만, 찾아보죠. 지니, 짐을 귀찮게 하지 말라고 했잖아. 잘해 드려야지."

비슨은 계속 매틀록을 보고 있었다. 세코날 기운 때문에 동공은 풀려 있고, 입술은 벌어졌으며, 얼굴 근육은 풀린 것 이상이었다. 그는 뒷걸음질을 치며 주방 문 쪽으로 다가갔다. 열려있는 주방 문으로 들어가더니, 아치 비슨은 이상한 짓을 했다. 그는 문을 천천히 밀며 꼭 닫았다.

매틀록은 무릎 위의 여자에게서 몸을 뺐다. 여자는 조용히 바닥에 누웠다. 그녀는 천사처럼 미소 지으면서 그를 향해 두 팔을 벌렸다. 그는 미소 지으며 여자를 내려다보면서 그녀의 몸을 타 넘어 건너갔다.

"금방 오겠소. 아치한테 물어볼 게 있어서."

그는 작은 소리로 말했다.

여자는 몸을 돌려 엎드렸고, 매틀록은 조심스레 주방 쪽으로 갔다. 그는 머리를 헝클어뜨리고는 일부러 식탁 위로 몸을 구부린 채로 조용히 문 쪽으로 다가갔다. 만약 비슨이 갑자기 나온다면 약 기운 때문에 정신이 없는 척할 것이다.

스테레오는 더 큰 소리로 울려대고 있었지만, 흥분된 목소리로 전화기에 대고 말하는 아치의 목소리가 나지막하게 들렸다.

그는 아치 비슨이 주방 옆의 벽에 기대어 전화를 걸게 만든 이유가 무엇인지 생각했다.

왜? 무엇 때문에? 연기가 너무 뻔했던가? 처음 만났을 뿐인데 일을 너무 크게 벌인 것인가? 만약 그렇다면, 최소한 그와 통화를 하는 사람이 누구인지만이라도 알아내야 했다.

한 가지 사실은 분명했다. 그게 누구였건 간에, 그자는 아치 비슨보다는 더 중요한 인물이라는 사실이다. 아무리 마약중독자이더라도 이런 때 겁을 먹고 자기보다 못한 사람에게 연락하지는 않을 테니까.

오늘 저녁이 실패하지 않았다는 것, 아니, 반대로 그의 실패는 필요한 일이었을 것이다. 비슨은 다급해진 나머지 폭로하지 말아야 할 정보를 흘릴 수도 있다. 약에 취한 강사에게 겁을 주어 정보를 알아내는 것도 무모한 일은 아니다. 하지만 그렇게 한다면 가장 바람직하지 못한 방법이 되었을 것이다.

그것도 실패한다면, 그는 시작도 하기 전에 끝장나고, 로링이 그렇게 용의주도하게 해준 브리핑은 허사로 돌아갈 것이다. 그의 죽음은 그저 선부른 실수로 끝나버릴 것이며, 그가 가족에게 비인간적인 고통을 주면서까지 해온 조사는 이 못난 아마추어로 인해 결실도 없이 끝나게 될 것이다.

다른 길이 없었다. 비슨이 누구에게 전화를 거는지 알아야만

했다. 문득 그는 로링의 서류 가방과 손잡이에 달려있던 가느다란 검은 색 체인을 떠올렸다. 이상하게 그것을 생각하니 용기가 생기기 시작했다.

그는 가능한 한 제정신이 아닌 사람처럼 보이게 자세를 잡고 문틀에 머리를 대고 천천히 안으로 밀었다. 그는 비슨의 노려보는 눈과 마주칠 것을 예상했지만 비슨은 등을 돌린 채로 있었다.

그는 어린아이처럼 몸을 웅크리고 서서 고개를 한쪽으로 떨군 채 수화기를 부여잡고 있었다. 비슨은 스테레오의 '카미나버라나' 소리에 자기 목소리가 들리지 않으리라고 생각하는 것이 분명했다. 하지만 세코날이 그를 착각하도록 만든 것이었다.

비슨의 귀와 목소리는 시간을 맞추지 못했다. 그의 말은 똑똑히 들릴 정도가 아니라, 오히려 음악 소리가 없을 때라 더욱 강조되어 반복되었다.

"……이해를 못 하시는군요. 이해를 해주십시오. 제발, 이해를 해주십시오. 그자가 계속 물어보고 있단 말입니다. 약에 취하지 않았습니다. 취하지 않았단 말입니다. 분명히 끄나풀이라니까요. 헤론에게 연락해주십시오, 저 사람을 잡으라고. 제발, 연락해주세요! 이제 와 모든 것을 잃어버릴 수는 없습니다. 아니, 그게 아닙니다. 난 알 수 있다니까요. 눈에 다 보인단 말입니다. 저 새끼가 까딱하는 날에는 문제가 생길 겁니다. 눈에 보인다니까요. 루카스한테 연락해주십시오. 제발, 저놈을 어떻게 해주시라고요! 지금

난 곤란한 상황에 빠졌고…….”

매틀록은 천천히 문을 닫았다. 충격이 너무 커서 생각과 감정이 모두 마비된 것 같았다. 그의 손은 아직 주방 문에 있었지만, 손가락 끝에는 문짝의 나무판이 느껴지지 않았다. 방금 그가 목격한 장면은 공중전화 부스에서 랠프 로링의 시체를 보았을 때보다 더 무서운 것이었다.

헤론 루카스, 헤론이라고 했던가!

70세의 전설적인 인물. 명석할 뿐 아니라, 인간을 보는 안목이 뛰어나 존경받는 사람. 인간성 좋고, 고명한 사람. 뭔가 실수가 있을 것이다. 설명이 있을 것이다.

그러나 이 설명 못할 사실을 생각할 시간이 없었다.

아치 비슨은 그를 '끄나풀'로 생각하고 있다. 그리고 이제는 그렇게 생각하는 사람이 한 사람 더 있다. 그는 그렇게 되도록 내버려 둘 수 없다. 뭔가 생각을 해내야 했다. 어서 행동을 취해야 했다.

불현듯 생각이 떠올랐다. 비슨이 힌트를 준 것이다.

밀고자라면, 마약에 취하지 않은 사람이라면 하지 않을 행동을 하는 것이다.

매틀록은 얼굴을 거실 바닥에 댄 채 엎드려있는 여자를 보았다. 그는 얼른 바지의 혁대를 풀면서 식탁을 돌아 그녀의 옆으로 다가갔다. 그리고는 재빨리 바지를 벗고 그녀를 돌려 누였다. 그는 그녀의 옆에 누워 그녀의 블라우스에 남은 단추 두 개를 마저 풀고는 브래지어를 잡아당겨 풀었다. 그녀는 신음을 내면서 낄낄거렸다. 그가 그녀의 맨 가슴에 손을 대자, 그녀는 다시 신음을 내며 다리 한 짝을 들어 매틀록의 엉덩이 위로 올려놓았다.

"음……."

그녀는 숨을 내쉬면서 자기의 음부를 매틀록의 다리 사이로 밀어붙였다. 그녀의 눈은 반쯤 떠져 있었고, 손으로는 그의 다리를 더듬었다.

매틀록은 계속 주방 문을 쳐다보면서 어서 그 문이 열리기만 기도했다.

이윽고 문이 열렸다. 그는 얼른 눈을 감았다.

아치 비슨은 주방에서 아내와 손님을 내려다보고 있었다. 매틀록은 비슨의 발소리가 들리자 고개를 뒤로 젖히고는 놀란 표정을 지었다. 그는 바닥에서 일어났다가는 금방 다시 쓰러졌다. 그는 앞을 가리면서 바지를 움켜잡고는 다시 비틀거리면서 일어나 소파 위로 쓰러졌다.

"이럴 수가! 아니, 이럴 수가! 아치, 내가 정신이 나갔어! 내 정신이 아니었네, 아치! 맙소사. 내가 무슨 짓을 했지? 난 완전히 정신이 나갔었네. 미안하네. 오, 정말 미안해!"

비슨은 소파로 다가왔다. 그의 표정으로 보아 그가 무슨 생각을 하는지, 화가 얼마나 나 있는지는 의심할 여지도 없었다.

아니, 정말 화가 난 것일까?

그는 웃기 시작했다. 그의 반응은 전혀 예상치 못한 것이었다. 처음에는 낮게, 그러다가 점점 가속이 붙어 격렬하게, 나중에는 거의 히스테릭하게 들릴 정도로.

"오, 세상에! 내가 그랬잖습니까. 저 여자는 말괄량이라고……. 걱정하지 마십시오. 무슨 짓을 한 것도 아닌데. 강간을 한 것도 아니잖습니까? 하지만 세미나는 합시다. 아무렴, 굉장한 세미나가 될 겁니다. 그저 저를 골라잡았다고만 여기십시오. 아셨습니까? 제발, 그렇게만 말해주십시오, 네?"

매틀록은 마약중독자의 풀어진 눈을 바라보았다.

"아무렴, 물론이지. 그렇게 하고말고."

"잊으시면 안 됩니다. 그리고 사과하지 마십시오. 사과하실 필요 없습니다. 오히려 제가 사과드려야겠습니다."

아치 비슨은 웃으면서 바닥으로 쓰러졌다. 그는 아내에게로 손을 뻗어 그녀의 왼쪽 가슴을 감싸 안았다. 그녀는 신음을 내면서 미친 듯 깔깔거렸다.

매틀록은 성공한 것이다.

7

그는 피곤했다. 늦은 시간이기도 했지만 긴장했기 때문이다. 새벽 3시 10분이었고 '카미나버라나'의 합창곡이 지금도 귀에서 윙윙거렸다.

바로 눈앞에서 가슴을 다 내놓은 여자와 자칼의 소리를 내는 남자가 서로 뒤얽혀 몸을 비틀거리는 모습은 차마 눈 뜨고는 볼 수 없을 정도로 역겨웠다.

하지만 그보다도 그의 마음을 가장 불편하게 한 것은 그날 밤에 루카스 헤론의 이름이 언급되었다는 사실이다. 상상조차 할 수 없는 일이었다.

루카스 헤론. '대단한 늙은 새'라는 별명으로 통하는 사람. 말은 없지만, 칼라일대학 내에서는 누구도 무시하지 못하는 사람. 낭만주의 언어학과 과장이자, 깊은 동정심을 지닌 조용한 학자. 그의 눈은 언제나 빛났고, 즐거움과 인내가 표정에 깃들어 있다.

그가 마약 세계와 관련이 있다는 것은 믿을 수 없는 일이다. 히스테릭한 중독자가 마치 루카스가 어떤 힘 있는 사람이나 되는 것처럼 애타게 찾았다는 사실은 합리적으로는 도저히 이해할 수 없는 사건이자 일이었다.

이에 대한 설명은 분명 루카스 헤론이 무한한 동정심이 있는 사람이라는 사실에서 찾아야 할 것이다. 그는 많은 이들에게 친구가 되어주었고, 고통받는 사람들에게 의지할 만한 안식처를 제공해주었다. 그의 평온하고 흔들림 없는 겉모습 뒤에는 강인함이 숨어있었다.

25년 전, 그는 솔로몬 군도에서 오랜 세월의 중년을 보병대 장교로 지냈고, 태평양에서 일어난 그 야만적인 전쟁에서는 신화 같은 존재였다. 이제 일흔 살이 넘은 그는 명물이었다.

매틀록은 모퉁이를 돌았다. 한 블록 앞에 그의 아파트가 보였다. 캠퍼스는 어둠에 싸여 있고, 가로등만 빼면 불빛이라고는 그의 방에서 흘러나오는 것밖에 없었다. 그가 불을 켜둔 채 나왔던가? 기억이 나지 않았다.

그는 문 앞까지 가서 열쇠를 꽂아 넣었다. 잠금쇠 돌아가는 소리와 함께 안에서 무엇인가 부서지는 요란한 소리가 들렸다. 그 소리에 깜짝 놀라기는 했지만, 그의 첫 번째 반응은 즐거움이었다. 그가 기르는 털이 긴 고양이가 유리잔이나 패트리샤 발렌타인이 만든 도자기 작품을 넘어뜨린 것일 것이다.

그러나 다시 그것은 말도 안 되는 생각임을 깨달았다. 그 소리는 도자기가 깨지는 소리치고는 너무나 컸고, 유리잔이 부서지는 것

치고는 너무 복잡한 소리였다.

그는 허겁지겁 현관으로 들어갔다. 눈앞의 광경은 그의 피로감을 한꺼번에 씻어 가 버렸다. 그는 믿을 수가 없어 꼼짝도 할 수 없었다.

방 전체가 엉망진창이었다. 테이블은 뒤집혀 있었고, 책장의 책은 모조리 방바닥에 쏟아져 페이지가 찢긴 채 사방에 흩어져 나뒹굴고, 스테레오 턴테이블과 스피커도 부서져 있었다. 소파의 쿠션은 칼로 난도질 되어 안에 들어있던 솜과 고무가 사방에 널려 있고, 양탄자는 벗겨져서 아무렇게나 널브러졌고, 커튼도 모두 벗겨져서 뒤집힌 가구들 위에 얹혀 있어 난장판이었다.

그는 조금 전의 소리가 왜 났는지 알 수 있었다. 길 쪽으로 난 벽의 창문 밑에는 온통 유리 파편이 깔려 있었다. 그 창에는 유리가 두 장이었는데, 그는 비슨의 집으로 가기 전에 창문을 모두 열어 두었던 것을 분명히 기억하고 있었다.

그는 봄바람을 좋아했으며, 아직 철이 일러 방충망은 닫지 않았었다. 따라서 창문을 부술 필요는 없었으며, 땅에서부터 창문까지는 4내지 5피트(122~152센티미터)는 되었기 때문에 침입자가 들어오기에는 높지만, 겁에 질린 강도가 뛰어내리기에는 충분한 높이였다.

따라서 창문을 부순 것은 도망을 치기 위해서가 아니었다. 그것은 고의적인 행위였다. 그를 주시하는 어떤 사람이 경고를 보내온 것이다. 매틀록은 이러한 경고를 인정할 수 없었다. 그것을 인정하는 것은 강도 이상의 존재를 인정하는 셈이 된다.

그는 그렇게는 할 수 없었다. 그는 얼른 침실 안을 들여다보았다. 거실보다 더 엉망이었다. 매트리스는 갈기갈기 찢긴 채 구석에 내동댕이쳐져 있고, 옷장 서랍은 모두 방바닥에 내던져진 채 내용물은 방안에 한가득 흩어져있어 발 디딜 틈조차 없었다.

벽장 안의 옷걸이에 걸려있던 옷과 신발, 주방의 식기들도 여기저기 흩어져있고, 먹다 남은 음식들이 마구 파헤쳐져서 식탁 위에 너저분하게 널려 있었다. 순간 매틀록은 깨달았다.

누군가 자기의 집을 수색하고 경고하기 위한 행위로써 주방을 난장판으로 만들고 창문 유리까지 깬 것임을.

그는 그 수색의 목적이 무엇이었는지 알 수 있었다. 이것 역시 그는 인정할 수 없었다. 결론은 비슨의 집에서와 같은 것이었다. 그는 최대한 설득력 있게 부인함으로써 사태를 모면해야 했다. 그것만큼은 그도 직감적으로 알 수 있었다.

하지만 위장을 하기 전에 우선 이 수색이 성공했는지 알아야 했다.

그는 정신과 육체에 내리누르는 무력감을 힘들게 밀쳐냈다. 그러고는 다시 거실을 찬찬히 둘러보았다. 창문에는 커튼이 없고, 불빛 때문에 누군가 아파트 근처나 길 건너 잔디밭에서 성능 좋은 망원경으로 본다면 그의 일거수일투족을 훤히 볼 수 있을 것이다.

만약 불을 끄면, 더 감시받을 것이 분명했다.

집에 들어와 집안이 난장판이 된 것을 보고 불을 끄는 사람은 아마 없을 것이다.

하지만 어떻게든 욕실로 가야 했다. 욕실은 이런 순간에 그의 집에서 가장 중요한 곳이었다. 그는 침입자가 목적을 달성했는지 실패했는지 욕실에서 30초 안에 확인해야 했다. 그것도 어떤 비정상적인 관심은 전혀 내색하지 않고 행동으로 옮겨야 했다. 만약 누가 보고 있다면 더욱 절실했다.

이것은 어떻게 보이느냐, 어떤 동작을 취하느냐의 문제였다. 욕실 문과 가장 가까이 있는 물건은 스테레오 턴테이블이었다. 그것은 불과 5피트 정도밖에 떨어져 있지 않았다. 그는 그쪽으로 가서 몸을 수그려 바닥에 흐트러져 있는 부스러기들을 줍기 시작했다. 그중에는 쇠로 만든 손잡이도 있었다. 그는 그것을 쳐다보다가 갑자기 손이 찔린 것처럼 그것을 떨어뜨리면서 손가락을 입으로 가져갔다. 그리고는 급히 욕실로 들어갔다.

안으로 들어가자, 그는 서둘러 약장을 열고 반창고 통을 집었다. 그리고는 서둘러 변기 왼쪽으로, 노란색 고양이 상자를 두는 곳으로 손을 뻗어 깔개 밑에 끼워둔 신문지 한 귀퉁이를 들췄다. 신문지 밑에 그가 끼워둔 두 겹의 거친 질감의 천이 느껴졌다. 그는 한 겹을 들추어 보았다.

잘린 편지 종이는 고스란히 있었다. '베네라레 오메르타'라는 무서운 구절로 끝이 난 은색 코르시카어 편지는 발견되지 않은 것이다.

그는 신문지를 다시 원래대로 해놓고 장식용 볏짚을 흩트려 놓은 뒤 일어섰다. 그때야 그는 욕실 위에 있는 작은 유리 덧창문이 약간 열려있는 것을 보고 욕을 했다.

생각할 시간이 없었다.

그는 다시 거실로 와서 플라스틱 틀에 붙은 반창고를 떼었다.

수색은 실패로 끝난 것이다. 이제는 경고를 무시하고, 결론을 부인해야 했다. 그는 전화기로 가서 경찰에 전화를 걸었다.

"없어진 물건이 뭐가 있습니까?"

제복을 입은 경관은 난장판 한가운데에 서서 사건의 경위를 물었고, 다른 한 경관은 집 안을 돌아다니면서 기록하고 있었다.

"아직 모르겠습니다. 살펴보질 못했으니까요."

"이해할 만합니다. 엉망이군요. 하지만 살펴주십시오. 빨리 알수록 좋습니다."

"없어진 것은 없는 것 같습니다. 내 말은, 난 특히 다른 사람한테 값이 나갈 만한 물건은 없다는 말입니다. 있다면 스테레오나 있을까……. 하지만 다 부서지지 않았습니까? 침실에 텔레비전이 있는데, 그건 괜찮습니다. 책 중에 좀 값이 나가는 게 있을지 모르지만, 저걸 보십시오.”

“현금, 보석, 시계 같은 것도 없습니까?”

“난 돈은 은행에 두고, 현금은 지갑 속에 있습니다. 시계는 차고 다니고, 보석은 없습니다.”

“시험 문제지는 어떻습니까? 그런 일도 자주 있다는데.”

“교수실에 있습니다. 영문과 교수실 말입니다.”

경관은 작은 검은 색 수첩에 전부 기록하고는 침실에 들어가 있는 동료를 불렀다.

“이봐, 루. 지문 찍을 사람한테 연락 갔나?”

“연락해준다고 했어. 금방 올 거야.”

“뭘 만진 적 있습니까, 매틀록 씨?”

“모르겠습니다. 있겠죠. 너무 놀랐으니…….”

“특히 부서진 것들, 예를 들면 전축 판 같은 것? 지문을 뜰 사람에게 당신이 손대지 않은 물건을 말해주면 좋을 텐데요.”

“전축 손잡이는 만졌지만, 몸체는 건드리지 않았습니다.”

“좋습니다, 그것부터 시작하죠.”

경찰관들은 1시간 반 동안 있었다. 지문채취 전문가가 와서 지문을 뜨고 떠났다. 매틀록은 샘 크레셀에게 전화할까 생각했지만, 그 시간에 크레셀이 할 수 있는 일이 없을 거라는 결론을 내렸다. 또 만약 밖에서 누가 보고 있다면, 그의 모습을 보여서는 안 되었다. 심야의 돌연한 소란에 다른 아파트 사람들이 잠에서 깨어 달려와서 위로의 말과 커피를 주었다.

경찰관들이 떠나려고 할 때, 그들 중 몸집이 큰 한 경관이 현관문에서 돌아다보았다.

"오래 끌어서 죄송합니다, 매틀록 씨. 보통 때는 사람이 다쳤거나 물건이 없어졌을 경우가 아니면 지문은 뜨지 않지만, 최근에 이런 유의 사건이 자주 일어났기 때문에 그렇게 한 것입니다. 제 생각에는 머리를 길게 기르고 다니는 문제아 녀석들 짓이리라는 생각이 들기도 하지만, 검둥이들 짓일지도 모르죠. 우리 마을에 그런 문제아들이나 검둥이들이 오기 전에는 이런 일이 없었으니까 말입니다."

매틀록은 이렇게 자신 있게 분석해주는 경관을 쳐다보았다.

그의 말에 이의를 제기해 봐야 아무 의미도 소용도 없을 것 같았기 때문이다.

무엇보다도 그는 너무 피곤해 지쳐 있었다.

"그렇게 설명까지 해주시니 고맙습니다."

"뭘요."

경관은 시멘트 길로 나가려다가 다시 뒤를 돌아보며 말했다.

"아 참, 매틀록 씨."

"네?"

매틀록은 문을 다시 당겼다.

"방금 생각난 건데, 혹시 뭘 찾으려던 것은 아니었을까요? 저렇게 물건이며 책들이 모조리 찢어져 있는 것을 보면……. 제 말의 뜻을 아시겠습니까?"

"네."

"만약 그런 것이라면, 저희한테 말씀해주시겠죠?"

"물론입니다."

"그래야죠. 그런 정보를 감추는 것은 어리석은 짓입니다."

"결코 난 어리석은 사람이 아닙니다."

"너무 기분 나쁘게 듣지 마십시오. 전 그저 교수님들은 공부에 정신을 쏟다 보면 곧잘 잊어버릴 때가 있으리라 생각해서 하는 말입니다."

"난 쓸데없이 정신을 딴 데다 팔지는 않습니다. 우리 중에 그런 사람은 별로 없습니다."

"네. 그냥 한 번 말씀드린 것뿐입니다. 우리도 사실을 제대로 알지 못하면 일을 할 수가 없지 않겠습니까?"

"이해합니다."

"그럼. 됐습니다."

"안녕히 가십시오."

"안녕히 계십시오, 박사님."

그는 문을 닫고 거실로 들어왔다. 보험회사에서 과연 그의 귀중한 책의 가치를 알아줄지 의문이었다. 그는 찢어진 소파 위에 앉아 방 안을 둘러보았다. 여전히 난장판이었다. 파괴는 철저했다. 부서진 파편들을 줍고 가구를 고치는 정도로 해결될 일이 아니었다. 경고는 분명하고 격렬했다.

경고를 해왔다는 사실부터가 무서운 일이다.

'왜? 누가?'

아치 비슨의 히스테릭한 전화 때문이었을까? 그것도 가능한 일이다. 오히려 그랬다면 더 낫겠다. 그렇다면 니믈롯과는 관련이 없는 동기일 테니까. 그렇다면 비슨이 거래하는 마약 거래책들이 그를 위협하여 아치를 건드리지 말도록 하려는 것이 목적이었을 것이다. 로링은 비슨 부부가 니믈롯 조직과 연관되었다는 증거는 없다고 했었다.

그렇다고 또 그들과 연관이 없다는 증거도 없었다.

하지만 만약 비슨 때문이었다면, 그의 두려움은 아침이 되면 제거될 것이다. 그날 밤의 결말은 의심의 여지가 없었다. 마약에 취한 '늙은이'가 '강간할 뻔했다'하는 것으로 끝날 테니까. 그는 비슨이 학계의 출세길에 오르는 사다리였다.

한편, 그렇지 않고 경고와 수색이 코르시카어 편지 때문이었을 가능성도 있다. 로링이 죽기 전 길에서 그의 뒤를 따라오면서 뭐라고 했던가?

"…… 그들이 이 가방보다 더 원하는 것은 단 한 가지밖에 없습니다. 그건 당신의 호주머니에 들어있는 편지입니다."

그렇다면 그가 랠프 로링과 연관되어 있었다고 보는 것이 이치에 맞다.

그가 로링의 시체를 발견하고 허둥댔기 때문에 그와 관련이 있다고 보았을까 걱정할 필요는 없으리라고 하던 워싱턴의 결론은 잘못된 것이었고, 제이슨 그린버그의 확신은 틀렸다.

그렇지만 그린버그도 말했듯이, 그들은 그를 시험하고 있는 것인지도 모른다. 확실히 알 때까지 죄어보는 것인지도.

'그럴 수도 있다. 그렇지만…….'

추측이었다.

그는 정신을 단단히 차려야 했다. 지나친 행동을 해서는 안 되었다. 그가 조금이라도 가치가 있는 존재가 되려면, 아무것도 모르는 시늉을 해야 한다.

몸이 아팠다. 눈은 부었고, 입 안은 아직도 세코날과 술과 마리화나가 섞인 끔찍한 뒷맛이 남아있었다. 그는 피곤했다. 결론도 나지 않을 일인데도, 결론을 내야 할 것 같은 압박감이 그를 힘들게 했다.

월남에 갔을 때 갑작스러운 전투에 휘말렸던 몇 주일 동안 그는 좋은 충고를 들었던 기억이 났다. 그것은 가능하기만 하다면 언제 어디서든 쉬어야 한다는 것이었다. 그 충고는 메콩 델타에서 누구보다도 많은 전투를 겪어보았다는 한 중사한테서 들은 얘기였다. 역시 소문이지만, 그는 중대원 대다수를 앗아간 잠복 중에도 잠을 잤다고 했다.

매틀록은 거의 형태도 없어진 소파 위에 드러누웠다. 침실로 가본댔자 매트리스가 없으니 마찬가지일 터였다. 그는 혁대를 풀고, 구두를 벗어 던졌다. 몇 시간은 잘 수 있을 것이다. 그다음에 크레셀을 만나 이야기해보자. 크레셀과 그린버그에게 아파트 침입 사건을 해명할 이야기를 만들어 달라고 하는 것이다. 워싱턴도 인정하고, 칼라일 경찰도 인정할 수 있는 이야기를.

경찰?

그는 갑자기 벌떡 일어났다. 그때는 생각나지 않았지만, 지금 생각이 났다. 건방지면서 그러나 기분 나쁘게 예의 바르던 경찰관, 그에게 '문제아들과 검둥이들' 짓일 것이리라는 추리를 해주었던 그는 2시간 가까이 진행된 경찰조사 내내 그를 '매틀록 씨'라고 불렀다.

그런데 떠날 때는 매틀록이 뭔가 숨기고 있을 수도 있음을 넌지시 비추면서 그를 '박사님'이라고 부른 것이다. '씨'라고 부르는 것은 정상이다. '박사'라고 부르는 것은 보기 드문 일이다.

학교 밖에서는 아니, 학교 내에서도 그를 '박사님'으로 부르는 사람은 없었다. 누구든 박사학위를 가지고 있는 사람을 '박사님'이라고 부르는 일은 없다. 박사학위 소지자들은 그런 호칭으로 불리면 멍청한 사람 취급을 받는 것처럼 느꼈고, 멍청한 사람만이 그런 호칭으로 불리기를 기대했다.

그런데 왜 그 경관은 그 호칭을 사용했을까? 매틀록은 그를 몰랐고 본 적도 없다. 그 경찰관은 매틀록이 '박사'라는 사실을 어떻게 알았을까?

매틀록은 앉아서 지난 몇 시간 동안의 피로 때문에 자기가 공연히 아무 의미도 없는 것을 억측하는 것일지도 모른다고 생각했다. 칼라일 경찰이 칼라일대학의 교직원 명부를 가지고 있다가 전화를 받은 경관이 그의 이름을 확인하고는 무심코 박사임을 말한 게 아니었을까? 혹시 그가 그 경찰관의 편견에 기분이 나빠서 이런 의심을 하는 것은 아닐까?

가능성 있는 일이 너무나 많았다.

'걱정스러운 일도…….'

매틀록은 다시 소파 위로 쓰러져 눈을 감았다.

처음에 그 소리는 긴 터널 끝에서 희미하게 들려오는 메아리 같았다. 그 소리는 점점 빠르고 지속적인 두드림으로 바뀌었다. 영원히 멈출 것 같지 않은 두드림. 그 소리는 점점 커졌다.

매틀록은 눈을 떴다. 소파 건너편에 있는 두 개의 테이블 램프의 불빛이 보였다. 그는 다리를 오그리고 있었고, 소파의 거친 골덴 커버에 닿아있는 목에는 땀이 흐르고 있었다. 그렇지만 깨진 창문으로는 시원한 바람이 들어오고 있었다.

두드리는 소리는 계속되었다. 그것은 문살이 나무에 부딪혀서 나는 소리였다. 그 소리는 현관문 쪽에서 들려오고 있었다. 그는 다리를 빙 돌려 바닥에 대면서 비틀비틀 일어났다.

문을 두드리는 소리는 점점 더 커졌다. 그리고 목소리가 들렸다.

“제이미! 제이미!”

그는 힘겹게 문 쪽으로 갔다.

“나갑니다!”

그는 문을 열었다. 패트리샤 발렌타인이 잠옷 위에 레인코트를 입은 모습으로 재빨리 안으로 들어왔다.

“제이미, 세상에, 전화를 얼마나 했는지 알아요?”

“난 쭉 집에 있었는데. 벨이 울리지 않았어.”

“알아요. 하는 수 없어 교환수에게 물어보았더니 전화가 고장이라더군요. 차를 빌려 가능한 한 빨리 달려온 거예요.”

“고장 나지 않았어, 팻. 경찰이 – 여길 보면 왜 경찰이 왔다 갔는지 알겠지 – 열 번도 더 전화했는걸.”

“어머나! 세상에!”

패트리샤는 그의 옆을 지나 난장판인 방 안으로 들어갔다. 매틀록은 탁자로 가서 수화기를 들어보았다. 연결되지 않은 전화에서 나는 '삐'하는 날카로운 소리가 들리자, 그는 수화기를 얼른 귀에서 뗐다.

"침실 전화였군."

그는 수화기를 내려놓고 침실로 갔다.

침대의 찢긴 매트리스 조각들 위에 그의 침실 전화기가 있었다. 수화기는 들려진 채 베개 밑에 깔려 있었는데, 그것은 끊긴 전화기에서 나는 소리가 들리지 않도록 해둔 것이었다. 누군가 전화가 울리지 않기를 바라는 사람이 있는 것이다.

매틀록은 집에 들어왔던 사람을 기억해 내려고 했다. 모두 다 합하면, 열댓 명은 되었다. 제복 및 사복 경찰관 대여섯 명, 아파트 이웃의 부부들, 밤늦게 돌아다니다가 경찰차를 보고 들어와 보고 간 사람도 여럿 있었다. 그의 기억은 흐릿했고, 얼굴도 기억나지 않았다.

그는 전화기를 다시 침대 옆 테이블에 두었다. 팻이 문에 서 있다는 것을 알고 그는 베개 치우는 것을 그녀가 보지 않기를 바랐다.

"누가 정리하다가 잘못해서 치운 모양이로군. 공연히 고생했네. 차를 빌려서 타고 오다니 말이야……. 그런데 왜? 무슨 일 있어?"

그녀는 대답하지 않았다. 대신 그녀는 뒤로 돌아서 거실로 갔다.

"무슨 일이 있었던 거죠?"

매틀록은 경찰관이 하던 말이 생각났다.

"무단침입이라고 하더군. 사람이 일으키는 회오리바람을 경찰은 그렇게 표현하지……. 도둑이 든 거야. 내 생전에 도둑을 맞은 건 처음이야. 다 경험이지 뭐. 그 불쌍한 놈들은 아마 값나가는 게 하나도 없으니까 화가 났던가 보지. 그런데 왜 왔어?"

그녀는 조용히 말했다. 그러나 그녀의 목소리는 그녀가 겁에 질려있음을 고스란히 전해주었다. 언제나 그렇듯, 그녀는 감정이 격할 때도 자제를 잘했다. 그것은 그녀의 특징이었다.

"두 시간 전, 정확히 말해서 4시 15분 전, 우리 집으로 전화가 걸려 왔어요. 그 남자는 당신을 찾더군요. 난 자다가 깨서 정신이 없었던 것 같아요. 하지만 당신이 우리 집에 있을 것으로 생각했다는 사실에 대해 화를 내는 척했죠. 어떻게 해야 할지 몰랐어요. 너무 당황해서……."

"이해해. 그래서?"

"내 말을 믿을 수 없다고, 내가 거짓말을 하고 있다더군요. 난 그 시각 — 4시 15분 전 — 에 전화를 해놓고는 나더러 거짓말한다고 하니 너무 놀랐어요. 너무 당황했어요."

"그래서 뭐라고 했어?"

"내가 무슨 말을 한 건 없어요. 그 사람이 말을 한 거죠. 당신한테 전하라더군요. 지구 뒤에 있지 말고 낮은 세계를 비추지도 말라고요. 이 말을 두 번이나 했어요! 이건 웃기는 말이지만, 당신은 무슨 말인지 알 것이라더군요. 얼마나 무서웠는지! 무슨 말인지 정말 아는 거예요?”

매틀록은 거실로 갔다. 그리고 담배를 찾고는 태연한 척했다. 그녀도 뒤따라 나왔다.

“그게 무슨 뜻이에요?”

“모르겠어.”

“이 일과 관계가 있나요?”

그녀는 방 안을 가리키면서 물었다.

“아닐 거야.”

그는 담배에 불을 붙이면서 그녀에게 뭐라고 대답해야 할지 생각했다. 니믈롯 사람들은 관련자들을 알아내는 데 귀신같았다. 그게 니믈롯이었다면 말이지만.

“그 사람이 한 말, 지구의 뒤에 선다는 게 무슨 뜻이에요? 무슨 수수께끼 같아요.”

“아마, 어디서 인용한 말이겠지.”

하지만 매틀록은 생각해볼 필요도 없었다. 그는 알고 있었다. 그는 셰익스피어의 말을 정확히 기억하고 있었다.

‘하늘의 집요한 눈이 지구 뒤로 숨어 낮은 세계를 비출 때 그때는 도둑이 낯선 이국에서 모여들어 이곳에서 살인과 피비린내 나는 분노를 자행하리라는 것을 모르느뇨.’

“그게 무슨 뜻이에요.”

"모른다니까! 기억나지 않아. 누가 나를 다른 사람으로 착각한 걸 거야. 그것밖에, 다른 이유를 생각할 수 없어. 그 사람 목소리는 어땠어?"

"평범했어요. 화가 나 있기는 했지만 소리를 지르거나 하지는 않았어요."

"아는 사람은 아니었어? 누군지는 몰라도 전에 어디선가 들어본 목소리라든가?"

"모르겠어요. 아니었던 것 같아요. 전혀 기억나는 사람은 아니지만……."

"아니지만?"

"뭐랄까. 교양 있는 사람의 목소리였어요. 약간 배우 같은 느낌이었던 것 같아요."

"강의를 해본 사람."

매틀록은 질문한 게 아니었다. 사실을 말하듯 말한 것이었다. 담배가 갑자기 쓴맛이 나서 그는 담배를 비벼 껐다.

"맞아요. 바로 그런 것 같아요."

"과학 실험실에서 일하는 사람은 아니었겠지……. 그럼 이걸로 가능성은 학교 내 약 80명 정도로 좁혀지는군."

"마치 남의 일 말하듯 하는군요. 이해할 수가 없어요! 그 전화 분명 여기서 일어난 일과 관련이 있는 거죠?"

그는 자기가 이미 말을 너무 많이 했다고 생각했다.

그는 팻을 끌어들이고 싶지 않았다. 그럴 수는 없었다. 하지만 다른 사람이 그녀와 연관시키고 있지 않은가. 이 사실이 그의 마음을 복잡하게 만들었다.

"그럴지도 모르지. 믿을 만한 정보통에 의하면 — 물론 이것은 텔레비전에 나오는 형사들이 하는 대사인데 — 도둑놈들은 어떤 집을 털기 전에 반드시 집이 비어있는지 확인한다더군. 놈들도 내가 집에 없다는 것을 확인하고 싶었던가 보지."

그녀는 그의 흔들리는 시선을 똑바로 보았다.

"그 시간에 집에 없었단 말이에요? 4시 15분 전에? ……, 이건 뭘 캐내려고 꼬치꼬치 물어보는 게 아니에요. 그냥 사실을 알자는 것뿐이지."

그는 속으로 자신을 저주했다. 그것은 피로와 비슨의 집에서 있었던 일과 아파트에서 일어난 일로 인한 충격 때문이었다. 물론 그녀의 질문은 꼬치꼬치 캐내려는 것이 아니었다. 사실 그는 4시 15분 전에 집에 있었다.

"모르겠어. 시간이 어떻게 되었는지는 생각할 겨를도 없었어. 그저 복잡한 밤이었어. 난 아치 비슨의 집에 갔었어. 젊은 강사와 세미나에 대해 의논하자면서 술을 많이 마시게 됐어."

"내 마음을 몰라주는군요. 난 정말이지 아빠 곰이 뭘 하든 상관없어요. …… 아, 물론 상관은 있죠. 하지만, 지금 당신이 왜 나한테 거짓말하는지 이해할 수가 없어요. 당신은 두 시간 전에 분명 여기 있었어요. 그리고 그 전화는 당신의 행방을 확인하려는 전화가 아니었어요. 당신도 그 사실을 알고 있고요."

"엄마 곰이 너무 깊이 알려고 하는군. 그건 당신의 영역이 아니야."

매틀록은 무례했다. 이 역시 이전의 거짓말과 마찬가지로 사실이 아니었다. 그가 어렸을 때 아무리 반항적이고, 아무리 삐뚤어졌더라도, 그는 이렇게 무례한 사람이 아니었다는 사실을 그녀도 알고 있었다.

"좋아, 미안해요. 한 가지만 더 물어보고 가겠어요. '오메르타'가 무슨 뜻이죠?"

매틀록은 몸이 얼어붙는 것 같았다.

"뭐라고 했지?"

"전화를 건 사람이 '오메르타'라는 말을 했어요."

"어떻게?"

"아무렇지 않게. 그저 기억을 상기시키는 것이라더군요."

8

제이슨 그린버그는 스쿼시코트의 문으로 들어왔다.

"아주 열심히 하시는군요, 매틀록 박사님."

"난 이런 거 싫습니다. 하지만 당신 생각이었잖습니까? 나는 크레셀의 사무실이나 아니면, 시내 어디서 만나는 편이 더 나았을 것 같습니다."

"여기가 더 낫습니다. 하지만 이야기를 빨리 마쳐야 합니다. 체육관 관리인이 나를 보험회사 검사원이라고 적어두었거든요. 복도에 설치된 소화기를 점검하러 왔다고 했습니다."

"아마 그것도 점검할 때가 되었을 겁니다."

매틀록은 셔츠를 둔 구석 쪽으로 가면서 말했다.

"좀 알아내셨습니까? 어젯밤 일은 좀 섬뜩했습니다."

"미안하지만, 아무것도 알아내지 못했습니다. 구체적인 것을 말입니다. 두어 가지 가설은 있지만……, 당신은 행동을 아주 잘 하셨습니다."

"고맙습니다. 정신이 없었죠. 이론이란 게 뭡니까? 아주 학구적으로 말씀하시는데, 별로 마음에 들지 않는군요."

"저쪽에도 코트가 있습니까?"

"네. 이쪽에만 여섯 개가 있죠. 연습용 코트입니다. 발코니는 없어요. 그건 이미 아시겠지만."

그린버그는 공을 집어 맞은편 벽에 힘껏 던졌다. 매틀록은 그 의미를 알아채고 공이 바닥에 맞았다가 튀는 것을 잡았다. 그리고 그는 다시 공을 던졌다. 그린버그가 그 공을 받아서 던졌다. 그들은 한두 발자국 이상 움직이지 않는 범위에서 천천히 공을 주고받았다. 그린버그가 조용히 말했다.

"우린 당신이 테스트받는 것이라고 짐작합니다. 그것이 가장 논리적인 설명이죠. 당신은 램프를 발견했습니다. 차를 목격했다는 진술도 했습니다. 당신이 그 지역에 있었던 이유도 약했습니다. 그 이유가 약하기 때문에 우리는 그 설명이 납득할 만하다고 생각했습니다. 하지만 그들은 확실히 해두고 싶을 겁니다. 그래서 여자를 끌어들인 것이죠. 그들은 아주 철저히 하는 것 같습니다."

"알았습니다. 그건 첫 번째 이론입니다. 두 번째는 뭡니까?"

"그것이 가장 논리적인 이론이라고 말씀드리지 않았습니까. 사실은 그것뿐입니다."

"비슨은 어떻습니까?"

"그 사람이 뭘요? 당신이 직접 만나보지 않았습니까?"

매틀록은 스쿼시 볼을 잠시 들고 있다가 다시 벽으로 던졌다.

그린버그의 시선과 반대쪽으로,

"비슨이 내 생각보다 더 똑똑해서 경고 조치를 한 것 아니겠습니까?"

"그랬을 수도 있겠죠. 하지만 우린 그렇게는 생각하지 않습니다. 당신이 들려준 이야기로 봐서는……."

하지만 매틀록은 저녁에 있었던 일을 모두 들려준 것은 아니었다. 그는 그린버그든 누구에게든 비슨이 전화한 일에 관해서는 이야기하지 않았다.

루카스 헤론은 사람 좋은 노인이었다. 그가 고통받는 학생들에게 기울이는 동정심은 전설적이었다. 고생을 모르고, 때로는 건방지기까지 한 젊은 강사들에게 기울이는 관심은 교직원들 사이에 문제가 있을 때마다 진정제가 되었다.

그때마다 매틀록은 '멋쟁이 늙은 새'가 절망한 젊은이에게 동정을 베풀며 도움을 준 것이라고 여겼다. 겁에 질린 마약중독자의 전화를 빌미로 헤론의 이름을 거론할 권리가 그에게는 없었다. 가능한 설명은 너무나 많았다. 조만간 커피라도 한잔하든지, 야구장에서 — 헤론은 야구를 좋아했다 — 헤론을 만나 이야기하고, 아치 비슨을 멀리하라고 해야겠다고 생각하고 있었다.

"…… 비슨?"

"네?"

매틀록은 그린버그가 하는 말을 듣지 못했다.

"비슨에 대한 다른 생각이 있느냐고 물었습니다."

"아니, 아닙니다. 그 사람은 중요하지 않습니다. 사실 그 사람은 나를 이용할 수 있다면 풀과 약에서 손 뗄 겁니다. – 나를 위해서가 아니라면 말입니다."

"무슨 말인지 모르겠군요."

"아실 것도 없습니다. 그저 잠깐 의심이 들었던 것뿐입니다. – 이론이 한 가지밖에 없다는 말은 정말 믿기지 않습니다. 그렇다면 다른 이론은 뭔지 말해주십시오."

"좋습니다. 두 가지가 더 있지만 가능성은 별로 없습니다. 근본적으로는 같은 데서 출발합니다. 첫째는 워싱턴에서 비밀이 새고 있다는 것과 둘째는 칼라일에서 비밀이 새고 있다는 것입니다."

"그렇다면 가능성이 없다는 겁니까?"

"우선 워싱턴에서는 이 일에 대해 알고 있는 사람이 10명도 안 됩니다. 그중에는 사법부, 재무부, 백악관도 있습니다. 그들은 크렘린과 비밀정보를 교환하는 신원이 확실한 사람들입니다. 불가능하죠."

"칼라일은요?"

"당신과 에드리언 실폰트, 그리고 고약한 새뮤얼 크레셀입니다. 나야 크레셀을 꼽고 싶지만, 이 역시 불가능합니다. 또 실폰트 같은 고명한 앵글로색슨이 그렇다면 재미있겠지만, 그것 역시 말이 안 되죠. 그럼 당신밖에 안 남습니다. 당신입니까?"

"농담도 잘하십니다."

매틀록은 그린버그가 구석으로 던진 공을 잡기 위해 뛰어가야 했다. 그는 공을 받아 들고, 다시 그린버그를 쳐다보았다.

"오해하지는 마십시오. 난 샘을 좋아합니다. 하지만 왜 그 사람이 불가능하다는 겁니까?"

"실폰트와 마찬가지 이유입니다. 이런 작전을 할 때는 처음부터 시작합니다. 맨 처음부터 말입니다. 지위나 명예 같은 것은 아무 관계가 없습니다. 우린 어떤 사람이 죄가 있거나 없거나를 증명하기 위해 온갖 수단을 다 동원합니다. 아니, 어떤 사람이 혐의가 있어야 하는 이유를 찾아내려고 한다고 해도 과언이 아닙니다. 크레셀은 세례 요한만큼 깨끗합니다. 까다롭기는 하죠. 하지만 깨끗합니다. 실폰트는 더합니다. 들려오는 소문과 똑같은 사람이죠. 성인군자, 영국 교회라고 해도 될 겁니다. 자, 그러니 당신밖에 없습니다."

매틀록은 공을 뒤쪽 천장에 대고 거꾸로 던졌다. 그린버그가 뒷걸음질 치면서 공을 받아 오른쪽 벽으로 던졌다. 공은 매틀록의 다리 사이로 떨어졌다.

"스쿼시를 하신 적이 있군요."

매틀록은 당황스러운 미소를 지으며 말했다.

"브랜데이스 팀이었죠. 여자는 어떻습니까? 어디 있습니까?"

"내 아파트에 있습니다. 내가 돌아올 때까지 나가지 말라고 했습니다."

"여성분께 사람을 하나 붙여드리겠습니다. 그럴 필요까지는 없겠지만, 그렇게 해야 당신 기분이 좀 나아질 테니까요."

그린버그는 시계를 보았다.

"그럴 겁니다. 고맙습니다."

"서두르는 게 좋겠습니다. 모든 일을 정석대로 진행하겠습니다. 경찰, 신문 모두. 이야기를 은폐하지도 않고 정상적인 호기심이나 당신의 상식적인 반응을 막는 일은 일으키지 않겠습니다. 누가 당신의 아파트에 들어와 기물을 파손한 겁니다. 당신이 아는 것은 그것뿐입니다. 또 한 가지 마음에 안 드실지 모르지만, 그것이 최상, 다시 말해서 가장 안전한 방법이라고 생각합니다."

"뭡니까?"

"발렌타인 양께서 받은 전화 내용을 경찰에 신고해야 한다고 생각합니다."

"아니, 왜 이러십니까? 그 여자는 새벽 4시에 내가 집에 있을 것이라 여겼습니다. 그런 일은 세상에 선전할 내용이 아니잖습니까? 장학금을 받고 박물관 후원단체에서 일하는 사람이 말입니다. 그들은 아직도 맥킨리를 존경하는 사람들입니다."

"그저 전화를 받았고, 그 사람은 당신을 찾으면서 셰익스피어의 말을 인용했고 이해할 수 없는 외국어를 한 것뿐입니다. 그래서 여자는 머리끝까지 화가 난 겁니다. 이건 신문 기사 다섯 줄짜리도 안 됩니다. 하지만 당신의 아파트에 침입자가 있었으니 그걸 경찰에 알려야 하는 것입니다."

매틀록은 아무 말도 하지 않았다. 그는 공이 떨어진 곳으로 가서 공을 잡았다.

"우린 아무것도 모른 채 일에 휘말린 사람들입니다. 그 이유는 모르지만, 어쨌든 마음에 들지 않습니다."

"바로 그겁니다. 영문도 모르는 채로 피해당한 사람은 그 일을 사람들에게 알리는 게 정상적인 반응입니다. 값이 나가는 책들에 대해 보험을 청구하십시오. 난 이제 가봐야겠습니다. 이 건물 안에 소화기는 몇 개 안 되니까요. 다른 할 말은 없습니까? 이제 무얼 하실 겁니까?"

매틀록은 공을 바닥에 쳤다.

"뜻밖의 초대를 받았습니다. 애프로 커먼즈에서 맥주를 마시게 되었지요. 마우마우 족의 성년식을 재현하는 공연에 초대받은 겁니다. 오늘 밤 10시에 루뭄바 홀 다락방에서 열립니다. 거긴 전엔 알파델타 클럽 하우스였죠. 거기 가면 지옥에 간 백인 영국 감독 제일주의자들이 득실거릴 겁니다."

"무슨 말인지 모르겠군요."

"숙제를 잘 안 하시는군요. 루뭄바 홀은 당신의 리스트에서 꽤 큰 자리를 차지하고 있던데."

"죄송합니다. 아침에 전화해주시겠습니까?"

"그러겠습니다."

"나를 제이슨이라고 불러주시면, 나도 당신을 짐이라고 부르겠습니다."

"키스만 안 하신다면, 좋습니다."

"좋습니다. 여기서 좀 더 연습하십시오. 이번 일 끝나면 한 게임 합시다."

"좋습니다."

그린버그는 밖으로 나갔다. 그는 좁은 복도 좌우를 살폈다. 아무도 없었다. 그가 코트에 들어오거나 나가는 것을 본 사람은 아무도 없었다. 벽 안쪽에서는 계속 공이 부딪는 소리가 들렸다. 코트마다 모두 사람들이 있었다.

그는 복도를 돌아 메인홀로 나가면서 칼라일대학의 체육관이 아침 11시부터 왜 그렇게 사람들로 꽉 차 있는지 의아했다. 브랜데이스 학교에서는 그렇지 않았다. 15년 전에는, 아침 11시면 수업을 들어야 하는 시간이었다.

공이 나무 벽에 부딪히는 소리가 아닌 이상한 소리가 들렸다.

그는 얼른 몸을 돌렸다.

아무도 없었다.

그는 메인홀로 들어가서 다시 한번 뒤를 돌아보았다. 아무도 없었다. 그는 황급히 그곳을 떠났다.

그가 들은 소리는 문고리 소리였다. 그 소리는 매틀록이 있는 코트 옆에 붙은 문에서 나는 소리였다. 문에서 남자 하나가 나왔다. 1분 전에 그린버그가 했던 것처럼 그도 역시 복도 좌우를 살폈다. 하지만 아무도 없는 것에 흡족해하는 것이 아니라, 화를 냈다. 말 안 듣는 문고리 때문에 그는 방금 제임스 매틀록을 만난 사람을 볼 수가 없었다.

이제 4번 코트의 문이 열리면서 매틀록이 복도로 나왔다. 10피트 떨어져 있던 남자는 깜짝 놀라 수건으로 얼굴을 가리고 기침하면서 멀어져 갔다.

하지만 매틀록은 그 사람을 알았다.

그를 '박사님'이라고 불렀던 경찰관. 캠퍼스의 문제가 '문제아들과 검둥이들' 때문에 생겼다고 단정하던 제복 경관이었다.

매틀록은 멀어져가는 남자의 뒷모습을 물끄러미 바라보았다.

9

커다란 성당 문 너머로 희미한 그리스어 'A Δ Φ'자가 보였다. 이 글자들은 수십 년 동안 그 자리에 있으면서 비바람과 학생들의 훼손에도 완전히 지워지지는 않았다. 알파델타파이 클럽회관은 칼라일대학의 다른 건물들과 같은 시절을 겪었다. 신성한 지도자들의 지령도 불가피한 일은 어쩔 수가 없었다. 이 회관은 자물쇠, 재고, 새는 지붕, 모두 다 흑인들에게 팔려버린 것이다.

흑인들은 자신들의 처지에 맞추어 잘 해냈다. 아주, 아주 잘. 그들은 회관 내부와 외부를 완전히 개조했다. 이전의 소유주들을 연상시킬 수 있는 것들은 모조리 없애버렸다. 졸업생들의 색 바랜 사진 대신 새로운 혁명가들 — 아프리카인, 라틴아메리카인, 흑표범 당원들의 사진을 걸고, 홀 안에는 새로운 포스터를 붙였다.

'돼지들을 사형시켜라! 흑인들은 물러가라! 말콤을 살려라! 검은 그리스도 루뭄바!'

이러한 것들 사이로 아프리카의 원시인들이 쓰던 수태를 기원하는 마스코트, 칼, 창, 빨간 페인트를 칠한 동물 가죽, 의심할 여지 없는 백인 피부색의 머리 가죽 등이 걸려있었다.

루뭄바 홀은 이글거리는 분노를 발산하는 화산의 분화구였다.

매틀록은 문틀 끝에 달린 어마어마하게 큰 놋쇠 노크 손잡이를 사용할 필요가 없었다. 그가 가까이 가자 문이 열리면서 한 학생이 그를 반가이 맞아준 것이다.

"와주셔서 감사합니다!"

"고맙네, 자니. 안 올 수가 없지."

매틀록은 안으로 들어서는 순간 홀 안과 그 옆의 방들에서 환히 빛나고 있는 무수한 촛불에 놀랐다.

"장례식장 같군. 관은 어디 있나?"

"나중에 보여드릴 겁니다. 기다려보십시오!"

캠퍼스의 극렬분자 중 매틀록도 알고 있는 흑인 한 명이 그들에게 다가왔다. 애덤 윌리엄즈의 머리는 길었고, 아프리카식으로 머리 위에서 반원형으로 묶여 있었다. 그러나 그의 이목구비는 샤프했다. 매틀록은 만약 그를 남아프리카 초원에서 만났더라면, 그를 추장으로 알았으리라고 생각했다.

"안녕하십니까? 혁명의 본산지에 오신 것을 환영합니다."

윌리엄즈는 싱긋 웃으면서 말했다.

"고맙네."

그들은 악수했다.

"장례식을 할 만큼 혁명적인 사람은 아닌 것 같은데. 자니한테

관이 어디 있느냐고 물었지."

윌리엄즈는 웃었다. 그의 눈은 이지적이었고, 미소는 사악함이나 건방진 구석 없이 순수했다. 이 흑인 과격파도 사적인 자리에서 보니 환호하는 지지자들 앞 연단에 섰을 때 보여주던 불같은 성격은 보이지 않았다.

매틀록은 놀라지 않았다. 윌리엄즈를 가르쳐본 교수들이 그의 조용하고 성품 좋은 학업 태도에 관해 이야기하는 것을 자주 들었던 탓이다. 그가 교내 문제나 정치 문제에 대해 표방하는 구호와는 완전히 달랐다.

"원, 세상에! 완전히 빗나갔습니다. 이건 기쁜 행사입니다. 좀 으스스할지는 모르지만, 본질적으로는 아주 즐거운 일입니다."

"난 잘 모르겠는데?"

"부족의 어린아이가 성인이 되는 의식입니다. 활동적이고 책임을 져야 하는 시기에 이르게 된 거죠. 정글의 바아미츠바입니다. 모두 즐거워해야 할 시간이죠. 관 따위는 없습니다."

"그럼! 그럼!"

자니라는 이름의 소년이 맞장구쳤다.

"매틀록 교수님께 술 한 잔 갖다 드리지, 형제?"

그러고 나서 그는 다시 매틀록을 보며 말했다.

"식이 끝날 때까지는 한 가지 술밖에 없습니다. 스와힐리펀치입니다. 괜찮으시겠습니까?"

"물론이지."

"알겠습니다."

자니는 식당 쪽으로 사라졌다. 윌리엄즈는 미소 지으며 말했다.

"럼에다 레모네이드와 크렌베리 주스를 탄 겁니다. 맛이 괜찮습니다. 와 주셔서 정말 감사합니다."

"실은 내가 초대되어 놀랐네. 이건 부족 사람들끼리만 하는 행사인 줄 알았는데 말일세."

윌리엄즈는 웃었다.

"부족이란 말을 쓴 데 대해 기분 나쁘게 생각하지 마십시오. 부족이라고 생각하는 게 좋죠. 형제들한테 말입니다."

"그렇겠지. 이건……."

"저희는 나름의 철학을 가진 폐쇄적인 사회단체입니다."

"그게 목적이라면, 그러니까 건설적인 목적을 가졌다면 나도 찬성하겠네."

"그럼요, 건설적인 목적을 가졌죠. 정글의 부족들도 매일 서로 싸우기만 하는 것은 아닙니다. 그저 훔치고, 여자나 빼앗고 그러는 건 아닙니다. 그들은 물건을 교환하고, 사냥과 농사도 같이 짓고, 대개는 서로 공존하면서 삽니다. 아마 국가나 정당들이 싸우는 것보다 더 치열하다고 봐도 될 겁니다."

이번에는 매틀록이 웃을 차례였다. 그는 농담으로 말했다.

"알겠습니다, 교수님. 강의가 끝난 후 필기해두죠."

"죄송합니다. 취미생활이 지나쳤습니다."

"취미인가, 아니면 직업인가?"

"시간이 가면 알게 되겠죠, 안 그렇습니까? 하지만 한 가지 분명히 말씀드릴 것이 있습니다. 저희는 교수님의 찬성은 필요하지 않습니다."

자니가 매틀록 몫의 스와힐리펀치를 들고 왔다.

"데이비스 형제 — 저 사람이 빌 데이비스입니다 — 가 그러는데, 교수님께서 그를 낙제시키겠다고 하고서는 중간시험에 좋은 점수를 주셨다면서요?"

"데이비스 형제가 몸이 달아 공부를 좀 했거든."

매틀록은 애덤 윌리엄스를 쳐다보았다.

"그런 식의 찬성은 마다하지 않겠지?"

윌리엄즈는 환하게 웃으면서 매틀록의 팔에 손을 얹었다.

"교수님, 물론입니다. 그 분야에서는 교수님이 솔로몬 왕이니까요. 데이비스 형제는 여기 와서 할 수 있는 모든 힘을 다해서 도와주고 있습니다. 그 형제를 잘 봐주십시오."

"이거 너무 무섭게 말하는군."

매틀록은 농담할 기분은 아니었지만, 그렇게 말했다.

"그런 게 아닙니다. 그저 현실적으로 말하는 거죠. 전 가서 할 일이 좀 있습니다. 나중에 뵙겠습니다."

윌리엄즈는 지나가는 학생을 부르며 곧 그들 사이로 섞였다.

"매틀록 교수님, 제가 이곳을 구경시켜드리겠습니다."

ಬಂಡ

자니는 매틀록을 안내하여 이전에는 알파델타의 공동 집회실로 쓰이던 곳으로 데려갔다.

무수한 검은 얼굴 중에는 험상궂은 표정도 있었다. 밖에서 만났을 때보다 반가움이 덜하기는 했겠지만, 학생들은 대체로 매틀록이 온 것을 반겨주었다. 만약 그들이 그가 온 이유를 알았다면, 루뭄바 홀의 거주자들은 화가 나서 그를 공격했을 것이다. 그곳에 백인은 매틀록 한 사람뿐이었다.

휴게실은 완전히 개조되어 있었다. 검은색 나무 장식이나 창문 아래에 있던 참나무 의자나 검붉은 가죽으로 만든 육중한 가구 등은 모두 온데간데없었다. 그 대신 그 방은 탈바꿈이라도 한 듯 완전히 바뀌어 있었다. 아치형 창문도 없었다.

창문은 위쪽을 각이 지도록 만들었고, 그 주위에는 지름이 1~2인치 정도 되는 검은색 나무못이 박혀 있었다. 창문에서 벽까지는 가는 대나무에 윤기를 내어 얼기설기 엮어 무늬를 만들고 있었다. 천장도 수천 개의 윤기 나는 갈대가 중심으로 모여드는 무늬였다.

천장 한가운데에는 지름이 약 3피트(91.44cm) 정도는 될 커다란 원이 있고, 그 안에는 두꺼운 유리판이 있었다. 이 유리판을 통해서 햇빛이 들어와 방 안을 밝게 비추었다. 사람들 사이로 보이는 가구는 전혀 가구랄 수가 없었다. 다리가 짧은 여러 가지 모양의 나무판들은 보아하니 테이블인 것 같았다. 의자는 없고, 그 대신 벽 주위에 현란한 색깔의 방석이 십여 개 놓여있었다.

그 효과를 알기까지는 오래 걸리지 않았다.

알파델타파이의 휴게실은 아프리카의 오두막을 재현해놓은 것이었다. 심지어 적도의 태양까지도 환기창을 타고 하늘을 찌를 듯 떠 있었다.

"놀랍군. 정말 놀라워. 이렇게 만드는 데 몇 달 걸렸겠는걸."

"거의 일 년 반이 걸렸죠. 아주 편안합니다. 지금은 톱 디자이너들이 이런 식의 디자인을 하고 있다는 사실을 아십니까? '자연으로 돌아가자'라는 것이죠. 이건 아주 편리하고 관리도 쉽습니다."

자니가 힘주어 말했다.

"무슨 사과나 하듯 말하는군. 사과할 필요 없네. 아주 훌륭해."

"아니, 전 사과를 하는 게 아닙니다. 애덤은 원시적인 것에는 위엄이 서린 어떤 풍모가 있다고 하죠. 아주 자랑스러운 유산이라는……."

"애덤의 말이 옳아. 다만 그런 걸 깨달은 사람이 애덤이 처음은 아니지."

"너무 기죽이지 마십시오, 매틀록 교수님."

매틀록은 스와힐리펀치 잔 너머로 자니를 보았다. 그는 변하는 게 많을수록 그들은 더 닮아간다고 생각했다.

ꙮ

알파델타파이의 회의실은 건물 맨 끝에 있는 창고를 개조한 것이었다. 이 건물을 지은 것은 20세기 초 졸업생들이 비밀단체 같은 것을 위해 어마어마한 돈을 투자했을 때였다. 그러한 활동은 삶의 한 방법을 전파했다. 그러나 임원은 철저히 제한했다.

수천 명의 젊은이가 이 교회처럼 생긴 방 안에 모여 비밀 맹세를 하고, 낯선 손과 손이 악수하고, 죽을 때까지 신의를 지킬 것을 서약했다.

그리고 그 후에는 술에 취하고 한 구석에다 토해댄 것이다.

매틀록은 이런 생각을 하면서 마우마우 의식을 구경했다. 그것은 전에 이 방에서 행해졌던 장면들보다 유치하고 어리석은 면에서 조금도 덜하지 않았다. 아마도 그들이 나타내 보이는 외양이 더 야만스럽게 보이게 하는지도 모르지만, 이 의식의 밑바닥에 깔린 정신은 원시 신들에게 바치는 동물적인 기도였다. 힘과 생존을 위한 그들만의 기도였다.

부족의 의식은 콘크리트 바닥에 길게 누운 흑인 학생 — 루뭄바 홀에서 가장 어린 학생인 것 같았다 — 을 향해 알아들을 수 없는 주문을 외우는 것부터 시작되었다. 그 학생은 허리와 다리에 빨간

색 천을 둘러 성기를 가린 것 외에는 알몸이었다.

각각의 주문이 끝날 때마다, 허리까지는 알몸이고 허리에 댄스 벨트를 차고, 다리에는 동물 가죽으로 만든 끈을 칭칭 동여맨 네 명의 건장한 학생들이 문제의 소년을 들어 올렸다. 방 안은 수십 개의 촛불로 벽과 천정에 사람들의 그림자가 춤을 추었다.

이 극적인 효과를 더해주는 것은 다섯 명이 몸에 기름을 바르고, 얼굴에 악마처럼 물감을 칠하고 있다는 사실이었다. 노랫소리가 점점 커지면서 어린 소년의 몸은 점점 더 위로 던져져 급기야는 네 사람의 손을 떠났다가는 다시 앞으로 벌린 그들의 팔 안으로 떨어지고 있었다. 흑인 소년의 몸이 공중으로 던져질 때마다 관중은 점점 더 큰 함성으로 환호했다.

그때까지만 해도 멀거니 보고만 있던 매틀록은 갑자기 소름이 끼쳤다. 기름을 바른 어린 흑인 소년의 몸이 마구잡이로 던져지고 있었기 때문이었다. 다른 학생들과 같은 복장을 한 다른 두 명의 흑인들이 방 한가운데 있는 네 명과 합세했다.

그러나 그들은 어린 학생을 공중으로 던지는 것을 돕는 것이 아니라, 그 네 사람들 사이에 흑인 소년의 몸 아래에 웅크리고 앉더니 날이 긴 칼을 한 손에 하나씩 드는 것이었다. 그들은 학생의 몸이 내려옴에 따라 그 네 개의 칼날을 떨어지는 살에 점점 더 가까이 가져갔다. 네 명의 흑인 중 어느 하나라도 자칫 실수하는 날에는 이 의식은 어린 학생의 죽음으로 끝나고 말 것이다.

살인으로…….

매틀록은 이 의식이 너무 지나치게 흘러가고 있음을 느끼고, 애덤 윌리엄즈를 찾기 시작했다. 그는 앞쪽 원의 끄트머리에 있었다. 매틀록은 사람들을 헤치고 그에게로 다가가기 시작했다. 주위의 다른 흑인들이 그를 저지했다. — 조용히, 그러나 완강하게. 그는 자기 팔을 잡은 흑인을 성난 얼굴로 쳐다보았다. 그 흑인은 매틀록의 시선을 느끼지도 못했다. 그는 방 한가운데에서 벌어지고 있는 행위에 완전히 사로잡혀 있었다.

매틀록은 그 이유를 금방 알 수 있었다. 어린 소년의 몸은 이제 한 번은 얼굴이 위로, 다음번에는 얼굴이 아래로 되면서 회전되고 있었다. 실수했을 때의 위험은 이제 두 배로 커진 것이다. 매틀록은 자기 팔을 잡은 손을 꽉 잡고는 안으로 비틀면서 밀쳐냈다. 그는 다시 애덤 윌리엄즈가 있는 쪽을 바라보았다.

그는 그 자리에 없었다. 어디에도 보이지 않았다. 매틀록은 어떻게 해야 할지 몰라 그대로 서 있었다.

만약 군중들의 함성 위로 목청을 돋우어 소리 지르면, 그것은 소년의 몸을 다루고 있는 사람들의 집중력을 흩트려 놓을 것이 뻔했다. 그런 위험은 감수할 수 없었다. 그렇지만 이 위험한 작태가 계속되도록 놔둘 수도 없었다.

갑자기 다른 손이 느껴졌다. 이번에는 누군가 그의 어깨를 잡았다. 뒤를 돌아보니 애덤 윌리엄즈가 그의 뒤에 와 있었다. 그는 깜짝 놀랐다. 원시적인 신호가 윌리엄즈에게 전달되기라도 했단 말인가? 애덤 윌리엄즈는 고갯짓으로 매틀록에게 따라오라는 신호를 하면서 원 밖으로 나갔다. 윌리엄즈가 말했다.

"걱정스러운 표정이신데, 너무 걱정하지 마십시오."

"이보게! 이 정도면 됐어! 저 아이를 죽이려고 그러나?"

"그럴 리는 없습니다. 우리 형제들은 몇 달 동안 연습했거든요. 이건 마우마우 의식 중 가장 쉬운 겁니다. 이 의식이 상징하는 내용은 근본적인 것이죠. 보십시오. 저 아이는 눈을 뜨고 있습니다. 처음에는 하늘, 그다음에는 칼날을 보고 있죠.

저 아이는 자기 목숨이 형제 전사들의 손에 달려있다는 사실을 처음부터 줄곧 알고 있습니다. 저 아이는 두려움을 나타낼 수 없습니다. 나타내면 안 됩니다. 그렇게 하는 것은 동료들을 배신하는 행위가 되기 때문입니다. 형제들의 손을 믿어야 하는 신의를 배신하는 것입니다. 언젠가는 그들도 자기 목숨을 저 소년의 손에 맡길 날이 있을 테고요."

"이건 유치한 짓이야. 위험천만한 바보짓이야. 자네도 그걸 알잖나! 윌리엄즈, 어서 중단시키게. 안 그러면 내가 중단시키겠네!"

"물론 이런 의식이 근본적으로 수태를 기원하는 것이라고 주장하는 인류학자들도 있습니다. 칼은 성기의 발기를 상징하고, 네 명의 보호자들은 아기가 생길 동안 보호해주는 것이죠. 솔직히 그건 비약이라고 생각합니다. 또 원시인들의 관점으로 보아도 그것은 앞뒤가 맞지 않는 이야기…….”

“이런 망할 놈!”

매틀록은 윌리엄즈의 셔츠 앞자락을 움켜쥐었다. 즉시 다른 흑인들이 그의 주위로 모여들었다.

갑자기 방 안이 조용해졌다. 그 조용함은 한순간에 끝났다. 곧어서 어린 학생의 목숨을 쥐고 있는 네 명의 흑인들 입에서 괴성이 흘러나왔다. 매틀록은 얼른 몸을 돌렸다. 번들거리는 흑인의 몸이 믿을 수 없이 높은 공중에서부터 아래로 떨어지고 있었다.

설마 이것이 현실은 아니겠지! 그러나 그것은 현실이었다.

네 명의 흑인들은 갑자기 동시에 방 한가운데에서 벗어나면서 팔을 내리고 무릎을 꿇었다. 어린 학생의 몸은 곧장 떨어져 내리고 있었다. — 얼굴을 칼날로 향한 채. 두 사람의 비명이 이어졌다. 눈 깜짝할 사이에 칼을 들고 있던 학생들은 칼을 맞대면서 믿기지 않는 손목의 힘을 이용하여 소년의 몸을 칼등으로 받았다.

군중들은 미친 듯 날뛰었다.

의식은 끝이 났다.

“이제는 믿으시겠습니까?”

윌리엄즈는 매틀록에게 물었다.

“내가 믿건 안 믿건, 아까 내가 한 말은 변함이 없네. 이런 일은 하면 안 되는 거야! 너무 위험해!”

“너무 과장하십니다. 자, 다른 손님을 한 분 소개해 드리죠.”

윌리엄즈는 키가 크고 마른 흑인을 향해 손짓했다. 그는 머리가 짧고 안경을 썼으며 비싸게 보이는 양복을 입고 있었다.

"이 사람은 줄리앙 뒤누아입니다, 매틀록 교수님. 줄리앙 형제는 우리와 같이 일하는 전문갑니다. 안무가라고나 할까요."

"만나서 반갑습니다."

뒤누아는 손을 내밀었다.

"줄리앙 형제는 하이티에서 왔습니다. 하버드에서 법률을 공부했죠. 하이티에서 태어나 그 정도 했으면 대단한 것 아닙니까?"

"그렇군. ……."

"하이티 사람들, 통통 마쿠트까지도 이 사람의 이름을 들으면 기분 나빠한답니다."

"뻥튀기하지 마, 애덤."

줄리앙 뒤누아는 웃으면서 말했다.

"나도 방금 매틀록 교수님한테 그렇게 말씀드렸죠. 교수님은 정말 과장을 많이 하시거든요. 의식의 위험성에 대해서."

"물론 위험하기는 합니다. 눈을 가리고 보스턴대학 광장을 건널 때만큼 말입니다. 매틀록 교수님, 칼을 들고 있는 학생들은 눈을 똑바로 뜨고 있습니다. 연습할 때도 칼을 들고 있는 만큼 칼을 즉시 떨어뜨릴 수 있도록 하는 데 중점을 두고 있습니다."

"그렇기는 하겠죠. 하지만 위험의 소지가 너무 크기 때문에 걱정이 됩니다."

"생각하시는 것만큼 그렇게 위험한 것은 아닙니다. 참, 전 교수님의 팬입니다. 엘리자베스 시대 작품에 관해 쓴 글 재미있게 읽었습니다. 실례인지 모르지만, 생각했던 것과는 다르시군요. 훨씬 더 젊으십니다."

"듣기 좋은 말이군요. 법과대학에까지 내가 알려진 줄은 몰랐습니다."

"학부 때 전공은 영문학이었습니다."

애덤이 끼어들었다.

"두 분 말씀 나누십시오. 조금 있으면 2층에 술이 나올 겁니다. 사람들을 따라가십시오. 전 할 일이 있어서……. 두 분 만나게 되어 기쁩니다. 물론 서로 모르는 사이지만. 모르는 사람끼리는 낯선 장소에서 만나는 게 좋습니다. 마음이 편하거든요."

그는 뒤누아를 한 번 쳐다본 후 얼른 사람들 사이로 사라졌다.

"애덤은 왜 수수께끼 같은 말만 하는지 모르겠습니다."

매틀록이 말했다.

"저 친구는 아직 어립니다. 끊임없이 강조하려고 하죠. 아주 똑똑하기는 하지만, 아직은 어리죠."

"실례의 말이지만, 그렇게 말하는 당신도 늙은이는 아닌데, 뭘 그럽니까? 애덤보다 겨우 한두 살 많을 것 같은데."

값비싼 양복을 입은 흑인은 매틀록의 눈을 들여다보면서 부드럽게 웃었다.

"이번엔 내가 기분 좋아질 차례군요. 사실이 알려진다면, 그리고 내 피부색이 나이를 숨겨주지 않았다면, 내가 교수님보다 정확히 일 년 하고도 4개월 16일 나이를 더 먹었다는 사실을 아셨을 겁니다."

매틀록은 말문이 막혀서 그를 쳐다보았다. 그가 이 법률가의 말을 이해하기까지 일 분은 족히 걸렸다. 뒤누아의 시선은 흔들리지 않았다. 그는 매틀록의 시선을 똑바로 마주했다. 이윽고 매틀록이 말했다.

"이런 게임은 별로 마음에 들지 않습니다."

"자, 우리 모두 같은 이유로 여기 왔습니다. 위층으로 가서 한잔 합시다. 버번과 소다, 그렇죠?"

뒤누아는 앞장서서 사람들 사이를 비집고 나아갔다. 매틀록은 따라가는 도리밖에 없었다.

뒤누아는 벽에 몸을 기댔다.

"좋습니다. 이제 허식은 끝냅시다. 아래층에서 당신이 한 쇼는 모두 다 인정하겠습니다. 이제 내가 피부를 뽐내며 보여줄 사람도 당신밖에 없으니, 설명을 해주실 때가 된 것 같습니다."

그들은 손에 술잔을 들고 밖으로 나왔다. 두 사람 외에는 아무도 없었다.

"우리가 마치 프로 같지 않습니까? 시거 한 대 피우시겠습니까? 하바나 제품일 겁니다."

"아니요. 그냥 이야기만 하고 싶습니다. 오늘 밤 내가 여기 온 것은 이 학생들이 친구이기 때문입니다. 나를 초대해주어서 반가웠습니다. 그런데 당신은 거기에 다른 이유가 있다고 했는데, 그건 마음에 들지 않습니다."

"브라보! 브라보! 아주 잘하십니다. 걱정하지 마십시오. 저 친구들은 아무것도 모릅니다. 눈치챘는지 모르지만, 구체적인 것은 정말 모릅니다."

"무슨 말을 하는 겁니까?"

"그 술잔을 비우십시오. 잔디밭으로 나갑시다."

뒤누아는 자기 술잔을 비웠다. 매틀록도 반사적으로 남은 버번을 다 마셨다. 두 사람은 루뭄바 홀 계단을 내려갔다. 매틀록은 뒤누아를 따라 커다란 느릅나무 밑으로 가서 섰다. 갑자기 뒤누아가 뒤로 돌면서 매틀록의 어깨를 잡았다.

"이 손 치우시오!"

"내 말 들으시오! 그 편지가 필요하오. 그 편지를 내가 가져야 한단 말이오. 그게 어디 있는지 대시오!"

매틀록은 그의 손을 위로 쳐내면서 뒤누아에게서 벗어나려고 했다. 그러나 그의 팔이 말을 듣지 않았다. 갑자기 두 팔이 말할 수 없이 무겁게 느껴졌다. 그리고 휘파람 소리가 들렸다. 그의 머릿속에서 점점 더 커지면서 찌르는 휘파람 소리.

"뭐? 무슨 말이오. 무슨 편지? 난 그런 것 갖고 있지 않소."

"어렵게 굴지 마시오! 어쨌든 가지고야 말 테니까. 자, 그거 어디 있소?"

매틀록은 몸이 기우는 것을 느꼈다. 거대한 나무의 형체가 빙글빙글 돌기 시작했고, 머릿속에서 들리는 휘파람 소리는 점점 더 커졌다. 견딜 수가 없었다. 그는 정신을 차리려고 애를 썼다.

"지금 무슨 짓을 하는 거요? 이게 무슨 짓이요?"

"그 편지, 매틀록! 그 코르시카어 편지 어디 있소?"

"저리 가시오!"

매틀록은 소리를 지르려고 했다. 하지만 소리가 나오지 않았다.

"그 은색 편지, 이 망할 자식아!"

"편지는 없소……, 없어. 없어!"

"내 말 잘 들으시오. 방금 마신 술 기억하시오? 방금 다 마신 것 말이오. 기억나시오? 이제 당신은 혼자가 아니오. 감히 혼자라는 생각은 마시오."

"뭐라고? 뭐? 저리 가시오. 그렇게 내리누르지 말란 말이오."

"난 당신한테 손끝도 안 대고 있소. 그 술이 그러는 것이지! 당신은 방금 리세르기산 세 알을 먹은 것이오. 어서 그 편지가 어디 있는지 대시오."

어질어질하고 빙빙 도는 가운데, 그는 자기 앞에 있는 사람의 형체를 보고 팔을 휘둘렀다.

그는 셔츠 자락을 움켜쥐고 온 힘을 다해 잡아당겼다. 그리고 자기를 향해 내려오는 얼굴을 주먹으로 쳤다. 주먹이 얼굴을 때리자, 그다음에는 목을 사정없이 후려치기 시작했다. 유리가 깨지는 것이 느껴졌다. 그의 주먹은 뒤누아의 눈을 치면서 안경을 부순 것이다.

시간으로 얼마 만에 끝났는지 그는 알 수 없었다. 그의 옆에는 뒤누아가 의식을 잃은 채 누워 있었다.

그는 어서 달아나야 했다. 미친 듯 어서 그곳을 떠나야 했다. 뒤누아가 뭐라고 했던가? 혼자가 아니라고. 감히 혼자라는 생각은 하지 말라고! 그는 어서 팻을 찾아야 했다. 팻은 어떻게 해야 할지 알 것이다. 그녀를 찾아야 했다. 몸에 들어간 약 기운이 온몸에 퍼질 것이다. 어서 뛰어!

하지만 어디로? 어느 길로? 그는 길을 몰랐다. 길이 있기는 했다. 그는 길을 따라 달렸다. 하지만 그게 옳은 길인가? 이게 제대로 가는 길인가?

그때 차 소리가 들렸다. 정말 차가 있었다. 그 차는 그에게로 다가왔다. 운전자는 그를 보고 있었다. 매틀록은 그를 보자 더 빨리 달렸다. 뛰어라, 뛰어, 허파의 숨이 다 할 때까지, 다리를 더 이상 움직일 수 없을 때까지. 길이 넓어지더니 갑자기 강이 나왔다.

멀리서 브레이크가 걸리는 소리가 들렸다. 불빛이 그의 눈을 가렸다. 사람이 나와 그를 내려다보았다. 그는 이제 체념했다.

아니, 웃었다. 입에서 피가 흐르면서 얼굴을 적셨다.

그는 제이슨 그린버그에게 들린 채 차로 가면서 미친 사람처럼 웃었다.

그러더니 땅과 세계와 지구와 은하계와 전 우주가 미친 듯이 돌아갔다.

10

고통의 밤이었다.

아침이 되자 현실감이 약간은 돌아왔다. 매틀록의 침대 양쪽에 두 사람이 앉아 있었다. 제이슨 그린버그가 손을 얌전히 무릎에 얹은 채 그에게로 몸을 기울였다. 패트리샤 발렌타인은 그의 이마에 젖은 물수건을 대어주고 있었다.

"파티 한 번 진하게 하셨소, 친구."

"쉿! 그냥 놔두세요."

팻이 말했다.

매틀록은 아직 몽롱한 눈으로 방 안을 둘러보았다. 그는 팻의 아파트, 그녀의 침실, 그녀의 침대에 누워 있었다.

"그놈들이 나한테 리세르기산을 먹였소."

"알고 있소. 리치필드에서 의사를 불렀습니다. '진짜 박사' 말입니다. 선생은 그 좋은 사람의 눈알을 빼놓을 것처럼 덤벼들더군요. 걱정하지 마십시오, 그 사람은 연방정부 사람이니까."

"팻? 어떻게 된 거지……?"

"당신은 산을 먹은 사람치고는 아주 사랑스러운 사람이에요. 내 이름을 고래고래 불러댔거든요."

"또 처리도 참 잘하셨습니다. 병원에 가도 안 된다, 왕진 진료기록이 남아도 안 된다, 치료는 받되 비밀로 처리해야 한다. 아주 판단 잘하셨습니다. 또 선생은 폭력적일 때 설득력도 있고, 생각보다 힘이 좋으시더군요. 스쿼시 실력에 비하면 말입니다."

그린버그가 말했다.

"나를 이리 데려온 건 잘못이었소, 그린버그. 여기로는 데려오면 안 되는 거였소!"

"그게 당신 생각이었다는 사실은 깜빡하셨군요."

"난 취했잖소."

"아니, 그건 아주 훌륭한 생각이었습니다. 여기보다 더 나은 곳이 어디 있겠습니까? 병원 응급실? '저기 들것에 실려있는 사람은 누구예요, 의사 선생님? 소리를 고래고래 지르고 있는 저 사람 말이에요.' '아, 매틀록 교수야. 산을 먹었지.' 이렇게 되는 편이 나았단 말입니까?"

"내 말뜻 아시지 않습니까! 내 집으로 데려갔으면 될 것 아닙니까. 나를 꽁꽁 묶어두었으면 되지 않았느냐는 말입니다."

"산에 대해 그렇게 모르시는 것을 보니 안심이 됩니다."

"이분 말은, 제이미……, 아주 곤란한 지경이 되면, 당신이 아주 잘 아는 사람과 같이 있어야 한다는 뜻이에요. 당신을 위로해줄 사람이 있어야 한다는 거예요."

팻이 그의 손을 잡으면서 말했다.

매틀록은 여자를 보았다. 그리고 그린버그를 바라보았다.

"팻한테 뭐라고 하셨습니까?"

"선생이 우리를 도와주기로 하셨다는 것, 그리고 우리가 감사하고 있다는 것, 선생의 도움으로 우리는 심각한 사태가 악화하는 것을 막을 수 있을 것이라는 말을 했습니다."

그린버그는 단조로운 어조로 말했다. 그가 더는 말하고 싶어하지 않는다는 것이 분명했다.

"수수께끼 같은 설명이었죠. 그것도 내가 위협하니까, 겨우 말해준 거였어요."

"발렌타인 양은 경찰에 연락하려고 했습니다."

그린버그는 한숨을 쉬었다. 안 그래도 슬픈 눈이 더욱 슬프게 보였다.

"내가 선생을 중독시켰다고 경찰에 잡아넣겠다는 거였습니다. 설명을 안 할 수가 없었습니다."

매틀록은 웃었다.

"제이미, 왜 이런 일을 하는 거예요?"

팻이 정색하며 물었다.

"이 사람이 말했잖아. 상황이 심각해졌기 때문이야."

"하지만 왜 당신이 해야 해요?"

"할 수 있기 때문이지."

"뭘 할 수 있어요? 아이들을 집어넣을 수 있다는 거예요?"

"말씀드리지 않았습니까? 우린 학생들한테는 관심이 없다고……."

"그럼 루뭄바 홀엔 왜 갔어요?"

"선이 닿을 수 있는 곳이기 때문이야. 다른 곳도 많아. 솔직히 나도 그 그룹과 관계하고 싶지는 않았어. 좀 간지러워서. 하지만 어쩔 수가 없었어."

"심한 말이군요."

"사실 발렌타인 양께 심하게 들리지 않을 말은 별로 없을 것 같습니다."

"그렇겠죠. 왜냐하면 난 에프 비 아이는 흑인 학생들을 괴롭히는 일보다는 좀 더 중요한 일을 하는 줄 알았으니까요. 하지만 안 그런가 보죠?"

"너무 그러지 마."

매틀록은 여자의 손을 꽉 잡았다. 그녀는 손을 뺐다.

"아니요, 그게 내 솔직한 생각이에요, 제이미! 여긴 천지 사방에 마약이 있어요. 일부는 심각하지만, 대개는 보통 수준이에요. 그건 당신도 다 아는 사실이잖아요? 그런데 왜 갑자기 루뭄바 아이들만 골라서 그러는 거예요?"

"그 아이들은 건드리지도 않을 겁니다. 도와주기 위해서가 아니면 말입니다."

그린버그는 밤을 새웠기 때문에 지쳐 있었다. 짜증스러워하는 기색이 보였다.

"나는 당신네 에프 비 아이 관계자들이 사람들을 도와주는 방식이 마음에 들지 않아요. 그리고 제이미한테 일어난 일도 싫어요. 왜 저 사람을 루뭄바 홀에 보냈죠?"

"이 사람이 보낸 게 아니야. 내가 간 거야."

"설명하자면 너무 복잡한데, 지금은 지쳐서 설명을 못 하겠어."

"왜 이래요. 그린버그 씨가 다 설명해주었어요. 당신은 배치받았죠? 에프 비 아이 사람들은 자기들이 할 수 없으니까 착하고 순진한 사람을 찾아 대신 그 일을 시킨 거예요. 당신은 혼자 모든 위험을 다 무릅쓰고, 일이 다 끝나면 당신은 이 학교에서는 영영 신뢰를 얻을 수 없을 거예요. 제이미, 이 학교는 당신의 집이에요, 당신의 일터라고요."

매틀록은 여자의 눈을 똑바로 보면서 그녀의 마음을 가라앉히려고 했다.

"그건 내가 당신보다 더 잘 알고 있는 사실이야. 내 집은 도움이 필요해. — 이건 게임이 아니야, 팻. 위험한 건 사실이지만, 그건 가치 있는 일이야."

"난 이해할 수 없어요."

"납득이 가도록 설명해 드릴 수가 없으니 발렌타인 양이 이해

못 하는 것은 당연합니다. 그냥 받아들여야 합니다."

"그래요?"

"그렇게 해줘. 이분이 내 목숨을 살려줬으니까."

매틀록이 말했다.

"그 정도는 아니었습니다, 교수님."

그린버그는 어깨를 으쓱해 보이면서 말했다.

팻이 일어났다.

"나로서는 이 사람이 당신을 배 밖으로 내던지고는, 다시 생각이 바뀌어 구명줄을 던져준 거라고밖에 생각할 수 없어요. 기분은 괜찮아요?"

"응."

매틀록이 말했다.

"난 가야 해요. 당신이 가지 말라고 하면 안 가겠어요."

"아니, 가봐. 나중에 전화할게. 간호해줘서 고마워."

여자는 그린버그를 잠깐 쳐다보고 — 기분 좋은 표정은 아니었다 — 화장대로 갔다. 그리고는 빗을 집어 머리를 몇 번 빗은 후 오렌지색 머리띠를 했다. 그녀는 거울 속의 그린버그를 보았다. 그린버그도 그녀를 보고 있었다.

"나를 따라다니는 남자 말인데요, 그린버그 씨. 그 사람 당신네 사람인가요?"

"그렇습니다."

"난 싫은데요."

팻은 돌아섰다.

"그 사람 좀 떼어버려 주시겠어요?"

"그건 안 됩니다. 그 사람 보고 눈에 띄지 않게 하라고 주의 주겠습니다."

"알았어요."

그녀는 화장대 위에 올려놓았던 핸드백과 바닥에 있던 서류 가방을 집어 들었다. 그리고는 아무 말 없이 침실을 나갔다. 몇 초 후, 아파트 문이 열렸다가 닫히는 소리가 났다.

"아주 고집이 센 여잡니다."

그린버그가 말했다.

"그럴 만한 이유가 있습니다."

"무슨?"

"에프 비 아이 사람들은 상대하는 사람들에 대해서는 훤히 다 아는 줄 알았는데……."

"브리핑이 아직 다 끝나지 않았습니다. 난 후임으로 일을 맡은 사람이라는 사실을 잊지는 않으셨겠죠?"

"그럼 내가 시간을 절약해 드리죠. 50년대 말에 팻의 아버지는 매카시 사건으로 국무성에서 쫓겨났습니다. 물론 그분은 위험한 사람이었죠. 언어 고문이셨습니다. 신문을 번역해준 죄로 쫓겨났습니다."

"쯧쯧!"

"그렇습니다. 영영 복직이 안 되었습니다. 팻은 평생 장학금을 받아 학교 다녔습니다. 늘 냉장고는 비어있었고, 그래서 당신 같은 타입의 사람들한테는 까칠한 반응을 보이는 겁니다."

매틀록은 자기 아파트 문을 열고 현관으로 들어갔다. 팻이 집 안을 말끔히 정돈해 두었다. — 그가 예상했던 대로, 커튼까지 다시 걸려있었다. 세 시가 조금 넘은 시각이었다.

그린버그가 우기는 바람에 리치필드로 가서 예의 의사에게 다시 검진받고 오느라고 그렇게 늦은 것이다. 쇠약해지기는 했지만, 활동은 해도 된다는 것이 진찰 결과였다.

그들은 함께 체셔 캣에서 점심을 먹었다. 점심을 먹으면서 매틀록은 나흘 전 랠프 로링이 앉아 있던 테이블을 계속 바라보았다. 식사는 조용한 가운데 끝났다. 부담 없이 — 두 사람은 같이 있으면 편안했다 — 조용하게. 각자 생각할 것이 너무 많은 사람처럼.

칼라일로 돌아오는 길에 그린버그는 자기가 다시 연락할 때까지 매틀록에게 아파트에 있으라고 했다. 워싱턴에서 아직 새로운 지시사항을 내려주지 않은 것이다. 그들은 새로운 정보를 평가하고 있으며, 그 평가 결과가 나온 후 앞으로의 행동 여부를 알려줄 때까지 매틀록은 'OOS', 즉 작전 밖에 있어야 했다.

매틀록은 잘 되었다고 생각했다. 그의 처지에서도 생각해야 할 전략이 있으니까. 루카스 헤론이 문제였다. 교정의 노장 정치가, '멋쟁이 늙은 새' 그에게 경고할 때가 되었다.

루카스 헤론은 매틀록이 상대해야 할 사람들 목록에 들어있지는 않았으므로, 그가 빨리 물러날수록 칼라일대학을 비롯한 모든 당사자에게는 더 안전할 것이다. 하지만 전화로 말하고 싶지도 않고, 또 공식적인 면회 형식을 취하고 싶은 마음도 없었다. 그보다는 넌지시 그에게 조심하라고 귀띔해주고 싶었다.

매틀록은 자기가 헤론의 보호자나 되는 것 같은 행동을 하고 있다는 생각이 들었다. 그것은 루카스가 이 일에 깊이 관여하지 않았다고 가정한다는 뜻이었다. 그러한 가정이 옳은지는 알 수 없지만, 이치로 따져볼 때 그렇지 않다는 가정을 할 수도 없었다.

전화가 울렸다. 그는 그린버그는 아니리라고 생각했다. 방금 길에서 헤어졌으니까. 그는 팻이 아니기를 바랐다. 아직 그녀에게는 말할 준비가 되지 않았기 때문이다. 그는 내키지 않는 마음으로 손으로 수화기를 들어 귀에 가져갔다.

"여보세요."

"짐! 그동안 어디 있었나? 오늘 아침 8시부터 계속 전화했었네! 걱정되어서 자네의 집에도 두 번이나 가 봤지. 관리실에서 열쇠를 받았지."

샘 크레셀 학장이었다. 그는 마치 칼라일대학의 인가라도 취소당한 것처럼 걱정스러운 목소리였다.

"일이 너무 복잡하게 되어서 전화로는 말씀드릴 수가 없습니다. 나중에 만나서 말씀드리도록 하겠습니다. 저녁 먹고 댁으로 가겠습니다."

"그렇게 늦게까지 기다릴 수 없을 것 같네. 세상에! 도대체 어쩌자고 그런 짓을 했나?"

"대체 무슨 말씀을 하시는 겁니까?"

"어젯밤 루뭄바에서 말일세!"

"무슨 말씀을 하시는 겁니까? 무슨 말을 들으셨습니까?"

"그 검둥이 새끼, 애덤 윌리엄즈가 내 사무실로 와서는 자네가 노예제도를 부르짖는다는 지독한 이야기를 모두 다 적은 보고서를 주고 갔단 말일세! 그 녀석 말이, 자기가 경찰에 고발하지 않는 이유는 자네가 고주망태가 되었기 때문이라나? 물론 알코올이 자네의 모든 허식을 벗겨내는 바람에 자네가 얼마나 지독한 인종차별주의자인지 여실히 드러내 보여주었다더군!"

"뭐라고요?"

"자넨 가구를 부수고, 아이들을 때리고, 창문을 박살 내고……."

"그건 모두 새빨간 거짓말이라는 것을 학장님도 잘 아시지 않습니까?"

"나도 그렇게 짐작은 했네."

크레셀은 목소리를 낮추었다. 그는 조금씩 진정해갔다.

"하지만 내가 그걸 안다고 해서 달라질 것은 없어. 그걸 모르겠나? 이런 일이 바로 우리가 우려하던 일이네. 분열 말일세! 정부가 교내로 들어오면 분열되는 걸세."

"제 말 잘 들으십시오. 윌리엄즈가 보고서에 썼다는 말은 전부 조작입니다. 연막이란 말입니다. 어젯밤 그 녀석들이 나한테 마약을 먹였습니다. 그린버그가 아니었더라면, 난 지금 어디 있을지 모릅니다."

"이런, 맙소사! 루뭄바는 자네의 리스트에 들어있지 않았나? 우리가 필요한 건 그것뿐이야! 흑인들이 자네를 처벌하라고 아우성칠걸세. 앞으로 어떤 일이 벌어질지 모르겠네."

매틀록은 마음을 가라앉히려고 노력했다.

"7시경에 그리로 가겠습니다. 아무 행동도, 아무 말도 하지 마십시오. 난 전화를 끊어야 합니다. 그린버그가 전화하기로 되어있습니다."

"잠깐, 짐! 한 가지만 더 말하겠네. 그린버그라는 사람, 난 그 사람 믿을 수가 없어. 그쪽 사람들이라면 누구도 믿지 말게나. 꼭 명심하게. 자네의 충성심은 칼라일대학을 위한 것이야."

크레셀은 말을 끊었다. 하지만 말을 다 마친 것은 아니었다. 매틀록은 그가 할 말을 찾지 못하고 있다는 것을 알았다.

"그건 좀 이상한 말이군요."

"내 말뜻을 이해하리라 생각하네."

"글쎄요. 우린 같이 일하기로 한 것 아니었습니까?"

"학교를 갈가리 찢어가면서까지 같이 할 생각은 아니었네!"

학장은 거의 히스테릭한 지경까지 이르러 있었다.

"걱정하지 마십시오. 학교가 갈가리 찢어지는 일은 없을 겁니다. 이따가 뵙겠습니다."

매틀록은 학장이 더 말하기 전에 얼른 전화를 끊었다. 그에게는 잠깐이라도 휴식이 필요했다. 그러나 크레셀은 자기 문제가 걸려 있으면 다른 사람의 휴식을 허용하지 않는 사람이었다.

샘 크레셀은 어떤 면에서는 극단주의자만큼 독선적일 수 있고, 누구보다도 빨리 '파울'을 선언할 수 있는 사람이었다.

이러한 생각을 하다 보니 다른 데까지 생각이 미치게 되었다. 두 가지였다. 나흘 전에 그는 팻에게 세인트 토마스로 가기로 한 계획을 바꾸고 싶지 않다고 말했다.

4월 말에 있을 열흘간의 짧은 방학이 사흘 뒤 토요일 수업이 끝남과 동시에 시작되기 때문이다. 이러한 상황에서 세인트 토마스에 간다는 것은 불가능하다. 워싱턴에서 그에게 일을 그만두라고 하지 않는 한은.

하지만 그런 일은 없을 것 같았다. 팻은 이해해줄 것이다. 두 번째 생각은 그의 수업이었다. 이미 그의 강의는 계획보다 진도가 뒤져 있었고, 그의 책상에는 수필형식의 논문 숙제가 가득 쌓여 있었다. 그날은 수업을 두 개나 빼먹었다. 학생들에 대해서는 그다지 걱정되지 않았다. 그의 수업방식은 가을과 겨울에 박차를 가하고 봄에는 수월하게 진행하는 나름의 규칙이 있었다.

그러나 윌리엄즈가 질러놓은 불에 휘발유를 더 갖다 부어서는 안 되었다. 수업에 빠진 조교수는 가십거리가 되기 십상팔구이다. 앞으로 사흘간의 수업은 별문제가 없다.

첫날 세 시간, 그다음 날 두 시간, 그리고 그다음 날도 두 시간이다. 그 수업에 대해서는 나중에 생각할 일이다. 지금부터 오후 7시까지는 루카스 헤론을 찾아내야 한다. 만약 그가 외출한 사이에 그린버그가 전화를 걸어오면 회의가 있었던 걸 깜빡 잊었다고 핑계 대면 될 것이다.

우선 그는 샤워와 면도를 하고 옷을 갈아입기로 했다. 욕실에 들어가자, 그는 고양이 변기통부터 살폈다. 코르시카어 편지는 그대로 있었다.

면도와 샤워를 끝낸 후 매틀록은 침실로 가서 옷을 골라 입으면서 앞으로 할 일을 정리했다. 그는 루카스의 일과에 대해서는 아는 것이 없었다. 하지만 루카스가 오후 늦게 수업이나 세미나가 있는지는 쉽게 알아낼 수 있었다. 수업이나 세미나가 없으면 그는 집에 있을 것이다. 차로 가면 약 15분이면 닿을 수 있는 거리다.

헤론의 집은 캠퍼스에서 8마일 떨어진, 전에는 칼라일 집안의 땅이었던 곳으로, 마차 차고로 쓰던 장소였다. 다소 외진 곳이기는 하지만, 루카스가 늘 말하듯 '일단 거기까지 가보면 오길 잘했다는 생각이 드는 집'이었다.

그때 다급하게 문을 두드리는 소리에 그는 생각에서 깨어났다. 그 소리가 무섭게 느껴졌다. 매틀록은 숨을 훅 들이쉬었다.

"금방 나갑니다."

그는 셔츠를 입으면서 소리쳤다. 동시에 맨발로 현관으로 가서 문을 열었다. 그는 놀라움을 감출 수가 없었다. 문 앞에 애덤 윌리엄즈가 서 있었다. 혼자였다.

"안녕하십니까?"

"세상에! 당장 네 녀석에게 한 방 먹여야 할지 아니면, 경찰을 불러야 할지 모르겠구나! 뭘 바라는 거지? 학장이 전화했어, 그걸 알고 싶다면 말이야."

"먼저 제 말부터 들어주십시오. 빨리 끝내겠습니다."

윌리엄즈는 다급하게 말했다. 매틀록은 그것이 두려움을 감추기 위해서 그러는 것 같다고 생각했다.

"들어오게. 정말 빨리 끝내야 하네."

매틀록은 윌리엄즈를 들여놓고 문을 닫았다. 윌리엄즈는 뒤로 돌면서 미소를 띠려고 애쓰기는 했지만, 그의 눈에 웃음기는 전혀 없었다.

"그 보고서는 죄송합니다. 정말 죄송합니다. 어쩔 수가 없었습니다."

"자네 말을 믿을 수 없네. 어떻게 그런 말을 할 수가 있지? 크레셀이 어떻게 해주기를 바랐던 건가? 나를 이사회에 세우고 여기서 쫓겨나기를 바란 것인가? 내가 멍청하게 앉아서 허수아비 노릇이나 할 줄 알았나? 자넨 정말 미친놈일세!"

"아무 일도 일어나지 않으리라 생각했습니다. 그래서 그런 짓을 한 것입니다. 교수님이 어디로 가셨는지 알 수가 없었습니다. 그냥 증발하셨잖습니까? 저희로서는 일단 공격 태세를 취한 후 나중에 오해였다고 해명하려고 했습니다……. 진부한 수법이긴 하지만, 학장에게 다시 보고서를 내겠습니다. 완벽하지는 않지만, 먼저 썼던 보고서의 내용을 거의 무마할 수 있도록 말입니다. 두 주일 후면 전부 잊힐 겁니다."

매틀록은 윌리엄즈의 비양심적인 계산에도 화가 났지만, 그의 태도에 더 화가 났다. 그러나 그의 목소리는 나직했다.

"여기서 나가. 꼴도 보기 싫으이."

"이러지 마십시오! 저희 꼴이야, 언제나 보기 싫어하지 않으셨습니까?"

매틀록은 윌리엄즈를 한 대 먹였던 것이고, 윌리엄즈도 그에 지지 않았다. 하지만 그는 곧 화를 삭였다.

"왈가왈부 따지지 않겠습니다. 요점만 말씀드리겠습니다."

"얼마든지."

"좋습니다. 뒤누아가 뭘 원했는지 모르지만, 그걸 주십시오! 그러니까 그걸 저한테 주십시오. 그럼 제가 그 사람한테 반드시 전하겠습니다."

"뒤누아 형제가 원하는 것? 내가 뭘 갖고 있겠나? 그 사람이 그렇게 말하던가? 그럼, 왜 자기가 직접 오질 않지?"

"뒤누아 형제는 한곳에 오래 있지 않습니다. 사방에서 그 사람을 필요로 하니까요."

"마우마우 축제하느라고?"

"그렇습니다. 그건 취미입니다."

"그 사람을 나한테 보내게."

매틀록은 윌리엄즈의 앞으로 걸어가서 식탁 위에 놓인 담뱃갑을 집어 들었다.

"연상 작용과 관련한 동작에 관한 연구를 같이 비교해 보자고 하게. 나도 16세기 민속춤에 대한 자료를 아주 많이 가지고 있으니까."

"농담하실 때가 아닙니다!"

매틀록은 담배에 불을 붙였다.

"난 시간이 아주 많아. 그냥 뒤누아 형제를 다시 만나보고 싶은 거야. 감옥에 집어넣고 싶어서."

"천만에요! 그렇게는 안 될 겁니다. 전 교수님을 위해서 온 겁니다. 그걸 가지고 가지 못하면, 저도 막을 수가 없습니다.

"뭘 안 가지고 가면, 뭘 막을 수 없다는 말인가?"

"너무하십니다. 뒤누아 줄리앙이 누군지 아십니까?"

"보르지아 가족의 일원인가? 에티오피아 계열인가?"

"그만하십시오. 그 사람 말대로 하십시오. 사람들이 다칠 겁니다. 그러면 안 되지 않습니까?"

"난 뒤누아가 누군지도 모르고, 또 알더라도 상관없어. 그놈은 나에게 약을 먹이고 공격했어. 그리고 어린아이들한테까지 위험한 영향을 미치고 있어. 그 밖에도 그놈은 내 아파트까지 쳐들어와서 내 물건을 파괴했다고 난 생각하지. 난 놈을 너희들과 나에게서 떼어내고 싶은 거야."

"말도 안 됩니다!"

매틀록은 창문으로 가서 커튼을 잡아 뜯고 깨진 창문을 보여주었다.

"이게 뒤누아 형제가 내놓은 카드야!"

애덤 윌리엄즈는 파괴된 모습에 놀라는 기색이 역력했다.

"아닙니다. 절대 그렇지 않습니다. 이건 뒤누아의 스타일이 아닙니다. ……. 이건 제 스타일도 아닙니다. 다른 사람 짓입니다."

11

루카스 헤론의 집으로 가는 길에는 겨울이라 생긴 구덩이가 드문드문 패여 있었다. 매틀록은 칼라일 시청이 도로공사로 그 구덩이를 메워줄지 의문스러웠다.

뉴잉글랜드의 매서운 영하의 날씨가 파놓은 그런 구덩이들은 사람이 많이 다니는 길일수록 더 심했다. 마차 차고를 개조한 집에 가까워지면서 그는 차 트라이엄프의 속도를 시속 10마일 정도로 늦추었다. 길이 울퉁불퉁했지만, 소리를 내지 않고 헤론의 집에 대고 싶었기 때문이다.

제이슨 그린버그가 사람을 시켜 미행하도록 했을지도 모른다는 생각에 매틀록은 4마일 북쪽으로 평행하게 난 길로 갔다. 그의 뒤를 따라오는 차는 없었다.

헤론의 집과 가장 가까이 있는 집은 양쪽으로 백 마일이나 떨어져 있고, 부근에는 아예 집이 없었다. 이곳을 주택지로 개발하자는 말도 있었고, 칼라일대학을 확장하자는 말도 있었지만, 어느 것도 실행되지는 않았다.

사실 첫 번째 안은 두 번째 안에 따라 좌우되게 되어있는데, 칼라일대학 동문회는 학교의 물질적인 변화에 대해서 강력하게 반대했다. 그리고 동창회는 에드리언 실폰트의 개인적인 십자가 역할을 하고 있었다.

매틀록은 루카스의 집이 너무도 적막한 데에 놀랐다. 사실 그는 이 집에 들어가 본 적이 없었다. 열 번쯤 교직원 회의가 끝난 후 루카스를 차로 데려다준 적은 있지만, 언제나 성급했었다.

그는 루카스가 한잔하고 가라는 청에 한 번도 응한 적이 없었으며, 그 결과 집 안에는 들어가 본 적이 없었다.

그는 차에서 나와 벽돌집으로 다가갔다. 집은 높고 좁았다. 색바랜 벽돌은 수많은 갈래로 뻗은 담쟁이덩굴로 뒤덮여 있어 격세감을 더해주고 있었다. 집 앞의 넓은 잔디밭에 일본버드나무 두 그루가 활짝 피어있고, 그 자줏빛 꽃이 커다란 반원을 그리며 땅을 향해 늘어져 있었다.

잔디는 짧게 깎여있고, 잡목들은 가지치기가 잘되어 있었다. 자갈밭은 여기저기 반짝반짝 빛났다. 집과 정원은 모두 정성의 손길이 닿아 고즈넉했다.

그런데도 여기에는 다른 사람과 같이 나누려는 정감이 느껴지지 않았다. 이것은 한 사람이 두 사람 혹은 한 가족을 위해 꾸민 것이 아니라, 단 한 사람 자신을 위한 곳이었다.

그때야 매틀록은 루카스 헤론이 결혼한 적이 없다는 사실을 상기했다. 실연당했다거나 사랑하던 여자가 죽었다거나 심지어 약혼자가 도망가버렸다는 등, 여러 이야기가 나돌았지만, 루카스 헤론은 그런 낭만적인 이야기를 들을 때마다 껄껄 웃으면서 '지랄맞게 이기적이어서'라고만 답했다.

매틀록은 문까지 이어지는 짧은 계단을 올라가 벨을 눌렀다. 인사로 웃어 보이려 연습했지만 잘되지 않았다. 그는 두려웠다.

문이 열리면서 키가 크고 머리가 흰 루카스 헤론이 주름진 바지와 단추가 풀린 파란색 셔츠 바람으로 그를 쳐다보았다.

헤론은 일 초도 안 지나 말을 했지만, 그 짧은 순간 매틀록은 자기가 잘못 생각했음을 깨달았다. 루카스 헤론은 그가 왜 왔는지 알고 있었다.

"어이, 짐! 어서 들어오게, 들어와. 놀라기는 했지만 반갑군."

"감사합니다, 루카스. 방해가 안 되었는지 모르겠습니다."

"아닐세. 아주 잘 맞추어 왔어. 연금술을 하고 있었지. 과일을 갈아 넣어서 진 콜린스를 만들고 있었다네. 자네가 왔으니 혼자 마시지 않아도 되겠군."

"저도 반갑습니다."

헤론의 집 내부는 매틀록이 그렸던 그대로 — 그 자신이 30여 년 후에도 살아있다면 살 것 같은 바로 그런 집이었다. 그것은 반세기에 걸쳐 서로 관련도 없는 수백 출처에서 모은 수백 종에 이르는 수집품의 집합이었다. 공통점이 있다면 안락함이었다. 스타일이나 시기, 진열에는 전혀 관심을 기울이지 않은 것 같았다.

여러 벽에는 책들이 가득 들어차 있고, 그렇지 않은 벽에는 외국에 갔을 때 찍은 대형 풍경 사진들로 빈틈이 없었다.

소파는 두껍고 부드러웠으며, 손이 닿는 곳마다 테이블이 있었다. 매틀록은 이것이 혼자 사는 데 익숙해진 남자의 습관이라고 생각했다.

"내 집 안에 들어와 본 것은 처음이지?"

"네, 처음입니다. 아주 매력적이군요. 그리고 편안하고요."

"그래? 그렇지. 편안해. 자, 여기 앉게. 내가 술을 마저 만들어 가져오겠네."

루카스 헤론은 거실을 지나 주방으로 통하는 문으로 가다가 걸음을 멈추고 뒤로 돌았다.

"늙은이의 칵테일 맛을 돋아주려고 이 먼 길을 온 것은 아니겠지. 하지만 내 집에서는 규칙이 있다네. 심각한 토론은 최소한 한 잔 마신 후에 해야 한다는 것이지."

그는 웃었다. 눈가의 자글자글한 주름이 더 도드라져 보였다. 그는 정말 늙었다.

"게다가 자네 표정은 대단히 심각하군. 콜린스를 마시면 좀 나아질 걸세. 내가 장담하지."

그는 매틀록이 대답할 틈을 주지 않은 채 재빨리 문으로 사라졌다. 매틀록은 가장 가까운 쪽의 벽으로 걸어갔다. 그 벽에 기댄 작은 책상이 있고, 그 위에 대여섯 장의 사진이 걸려있었다.

그중 몇 장은 같은 자리에서 지는 해를 여러 각도로 잡아 찍은 스톤헨지 사진이었다. 다른 한 장은 바위가 많고, 멀리 산이 보이고, 낚싯배가 정박해 있는 해변 사진이었다. 대서양 연안, 아마 그리스나 그라시아 군도쯤 되는 것 같았다.

그다음에 놀라운 사진이 있었다. 벽의 오른쪽 아래 책상 바로 위에 키가 크고 호리호리한 군 장교가 나뭇등걸 옆에 서 있는 사진이었다. 그의 뒤 배경은 나무가 무성한 것이 정글 같았다. 양옆으로는 다른 사람들의 그림자가 있었다.

장교는 헬멧은 쓰지 않은 채, 셔츠는 땀으로 흠뻑 젖었고, 커다란 오른손에 기관총을 들고 있었다. 그의 왼손에는 지도로 보이는 접은 종이가 들려있고, 남자는 아마도 방금 결정을 내린 표정으로 어떤 높은 지대를 올려다보고 있었다.

얼굴은 별로 기쁜 표정은 아니었지만, 잘 생기고 강인해 보였다. 그 인물은 머리가 검은 중년의 루카스 헤론이었다.

"그 사진은 시간이 언제나 참혹하지는 않았다는 사실을 상기하기 위해 걸어두고 있다네."

매틀록은 깜짝 놀라서 몸을 일으켰다. 루카스가 어느새 다시 돌아와 있었다.

"좋은 사진입니다. 저 전쟁에서 누가 승리했는지 이제야 확실히 알겠군요."

"그건 의심의 여지도 없지. 불행히도 난 그전에는 물론 그 후에도 그 섬에 대해서는 들어보질 못했네. 누가 말하기를 솔로몬 군도 중의 하나라더군. 지난 50년대에 날려 보냈나 보더군. 어렵지도 않았을 거야. 대포 두어 발이면 끝났을 걸, 자……."

헤론은 매틀록에게로 다가와 술잔을 건네주었다.

"감사합니다. 선생님은 참 겸손하시군요. 저도 이야기를 다 들어 알고 있습니다."

"나도 들었지. 대단히 감격할 이야기더군. 내가 나이를 먹어 갈수록 이야기는 점점 더 좋게 불어나는 거야. 뒷마당으로 가서 이야기 나누면 어떻겠나? 안에 있기에는 날씨가 너무 아깝군."

헤론이 대답도 기다리지 않고 먼저 밖으로 나가는 바람에 매틀록은 그를 따라갔다.

집 앞쪽과 마찬가지로 뒷마당도 역시 깔끔하게 손질되어 있었다. 포석을 깐 테라스에 편안해 보이는 비치용 의자가 있고, 의자 옆에 작은 테이블이 있었다.

테라스 한가운데에 커다란 금속 테이블과 해 가리개용 파라솔이 있고, 짧게 깎은 넓은 잔디밭이 펼쳐져 있었다.

쇠창살 울타리 안 여기저기에는 산딸기나무가 있고, 잔디밭 끝까지 한 100피트쯤 두 줄로 꽃이, 주로 장미꽃이 심겨 있었다. 하지만 잔디밭이 끝나면서부터는 전원적인 분위기가 갑자기 없어졌다.

거기서부터는 파도 같은 거대하고 무성한 나무들이 서성거렸고, 옆쪽의 경계선도 마찬가지였다. 조각된 듯 잔디밭 주위에는 마구잡이로 자라난 숲이 그림자를 던지고 있었다.

루카스 헤론은 넘을 수 없는 초록의 벽에 둘러싸여 살고 있었다.

"야, 정말 맛이 좋군. 자네도 그렇게 생각할 걸세."

두 남자는 의자에 앉았다.

"정말 그렇습니다. 교수님 덕분에 저도 앞으로 술은 진으로 바꾸어 마시게 될 겁니다."

"봄과 여름에만. 그 나머지 계절엔 진이 좋지 않아. 자, 젊은 친구, 이제 우리 집 규칙은 지켰으니, 헤론의 둥지로 온 사연이나 들어볼까?"

"이미 짐작하지 않으십니까?"

"내가?"

"아치 비슨 때문입니다."

매틀록은 헤론의 얼굴을 주시했다. 그러나 헤론의 관심은 술잔에만 가 있었다. 그는 아무런 반응도 보이지 않았다.

"젊은 역사학 강사 말인가?"

"네."

"그 친구도 언젠간 훌륭한 선생이 될 걸세. 아내도 쓸 만하고."

"제 생각엔……, 좀 난잡한 것도 같습니다만."

"겉으로 보이는 것만 가지고 그러면 안 되네, 짐. 자네가 빅토리아 시대 사람인 줄은 몰랐는데. 사람이 나이가 들면 욕망에 대해서는 한없이 관대해진다네. 욕망이 순수하게 날뛰는 것에 대해서 말일세. 자네도 알게 될 걸세."

"그게 열쇠입니까? 욕망에 관대함이?"

"무슨 열쇠란 말인가?"

"그러지 마십시오. 그 친구가 어젯밤 선생님께 전화하지 않았습니까?"

"그래, 왔지. 자네도 그 집에 있었다면서……? 자네의 행동이 썩 좋지는 못했다면서?"

"제 행동은 그런 인상을 주기 위해 일부러 계산해서 한 것이었습니다."

처음으로 헤론은 일말의 관심을 보였다. 그것은 빠른 속도로 눈을 깜빡거리는 동작에 불과했다.

"그건 비난의 소지가 있는 행동이었군그래."

헤론은 조용히 말하며 초록색 벽을 올려다보았다. 나무들 뒤로 해가 지고 있고, 긴 그림자가 잔디와 테라스 위로 드리웠다.

"그렇게 해야 할 이유가 있었습니다."

매틀록은 헤론의 얼굴이 고통으로 일그러지는 것을 보았다. 그때 그는 윌리엄즈가 크레셀 학장에게 루뭄바 홀에서의 그의 행동에 대해 보고서를 낸 것이 그럴 수밖에 없었다고 했을 때, 같은 반응을 보였던 자신을 기억했다. 이 두 가지 일을 같은 의미에서 변명한다는 사실이 그를 아프게 했다.

"그 친구는 매우 아프다네. 병이 있는데, 그걸 치료하느라고 애쓰고 있지. 그러자면 용기가 필요하다네. 지금은 캠퍼스의 게슈타포 전략 운운할 때는 아니네."

헤론은 한 손으로 의자 팔걸이를 꽉 잡은 채 술잔의 술을 오래도록 마셨다.

"그 사실은 어떻게 아셨습니까?"

"그건 비밀일세. 이렇게 말해두지. 우리 학교의 한 동료에게서 들었다네. 그 친구는 의학계에서 일하고 있는데, 그 병의 증상을 우연히 발견하고는 걱정되어 말해주었던 것일세. 그게 무슨 상관인가? 난 그 젊은 강사를 도와주려던 것이고, 앞으로도 계속 도와줄 걸세."

"저도 그렇게 믿고 싶습니다. 그건 제가 믿고 싶은 것입니다."

"자네한테는 그게 왜 그렇게 어려운가?"

"모르겠습니다. 방금 현관에서 어떤 것이, 아마 이 집 때문인가 봅니다. 정확히 콕 집어 말씀드릴 수는 없지만……, 저는 지금 솔직하게 말씀드리는 겁니다."

헤론은 웃었다. 그러나 여전히 매틀록의 시선은 피했다.

"자네는 엘리자베스 시대에 너무 몰두해 있어. '스페인 비극'의 구성에 사로잡혀 있는 거야. 자네와 같이 젊은 십자군 교수들은 이제 좀 아마추어 영국 경시청 사람 노릇은 그만두어야 해. 자네는 지금 상황을 너무 확대해서 보고 있어."

"그렇지 않습니다. 저는 십자군이 아닙니다. 그런 부류가 아닌 겁니다. 그건 교수님도 아시지 않습니까?"

"그렇다면 뭔가? 개인적인 호기심? 그 젊은 강사에 대해서? 아니면, 그의 아내에 대해서? 미안하네, 이런 말은 하면 안 되는 건데."

"아니, 말씀해주셔서 오히려 고맙습니다. 저는 버지니아 비슨에 대해서는 아무 관심도 없습니다. 육체적으로든 어떤 면으로든 말입니다."

"그렇다면 정말 대단한 연기를 했군."

"정말 그랬습니다. 저는 비슨 부부가 내가 그 집에 간 진짜 이유를 모르게 하려고 극단적인 수단을 취한 것입니다. 그건 중요한 일이었기 때문입니다."

"누구한테 중요하다는 건가?"

헤론은 천천히 오른손에 들었던 술잔을 내려놓았다. 왼손은 여전히 의자 팔걸이를 꽉 잡고 있었다.

"이 캠퍼스 밖에 있는 사람들한테. 워싱턴 사람들. 연방정부 사람들한테……."

루카스 헤론은 갑자기 코로 숨을 훅 들이마셨다. 매틀록이 보는 앞에서 헤론의 얼굴에서는 갑자기 핏기가 가셨다. 그가 말을 했을 때, 그것은 속삭임처럼 겨우 들릴 듯 말 듯 했다.

"지금 무슨 말을 하는 건가?"

"사법부에서 어떤 사람이 저를 찾아왔다는 말씀을 드리는 것입니다. 그 사람이 저에게 알려준 정보는 무시무시했습니다. 조작이나 과장은 조금도 없었습니다. 확실한 자료일 뿐. 저에게 협조할 것인지 안 할 것인지 마음대로 결정하라고 했습니다."

"협조하기로 했나?"

헤론은 믿기지 않는다는 듯 조용히 물었다.

"다른 도리가 없다고 생각했습니다. 제 동생은……."

"다른 도리가 없다고?"

헤론은 의자에서 벌떡 일어났다. 그의 손은 떨리기 시작했다. 또한 목소리는 격해지며 점점 커졌다.

"다른 도리가 없다고 생각했다고?"

"네, 그렇습니다. 그래서 여기까지 찾아온 것입니다. 교수님께 경고를 해드리기 위해서. 이건 생각보다 훨씬 더 심각하고, 훨씬 더 위험한……."

"나에게 경고하기 위해서 왔다고? 그래, 자네는 무슨 짓을 했지? 도대체 무슨 짓을 했어? 내 말 잘 듣게!"

헤론은 뒷걸음질을 치다가 작은 테이블에 부딪혔다. 그는 왼손을 휘둘러 테이블을 바닥에 쓰러뜨렸다.

"그냥 가만있게, 알아들었나? 그냥 멀찍이 앉아서 아무 말도 말라고! 아무 일도 없는 것이야! 그건 전부……, 전부 그들이 상상해낸 것들이야. 건드리지 말게. 그냥 가만히 있게!"

"그럴 수는 없습니다. 실폰트 역시 저와 같은 생각일 겁니다. 그분도 더는 싸울 수가 없으니 말입니다. 루카스, 이 일은 이미……."

"에드리언! 에드리언도 알고 있다는 건가? 오, 하느님 맙소사, 자네가 지금 무슨 짓을 하는 줄 알기나 하는 건가? 자넨 너무 많은 것을 파괴할 걸세. 너무 많은 사람……, 어서 여기서 나가게! 나가. 난 자네를 모르네. 오, 하느님! 하느님 맙소사!"

"루카스, 왜 그러십니까?"

매틀록은 일어나서 헤론을 향해 몇 발자국 앞으로 나아갔다.

헤론은 계속 뒷걸음질 쳤다. 겁에 질린 채.

"나한테 가까이 오지 말게. 내 몸에 손대지 마!"

헤론은 뒤로 돌아 작은 다리 쪽으로 잔디밭을 가로질러 뛰어가기 시작했다. 그는 비틀거리다 바닥에 넘어졌다가 다시 일어났다. 그는 뒤도 돌아보지 않은 채 온 힘을 다해서 마당 뒤쪽 무성한 숲을 향해 달려갔다. 그의 모습은 갑자기 거대한 초록 벽 사이로 사라졌다.

"루카스! 루카스!"

매틀록은 그의 뒤를 따라가 겨우 몇 초 후에 숲 가장자리에 닿았다. 하지만 그는 어디에도 보이지 않았다. 매틀록은 앞의 잡목을 가르며 뒤엉킨 수풀 사이로 들어갔다. 나뭇가지들이 그의 얼굴을 때렸다. 길게 자란 잡초들이 그의 발에 엉겨 붙었다.

헤론은 온데간데없었다.

"루카스! 어디 계십니까?"

대답이 없었다. 다만 그의 뒤로 잡목들이 서로 스치는 소리만 들릴 뿐. 매틀록은 더 깊은 숲속으로 들어갔다. 그러나 루카스 헤론은 흔적도 소리도 없었다.

"루카스! 제발, 루카스, 대답 좀 하십시오!"

그래도 답이 없었다. 사람이 있다는 기미도 보이지 않았다.

매틀록은 주위를 돌아보며 숲속에 길이 있는지 찾아보았으나 길조차 없었다. 그것은 마치 루카스가 한순간은 물체였다가 그다음 순간 증기가 되어 증발해버린 것 같았다.

그때 그는 그 소리를 들었다. 그의 주변 사방에서, 어딘지 알 수 없는 곳에서 조용히, 분명치 않은 소리로 메아리쳐 오는 그 소리. 그것은 목 안 저 깊은 곳에서부터 울려 나오는 신음, 고통스러운 울부짖음이었다. 가까이, 그러나 빽빽한 숲 너머에서. 그러더니 그 울부짖음은 점점 작아지면서 분명한 울음소리로 변했다. 단 한 번의 울음소리, 그러고 나서 증오에 찬 분명한 한마디의 말이 들렸다.

그 말은 이것이었다.

"니믈롯……."

12

"빌어먹을, 매틀록! 내가 전화할 때까지 그대로 있으라고 하지 않았소!"

"젠장, 그린버그! 어떻게 내 아파트에 들어왔습니까?"

"창문을 아직 안 고치셨더군요."

"고치는 값을 대준다고 하지 않으셨잖습니까?"

"비겼소. 그래 어디 갔다 온 겁니까?"

매틀록은 자동차 키를 식탁에 던지고 구석에 있는 부서진 스테레오를 보았다.

"복잡한 이야기입니다. 슬프다고도 해야 할 것 같습니다. 우선 한잔하고 다 말씀드리리다."

"나도 한 잔 주십시오. 나도 할 이야기가 있는데, 그 이야기야말로 정말 슬픈 이야기입니다."

"뭘 드시겠습니까?"

"원래 잘 안 마십니다. 그러니 있는 것 아무거나 주십시오."

매틀록은 창밖을 내다보았다. 커튼은 그가 애덤 윌리엄즈 앞에서 찢어놓은 그대로 바닥에 떨어져 있었다.

해는 이제 거의 다 넘어가고 노을만 비껴 있었다. 봄날의 하루가 가버린 것이다.

"레몬즙을 넣어 탐 콜린스를 만들어드리겠습니다."

"당신 파일을 보니까 버번을 마신다고 되어있던데요?"

매틀록은 그를 멍하니 쳐다보았다.

"그렇습니까?"

그린버그는 매틀록을 따라 주방으로 들어와 칵테일 만드는 모습을 구경했다. 매틀록은 그에게 잔을 건네주었다.

"보기에 근사합니다."

"별로일 겁니다. 그래 그 슬픈 이야기는 어디서부터 시작하는 겁니까?"

"당신의 이야기를 먼저 듣고 싶지만, 상황이 이러하니 내 이야기부터 해야겠군요."

"어째 좀 으스스합니다."

"아니, 그저 슬픈 이야기일 뿐입니다. 우선 내가 당신을 내려준 다음 어디 갔는지 알고 싶지 않습니까?"

그린버그는 카운터에 기대면서 물었다.

"별로. 하지만 어쨌든 말씀해주실 것 아닙니까?"

"그렇습니다. 그것도 슬픈 이야기의 한 부분이니까요. 난 공항 – 브래들리 필드 – 에 가서 휼즈에서 몇 시간 전 사법부에서 보낸

제트기를 기다리고 있었습니다. 그 비행기에는 내가 사인해야 할 봉함된 봉투 두 개를 가지고 올 사람이 타고 있었습니다. 이게 그 봉투입니다."

그린버그는 재킷 주머니에서 두 개의 사무용 봉투를 꺼냈다. 그는 그중 하나를 카운터에 올려놓고 다른 봉투를 뜯기 시작했다.

"공식문서 같군요."

매틀록은 싱크대 옆으로 올라앉아 찬장 앞으로 뻗은 긴 다리를 대롱거렸다.

"그렇습니다. 이 봉투 속에는 당신이 우리에게 아니, 나에게 준 정보에 근거해서 얻은 결론이 요약되어 있습니다. 그 끝에는 구체적인 추천의 말이 있습니다. 저는 입수한 모든 정보를 제 재량으로 전달할 수 있습니다."

"제이슨 그린버그가 2점을 얻었군요."

그린버그는 매틀록의 말에 응수하지 않고 계속 말했다.

"하지만 이 두 번째 봉투 안에 든 내용물은 수신인에게 직접 전달하도록 되어있습니다. 당신은 그 내용을 하나도 빠짐없이 읽고, 사실을 확인한 후 서명해야 합니다."

"점점 나아지는군요. 내가 상원의원 출마라도 하는 겁니까?"

"아닙니다. 지시받은 대로 시작하겠습니다."

그린버그는 아직 뜯지 않은 봉투를 한 번 보고 다시 매틀록을 보았다.

"루뭄바 홀에 왔던 줄리앙 뒤누아라는 남자 — 별명, 자끄드베로, 제쉬 당베르, 그리고 그 외에 우리가 아직 모르는 여러 가지 이름의 남자 — 는 흑인 좌익단체의 법률전략가입니다. 법률전략가라는 명칭은 법원 문제에서부터 경찰의 밀정에 이르기까지 모든 일에 관여한다는 뜻입니다. 법적인 문제를 다룰 때는 뒤누아라는 이름을 쓰고, 밀정으로 일할 때는 앞서 말한 별명 중에 골라 쓰는 사람입니다. 그 사람은 지리적으로 아주 특이한 곳에서 활동합니다. 알제리, 마르세유, 카리브해, 쿠바를 포함해서 말입니다. 아마 하노이와 모스크바에서도 일하는 것 같습니다. 또 북경에서도. 미국에서는 할렘 북부에 일반 법률사무소와 샌프란시스코에 서부 연안 지부를 가지고 있습니다. 보통은 뒤에 서 있지만, 그 사람이 나타나는 곳마다 나쁜 소식이 들리게 마련이죠. 말할 필요도 없겠지만, 그 사람은 치안판사의 주의 인물 리스트에도 들어있는데, 요즘엔 그게 별로……."

"요즘엔 AT&T사의 좌익에 소속되어 있는 사람은 누구나 그 리스트에 들게 되지요."

"그 말엔 코멘트하지 않겠습니다. 이야기를 좀 더 계속하죠. 뒤누아가 이 조직에 나타났다는 사실은 예측하지 못했던, 지금까지 고려해보지 못한 국면을 덧붙이게 되었습니다. 이건 국내 범법자들의 범위를 벗어나 국제 범죄, 그리고 국제적 영역으로 들어가게 된 것입니다. 당신에게 마약을 사용했고, 당신의 아파트에 침입자가 있었으며, 당신의 친구인 발렌타인 양을 간접적으로 위협했다는 사실을 고려할 때, 다음과 같이 건의합니다. 이번 조사에 더 이상 개입하지 마십시오. 당신의 개입은 이미 적당한 수위를 넘어 위험합니다."

그린버그는 서류를 카운터에 던지고 술을 연거푸 몇 모금 마셨다. 매틀록은 천천히 다리를 흔들었다. 그린버그가 물었다.

"어떻게 생각하십니까?"

"아직 잘 모르겠군요. 아직 이야기를 다 끝낸 것 같지 않은데?"

"이게 끝이라면 저도 좋겠습니다. 자, 여기 정확하게 요약되어 있습니다. 건의 내용에 따르시길 바랍니다. 짐, 손을 떼십시오."

"우선 이야기부터 끝내십시오. 다른 편지는 뭡니까? 내가 직접 읽어야 한다는 편지 말입니다."

"그건 당신이 건의 사항을 거절할 때만 소용되는 겁니다. 거절하지 마십시오. 내가 이렇게 말해야 한다는 지시는 받지 않았습니다. 이건 개인적으로 하는 말입니다."

"내가 거절하리라는 것을 잘 알면서 왜 시간을 허비하십니까?"

"아니, 난 모릅니다. 그 말을 믿고 싶지도 않습니다."

"이제야 손을 뗄 수는 없습니다."

"한 시간 내에 내가 구실을 만들어드리겠습니다. 손 떼십시오."

"이제는 안 됩니다."

"뭘 말입니까? 왜?"

"그건 바로 나의 슬픈 이야기입니다. 그러니 이야기나 계속하십시오."

그린버그는 매틀록의 눈에서 설명을 찾으려고 했으나, 찾지 못하자, 두 번째 봉투를 집어서 뜯었다.

"당신이 일을 중단하라는 우리의 권고를 거절하는 유감스러운 사태가 벌어질 경우, 그것이 사법부의 소망을 거스르는 것임을 알아야 합니다. 우리가 할 수 있는 보호는 제공하겠지만 — 여느 시민에게나 하듯이 — 당신은 어디까지나 본인의 책임하에 행동해야 합니다. 우리는 어떤 성질의 불편이나 피해에 대해서도 책임질 수 없습니다."

"이 서류에 씌어있는 내용이 그겁니까?"

"아닙니다, 이 서류에 그렇게 씌어있지는 않지만, 뜻은 그렇습니다."

그린버그는 서류를 펼치면서 말했다.

"서류에 씌어있는 내용은 훨씬 더 간단하고 내용도 더 포괄적입니다. 자, 보십시오."

그린버그는 매틀록에게 편지를 건네주었다.

그 편지에는 법무차관의 서명이 있고, 왼편 다른 줄에는 매틀록이 서명하도록 빈칸이 마련되어 있었다.

사법부 조사반은 제임스 B. 매틀록이 칼라일대학 부근에서 일

어난 것으로 추정되는 불법 행위들과 관련하여 조사하고자 한다는 요청을 받아들였습니다.

그러나 사법부는 이제 상황이 전문적인 영역으로 바뀌어야 한다고 판단하며, 차후 매틀록 교수의 개입은 정당성이 없고 사법부의 정책에 위반되는 것으로 간주할 것입니다. 따라서 사법부는 제임스 B. 매틀록에게 지금까지의 협조에는 감사하지만, 안전과 조사의 진전을 위하여 더 이상의 개입은 하지 말기를 요청하는 바입니다. 매틀록 교수의 행동은 칼라일 지역에 대한 조사부의 목적을 방해하게 되리라는 것이 사법부의 견해입니다.

매틀록 씨는 이 편지의 원본을 받았으며, 따라서 여기 아래에 서명하기를 요망합니다.

"도대체 무슨 이야기를 하는 겁니까? 이 편지는 내가 손을 뗀다고 동의한다는 것 아닙니까?"

"변호사가 안 되시길 잘하셨습니다. 그렇게 이해를 못하다니."

"뭐라고요?"

"어디에 당신이 서명하면 당신이 손을 떼겠다고 동의한다고 쓰여 있단 말입니까? 이건 단지 사법부가 그렇게 하라고 요구한다고 씌어있는 겁니다."

"그럼, 왜 내가 여기에 서명해야 합니까?"

"좋은 질문입니다. 당신이 손을 떼라는 사법부의 권고를 거절할 때 서명하라는 겁니다."

"오, 이런 제기랄!"

매틀록은 싱크대에서 내려와 편지를 카운터 위로 던졌다.

"내가 법은 모르지만, 말은 압니다. 지금 당신은 앞뒤가 안 맞는 소리를 하고 있지 않소!"

"표면적으로는 그렇죠. 한 가지만 물어봅시다. 당신이 계속 이 일을 한다고 칩시다. 그럼 언젠간 도움을 구해야 할 경우가 있지 않겠습니까?"

"물론 있겠죠."

"그 편지에 서명해서 돌려보내지 않고는 도움을 받을 수 없는 겁니다. 나를 쳐다보지 마십시오! 난 며칠 있으면 전근 발령이 날 겁니다. 이미 여기에 너무 오래 있었으니까요."

"모순적이지 않습니까? 내가 도움이나 보호가 필요 없다는 데 서명해야만 그런 도움이나 보호를 받을 수 있다니!"

"나를 보내는 것으로 충분합니다. 요즘 이런 종류의 일을 하는 데 새 용어가 생겼죠. 그건 '위험 없는 전진'이라고 합니다. 이용할 수 있는 것, 이용할 수 있는 사람은 모두 이용하십시오. 하지만 게임 규칙이 잘못되었다고 욕하는 것은 무책임한 행동입니다."

"내가 서명을 안 하면 낙하산 없이 뛰어내리는 것이나 마찬가지라니?"

"그렇습니다. 공짜로 해주는 충고를 들으십시오. 난 좋은 변호사니까. 손 떼십시오. 잊어버리십시오. 잊어버리란 말입니다."

"그럴 수는 없습니다."

그린버그는 술잔을 들며 조용히 말했다.

"당신이 어떻게 하든 동생을 다시 살려낼 수는 없습니다."

"그건 나도 압니다."

매틀록은 가슴이 찡했지만 단호하게 말했다.

"다른 젊은 아이들을 막을 수야 있겠지만, 그렇게는 잘 안될 겁니다. 여하간 다른 사람 누군가 전문가가 기용될 것입니다. 나도 인정하고 싶지는 않지만, 크레셀의 말이 맞았습니다. 또 우리가 이 회의 - 2주 후에 열리는 보부상들의 회의 말입니다. - 여기에 못 간다고 해도 다른 사람들이 갈 겁니다."

"당신 말에 전적으로 동의합니다."

"그런데 왜 망설이는 겁니까? 손 떼십시오."

"왜요? 아직 내 슬픈 이야기는 하지 않았습니다. 그게 이유입니다. 기억하십니까? 당신에게 우선권이 있어 먼저 이야기하기는 했지만, 아직 내 차례가 남았습니다."

"그럼 하십시오."

그래서 매틀록은 말해주었다. 루카스 헤론에 관해 아는 것 모두를 – 칼라일의 전설, 거인, '멋쟁이 늙은 새'에 대해서, 겁에 질려 숲속으로 달아난 해골에 대해서. '니믈롯'이라고 한 외마디 울부짖음에 대해서. 그린버그는 가만히 듣고 있었다.

매틀록이 이야기를 오래 하면 할수록 제이슨 그린버그의 눈은 더욱 슬퍼졌다. 매틀록이 이야기를 마치자, 그린버그는 남은 술을 마저 마시고 천천히 고개를 끄덕였다.

"그 사람한테 모조리 다 털어놓았단 말입니까? 나한테 오지 못하고 그 사람한테 갔다는 것 아닙니까? 손에 피 단지를 들고 있는 캠퍼스의 성인한테……. 그렇다면 로링의 생각이 옳았군요. 우린 양심의 가책을 받은 아마추어가 필요하다고……. 우리 앞에도 아마추어, 뒤에도 아마추어. 최소한 이 말은 할 수 있습니다. 당신이 양심 있는 사람이라고……."

"내가 어떻게 하면 되겠습니까?"

"이 서류에 서명하십시오."

그린버그는 카운터에서 사법부에서 온 편지를 집어 매틀록에게 주었다.

"결국 당신은 도움이 필요하게 될 테니까요."

패트리샤 발렌타인은 매틀록보다 앞에 서서 술집 체셔 캣의 맨 끝에 있는 테이블 쪽으로 갔다. 이곳까지 차를 타고 오는 동안은 긴장의 연속이었다.

패트리샤는 매틀록이 정부, 그것도 하필이면 연방 조사국과 협조한다는 사실을 가지고 조용히, 그러나 예리하게 화살을 쏘아댔다. 그녀는 계획적이고 전향적인 요구에는 반응하지 말아야 한다고 주장했다. 그러한 조직이 나라를 경찰국가로부터 겨우 열 발자국만큼 끌고 왔다는 증거는 너무나 많다는 것이었다.

그녀는 그러한 경험을 직접 해본 사람이었다. 그녀는 단 한 번의 FBI 활동으로 생긴 고통스러운 후유증을 목격한 것이다.

매틀록은 그녀가 앉도록 의자를 잡아준 뒤 자리에 앉혔다. 그리고 그녀의 어깨를 잡았다. 그렇게 잡아줌으로써 그녀의 아픔을 조금이라도 덜어주기 위해서 한 행동이었다. 테이블은 작고, 옆에는 창문이 있으며, 창밖으로는 5월 말이면 개방할 테라스가 있었다. 그는 맞은편에 앉아 그녀의 손을 잡았다.

"내가 하는 일에 대해서 사과하지는 않겠어. 이 일은 해야 한다고 생각하기 때문이야. 난 영웅도 아니지만, 첩자도 아니야. 영웅이 되라는 청을 받은 것도 아니고, 또 그들이 원하는 정보는 많은 이들을 돕게 될 거야. 도움이 절박한 사람들을."

"그 사람들이 도움을 받게 될 거라고 믿으세요? 기소되는 게 아니고요? 병원으로 보내지는 것이 아니라 감옥에 가게 되는 거 아닌가요?"

"그들은 병든 아이들한테 관심이 있는 게 아니야. 그 아이들을 병들게 만드는 사람들을 알아내고 싶은 것이지. 나도 알고 싶고."

"하지만 그 과정에서 아이들이 다치게 될 거예요."

이건 단정이었다.

"몇 명은 그렇겠지. 가능한 한 적게 할 거야."

"아주 선심이나 쓰듯 말하는군요. 그런 결정은 누가 하죠? 당신이 하나요?"

그녀는 매틀록이 잡은 손에서 손을 뺐다.

"왜 그렇게 한쪽만 생각해?"

"나도 거긴 가 봤다고요. 별로 기분 좋은 데는 아니었어요."

"이건 완전히 다른 문제야. 나도 두 사람을 만나보았어. 한 사람은 떠났고, 다른 한 사람은 그린버그지. 그 사람들은 당신이 50년대에 겪었던 악몽과는 전혀 다른 사람들이라고. 내 말을 믿어줘."

"나도 믿고 싶어요."

체셔 캣의 지배인이 테이블로 왔다.

"매틀록 씨께 전화 왔습니다."

매틀록은 위장에 경련이 이는 예리한 통증을 느꼈다. 두려움을 느끼는 신경의 반응이었다. 그가 그곳에 있다는 것을 아는 사람은 한 사람밖에 없다. — 제이슨 그린버그.

"고맙습니다, 해리."

"예약접수 데스크에서 받으세요. 수화기 내려놓았습니다."

매틀록은 의자에서 일어나면서 팻을 보았다. 몇 달간 식당에서, 파티에서 같이 데이트하는 동안 그가 전화를 받은 적은, 그런 식으로 데이트를 방해받은 적은 한 번도 없었다. 그는 그녀의 눈을 통해 그녀 역시 그러한 사실을 깨닫고 있음을 읽을 수 있었다.

그는 얼른 뒤쪽에 있는 예약접수 데스크로 갔다.

“여보세요?”

“짐?”

역시 그린버그였다.

“방해해서 미안합니다. 불가피한 일이 아니었으면 이렇게 전화하지 않았을 겁니다.”

“무슨 일입니까?”

“루카스 헤론이 죽었습니다. 약 한 시간 전에 자살했습니다.”

매틀록의 위에서 느껴지던 통증이 다시 돌아왔다. 이번에는 경련이 아니라 예리한 강타여서 숨조차 쉴 수 없었다.

비틀거리면서 잔디밭으로 달려가 깊은 숲속으로 사라져가던 겁에 질린 노인의 모습이 눈에 어른거렸다. 그리고 흐느끼는 소리와 증오에 싸여 내뱉던 ‘니믈롯’이라는 말.

“괜찮습니까?”

“네, 네, 괜찮습니다.”

매틀록은 왠지 모르게 검은색 테를 두른 작은 사진이 기억났다. 그것은 한 손에는 무기를 들고 다른 손에는 지도를 든 채, 마르고 강퍅한 얼굴로 높은 곳을 올려다보는 중년 보병 장교를 확대한 사진이었다.

25년 전의 사진.

“아파트로 돌아가시는 것이 좋겠습니다.”

그린버그는 지령을 내리는 것이었지만 표현은 부드럽게 했다.

“누가 발견했습니까?”

“내 부하입니다. 아직 다른 사람은 아무도 모릅니다.”

“당신의 부하?”

“당신과 이야기한 후, 헤론에게 감시를 붙였습니다. 이상한 느낌이 들어 그 친구가 집안에 들어가 보니 죽어 있더라는 겁니다.”

“어떻게 죽었습니까?”

“샤워기를 틀어놓고 손목을 베었습니다.”

“오, 이럴 수가! 내가 몹쓸 짓을 했군!”

“그런 소리 마십시오! 어서 이곳으로 돌아오십시오. 사람들을 보냈습니다. 짐, 내 말대로 하십시오.”

“팻한테는 뭐라고 하죠?”

매틀록은 정신을 차리려고 했지만, 계속 겁에 질린 노인밖엔 생각나지 않았다.

“가능한 한 조금만 하십시오. 어서 서두르시오.”

매틀록은 수화기를 내려놓고 깊은숨을 여러 차례 쉬었다. 그는 주머니에서 담배를 찾았지만, 담배는 테이블 위에 두고 왔다.

어서 테이블로 돌아가서 팻에게 할 말을 생각해 내야 한다.

사실을. 젠장, 사실대로 말하는 것이 현명한 방법이다.

그는 기둥 두 개를 돌아 식당 끝 창가의 작은 테이블 쪽으로 갔다. 겁이 나기는 했지만, 팻에게 솔직하게 말하기로 작정하고 나니 약간 진정되었다.

그린버그와 크레셀 외에 그가 터놓고 말을 할 수 있는 사람이 절박하게 필요했다.

크레셀.

그는 7시에 크레셀에게 가기로 되어있었다. 그 사실을 그는 까맣게 잊고 있었다.

하지만 크레셀에 대한 생각은 금방 사라졌다. 창가의 작은 테이블에는 아무도 없었다.

팻이 없어진 것이다.

13

"그녀가 나가는 것을 아무도 못 봤단 말입니까?"

그린버그는 매틀록의 근심 어린 시선을 따라 현관에서 거실 안을 보았다. 침실에서 샘 크레셀이 전화기에 대고 흥분해서 고함지르는 소리가 들렸다. 매틀록도 그것을 알아챘다. 그의 관심은 너무 여러 방향으로 갈래갈래 나뉘어 있었다.

"저 안에 있는 사람은 샘이죠? 샘도 헤론에 대해 압니까?"

"네. 당신한테 전화한 후 내가 전화했습니다. 웨이트리스는 뭐랍니까? 물어보았습니까?"

"확실히 아는 사람이 없었습니다. 손님이 많았거든요. 한 명은 팻이 화장실에 갔을 거라고 하고, 또 한 명은 다른 테이블에 있던 두 남녀와 같이 나간 것 같다고 하더군요."

"나갈 때 당신이 있던 곳을 지나가야 하지 않습니까? 당신이 볼 수 있었을 것 아닙니까?"

"꼭 그렇지는 않습니다. 우린 뒤쪽에 앉아 있었거든요. 테라스로 가는 문이 두서너 개 있었습니다. 여름에는 테라스에도 테이블을 놓고 손님을 받으니까요."

"당신 차를 가지고 갔습니까?"

"물론이죠."

"밖에서도 못 봤습니까, 길을 걸어간다거나?"

"못 봤습니다."

"식당에서 다른 사람들은 보았습니까?"

"잘 살펴보질 않았습니다. 난 생각에 빠져있었으니까요."

매틀록은 담배에 불을 붙였다. 라이터를 잡은 그의 손이 떨렸다.

"내 생각엔 그녀가 우연히 아는 사람을 보고 집까지 태워달라고 한 것 같습니다. 발렌타인 양은 싸우지 않고는 자기가 가고 싶지 않은 곳에 갈 여자가 아니니 말입니다."

"압니다. 나도 그 생각은 했습니다."

"싸웠다는 뜻입니까?"

"좀 누그러졌다고는 할 수 있겠지만, 완전히 끝을 낸 것은 아니었습니다. 그런데 전화까지 오니 다시 화가 났던 것 같습니다. 영어과 교수가 식당에서 데이트 중에 전화를 받는 일은 아주 드무니까요."

"미안합니다."

"당신 잘못이 아닙니다. 말씀드리지 않았습니까. 팻은 불안한 상태였습니다. 자기 아버지 생각을 하고 있었거든요. 샘이 전화를 끊으면 팻의 아파트에 전화해 보겠습니다."

"저 사람 정말 웃기는 사람입니다. 헤론 이야기를 했더니, 물론 놀랐죠. 그러더니 실폰트와 조용히 할 이야기가 있다면서 침실로 들어가더니 원 저렇게 동네방네 다 들리게 소리를 고래고래 질러 대는 겁니다."

매틀록의 생각은 또다시 헤론에게로 갔다.

"아마 헤론의 자살은 우리 대학에서 지난 20년 이래 가장 충격적인 일일 겁니다. 루카스 같은 사람이 이런 식으로 죽어서는 안 됩니다. 샘도 내가 헤론을 만난 사실을 압니까?"

"네, 이야기를 안 할 수가 없었습니다. 꽤 많이 했습니다. 당신한테서 들은 이야기를 – 물론 간단하게 했지만 말입니다. 안 믿으려고 하더군요. 그것의 의미를 말입니다."

"무리도 아닙니다. 사실 믿기 어려운 일이니까. 이제 어떻게 하면 되죠?"

"기다려봅시다. 내가 보고서를 냈습니다. 하트포드국에서 두 사람이 지금 가 있습니다. 지방경찰에서 부른 것입니다."

경찰이라는 말에 매틀록은 갑자기 스쿼시코트 복도에서 자기를 보자 황급히 도망치듯 가버렸던 사복 경찰관을 떠올렸다. 그 이야기를 그린버그한테도 했는데, 그는 아무런 설명도 해주지 않았다. 다시 물었다.

"체육관에서 만났던 그 경찰은 어떻게 된 겁니까?"

"그럴듯한 설명이 있습니다. 최소한 아직, 칼라일 경찰은 일주일에 3일, 오전에 체육관 일부를 쓰도록 되어있습니다. 우연의 일치이지만."

"그 이야기를 믿는 겁니까?"

"'아직까지는'이라고 하지 않았습니까? 그 사람을 조사해봤지만, 기막히게 좋은 기록밖에 없습니다."

"그놈은 편협한 개자식입니다."

"놀라실지 모르겠지만, 그건 죄가 아닙니다. 권리장전에 보장된 권리니까요."

그때 샘 크레셀이 침실 문으로 나왔다. 매틀록은 그가 여태껏 볼 수 없었을 만큼 겁을 많이 먹고 있음을 알 수 있었다. 그의 얼굴과 숲속으로 달아나기 전에 본 루카스 헤론의 핏기 없는 표정은 유사점이 있었다.

"자네가 들어오는 소릴 들었지. 앞으로 어떻게 할 참인가? 도대체 어떻게 할 거냐고? 나도 그렇지만, 에드리언도 그 바보 같은 이야기는 믿지 않아. 루카스 헤론! 그건 정신 나간 이야기야."

"그럴지도 모르지요. 하지만 사실입니다."

"자네가 그렇게 말한다고 해서? 어떻게 그렇게 확신할 수 있는가? 이런 일은 자네가 전문이 아니지 않나? 루카스는 자기가 마약 문제로 어떤 학생을 돕고 있다고 인정했다면서?"

"그 사람은……, 그들은 학생이 아닙니다."

"알았네."

크레셀은 짧게 말하고는 매틀록과 그린버그를 번갈아보았다.

"상황이 이렇게 되었으니 그게 누구인지 알아야겠소."

"아시게 될 겁니다. 저는 왜 매틀록이 틀렸다는 것이며, 그의 이야기가 왜 바보 같은 것인지 알아야겠습니다."

그린버그가 조용히 말했다.

"왜냐하면 이 문제와 관련된 교수진이 루카스 헤론 한 사람만은 아니기 때문이오. 수십 명이 도움을 주고 있소."

"이해가 안 되는군요. 당신들이 도와주고 있다는 사실을 교수 한 명이 알아냈다고 해서 자살하지는 않습니다."

샘 크레셀은 안경을 벗더니 잠시 슬픈 생각에 잠겼다.

"두 사람 모두 모르고 있는 사실이 있소. 나도 얼마 전부터 그걸 알고는 있었지만, 실폰트만큼은 잘 알지 못했소. 루카스 헤론은 대단히 아픈 사람이었소. 작년 여름에 한쪽 신장을 떼어냈소. 다른 쪽 신장에도 암이 번져있었는데, 헤론도 그 사실을 알고 있었소. 그 고통은 견디기 힘들었을 것이오. 그걸 견딜 시간도 길지는 않았지만."

크레셀이 다시 안경을 쓰는 모습을 그린버그는 유심히 바라보고 있었다. 매틀록은 담배를 탁자 위의 재떨이에 비벼 껐다. 이윽고 그린버그가 말했다.

"헤론의 자살과 매틀록이 오늘 오후에 그를 만난 일과 관계가 없다는 말씀입니까?"

"그런 뜻으로 한 말은 아니오. 분명 관계가 있다고 생각합니다. 하지만 당신은 루카스를 잘 모르지 않소? 그 사람의 전 일생, 전쟁 때를 제외한 반세기 가까운 세월 동안 그는 오직 칼라일대학을 위해 살았던 사람입니다. 칼라일대학은 그의 인생이었던 겁니다. 그는 여느 남자가 여자를 사랑하는 것보다, 여느 부모가 자식을 사랑하는 것보다 더 이 대학을 사랑했습니다. 아마 짐한테 들었을 것이오. 단 한 순간이라도 이곳에서의 세계가 갈기갈기 찢어지리라고 생각했다면, 그것은 그의 육체적인 고통보다 더 큰 고통이었을 겁니다. 그만큼 자기 생을 마치기에 적절한 때가 또 어디 있겠습니까?"

"말도 안 됩니다! 그럼 내가 그를 죽였단 말입니까?"

매틀록은 소리를 버럭 질렀다.

"그럴지도 모르지. 꼭 그렇게 생각해서 한 말은 아니었네만, 에드리언도 마찬가지였을 걸세."

"하지만 지금 말씀이 그렇지 않습니까! 내가 정신이 나가 내 손으로 그의 손목을 베기라도 한 것처럼 말씀하고 계시지 않습니까! 학장님은 그 자리에 없었습니다. 하지만 난 있었습니다."

"자네가 정신이 나갔다고는 하지 않았네. 다만 자네는 아마추어라고 했지. 선의로 똘똘 뭉친 아마추어. 그린버그는 내 말뜻을 알 것이네."

크레셀은 조용히 말했다.

제이슨 그린버그는 매틀록을 쳐다보았다.

"슬로바키아에 이런 속담이 있습니다. '늙은이들이 자살하면, 도시가 죽어간다.'라는 말입니다."

그때 갑자기 전화벨이 날카롭게 울렸다. 그 소리에 세 남자는 깜짝 놀랐다. 매틀록이 수화기를 들고 그린버그를 보았다.

"당신에게 온 겁니다."

"고맙소."

그린버그는 매틀록에게서 수화기를 받아 들었다.

"그린버그입니다……. 알았습니다. 언제쯤 알 수 있겠습니까? 그때쯤엔 여기 없을 겁니다. 내가 전화하죠."

그는 수화기를 내려놓고 매틀록과 크레셀을 등진 채 책상 옆에 서 있었다. 크레셀은 더 이상 참지 못했다.

"무슨 전화였소? 무슨 일이오?"

그린버그는 몸을 돌려 그들을 보았다. 매틀록은 그의 눈이 전보다도 더 슬퍼 보인다고 생각했다. 그것은 그린버그에게 걱정스러운 일이 있다는 표시였다.

"경찰과 법원에 사체 부검을 요청했습니다."

"왜? 도대체 왜? 그 사람은 자살했소! 그 사람은 고통받고 있었단 말이오! ……, 하느님 맙소사, 이럴 수는 없소! 만약 이 사실이 밖에 알려지면…….”

“조용히 처리할 겁니다.”

“그건 조용히 처리될 수 없는 일이라는 걸 당신도 알지 않소. 이야기가 밖으로 새어 나가 사방에 알려질 게 뻔하오. 그건 절대 안 되오.”

“막을 수 없습니다. 저의 힘으로는 막을 수 없습니다. 헤론이 자살하지 않았다는 증거가 있습니다. 그가 살해된 것이라는 증거가.”

그린버그는 매틀록을 보면서 씁쓸하게 미소 지었다.

“당신의 말로 인해 자살한 것이 아니라는 증거 말입니다.”

크레셀은 따지고, 위협하고, 실폰트에게 다시 전화하고, 결국 아무것도 소용없음을 알자, 노기가 등등해서 매틀록의 아파트를 떠났다.

크레셀이 문을 닫자마자 전화가 다시 울렸다. 그린버그는 그 소리에 매틀록이 불안해한다는 것을 알았다. 그저 싫은 정도가 아니라 불안해하는, 어쩌면 두려워하는 것을.

“미안합니다. 아무래도 당분간은 여기가 연락본부가 되어야 할 것 같군요. 오래는 가지 않을 겁니다. 어쩌면 그 여자의 전화일지도…….”

매틀록은 전화를 받았다. 그러나 듣기만 할 뿐 아무 말도 하지 않았다. 그는 그린버그를 보았다. 그리고는 딱 한마디 했다.

“당신이오.”

그린버그는 수화기를 받아 들고 이름을 댔다. 그리고는 그다음에는 똑바로 앞만 쳐다보았다. 매틀록은 그린버그를 쳐다보다가 주방으로 갔다. 그린버그가 상관의 지시를 받는 동안 한쪽에 곡식자루처럼 멍하니 서 있고 싶지는 않았다.

전화기의 저쪽에서 들려오는 목소리는 ‘워싱턴입니다.’ 하는 자기소개로부터 시작되었다.

카운터에는 사법부에서 보낸 편지가 들어있던 빈 봉투가 놓여 있었다. 그것은 그가 상상만 하던 최악의 사태가 서서히 현실이 되어가고 있다는 신호였다.

비로소 매틀록은 그가 성장한 나라가 추하고 파괴적인 곳으로 변해가고 있다는 사실을 깨닫기 시작했다.

그것은 정치적인 변화 이상의 것, 전략적으로 도덕이 서서히 무너져가고 있다는 것이 전반적인 느낌이었다. 강한 감정 대신에 표면적인 분노와 신념과 타협이 들어서면서 이전에 약속했던 나라가 아닌 이상한 사회로 변질해 가고 있었다.

“전화 끝났습니다. 발렌타인 양에게 전화하시겠습니까?”

매틀록은 주방 문에 서 있는 그린버그를 쳐다보았다. 모순으로 가득 찬 남자, 자기가 몸담은 체제에 대해 의심하고 있으며, 속담을 인용하는 남자.

"네. 네, 해야죠."

그는 거실로 갔다. 그린버그가 비켜서면서 그에게 길을 터주었다. 매틀록은 방 가운데로 가서 걸음을 멈추었다.

"아까 무슨 뚱딴지같은 속담입니까? 뭐라고 했죠? 늙은이들이 자살하면 도시가 죽는다니? 내가 들어본 속담 중에 가장 슬픈 속담 같습니다."

"당신은 '하시딤'이 아니죠. 물론 나도 아닙니다. 하지만 하시딤들은 그 속담이 슬프다고 생각하지 않을 겁니다. 진정한 철학자는 아무도 그렇게 생각하지 않을 겁니다."

"왜요? 슬픈 이야기인데."

"진리이기 때문입니다. 진리는 즐겁지도 슬프지도, 좋은 것도 나쁜 것도 아닙니다. 그저 진리일 뿐이지."

"언제 시간 나면 거기에 대해 논쟁해봅시다."

매틀록은 수화기를 들고 팻의 전화번호를 돌린 후 열댓 번 울릴 때까지 기다렸다. 전화는 받지 않았다. 매틀록은 팻의 친구들을 몇 명 떠올리며 그들에게 전화를 해볼까 생각했다.

팻은 화가 나면 보통 두 가지 중 하나를 했다. 혼자 한 시간쯤 나가 있거나, 아니면 그 반대로 친구를 찾아 영화를 보거나 조용한

바를 찾아가는 것이었다. 지금은 꼭 한 시간이 지나 있었다. 15분 더 기다려보다가 다시 전화를 걸어보기로 했다.

물론 그녀가 타의에 의해 끌려 나갔을지도 모른다는 생각도 해보았다. — 그것이 첫 번째로 떠올랐으니까. 하지만 그건 있을 수가 없는 일이었다. 체셔 캣은 손님들로 북적거렸고, 테이블도 모두 바짝 붙어있었다. 그린버그의 말이 맞았다. 그녀는 어딜 가든, 자기가 원해야 가는 여자였다.

"15분 있다가 다시 해보겠습니다. 그때도 전화 안 받으면, 친구들 집에 걸어보겠습니다. 당신 말대로 팻은 의지가 강한 여자니까 말입니다."

"당신도 그러지 않았으면 좋겠습니다."

"그게 무슨 뜻입니까?"

그린버그는 거실로 몇 발자국 들어왔다. 그는 매틀록의 눈을 똑바로 보며 말했다.

"당신은 이제 끝났습니다. 그 편지는 잊어버리십시오. 로링도 잊고, 나도 잊어버리십시오. 그렇게 해야 합니다. 당신이 토요일에 세인트 토마스행 팬암기를 예약해 두었다는 사실을 알고 있습니다. 재미있게 보내십시오. 왜냐하면 당신은 거기 가야 하니까. 그렇게 하는 편이 훨씬 좋은 길입니다."

매틀록은 그린버그를 마주 보았다.

"그런 결정은 내가 하는 겁니다. 내 양심에는 마음 착한 한 노인이 걸리고, 당신 호주머니 속에는 구린내 나는 보물단지가 있소. 내가 서명했잖소, 잊으셨소?"

"그것도 이젠 소용없게 되었습니다. 워싱턴은 당신이 손을 떼기를 바랍니다. 당신은 이제 끝입니다."

"왜요?"

"마음 착한 그 노인 때문이지요. 만약 그 사람이 살해된 것이라면, 당신도 그렇게 될 수 있기 때문입니다. 그런 일이 생기는 날엔 기록이 들춰질 것이고, 그럼 당신을 불러들였던 사람들이 그 일을 언론에 알릴 수도 있습니다. 당신은 계략에 말려든 것입니다. 물론 아시겠지만."

"그래서요?"

"사법부의 장들은 사형집행자라는 오명을 쓰고 싶어 하지 않습니다."

"그렇군요."

매틀록은 그린버그에게서 눈을 떼고 식탁 쪽으로 갔다.

"하지만 내가 끝까지 거절한다면?"

"그럼 내가 현장에서 당신을 제거할 것입니다."

"어떻게 말입니까?"

"당신을 제1급 살인 혐의자로 체포할 것입니다."

"뭐라고요?"

"기록상 당신은 루카스 헤론이 살아있는 것을 마지막으로 본 사람입니다. 그 사람을 위협하기 위해 갔었다고 당신 입으로 인정했습니다."

"위협이 아니라 주의 주기 위해 갔던 겁니다!"

"그건 해석하기 나름 아닙니까?"

천둥소리 같은 굉음이 들렸을 때, 그 소리가 너무 커서 두 사람은 방바닥으로 몸을 던졌다. 그것은 마치 건물 전체가 무너져 내리는 소리 같았다.

사방에 먼지가 자욱하고, 가구가 흔들리고, 유리창이 깨지고, 나무판자들이 공중으로 날고, 코를 찌르는 유황 냄새가 온 방을 뒤덮었다. 매틀록은 그 냄새가 어떤 폭약의 냄새인지 알고 있었다.

그의 반사 신경이 즉각 그에 대응했다. 그는 소파 밑바닥을 붙잡고, 두 번째 폭발을 기다렸다. 겁먹고 일어나는 사람을 죽여 버리는 뇌관의 느린 폭발을. 연기 속에서 그린버그가 일어나려는 것이 보였다. 그는 몸을 앞으로 던지면서 그린버그의 무릎을 붙잡았다.

"엎드려요! 움직이지 마……."

두 번째 폭발이 일어났다. 천장 일부가 검게 그을렸다. 그러나 매틀록은 그것이 살인을 할 만한 폭탄이 아니라는 사실을 알았다. 그것은 다른 것이었는데, 그 순간엔 그것이 무엇인지 알 수 없었다. 그것은 살인을 의도한 것이 아니라 정신을 흩트려 놓기 위한 거대한 폭죽이었다.

건물 곳곳에서 겁에 질린 비명이 들려왔다. 그의 아파트 위층에서 쿵쿵거리며 달려가는 발소리가 났다.

그때 매틀록의 현관문 밖에서 겁에 질린 외마디 비명이 들렸다. 그 소리는 그칠 줄 몰랐다. 그 소리가 너무 공포였기 때문에 매틀록과 그린버그는 일어나서 소리가 나는 쪽으로 달려갔다.

매틀록은 문을 열었다. 그의 눈에 보인 것은 어떤 남자라도 평생 두 번은 보고 싶지 않은 광경이었다.

문 앞 계단에 피로 물든 시트에 싸인 패트리샤 발렌타인이 누워 있었다. 그녀의 가슴에는 구멍이 나 있고, 젖꼭지 아래에서 피가 솟구치고 있었다.

머리 앞부분은 면도가 되어있고, 이전에는 부드러운 갈색 머리카락으로 덮였던 곳이 이제는 칼에 베여 그 자리에서 피가 흐르고, 또 살짝 벌어진 입에서도 피가 나오고, 입술은 멍들고 찢어지고, 두 눈은 거무죽죽하게 푹 꺼져 들어가 있었다. 하지만 눈동자만은 움직였다.

입술 양옆에 침이 고이기 시작했다. 반은 죽어 시체나 다름없는 그녀가 말을 하려는 것이었다.

"제이미……."

그녀가 할 수 있는 말은 이 한마디뿐이었고, 그다음 그녀의 고개는 옆으로 떨어졌다.

그린버그는 온 힘을 다해 매틀록을 떠밀어 주위에 몰려든 사람들 속으로 그를 엎어뜨렸다. 그는 사람들이 자신의 명령을 집행하기 위해 달려가는 것을 확인할 때까지 '경찰!'과 '엠블런스!'를 외쳤다.

그리고 자기 입을 여자의 입에 대고 꺼져가는 허파에 숨을 불어넣으려고 했지만, 그것이 소용없다는 것을 그는 알았다.

패트리샤 발렌타인은 죽은 게 아니었다.

그녀는 전문가들에게 고문받은 것이며, 그 전문가들은 아주 노련한 자들이었다. 모든 상처, 모든 골절, 모든 멍 하나하나는 최대한의 고통만 줄 뿐 죽음에 이르는 것은 아니었다.

그린버그는 여자를 안으려고 했지만, 매틀록이 그를 제지했다. 그의 눈은 증오의 눈물로 퉁퉁 부어있었다. 그는 그린버그의 손을 치우고 팻을 자기 팔에 안았다. 그는 여자를 안고 집 안으로 들어가 반은 부서진 소파 위에 그녀를 누였다.

그린버그는 침실로 가서 담요를 가지고 왔다. 그는 담요를 들추고 피가 흐르는 가슴 아래에 수건을 댔다. 매틀록은 무자비하게 맞은 그녀의 얼굴을 겁에 질린 눈으로 바라보다가 다른 수건을 집어 그녀의 머리와 입가의 피를 닦기 시작했다.

"괜찮아질 겁니다, 짐. 전에 이런 일을 본 적이 있습니다. 정말 괜찮을 겁니다."

그때 사이렌 소리가 가까이서 들려오기 시작했다. 그린버그는 과연 이 여자가 정말 다시 괜찮아질는지 자신이 없었다.

매틀록은 그저 여자의 얼굴만 계속 닦고 있었다. 눈물이 그의 빰 위로 줄줄 흘러내렸다. 그는 울먹임을 참으면서 말했다.

"이게 무슨 뜻인지 알죠? 이젠 누구도 나를 물러나게 할 수 없습니다. 그러는 놈들은 죽여 버리고 말겠소."

"나도 그렇게 못 하게 하겠습니다."

그린버그가 말했다.

밖에서 브레이크 소리가 나면서 경찰차와 엠블런스의 불빛이 창문을 비추었다.

매틀록은 정신을 잃은 여자 옆의 쿠션에 얼굴을 묻고 울었다.

14

매틀록은 병실에서 깨어났다. 창문의 해 가리개가 올려져 있고, 해가 병실 벽 위로 강한 빛을 비추고 있었다.

그의 발아래에서 간호사가 침대 발치에 매달려 있는 병상일지에 뭔가를 쓰고 있었다. 그는 팔을 뻗다가 왼팔에 예리한 통증을 느끼고 팔을 다시 구부렸다.

"그런 건 다음 날 아침에야 알게 되는 거랍니다, 매틀록 씨."

간호사는 일지에서 눈을 떼지 않은 채 말했다.

"정맥에 주사하는 강한 안정제는 살인도 할 수 있죠. 내가 맞아 본 일은 없지만, 그걸 맞은 사람을 수도 없이 봤거든요."

"팻…… 발렌타인 양도 여기 있습니까?"

"같은 방은 아니죠!"

"여기 있습니까?"

"물론이죠. 옆방에요. 그 방은 잠가놓을 생각이에요! 세상에, 사람들이 얼마나 많이 몰려오는지. 자, 이제 당신에 대한 건 모두 다 끝났어요."

그녀는 병상일지를 내려놓았다.

"이제 당신에게 특전을 누리도록 해주겠어요. 아침 식사 시간은 지났지만, 당신은 아침을 먹을 수 있어요. 그건 아마 당신에게 병원비를 내게 하기 위해서겠지요. 12시 넘어서는 언제든 퇴원하셔도 됩니다."

"지금 몇 시입니까? 누가 내 시계를 가져갔군요."

"9시 8분 전이에요. 댁의 시계는 아무도 가져가지 않았어요. 병원에 오실 때 가지고 계셨던 물품은 다른 귀중품들과 같이 잘 보관되어 있습니다."

간호사가 말했다.

"발렌타인 양은 어떻습니까?"

"다른 환자에 대해서는 말씀드릴 수 없습니다, 매틀록 씨."

"의사는 어디 있습니까?"

"당신을 담당하는 선생님은 우리 병원 의사가 아니죠. 당신의 차트를 보면, 급한 용무로 우리가 전화를 걸지 않는 한 9시 반에 오기로 되어있네요."

"전화를 걸어주시오. 가능한 한 빨리 만나봐야겠으니."

"사실 급한 일도 없는데……."

"상관없어요. 어서 오라고 하시오!"

매틀록이 목소리를 높일 때 병실 문이 열렸다. 제이슨 그린버그가 들어왔다.

"복도에서도 다 들리더군요. 그건 좋은 신호 같습니다."

"팻은 어떻습니까?"

"잠깐만요. 병원 규칙상……."

그린버그는 신분증을 꺼내 간호사에게 보여주었다.

"이 환자는 내가 보호하도록 되어있는 사람이오. 알아보고 싶으면 프론트데스크에 가서 알아보시오. 그리고 우리 두 사람만 있게 해주시오."

간호사는 신분증을 유심히 살펴보고는 문밖으로 사라졌다.

"팻은 어떻습니까?"

"간밤에 고생 좀 했습니다. 거울을 보면 아마, 오늘 아침은 더 괴로울 테지만."

"그런 말 집어치우시오! 괜찮은 거요, 어떤 거요?"

"27바늘 꿰맸습니다. ─ 상체, 머리, 입, 그리고 왼발도. 하지만 괜찮을 겁니다. 엑스레이 결과 멍만 든 것으로 나타났습니다. 골절은 없고 내출혈도 없습니다. 놈들은 프로급으로 한 거죠."

"말은 할 수 있습니까?"

"아니요. 또 담당 의사도 말은 하지 않는 게 좋다고 했습니다. 무엇보다 잠이 필요합니다. 당신에게도 잠이 필요합니다. 그래서 어젯밤 병원에서 지내게 한 겁니다."

"아파트에서 또 누구 다친 사람은 없습니까?"

"없습니다. 웃기는 폭탄이었죠. 사람을 죽이려고 한 것 같지는 않았습니다. 처음 폭발한 것은 창문 밖에 테이프로 붙여둔 2인치짜리 짧은 막대 폭죽이었습니다. 두 번째는 첫 번째 폭죽이 터지면서 같이 터진 것인데 독립기념일에 쏘는 폭죽이나 진배없습니다. 당신은 두 번째 폭발이 있을 것을 알았죠?"

"맞습니다. 테러들이 쓰는 수법 아닙니까?"

"우리 생각도 그렇습니다."

"팻을 만날 수 있습니까?"

"좀 기다리시는 게 좋을 겁니다. 의사 말로는 오후까지 잘 거라고 했습니다. 간호사가 옆에서 지켜보면서 통증이 심하면 손을 써줄 겁니다. 쉬게 놔두십시오."

매틀록은 조심스럽게 일어나 침대 끄트머리에 앉았다. 그는 다리와 팔, 목, 손을 움직여보았다. 안 아픈 곳이 없었다.

"머리만 안 아플 뿐 술 먹은 다음 날 같습니다."

"의사가 약을 좀 강하게 썼습니다. 당연한 일이지만, 당신은……, 좀 감정이 격해져 있었기 때문에……."

"다 기억납니다. 지금은 진정되었지만, 어제 한 말, 한 마디 한 마디 다 기억납니다. 오늘 수업이 두 시간 있습니다. 10시에 하나, 그리고 2시에. 수업하러 가고 싶습니다."

"그럴 필요 없습니다. 실폰트가 만나고 싶어 합니다."

"두 번째 수업 마친 후에 만나겠습니다. 그런 다음 팻을 만나겠습니다."

매틀록은 침대에서 내려와 천천히 병실 창문 쪽으로 걸어갔다. 해가 밝게 비치는 아침이었다. 닷새 전, 제이슨 그린버그를 처음 만났던 날 다른 창문 밖을 내다보던 생각이 났다. 그때 그랬던 것처럼 그는 지금도 결단을 내리는 중이다.

"어젯밤 당신은 나를 물러나지 못하도록 해주겠다고 했습니다. 마음이 바뀌지 않았길 바랍니다. 나는 내일 팬암기를 타지 않을 거니까 말입니다."

"당신은 체포되지 않을 겁니다. 내가 약속한 건 그겁니다."

"막아줄 수는 없습니까? 당신은 또 전근될 거라고도 하지 않았습니까?"

"물론 막아줄 수 있습니다. 도의적인 차원에서 반대할 수 없다는 것이 제 마음입니다. 그러나 당신이 문제를 일으키면 보호 감금 상태가 될 수 있습니다."

"나를 찾을 수 있어야 그렇게 할 수 있겠죠."

"그 조건은 마음에 들지 않는군요."

"못 들은 것으로 하십시오. 내 옷 어디 있습니까?"

매틀록은 벽장으로 가서 벽장문을 열었다. 그의 바지와 재킷과 셔츠가 옷걸이에 걸려있었다. 구두는 바닥에 있고, 그 안에 그의 양말이 들어있었다. 선반에 그의 팬츠와 병원에서 제공하는 칫솔이 놓여있었다.

"내려가서 퇴원 절차를 해주시겠습니까? 또 내 지갑과 돈과 시계도 찾아야 할 텐데, 그것도 해주시겠습니까?"

"무슨 말입니까. 그들이 당신을 찾을 수 있어야 한다는 말은? 무슨 짓을 하려는 겁니까?"

그린버그는 나갈 기색이 조금도 없었다.

"대단한 일은 아닙니다. 그저 조사를 계속하겠다는 것뿐이죠. 사소한 일들 말입니다. 당신네 상관들이 보낸 진술서에도 그렇게 말하지 않았습니까? 로링이 그랬습니다. 어딘가에 내가 가진 편지의 반 쪼가리가 있습니다. 난 그걸 찾아야겠습니다."

"우선 내 말 들으시오! 당신에게 그럴 권리가 있다는 것을 부인하지는 않지만……."

"부인하지 않는다고!"

매틀록은 그린버그를 마주 보았다. 그의 목소리는 차분하지만, 증오심으로 이글거렸다.

"그 정도로는 부족합니다. 그건 부정의 시인입니다. 나는 여러 가지 큰 권리가 있습니다. 게다가 배에 타고 있던 동생도 있고, 뒤누아인지 뭔지 하는 개자식도 있고, 루카스 헤론이라는 이름의 사람도 있고, 저기 있는 저 여자도 다 포함되어 있습니다. 당신과 의사는 저 여자에게 어젯밤 무슨 일이 있었는지 전부 다 알고 있겠지요. 나도 추측은 할 수 있습니다. 나한테 권리 같은 말은 하지 마시오"

"원칙적으로 나와 당신의 의견은 같습니다. 나는 단지 당신의

'권리'가 당신을 당신의 동생처럼 만드는 일이 없기를 바라는 것뿐입니다. 이건 프로가 해야 할 일입니다. 아마추어가 할 수 있는 일이 아니란 말입니다. 당신이 일하고 싶다면, 내 후임자로 오는 사람과 같이하길 바랍니다. 그건 중요한 일입니다. 당신이 그렇게 하겠다는 약속을 꼭 받아야겠습니다."

매틀록은 환자복을 벗고는 그린버그에게 웃어 보였다.

"약속하겠습니다. 나 역시 내가 혼자 할 수는 없다고 생각합니다. 당신의 후임자가 누구인지 아십니까?"

"아직 모릅니다. 아마 워싱턴에 있는 사람일 겁니다. 하트퍼드나 뉴헤이븐 사람을 쓰는 무모한 짓은 하지 않을 테니까. 사실은 누가 매수당했는지 아직 모르고 있습니다. 그 사람이 연락해올 겁니다. 내가 직접 그 사람에게 브리핑하겠습니다. 할 수 있는 사람도 나밖에 없지만. 그 사람에게 신원을 확인할 수 있는 암호를 주겠습니다. 뭐가 좋겠습니까?"

"당신의 속담을 쓰게 하십시오. '늙은이들이 죽으면 도시가 죽는다.'라는 속담 말입니다."

"그 속담 좋아하시는군요."

"좋아하고 안 하고가 아닙니다. 그냥 진리일 뿐이지. 그런 것이라고 하지 않았습니까?"

"상황에도 아주 잘 맞고요. 당신의 뜻을 알겠습니다."

"좋습니다."

"짐, 오늘 오후 떠나기 전에 당신에게 전화번호 하나를 알려 주겠습니다. 그건 브롱크스 번호인데, 우리 부모님의 전화번호입니다. 그분들도 내가 어디 있는지는 모르실 테지만, 내가 매일 집에 연락해 보겠습니다. 연락할 일이 있으면 그리로 하십시오."

"고맙습니다. 그러죠."

"약속해주십시오."

"약속합니다."

매틀록은 고마운 마음에 웃음이 나왔다.

"물론 상황에 따라서 당신이 전화했을 때 내가 받는 일도 있을 겁니다."

15

매틀록은 공항 대기 시간을 이용해서 칼라일에 있는 브로커 사무실로 가서 7,312달러짜리 수표를 가지고 나왔다. 그것은 그가 주식에 투자했던 총투자금액으로 대부분은 로열티로 받은 돈이었다.

브로커는 주식을 팔 때가 아니며 특히, 지금 시세가 좋지 않다면서 팔지 못하게 하려고 했다. 그러나 매틀록은 이미 마음을 정한 터였다. 그래서 수납계는 마지못해 그 수표를 끊어준 것이다.

매틀록은 은행으로 가서 저금한 총액을 당좌계좌에 넣었다. 거기에 7,312달러를 같이 넣어두었다. 그는 언제라도 즉시 현금으로 쓸 수 있는 금액을 들여다보았다.

그것은 11,501달러 72센트였다.

매틀록은 그 숫자를 한참 보았다. 기분이 착잡했다. 그것은 현금으로 쓸 수 있음을 의미했다. 다른 한편으로는 33년을 산 결과가 그렇게 정확하게 숫자로 나올 수 있다고 생각하니 겁도 났다. 그에겐 집도 없고, 땅도 없고, 어디에 숨겨둔 투자금도 없었다. 다만 자동차 한 대와 별로 값나가지 않는 소지품 몇 점, 그리고 상업적으로 가치가 없는 책 몇 권이 전부였다.

하지만 여러 면에서 많은 돈이었다.

당장 가까이에 없다는 것뿐. 그도 그 사실을 알고 있었다. 그래서 뉴욕주의 스카즈데일에 가는 일이 그날 그의 스케줄에 들어 있었다.

실폰트를 만나는 일이 힘들었기 때문에 매틀록은 자기의 지친 신경이 얼마나 더 버틸 수 있을지 자신이 없었다. 칼라일대학 총장의 냉랭한 분노만큼 매틀록의 고통은 깊었다.

폭력과 부패의 어두운 세계를 그로서는 도저히 이해할 수 없었다. 매틀록은 실폰트가 칼라일대학의 아름다운 잔디밭을 창밖으로 바라보면서 사임해야겠다고 말하는 것을 듣고 몹시 놀랐었다.

"이 믿기지 않는 일이 사실이라면, 난 이 의자에 앉아 있을 자격이 없네."

"그렇지 않습니다. 만약 그게 사실이라면 우리 대학은 전보다도 더 총장님이 필요하게 될 것입니다."

"눈먼 장님을? 누구한테도 장님은 필요가 없어. 이 사무실에서는 더더욱 필요가 없지."

"장님이 아닙니다. 일이 겉으로 드러나지 않은 것뿐입니다."

그러자 실폰트는 의자를 돌려 책상을 '꽝' 쳤다.

"왜 여기서? 왜 여기서?"

매틀록은 실폰트와 마주 보는 자리에 앉아서 그의 고통 어린 얼굴을 바라보았다. 그는 실폰트가 울 것 같다고 생각했다.

메릿 파크웨이에서 그는 최고 속도를 내며 달렸다. 어서 가야 했다. 그것이 지금의 그에게 필요한 일이었다. 그렇게 함으로써 그는 떠나기 몇 분 전에 보았던 팻 발렌타인의 모습을 머릿속에서 떨쳐버릴 수 있었다. 그는 실폰트를 만난 후 병원으로 갔다. 아직 그녀에게 말할 수는 없었다.

그녀는 정오에 깨어났다고 했다. 여러 차례 히스테리를 일으켰다고도 했다. 리치필드에서 온 의사가 안정제를 더 처방했고, 의사는 걱정하고 있으며, 매틀록은 그가 걱정하는 것이 팻의 정신 상태라는 것을 알았다. 그녀의 몸에 가해진 악몽 같은 테러는 그녀의 뇌까지도 건드린 모양이었다.

스카즈데일의 집에서 부모님을 처음 대면한 몇 분간은 매우 어색했다. 그의 아버지, 조나단 먼로 매틀록은 수십 년간 상업계의 최고위에서 지낸 터인 만큼 사람이 힘이 없어 보이면 직감적으로 그것을 느꼈다.

힘은 없지만, 원하는 게 있는 사람을…….

매틀록은 가능한 한 간단하고 감정이 섞이지 않은 말로 거액의 돈을 빌려야겠다고 말했다. 그리고 갚을 수 있을지 보장할 수 없다는 말도 했다. 그 돈은 죽은 동생 같은 사람들을 돕기 위해 쓸 것이라고도 했다.

'죽은 아들.'

"어떻게 말이냐?"

조나단 매틀록은 조용히 물었다.

"그건 말씀드릴 수 없습니다."

그는 아버지의 눈을 보았다. 그 눈은 아들의 말이 사실임을 긍정하는 아버지의 눈이었다.

"좋다. 이 일은 네가 꼭 할 수 있는 일이냐?"

"네. 할 수 있습니다."

"다른 사람도 같이하는 것이냐?"

"불가피하게 같이 해야 합니다."

"믿을 수 있는 사람들이냐?"

"네."

"그 사람들이 이 돈을 요구했나?"

"아닙니다. 그 사람들은 이 돈에 대해서는 모릅니다."

"그 사람들이 이 돈을 쓰게 될 것이냐?"

"아닙니다. 그 사람들에게는 이 돈에 대해 알리지 않을 작정입니다."

"뭘 못하게 하려는 것이 아니라 그냥 묻는 것이다."

"제 대답은 마찬가지입니다."

"네가 하는 일이 데이빗 같은 아이들을 도와줄 것이라고 믿는다는 말이지? 이론적인 도움이 아니라, 꿈이나 자선이 아니라, 현실적인 도움?"

"네. 그래야 합니다."

"얼마나 원하느냐?"

매틀록은 조용히 깊은숨을 몰아쉬었다.

"1만 5천 달러입니다."

"여기서 기다려라."

몇 분 후, 아버지는 서재에서 나와 아들에게 봉투 한 장을 건네주었다.

아들은 그 자리에서 봉투를 열어보는 짓은 하지 않았다.

10분 후, 그는 현관에서 그를 바라보고 있는 부모님의 시선을 등으로 느끼면서 집을 나왔다.

매틀록은 아파트 구내로 들어가 라이트와 엔진을 끄고 지친 몸을 차에서 내렸다. 집으로 가까이 가면서 보니 그의 집 안에 있는 불이란 불은 모두 켜져 있었다. 제이슨 그린버그가 그랬을 것이 뻔했고, 모르긴 해도 그의 부하들이 멀지 않은 곳에서 집을 감시하고 있을 것이다.

그는 열쇠로 자물쇠를 따고 문을 밀어 열었다. 아무도 없었다. 최소한 보이는 사람은 없었다. 그의 고양이도 보이지 않았다.

"여보세요? 제이슨? 아무도 없어요? 매틀록입니다."

아무런 답이 없자 매틀록은 마음을 놓았다. 그는 침대로 들어가 자고만 싶었다. 오기 전에 병원에 들러 팻을 보려고 했지만 허가받지 못했다. 그래도 그녀가 '지금 쉬고 있고, 현재의 상태는 양호하다'라는 말은 들었다. 그것은 한결 나아진 징후였다. 오후에 갔을 때는 아직 중환자 리스트에 들어있었다. 내일 아침 9시에 가면 볼 수 있을 것이다.

지금은 쉬고 자야 할 때다. 가능하면 편안히. 어떤 일이 있어도 좀 자야 한다. 아침에는 할 일이 많다.

그는 침실로 갔다. 가는 도중 아직 수리가 안 된 벽과 창문 옆을 지나게 되었다. 목수들이 쓰던 연장이 한 구석에 얌전히 쌓여 있었다. 그는 재킷과 셔츠를 벗었다. 자신이 너무 자만하는 것 아닐까 하는 생각이 들었다.

그는 얼른 침실을 나와 욕실로 갔다. 욕실 문을 닫자, 그는 고양이 변기통 밑의 신문지를 들추었다. 코르시카어 편지는 거기 그대로 있었다.

매틀록은 다시 침실로 돌아와 지갑과 자동차 키를 꺼내 선반에 내려놓았다. 그때 봉투가 생각났다.

그는 바보가 아니었다. 그는 자기 아버지를 잘 알고 있었다. 아버지가 스스로에 대해 생각하는 것보다 더 잘. 그는 아마 수표와 함께 그 돈은 빌려주는 것이 아니라, 그냥 주는 것이니 갚을 생각은 하지 않아도 된다는 편지가 있으리라는 예측을 충분히 할 수 있었다.

봉투 안에는 정말로 편지가 있었다. 그러나 거기에 쓰인 말은 매틀록이 예상했던 말이 아니었다.

너를 믿는다. 언제나 믿었다.
사랑과 함께.
아버지.

편지 위에 클립으로 수표가 뒷면이 보이도록 끼워져 있었다. 매틀록은 수표를 뒤집어서 숫자를 읽었다.

그것은 5만 달러였다.

16

패트리샤 발렌타인의 얼굴과 눈가의 부기는 많이 가라앉아 있었다. 매틀록은 그녀의 손을 꼭 잡고 자기의 얼굴을 그녀의 얼굴 쪽으로 가져갔다.

“금방 다 나을 거야.”

그가 할 수 있는 말은 이것뿐이었다. 그는 분노와 죄책감의 비명을 지르지 않기 위해 이를 악물어야 했다.

인간이 다른 인간에게 이런 짓을 할 수 있다는 것은 그의 인내심으로는 도저히 견딜 수 없는 고통이었다. 그리고 모든 책임은 그에게 있었다.

그녀는 어린아이의 목소리처럼 들릴락 말락 하는 소리로, 움직여지지 않는 입술로 알아듣기 힘들게 말했다.

“제이미……, 제이미?”

“쉿! 아프면 말하지 마.”

“왜?”

“나도 몰라. 하지만 알아내겠어.”

"안 돼! 안 돼요! 그 사람들……, 그 사람들은……."

여자는 침을 삼켜야 했다. 침을 삼키는 일조차도 그녀에게는 너무 힘겨웠다. 그녀는 침대 옆 탁자에 있는 물 잔을 가리켰다. 매틀록은 물 잔을 들어 그녀의 어깨를 잡고 입술에 대주었다.

"어떻게 된 거야? 말할 수 있겠어?"

"말했어요. 그린버그한테. 남자하고 여자가…… 테이블로 와서…… 당신이…… 기다리고 있다고…… 밖에서."

"그만해. 제이슨한테 들을게."

"난……, 이제 괜찮아요. 아프기는 하지만, 훨씬 나았어. ……, 정말이에요……. 나 괜찮아질까?"

"물론 괜찮아지고말고. 의사하고 이야기했는데 멍은 들었지만, 아무 데도 부러지진 않았고, 심하지 않다고 해. 며칠 있으면 퇴원해도 된대."

패트리샤 발렌타인의 눈이 반짝 빛났다. 매틀록은 찢어진 입술에 미소를 지으려는 그녀의 힘겨운 노력을 보았다.

"난 안간힘을 다했어요. 안간힘을 다해서……, 더 이상 아무것도 기억할 수 없게 될 때까지."

매틀록은 눈물을 흘리지 않기 위해 모든 힘을 다 동원해야 했다.

"알아. 자, 이제 말은 그만하고 쉬어, 마음 푹 놓고. 난 여기 앉아 있을 테니 눈으로 이야기하자고. 기억해? 사람은 눈으로 이야기한다고 했지? 내가 웃기는 이야기해줄게."

그녀가 미소 지을 때, 그것은 정말 눈으로 짓는 미소였다.

그는 간호사가 더 있으면 안 된다고 할 때까지 그녀 곁에 있었다. 그는 팻의 입술에 키스하고 병실을 나왔다. 이제는 안심이 되었다. 한편 화도 났다.

"매틀록 씨이십니까?"

인턴처럼 보이는 젊은 의사가 엘리베이터 앞에서 그에게 다가왔다.

"그렇습니다만?"

"전화가 와 있습니다. 2층 접수계에서 받으세요. 저를 따라오십시오."

전화를 건 사람의 목소리는 처음 듣는 목소리였다.

"매틀록 씨, 제 이름은 허드슨이라고 합니다. 저는 제이슨 그린버그의 친구죠. 당신과 연락하라는 말을 들었습니다."

"그렇습니까? 제이슨은 어떻습니까?"

"잘 있습니다. 가능한 한 빨리 만나고 싶습니다만."

매틀록은 첫 번째 강의가 끝난 후 아무 시간에, 아무 장소에서 만나자고 하려다가 다시 물었다.

"제이슨이 전하는 말은 없었습니까? 지금 어디 있다든가, 뭐 아무 이야기든?"

"없었습니다. 그냥 즉시 당신한테 연락하라고만 했습니다."

"그렇군요."

왜 이 사람은 그 말을 하지 않는가? 허드슨은 왜 자신의 신원을 밝히지 않는가?

"그린버그는 나한테 전하는 말을 해주겠다고 했는데, 어디에 있다고 말입니다. 분명히 말했을 텐데요?"

"그건 부서의 규칙을 위배하는 겁니다, 매틀록 씨. 하고 싶어도 그런 말은 할 수 없었을 겁니다."

"그래요? 그럼 전하는 말이 아무것도 없다는 겁니까?"

전화선 저쪽의 목소리는 약간 망설이는 것 같았다.

"아마 잊어버린 모양입니다. 사실 저도 그 사람과 직접 말을 한 건 아니었습니다. 워싱턴에서 직접 지시받았으니까요. 어디서 만날까요?"

매틀록은 허드슨의 목소리에 불안감이 깃들어 있는 것을 느꼈다. 그의 어조는 워싱턴을 언급하면서 불안한 에너지가 갑자기 폭발하면서 올라갔던 것이다.

"내가 나중에 연락하겠습니다. 전화번호가 어떻게 됩니까?"

"이것 보십시오, 매틀록 씨. 난 지금 공중전화로 걸고 있고, 우린 꼭 만나야 합니다. 난 지시를 받았단 말입니다!"

"물론 그렇기야……."

"뭐라고요?"

"됐습니다. 시내에 있습니까? 칼라일에?"

남자는 다시 망설였다.

"그렇습니다."

"허드슨 씨……, 도시가 죽어가고 있습니까?"

"뭐라고요? 무슨 말을 하는 겁니까?"

"수업 시간에 늦겠습니다. 다시 연락하시오. 내 연락처를 알고 계실 테니."

매틀록은 전화를 끊었다. 손이 떨렸고, 이마에 땀이 솟았다.

허드슨이라는 자는 적이다.

그 적은 점점 거리를 좁혀 들어오고 있었다.

토요일 첫 수업은 11시에 있다. 그래서 그가 최선의 방법으로 돈을 처리할 수 있는 시간은 한 시간 정도밖에 되지 않았다. 그가 월요일 아침 칼라일에, 더 정확히는 칼라일 은행에 있고 싶지는 않았다. 그것이 가능할지도, 월요일에 그가 어디 있을는지 자기 자신도 알 수 없었다.

외견상으로는 칼라일이 전형적인 뉴잉글랜드의 대학도시였기 때문에, 그런 도시들이 갖는 독특한 생활양식이 있었는데, 매일매일 살아가는 일이나 노력 없이, 서두를 것 없는 사람들은 누구나 다 알고 있는 생활이었다.

보통은 성을 빼고 이름으로만 불렀다. 자동차 정비소 직원은 '조' 아니면 '맥'이었고, 프레스의 지배인은 '알'이었으며, 치과의사는 '존' 아니면 '워런', 세탁소 여자는 '에디스'였다.

매틀록의 경우, 은행가는 '알렉스'였다. 알렉스 앤더슨. 그는 40

세의 칼라일대학 졸업생이었다.

매틀록은 그의 집으로 전화를 걸어 자신의 문제를 설명했다. 아버지로부터 받은 고액의 수표를 가지고 있으며, 집안 문제로 어떤 일을 조사하고 있는데 비밀을 지켜야 한다. 아파트에 도둑이 드는 일을 당하고 보니, 그 수표를 즉시 처리하고 싶은데, 알렉스에게 무슨 묘안이 없는가? 우편으로 보낼까? 그는 월요일에 칼라일에 없을지도 모르며, 그 돈이 필요하니 어떻게 하면 되겠는가?

알렉스 앤더슨은 예상했던 안을 제시했다. 매틀록은 그 수표에 이서하여 봉투에 넣은 뒤 앤더슨 앞이라고 쓰고 은행의 야간 입금 박스에 넣으면, 그 나머지는 알렉스가 월요일 아침 일찍 처리해주겠다고 말했다.

그런 다음 알렉스 앤더슨은 수표 액수를 물었고, 매틀록은 대답해주었다.

은행 문제가 해결되자, 매틀록은 자신이 떠날 일에 대해 생각했다. 그는 시작을 잘해야 했다. 그 후로 이어질 일은 전혀 아무런 계획 없이 이루어져야 하니까. 그는 이제 마음을 정했다.

그는 니믈롯의 세계로 들어가려는 것이다. 노아의 후손으로 바빌론과 니네베를 건설하고, 야생동물을 사냥하고, 아이들과 노인들을 살해하고, 여자들을 때렸던 자.

그는 '니믈롯'을 찾아 나서려는 것이다.

재미있는 일들은 모두 부도덕하다는 생각에 사로잡혀 있지 않은 사람들은 대개가 다 그렇듯, 매틀록도 코네티컷 주가 그 동서남북의 이웃 형제 주들과 마찬가지로 성직자들과 법원이 눈살을 찡그릴 여흥을 제공하기 위해 눈에 불을 켜는 사람들이 함께 살고 있다는 사실을 잘 알고 있었다.

하트퍼드의 보험회사 간부들치고 돈 몇 푼이면 잘 빠진 젊은 여자의 몸을 살 수 있는 뉴브리튼 애비쥬의 '골동품상'에 대해 들어보지 않은 사람이 누가 있겠는가?

올드 그리니치에서부터 출퇴근하는 사람치고 라스베이거스의 판돈 뺨치는 도박꾼들이 몰리는 그린스팜즈 북부의 대저택들을 모르는 사람이 있는가?

뉴헤이븐이나 웨스트포트의 지친 사업가들의 아내 중 햄든과 페어필드 밖에서 운영되고 있는 여러 '에스코트' 서비스에 대해 모르고 있는 사람이 몇 명이나 되는가? 또 '올드 컨트리'라고 불리는 뉴폭스는 어떻고?

그곳에 있는 쓰러져가는 저택들이 진짜 돈, 신흥 부자들을 피해 서쪽으로 이사 온 사람들이지 않은가?

'올드 컨트리'는 유흥 중에서도 기이한 것들이 많다고 소문이나 있었다. 촛불이 켜진, 그림자에 가린 집에 가면 따분한 사람들도 그저 보기만 해도 흥분이 된다고 한다. 구역질 나는 장면들, 모든 동물의 암수컷들이 가지가지 체위의 결합으로 벌이는 육체의 향연들…….

매틀록은 이런 세계에서 니믈롯을 찾을 수 있다는 사실을 알고 있었다. 그래야 했다. 왜냐하면 마약중독자들은 이러한 곳에서 이루어지는 서비스의 한 양상에 지나지 않기는 하지만, 그런 사람들도 찾으려면 찾을 수 있었다. 다른 것들도 마찬가지이듯.

이런 환락의 게임 중에는 도박장의 자력을 가진 것은 없었다. 산주앙이나 런던, 혹은 파라다이스 섬을 찾을 시간이 없는 수천 명은 집에서 엎어지면 코 닿을 곳에서 일시적으로 일상생활의 지루함을 잊는 광란의 시간을 찾았다.

주사위가 던져지고 카드가 뒤집히는 초록색 펠트 테이블 위로 명성이 금방 소문으로 퍼졌다. 바로 그곳이 매틀록의 출발 지점이다. 바로 이곳이 서른세 살의 젊은이가 수천 달러를 잃을 각오를 한 곳이다. ― 누군가 와서 그가 누구냐고 물어볼 때까지.

12시 반에 매틀록은 아파트 쪽으로 가고 있었다. 행동을 시작할 시간이 된 것이다. 막연했던 계획안이 서서히 윤곽이 잡혀 나가기 시작했다.

발소리를 들었어야 했지만, 그는 듣지 못했다. 그는 다만 기침 소리만 들었다. 담배 피우는 사람의 기침, 갑자기 뛰어온 사람의 기침 소리였다.

"매틀록 씨?"

매틀록은 뒤를 돌아보았다. 매틀록 정도의, 아니면 조금 더 많을 30대 중반의 남자가 숨을 헐떡이고 있었다.

"네?"

"미안합니다. 계속 만나려고 했지만 잘 안되더군요. 병원으로 갔더니 방금 떠나셨다고 하고, 건물을 잘못 알고 한참 기다리다가 다시 바로 찾아갔더니 수업이 끝나버린 뒤였습니다. 또 이름이 선생과 비슷한 생물학 교수가 있더군요. 모습도 선생과 비슷하더라고요. 키, 체격, 머리……."

"머독 말이군요. 엘리엇 머독. 그래, 무슨 일로 그러십니까?"

"그 선생은 내가 계속 늙은이들이 자살 하면 도시가 죽는다고 하자, 어안이 벙벙해하더군요!"

"그린버그가 보낸 분이시군요!"

"그렇습니다. 암호치고 으스스합니다. 계속 걸어가십시오. 길 끝에서 갈라집시다. 20분 후 빌즈 바 화물창고 옆에서 만납시다. 여기서 여섯 블록 가면 기차역 옆에 있습니다."

"들어본 적이 없는데요."

"넥타이는 풀고 오십시오. 난 가죽 잠바를 입고 있을 겁니다."

"고급스러운 장소를 고르시는군요."

"습관입니다. 경비에서 삥땅 좀 치는 거죠."

"그린버그는 내가 당신과 같이 일해야 한다고 했습니다."

"그 말대로 하는 게 좋을 겁니다! 그 친구는 아마 카이로에서 일을 맡게 될 것 같습니다. 굉장한 친구죠. 우리 현장 근무자들은 그 친구를 좋아합니다. 그 친구를 곤란하게 만들지 마십시오."

"내가 원하는 것은 당신 이름뿐입니다. 설교는 필요 없습니다."

"휴스턴입니다. 프레드 휴스턴. 20분 후에 봅시다. 넥타이는 풀고 오십시오."

17

빌즈 바는 칼라일의 일부이기는 했지만, 매틀록은 한 번도 가본 적이 없는 곳이다. 철로와 화물작업을 하는 노동자들이 주 고객들이었다. 그는 바 안을 둘러보았다. 휴스턴은 뒤쪽 칸막이 안쪽에 있었다.

“칵테일 시간입니다, 매틀록. 대학교에서보다는 이른 시간이지만, 그 효과는 별로 다르지 않죠. 요즘엔 옷도 그렇지만.”

“굉장한 곳이군요.”

“목적에는 적합하지요. 곧장 가서 마실 것을 시키십시오. 여기선 웨이터가 오기를 기다리다간 목이 빠지니까.”

매틀록은 휴스턴이 시키는 대로 그 집에서 가장 좋은 버번을 가지고 돌아왔다. 이것은 그가 돈을 벌기 시작한 후로는 마시지 않던 브랜드였다.

“가능한 한 빨리 말씀드리는 게 좋을 것 같습니다. 당신 이름을 대면서 병원으로 전화를 걸어온 사람이 있었습니다.”

휴스턴은 마치 배를 얻어맞은 사람 같은 표정을 했다.

"맙소사. 뭐라고 합디까? 어떻게 처리하셨습니까?"

"그 사람이 자기를 밝히기를 기다렸죠. 그린버그의 속담 대기를 말입니다. 내가 두어 번 기회를 주었지만, 그 사람은 말을 못 하더군요. 그래서 나중에 다시 전화하라고 하고는 끊어버렸습니다."

"그 사람이 내 이름을 대더란 말입니까? 휴스턴이라고? 잘못 들은 것 아닙니까?"

"분명히 맞습니다."

"말이 되지 않습니다. 그랬을 리가 없어요!"

"내 말 믿으시오. 정말 그랬습니다."

"내가 후임이 되리라는 사실은 아무도 몰랐습니다. 나도 오늘 새벽 3시에야 안걸요."

"누가 알아냈겠죠."

휴스턴은 맥주를 연거푸 들이켰다.

"만약 당신 말이 사실이라면, 난 두 시간 안에 여기서 사라지겠습니다. 아니, 정말 그게 좋겠군요. 그리고 힌트 하나 알려드리죠. 전화로 하는 연락은 절대 곧이곧대로 받아들이지 마십시오."

"왜죠?"

"만약 그 전화를 건 게 나였다면, 전화를 받는 게 당신인지, 내가 어떻게 알겠습니까?"

"무슨 말인지 알겠습니다."

"상식이지요. 우리가 하는 일이 대부분 상식이긴 하지만…….

앞으로도 계속 같은 암호를 사용합시다. '늙은이들'과 '도시' 다음 번 연락은 오늘 밤에 하겠습니다."

"정말 떠나려는 겁니까?"

"내 신원이 이미 알려진 이상 여기서 어정거리지는 않겠습니다. 랠프 로링에 대해 잊으신 모양인데, 사무실에서는 그 일이 아주 큰 충격이었습니다."

"알았습니다. 제이슨하고 이야기는 해보았습니까? 그 사람이 브리핑해주었습니까?"

"두 시간 동안 했습니다. 오늘 새벽 4시부터 6시까지. 아내 말이 그 사람이 커피를 13잔이나 마셨다더군요."

"팻에 대해서는 뭐라고 들으셨습니까? 패트리샤 발렌타인 말입니다."

"어떤 일이 일어났던 거죠?"

"의학적인 사실은 아시지 않습니까."

"다는 모릅니다."

"나도 다는 모릅니다."

"거짓말하시는군요."

휴스턴은 기분 나빠하지 않고 매틀록을 쳐다보았다. 그는 동정적으로 대답했다.

"좋습니다. 강간의 증거가 있었습니다. 그걸 알고 싶은 거라면……."

매틀록은 술잔을 움켜쥐었다.

"맞습니다."

그는 조용하게 말했다.

"하지만 이것도 아셔야 합니다. 그분은 그 사실을 모릅니다. 지금의 회복 단계에서는 정신적으로 그럴 수 있다더군요. 정신이 기억을 받아들일 수 있을 때까지는 거부한다고요."

"심리학 강의 고맙군요. 짐승들……, 더러운 짐승들……."

매틀록은 술잔을 치웠다. 이제는 알코올이 역하게 느껴졌다. 자기의 감각을 조금이라도 무디게 하는 것이 끔찍하게 싫었다.

"이번 일은 임기응변으로 하기로 되어있습니다. 그러니 내가 혹 당신을 오해하는 일이 있다고 해도 사과하는 도리밖엔 없죠. 여자분의 정신이 돌아올 때까지 옆에 있도록 하십시오. 당신이 필요할 겁니다."

매틀록은 힘을 준 손에서 눈을 떼고 그를 올려다보았다.

"그렇게 심각합니까?"

"손톱과 머리 등을 조사한 결과 한 명 이상이었던 것으로 나타났습니다."

매틀록이 증오를 표현하는 방법은 한 가지밖에 없었다. 그는 눈을 감고 술잔을 냅다 바닥에 던졌다. 바 앞에서 술잔이 박살났다. 바텐더는 행주를 떨어뜨리고 술잔 던진 사람을 쳐다보면서 그에게로 오려고 했다. 휴스턴이 얼른 지폐 한 장을 들어 보이면서 가까이 오지 말라고 손짓하자, 그는 그만두었다.

"이성을 찾으십시오! 그렇게 해봐야 아무한테도 좋을 게 없습니다. 사람들의 시선만 끌지 않습니까. 자, 내 말을 들어보십시오. 앞으로 선생이 조사를 계속해도 되기는 하지만, 두 가지 조건이 있습니다. 첫째는 누구한테 접근하기 전에 우리 사람들과 – 그건 접니다 – 먼저 이야기해야 합니다. 둘째는 조사 대상을 학생들로만 제한하십시오. 교수진이나 교직원이나 학교 밖의 사람들은 안 됩니다. 학생들만 말입니다. 매일 밤 10시에서 11시 사이에 보고하십시오. 어디로 연락할지는 매일 알려드릴 것입니다. 알아들으셨습니까?"

매틀록은 믿기지 않는 눈으로 그를 쳐다보았다. 이 사람이 하는 일, 그가 왜 그런 말을 하는지도 이해할 수는 있었지만, 제이슨 그린버그한테 브리핑받았다는 사람이 그가 그런 지시를 따르리라고 생각한다는 것은 믿기지 않았다.

"지금 진담으로 하는 말입니까?"

"지시 내용은 분명합니다. 달리 변경은 안 됩니다. 이건 절대적입니다."

그렇다. 매틀록에게 또다시 협상하라는 사인이 온 것이다. 플라스틱 지도자들에게서 나온 플라스틱 지시.

"내가 소속되어 있기는 하지만, 사실은 없는 것? 한계 안에서 움직이면서 타협한 것만 하라는 겁니까?"

"당신 정말 왜 이러시오? 미안하지만, 난 여기서 나가야겠습니다. 보십시오, 그게 최상입니다. 내 말을 믿으십시오. 마지막으로 한 가지, 로링이 선생한테 준 편지를 내가 가지고 돌아가야 합니다. 반드시 그래야 합니다."

"그래요?"

매틀록은 가죽 의자에서 미끄러지면서 일어서려고 했다.

"난 그렇게 생각하지 않소. 워싱턴에 가서 나는 그것은 절대로 할 수 없는 일이라고 전하시오. 몸조심하시오."

"그런 식으로 하면 예비보호를 농락하는 것이오!"

"누가 농락하는 것인지 알게 될 것입니다."

매틀록은 휴스턴이 나오지 못하도록 탁자를 그의 앞으로 밀어붙인 뒤 문을 향해 걸어갔다. 휴스턴이 빠져나오기 위해 탁자를 밀어내는 소리가 들렸다.

휴스턴이 그의 이름을 조용히, 그러나 힘주어 부르는 소리가 들렸다. 매틀록은 문을 나와 가능한 한 빨리 달리기 시작했다. 좁은 골목이 나오자, 그는 그 안으로 들어가 어느 집 대문간에 몸을 숨겼다.

골목 어귀에서 휴스턴이 빠른 걸음으로 걸어가는 것이 보였다. 그는 당황한 얼굴이었다. 매틀록은 이제 자기가 아파트로 갈 생각을 해서는 안 된다는 것을 알았다.

빌즈 바에 앉아 있으면서 그는 웃기는 짓이라고 생각했다. 20분 전만 해도 못 나가서 안달하던 곳으로 다시 돌아오다니. 하지만 막연히 그래야 할 것 같은 기분이 들었다. 혼자 생각해야 했다. 그린버그와 휴스턴의 합작부대가 그를 감시하고 있을 길거리를 배회하는 것보다는 이 바가 안전할 것 같았다.

그는 경계하는 눈초리의 바텐더에게 사과하고, 깨뜨린 술잔 값을 물어주겠다고 했다. 그는 또 조금 전의 남자가 빚진 돈을 갚을 능력이 없어 화가 났다고 했다. 이런 설명을 바텐더는 받아들이는 정도가 아니라 동정까지 해주었다.

그는 생각을 정리해야 했다. 니믈롯을 찾아 나서기 전에 거쳐야 할 과정을 생각해두어야 했다. 그런데 지금 휴스턴이 자기도 모르는 사이에 또 한 가지를 가르쳐주었다. 팻의 안전을 확실히 해두어야 하는 것이다. 팻 걱정까지 하면서 다닐 수는 없다.

다른 문제들은 그다음이다. 옷, 현금, 자동차, 이런 문제들은 더 기다릴 수 있다.

어쨌든 이제 방침을 바꾸어야 할지도 모른다. 니믈롯 패거리들도 감시받고 있고, 그의 아파트도 감시받게 될 것이며, 사법부가 가지고 있는 리스트에 이름이 올라 있는 모든 이가 감시에 놓일 것이다. 하지만 우선은 팻이 문제다. 그녀를 밤낮으로 지켜야 한다. 공개적으로 비밀스럽지 않게. 보이지 않는 군대 양쪽 모두에게 그녀가 게임 밖에 있다는 사실을 분명히 알도록 해야 한다. 이제는 돈이 문제가 아니다.

다행히 하트퍼드에 이 일에 적격인 사람들이 있다. 큰 보험회사들이 그들을 주야로 이용 중이다. 전에 수학과 직원이었다가 칼라일을 떠나 보험계리사로 근무하고 있는 에트나 보험회사다.

그는 전화번호부를 찾았다.

11분 후에 매틀록은 테이블로 돌아왔다. 하트퍼드 본드 스트리트에 있는 블랙스톤 경비회사로 결정했다. 8시간 교대로 매일 3명이 근무할 것이며, 24시간에 300달러로 블랙스톤사가 경호를 맡아줄 것이다.

물론 경비는 별도이며, 필요하다면 '텔 일렉트로닉'을 사용하는데 따르는 경비도 별도로 청구될 것이다. 텔 일렉트로닉은 전화번호를 돌리면 그것을 가지고 있는 사람에게 '삐삐' 소리로 알려주는 기계다. 블랙스톤은 물론 매틀록 건과 연관된 집 전화번호와는 다른 번호를 지정할 것을 제의했다. 이것은 24시간 안에 처리될 것이며, 물론 이 경비 역시 별도다.

매틀록은 모든 사항에 동의했고, 그 모든 것에 대해 고맙다고 대답해주었다. 그리고 오후 늦게 하트퍼드에 가서 서류에 서명하겠다고 했다.

그는 블랙스톤을 만나고 싶었다. ─ 지금과는 다른 이유로. 그러나 블랙스톤은 애트나 사의 경리 부장이 직접 매틀록 건을 연결해 준 것이므로 형식적인 절차는 서두를 것이 없으며, 그런 절차 없이 한 시간 내에 병원으로 경호팀을 보내주겠다고 했다.

그리고 그는 물었다. 혹시 매틀록 씨가 조나단 먼로 매틀록과 관계가 있느냐고. 애트나 사의 경리 부장이 운을 떼기로는…….

매틀록은 안심이 되었다. 블랙스톤이라면 뭔가 소용이 있을 것 같았다. 애트나 사에서 일하는 그의 친구는 블랙스톤보다 더 나은 곳은 없다고 했다. 비용은 비싸지만, 최고라는 것이다.

블랙스톤사에서 일하는 직원들은 대개가 전에 특수부대에 있던 사람들이다. 이들에게는 그저 일개 사업이 아니었다. 그들은 똑똑하고 경험이 많으며 실력이 뛰어나다. 그리고 주 경찰과 지방경찰에서 인가도 받았고 평판도 좋다고 했다.

다음번으로 해결해야 할 일은 옷 문제였다. 원래는 아파트로 가서 양복 한 벌, 바지 몇 점, 재킷 몇 장을 가져올 계획이었다. 그러나 이제 그건 생각도 할 수 없는 일이 되었다. 최소한 당분간은. 차차 필요할 때마다 사서 입는 도리밖에 없다.

그가 원하는 액수를 생각할 때 현금을 입수하는 것이 급선무다. 토요일이어서 – 그는 토요일 밤을 허비할 생각은 없었다 – 은행 문이 닫혔으므로, 큰돈을 빼낼 길이 없다.

이 문제도 알렉스 앤더슨이 해결해주어야 할 것이다. 그는 알렉스 앤더슨에게 거짓말을 할 것이다. 그가 토요일 오후에 거액의 현금을 융통해주면 조나단 먼로 매틀록에게 앤더슨에게 친절하게 — 재정적으로 — 지원해주도록 부탁하겠다고 말이다.

물론 그 일은 양쪽 모두 비밀을 지킬 것이다. 토요일 오후에 베푼 호의에 대해서는 후한 보상도 할 것이다. 결코 예의에 벗어나지 않는 선에서. 물론 이것도 비밀을 지킬 것이다.

매틀록은 더러운 가죽 의자에서 일어나 전화기가 있는 곳으로 갔다.

앤더슨은 조나단 먼로 매틀록 아들의 부탁을 들어주는 데 그저 몇 초의 의심밖에 하지 않았다. 그 의심이라는 것도 행동 자체에 대한 것이 아니라, 그 행동을 어떻게 하면 조용히 처리하느냐에 관한 것이었다. 그러한 의혹이 해결되자, 그가 은행 업무의 관례상 최고의 원조를 하고 있다는 사실이 분명해졌다.

어떤 은행이든 좀 더 나은 고객을 유치하는 것은 중요한 일이다. 어느 고객이든 간에 감사한 마음을 보이든가 하는 때에는…….
이것은 고객에게 달린 문제다.

알렉스 앤더슨은 토요일 오후에 제임스 매틀록에게 현금으로 5천 달러를 확보해주기로 했다. 그 돈은 세 시에 '물속의 칼'을 상영하고 있는 플라자 극장 앞에서 전해주기로 했다.

자동차 문제는 가장 사소한 것이었다. 시내에 렌터카회사는 두 군데가 있다. 버짓내셔날 사는 학생들을 주 대상으로 하는 회사이고, 럭소 엘리트는 돈 많은 부모들을 주 대상으로 영업하고 있다.

그는 럭소에서 캐딜락이나 링컨을 빌려 하트퍼드까지 가고, 거기서 다른 럭소 주차장에 차를 대놓고, 다른 차로 바꿔 타기로 했다. 하트퍼드에서 다시 뉴헤이븐으로 가서는 그곳의 다른 럭소 지사에서 또다시 차를 바꿔 탈 계획이다. 돈이 있으니 문제는 없다. 팁만 후하게 주면 그쪽에서 도와주기까지 할 것이다.

그는 이제 떠날 시점에까지 와 있다.

"손님, 성함이 매틀록입니까?"

털이 많은 바텐더가 오른손에 더러운 행주를 구겨 쥐면서 그에게 와서 물었다.

"그렇소."

매틀록은 흠칫 놀라 숨을 훅 들이쉬면서 말했다.

"방금 어떤 친구가 왔는데요, 나더러 손님한테 가서 밖에 뭘 두고 오셨다고 말해달라더군요. 잃은 물건이 길에 있다고요. 빨리 나와 보시라던데요."

매틀록은 그를 멍하니 바라보았다. 위의 통증은 또다시 두려움에 대한 공포를 상기시켰다. 그는 주머니에서 지폐 여러 장을 꺼냈다. 그중 5달러짜리를 꺼내 바텐더에게 주면서 말했다.

"나하고 같이 문까지 갑시다. 창문까지만. 그 사람이 아직 밖에 있는지만 봐주시오."

"그럽시다……, 창문까지만."

털북숭이 바텐더는 더러운 행주를 왼손에 바꿔 쥐고 돈을 받았다. 매틀록은 전화박스에서 나와 그를 따라 커튼이 반 정도 가려져 있는 길 쪽의 창가로 갔다.

"아니, 없습니다. 밖에 아무도 없어요. 단지 죽은 ……."

"알았소."

매틀록이 남자의 말을 끊으면서 말했다. 그는 밖에 나가볼 필요도 없었다.

인도 끝에 매틀록의 고양이가 축 늘어져 있었다.

고양이의 머리는 목 부분에서 잘리어 작은 살점으로만 몸과 붙어있었다. 피가 솟구치면서 길을 적시고 있었다.

18

웨스트 하트퍼드로 가는 고속도로를 달리는 매틀록의 머리에선 고양이의 죽음이 떠나지 않았다. 그것은 또 다른 경고였을까, 아니면 그들이 편지를 찾아낸 것일까?

만약 편지를 찾아냈다면? 그렇다고 해서 경고가 무효가 되는 것은 아니다. 경고를 더 보강해줄 뿐이다.

그는 블랙스톤 사람 중 한 명을 그의 아파트로 보내 편지를 확인하게 해볼까 생각했다. 그가 망설이는 이유를 그 자신도 알 수가 없었다. 블랙스톤 쪽 사람을 시켜서 안 될 게 뭐란 말인가? 하루 3백 달러에 경비는 별도인데, 그 정도의 심부름쯤이야 못 해줄 것도 없지 않은가?

그것보다도 더한 것을 부탁하게 될 테지만, 아직 그들은 그 사실을 모르고 있다. 하지만 그는 계속 망설였다. 만약 그 편지가 안전하다면 공연히 사람을 보내 확인하는 것이 그 편지의 위치를 드러내는 꼴밖에 안 되는 것이다.

그래도 위험을 무릅쓰고 해보리라고 거의 마음을 굳혔을 때,

백미러에 황갈색 세단이 보였다. 또다시 나타난 것이다. 30분 전에 72번 고속도로로 진입한 후로 그 차는 보였다가 안 보였다가 했다. 다른 차들은 모두 다른 길로 빠지거나, 그를 추월하거나, 아니면 뒤처졌지만, 이 황갈색 세단은 사라지지 않았다.

그 차는 다른 차들 사이로 용케도 빠져서 그로부터 서너 대 뒤에서 줄곧 따라오고 있었다. 그것이 우연인지 아닌지 알아보는 길은 한 가지뿐이다.

다음번에 나오는 웨스트 하트퍼드로 들어가는 샛길은 배급차들만 다니는 좁은 자갈길이다. 언젠가 몹시 바빴던 오후에 그는 팻과 함께 지름길일 것 같아 들어섰다가 5분 동안 헤맸었다.

그는 고속도로에서 그 샛길 쪽으로 차를 돌렸다. 급히 좌회전해서 좁은 자갈길로 들어섰다. 토요일 오후라서 길엔 화물트럭뿐 아니라, 차가 한 대도 없었다. 그는 속력을 내서 그 길을 지나 차들이 꽉 찬 A&P 주차장으로 들어갔다.

매틀록은 빈자리를 찾아 차를 주차하고 시동을 끈 후 몸을 아래로 숙였다. 그는 왼쪽 백미러를 돌려 골목 입구가 보이도록 했다. 약 30초 후에 황갈색 세단의 모습이 거울에 들어왔다.

세단 운전자는 당황하는 빛이 역력했다. 그는 속도를 줄이고 주차해 있는 수십 대의 차들을 살피기 시작했다. 갑자기 세단 뒤에서 다른 차가 클랙슨을 울리기 시작했다.

세단이 길을 막고 있자 그 차의 운전자는 짜증을 부렸다. 황갈색 세단의 운전자는 마지못해서 속도를 높였다. 그러나 그러기 전에 그는 얼굴을 돌리며 오른쪽 어깨 너머로 목을 뺐다. 그래서 매틀록은 그를 알아볼 수 있었다.

그것은 예의 사복 경찰관이었다. 비슨 에피소드가 있고 난 후 어질러진 그의 아파트에 왔던 남자, 이틀 전 스쿼시코트 복도에서 수건으로 얼굴을 가리고 복도를 달려가던 남자다. 그린버그가 '우연'이라고 했던 남자.

매틀록은 어리둥절했다. 그는 또 겁도 났다.

황갈색 세단에 탄 경관은 여전히 사방을 두리번거리면서 주차장 출구로 빠져나갔다. 매틀록은 그 차가 다른 차들 사이로 들어가 멀어지는 것을 보았다.

하트퍼드 본드 스트리트에 있는 블랙스톤 경비회사 사무실은 경비업무회사라기보다는 부유한 보험회사처럼 보였다. 가구들은 육중한 식민지 시대풍이었고, 벽지는 은은하고 힘찬 줄무늬였다. 놋쇠로 만든 테이블 램프 불빛에 비싼 사냥 그림들이 보였다.

사무실 분위기는 딱딱하고 경제적으로 탄탄한 느낌이었다. 왜 안 그렇겠나? 매틀록은 대기실에 앉아서 생각했다. 하루 3백 달러면 이율로 따져보아도 프루덴셜사에 버금간다.

마침내 그가 사무실 안으로 들어갔을 때, 마이클 블랙스톤은 의자에서 일어나 책상을 돌아 나와 그를 맞이했다. 그는 50대 후반이고, 모르긴 해도 육체적으로는 잘 단련된 활동적이고 강인한 사람처럼 보였다.

"안녕하십니까. 서류 때문에 이 먼 길을 오시지는 않으셨겠지요. 서류야 나중에 처리해도 되는 거니까 말입니다. 우리가 일주일에 7일을 일한다고 해서 다른 사람들도 그렇게 해야 하는 것은 아닙니다."

"하트퍼드에 볼일이 있었습니다."

"앉으십시오. 마실 것 좀 드릴까요? 술이나 커피라도?"

"아닙니다."

매틀록은 커다란 검은색 가죽 의자에 앉았다. 블랙스톤은 자기 책상으로 돌아갔다.

"사실 저는 좀 바쁩니다. 서류에 서명하고 돈을 드린 다음 곧 가봐야 합니다."

"좋습니다. 파일은 여기 준비되어 있습니다."

블랙스톤은 책상 위에 있던 파일을 집으면서 미소 지었다.

"전화로도 말씀드렸듯이 저희가 알아야 할 것들이 몇 가지 있습니다. 저희한테 부탁하신 일들 외에 말입니다. 그런 것들을 알아야 당신의 주문대로 해드리는 데도 도움이 되니까요. 몇 분밖에 안 걸릴 겁니다."

매틀록은 그런 요청이 있을 거라 예상했다. 그것은 그가 블랙스톤을 만나려는 이유 중의 하나였다. 그가 생각하기로, 일단 블랙스톤이 이 일에 개입하기만 한다면, 그에게 지름길을 제시해줄 수도 있으리라는 것이다.

선뜻 해주지는 않겠지만, 그것도 '별도 경비'로 한다면야 별문제는 없으리라. 바로 이런 이유로, 그는 블랙스톤을 직접 만나고 싶었다. 블랙스톤을 돈으로 살 수만 있다면 시간이 상당히 절약될 것이다.

"뭐든지 물어보십시오. 이미 알아보셨겠지만, 그 여자는 심하게 구타당했습니다."

"알고 있습니다. 저희가 알고 싶은 것은 모두 그 이유에 대해서 말하기를 꺼린다는 사실입니다. 사람을 그렇게 다치게 할 때는 재미로 하는 것이 아니지요. 오, 물론 그럴 수도 있겠지만, 그런 경우는 보통 경찰에서 금방 처리하지요. 우리를 필요로 하지는 않지요. 아마 선생께선 경찰이 모르는 정보를 가지고 계시는 것 같더군요."

"그렇습니다."

"왜 경찰에 알리지 않았는지 물어봐도 되겠습니까? 왜 우리를 고용하신 겁니까? 충분한 이유가 있다면, 경찰에서 기꺼이 보호해줄 텐데, 경비를 훨씬 적게 들이고 말입니다."

"말씀하시는 것이 마치 이 일을 맡기 싫다고 하시는 것 같군요."

"그럴 때도 종종 있습니다. 뭐, 그게 좋은 방법이라고 생각하지는 않습니다만."

"그럼, 왜……."

"선생은 대단히 중요한 분이 추천해준 고객이며, 아주 유력한 분의 아드님이십니다. 선생께 다른 길이 있다는 사실을 우리가 인지하고 있다는 걸 알고 계시기 바랍니다. 그것이 바로 이유입니다. 그런데 선생의 진짜 이유는 뭡니까?"

"솔직하게 말씀하시는군요. 그 점에 감사드립니다. 당신 말씀은 다시 말해서 블랙스톤사의 명예가 손상되기를 바라지 않는다는 뜻이군요."

"그렇습니다."

"좋습니다. 제 이유도 그런 것입니다. 다만 제 명예가 아니라는 것뿐이지요. 발렌타인 양의 명예입니다. 간단히 말하자면, 발렌타인 양은 친구를 잘못 고른 것입니다. 그 여자는 장래가 촉망되는 사람인데, 불행하게도 지성이 다른 쪽으로는 발휘되지 않았던 모양입니다."

매틀록은 일부러 말을 멈추고 담뱃갑을 꺼냈다. 그는 천천히 담배 한 개비를 꺼내 불을 붙였다. 그것은 효과가 있었다. 블랙스톤이 먼저 말했다.

"그 친구들로부터 경제적으로 이득을 보았습니까?"

"전혀. 내가 알기로 그 여자는 이용당했습니다. 하지만 당신이 왜 그런 질문을 하는지는 이해합니다. 요즘은 대학가에서도 돈이 많이 오고 가니까 말입니다."

"그건 모르는 일입니다. 학교는 저희 소관이 아닙니다."

블랙스톤은 다시 미소 지었다. 매틀록은 그가 거짓말하고 있다는 것을 알았다. 물론 직업상으로.

"그야 잘 모르시겠지요."

"좋습니다, 매틀록 씨. 그 여자분은 왜 그렇게 맞은 겁니까? 또 선생은 그 일에 대해 어떻게 하실 작정이십니까?"

"제 의견으로는 사실 그녀가 가지고 있지도 않은 정보를 누출하지 않도록 겁을 주려고 했던 것 같습니다. 저는 이 일에 관련된 사람들을 찾아내서 그 사실을 말해줄 생각입니다. 그 여자를 건드리지 말라고 말입니다."

"선생이 경찰에 간다면, 그 여자분의 친구들 — 아니, 옛날 친구들 — 은 기록에 남게 될 테고, 그럼 그 여자분의 장래가 위태해진다 이거로군요."

"바로 그렇습니다."

"그럼 이 일에 관련된 사람들은 어떤 사람들입니까?"

"이름은 모릅니다. 하지만 직업은 알고 있죠. 주로 도박하는 사람들입니다. 그러므로 당신께서 좀 도와주실 수 있지 않을까 생각합니다만. 그 일에 드는 비용은 별도로 하고 말입니다."

"알겠습니다."

블랙스톤은 일어나서 의자를 돌아갔다. 별 이유도 없이 그는 에어컨의 다이얼을 만지작거렸다.

"선생은 너무 많은 것을 기대하시는 것 같습니다."

"이름까지는 바라지 않습니다. 물론 알 수 있다면 좋고, 비용도 대겠습니다. 하지만 위치만이라도 알 수 있다면 만족합니다. 내가 알아낼 수도 있지만, 당신께서 해주신다면 시간을 많이 절약할 수 있을 겁니다."

"그러니까 비밀클럽을 말씀하시는 거로군요. 회원들이 만나 자기들이 좋아하는 활동을 공동 추구하는 비밀조직 말입니다."

"법의 눈 밖에 있는 클럽입니다. 시민들이 내기하고 싶어 하는 자연적인 기호에 따를 수 있는 곳. 그런 곳이 내가 처음 시작하고 싶은 곳입니다."

"그렇게 하지 마시라고 해도 되겠습니까? 그러지 말고 경찰에 가시라고 하면 들으시겠습니까?"

"아니요."

블랙스톤은 왼쪽 벽에 붙어있는 파일 캐비닛으로 가서 열쇠를 꺼내 서랍을 열었다.

"상당히 그럴듯한 이야기로군요. 난 그 이야기는 한마디도 믿지 않소. 하지만 당신이 마음을 굳힌 것 같으니 그게 걱정입니다."

그는 파일 캐비닛에서 얇은 금속 상자 하나를 꺼내 책상으로 가지고 왔다. 열쇠고리에서 다른 열쇠를 찾아서 그 상자를 열고 종이 한 장을 꺼냈다.

"저기 복사기가 있습니다."

그는 구석에 있는 커다란 회색 복사기를 손가락으로 가리켰다.

"종이 앞면을 밑으로 하고 복사하고 싶은 매수를 다이얼로 표시하면 됩니다. 그 숫자대로 자동으로 복사가 되죠. 한 매 이상 복사해본 적은 없지만. 2분 정도 실례하겠습니다. 매틀록 씨, 다른 방에 가서 급히 전화할 일이 있어서."

블랙스톤은 종이를 매틀록의 파일 위에 뒤집어서 엎어놓았다.

그는 똑바로 서서 값비싼 양복을 자랑하는 사람처럼 양손의 손가락들을 재킷 밑에 넣고 있었다. 그는 웃어 보이면서 책상을 돌아 문 쪽으로 갔다. 문을 열고 그는 다시 뒤를 돌아보았다.

"그게 선생이 찾는 것일 수도 있겠지만, 또 아닐 수도 있을 거요. 난 알 수가 없으니. 내 책상 위에 선생 앞으로 메모해놓은 것이 있소. 비용은 청구서에 추가 비용으로 산입해 나갈 것입니다."

그는 문밖으로 나가 다시 문을 꼭 닫았다. 매틀록은 의자에서 일어나 책상 뒤로 갔다. 그는 종이를 앞으로 뒤집었다. 다음과 같은 제목이 타이핑되어 있었다.

감시 : 하트퍼드 – 뉴헤이븐

비밀클럽 : 위치와 연락할 사람(지배인)

3월 15일. 당 자료는 사무실 밖으로 나갈 수 없음.

이 제목 아래에 20여 개의 주소와 이름이 기록되어 있었다. 니믈롯은 이제 가까워졌다.

19

하트퍼드 거리에 있는 럭소 엘리트 렌터카회사는 매우 협조적이었다. 지금 매틀록은 캐딜락 컨버터블을 타고 목적지를 행해 달리는 중이다. 지배인은 링컨의 장례식을 연상시킨다는 그의 설명을 받아들였고, 또 등록서류가 제대로 갖추어져 있었으므로 차를 바꾸는 데는 아무 문제가 없었다.

또 20달러의 팁도 예외 없이 받아주었다.

매틀록은 블랙스톤이 준 리스트를 자세히 검토해보았다. 그는 하트퍼드 북서쪽에 있는 클럽을 집중적으로 조사하기로 했다.

그 이유는 간단했다. 칼라일에서 가깝다는 것이다. 그렇지만 그곳이 가장 가까운 곳은 아니었다.

칼라일에서 5마일, 7마일 안에 있는 곳이 두 곳 – 서로 정반대 방향에 – 이 있기는 하지만, 매틀록은 그곳의 방문을 하루 이틀 정도 미루기로 했다.

그는 그곳에 닿으면, 지배인들이 그가 무모한 투기꾼이라고 알게 하고 싶었다. 그다음은 사람들의 입을 탄 소문들이 알아서 일을 처리해줄 것이다.

그는 첫 번째로 갈 곳을 확인했다. 그곳은 에이본 서쪽에 있는 수영클럽이다. 거기서 만날 사람은 자코포 바르톨로지라는 사람이다.

9시 반에 매틀록은 구불거리는 길을 따라 에이본 수영클럽 입구로 들어갔다. 제복을 입은 문지기가 주차원에게 손짓하자, 주차원이 어디서인지 금방 나와 매틀록이 길로 내려서자마자 운전석으로 들어가 앉았다. 주차증은 안 주는 모양이었다.

입구 쪽으로 들어가면서 그는 클럽 외부를 살펴보았다. 본관은 긴 단층 짜리 벽돌 건물이고, 양쪽으로 높은 방책 울타리가 쳐져 있었다. 오른쪽 울타리 저 뒤편으로 파르스름한 불빛이 보이고, 첨벙거리는 물소리가 들렸다.

왼쪽에는 커다란 텐트가 있고, 그 밑에는 반짝거리는 수십 개의 횃불이 있었다. 오른쪽에 보이는 것은 분명 거대한 수영장임이 분명하고, 왼쪽에 보이는 것은 아마 저녁을 먹는 장소 같았다. 부드러운 음악 소리가 들렸다.

에이본 수영클럽은 대단히 사치스러운 단지 같았다.

건물 내부도 그러한 느낌을 불식시켜주지는 않았다. 현관에는 두꺼운 카펫이 깔려 있고, 여러 개의 의자와 가지각색의 테이블은 모두 진짜 골동품 같았다.

왼쪽에 넓은 체크룸이 있고, 그 아래 오른쪽에는 호텔 접수계에서는 볼 수 없는 대리석 카운터가 자리 잡고 있었다. 좁은 로비 끝에는 유일하게 그곳 분위기와 어울리지 않는 검은색의 철문이 있는데, 그 문은 굳게 닫혀 있었다. 아마 잠겨 있겠지만.

그 너머로 옥외 복도가 있는데, 희미한 조명을 받으며 양옆으로 이오니아식 기둥이 있고, 그 기둥 위에는 덮개가 덮여있다. 턱시도를 입은 키 큰 남자가 철문 뒤에서 지키고 있다.

매틀록은 그에게 다가갔다.

"멤버십 카드를 보여주십시오."

"없는데요."

"죄송합니다. 여기는 회원전용 수영클럽입니다."

"바르톨로지 씨를 찾으라고 들었습니다만."

문 뒤의 남자는 매틀록을 똑바로 보았다.

"프론트데스크로 가보십시오. 저기입니다."

매틀록은 다시 카운터로 갔다. 그가 처음 들어왔을 때는 보이지 않던 중년의 접수계원이 그를 맞았다.

"무슨 일로 오셨습니까?"

"여긴 처음인데, 회원이 되고 싶소."

"죄송합니다. 지금은 회원이 다 찼습니다. 하지만 신청서를 써주시면, 자리가 나는 대로 연락드리겠습니다. 가족회원을 원하십니까, 아니면 개인회원을 원하십니까?"

접수계원은 사뭇 사무적으로 카운터 밑으로 손을 넣어 두 장의 신청서를 꺼냈다.

"개인회원이오. 난 결혼하지 않았소. 바르톨로지 씨를 찾으면 된다고 들었소. 자코프 바르톨로지 씨, 그 사람을 꼭 만나라고 말이오."

접수계원은 그 이름을 아는지 모르는지 기색이 없다.

"자, 이 신청서에 기록해주시면, 제가 바르톨로지 씨 책상에 놓아두겠습니다. 아침에 보실 겁니다. 그럼 전화를 걸어주시겠죠. 하지만 그분도 별수는 없을 겁니다. 회원이 다 차 있는 데다가 대기자도 많거든요."

"지금 여기 안 계십니까? 이렇게 바쁜 밤에?"

매틀록은 믿기지 않는다는 투로 말했다.

"안 계실 겁니다."

"알아보시지요? 가서 상환에 우리 공동의 친구가 있다고 전하시오."

매틀록은 지갑을 꺼내 50달러짜리 한 장을 꺼내 접수계원 앞에 놓았다. 그는 매틀록을 한 번 보더니 천천히 돈을 집었다.

"상환이라고요?"

"상환."

매틀록은 대리석 카운터에 기대어 철문 뒤에 있는 남자를 보았다. 만약 상환 이야기가 먹혀들어서 그가 저 철문으로 들어갈 수 있게 되면, 그는 또 큰 액수의 지폐 한 장을 써야 할 것이다. 상환

이야기가 먹혀야 했다. 그건 논리적으로 그렇다.

그는 2년 전 겨울방학 때 푸에르토리코에서 지냈다. 도박은 하지 않았지만, 사람들, 여자 한 명과 밤에 카지노 순례를 했다. 거기서 그는 하트퍼드 근방에서 온 사람 여럿을 만났다. 이름은 하나도 기억할 수 없지만.

철문에서 남녀 두 쌍이 나왔다. 여자들은 깔깔거리고, 남자들은 체념한 듯 웃고 있었다. 매틀록은 여자들이 20내지 30달러를 땄고, 남자들은 수백 달러를 잃었다고 짐작했다. 그들이 나오자 문이 닫혔다. 전자식 빗장이 걸리는 소리가 들렸다. 그 문은 잠금장치가 잘되어 있는 문이었다.

"저, 손님?"

예의 접수계원이다. 매틀록은 뒤를 돌아보았다.

"네?"

"안으로 들어오세요. 바르톨로지 씨가 기다리십니다."

"어디로? 어떻게 말이오?"

철문 외에 문으로 보이는 것이 없는데, 접수계원은 왼손으로 문 저쪽을 가리켰다.

"여기입니다."

갑자기 카운터 오른쪽으로 손잡이도 없는 패널이 활짝 열렸다. 담홍색 벽에 불그스름한 패널이 붙어있는 테두리는 간신히 식별할 수 있을 정도였다. 매틀록이 그 안으로 들어가자 접수계원은 그를 자코포 바르톨로지의 사무실로 데리고 갔다.

"우리가 아는 친구들이 있다고요?"

비대한 이탈리아인은 책상 뒤의 의자에 기대어 앉아 걸걸한 목소리로 말했다. 그는 일어서는 동작도 하지 않고, 손님을 반기는 시늉도 하지 않았다. 자코포 바르톨로지는 작고 다부진 체격의 소유자였다. 매틀록은 확실히 장담할 수는 없어도 바르톨로지의 발이 의자 밑의 바닥에 닿지 않은 것 같다고 생각했다.

"결국은 같은 일입니다, 바르톨로지 씨."

"뭐가 말이오? 상환에 누가 있다는 것이오?"

"여러 사람이 있지요. 한 명은 웨스트 하트퍼드에서 치과의사를 하고 있고, 또 한 명은 컨스티튜션 플라자에서 회계회사를 갖고 있습니다."

"네……, 그래요?"

바르톨로지는 매틀록이 말하는 직업과 장소를 가진 사람들을 알아내려고 애쓰는 표정을 지었다.

"이름이 뭡니까? 여기 회원들입니까?"

"아마 그럴 겁니다. 나한테 당신의 이름을 가르쳐주었으니까."

"여긴 수영클럽입니다. 회원전용……, 그 사람들이 누굽니까?"

"이것 보시오, 바스톨로지 씨. 그날 밤 콜로라도 카지노에서는 정신이 없었소. 술을 진탕 마신 데다가……."

"푸에르토리코의 카지노에서는 술을 못 마시지 않소. 그건 법이란 말이오!"

이탈리아인은 날카롭게 말했다. 그는 통통한 손가락으로 매틀록을 가리켰다.

"법을 위반했다니 더 영광스럽군요."

"뭐라고요?"

"우린 술을 마셨단 말입니다. 내 말을 믿으시오. 다만, 그 사람들의 이름만 기억할 수 없다는 것입니다. 이보시오, 월요일에 시내로 가서 온종일 그 공인회계사를 찾아낼 수도 있소. 또 웨스트하트포드에 가서 치과의사란 치과의사는 다 찾아가서 벨을 눌러볼 수도 있소. 하지만 그렇게 해서 달라질 게 뭐가 있겠습니까? 난 게임을 좀 하고 싶은 것이고, 돈도 있소."

바르톨로지는 웃었다.

"여긴 단지 수영클럽일 뿐입니다. 대체 지금 무슨 말을 하는지 모르겠구려."

"좋소. 편리해서 여기로 왔지만, 당신이 그렇게 나오면, 다른 곳도 있소. 상환의 내 친구들은 또 미들타운에 있는 지미라카타, 윈저 숄즈에 있는 새미 샤프에 대해서도 말해주었으니까, 잘해보시오."

매틀록은 문 쪽으로 돌아섰다.

"잠깐! 잠깐만!"

뚱뚱한 이탈리아인은 의자에서 일어났다. 그의 생각은 맞았다.

바르톨로지의 발은 바닥에 닿아있지 않았다.

"뭔가, 당신네는 제약이 너무 많은 것 같소."

"그 사람들에 대해서 안다고 했잖소. 자, 그만두시오. 당신도 조심하는 게 좋을 것이오. 월요일에 내 공인회계사 친구를 만나 언제 같이 올 테니, 난 그저 오늘 밤 생각이 나서 온 것이지만."

"좋습니다, 좋습니다. 말씀대로 조심하겠습니다."

바르톨로지는 맨 위의 서랍을 열고 종이 몇 장을 꺼냈다.

"이리 오십시오. 여기 서명하십시오. 꼭 하고 싶으시다니 내가 당신 돈을 따고, 당신이 내 돈을 따고 그럽시다."

매틀록은 책상으로 가까이 갔다.

"이게 뭡니까?"

"그저 몇 가지 형식입니다. 입회비는 현금으로 5백입니다. 아시겠습니까? 수표도 안 되고, 크레딧 카드도 안 됩니다."

"현금이 있소. 어떤 형식입니까?"

"첫째는 이곳이 비영리단체라는 것과 모든 형태의 게임은 자선을 목적으로 한다는 사실을 인정한다는 것입니다……. 왜 웃으시오? 난 햄덴에 성모성당을 지은 사람이오."

"이건 뭡니까? 더 긴데."

"그건 우리 파일에 보관할 겁니다. 동업자증명서 같은 것이죠. 5백 달러로 당신은 근사한 칭호를 받게 되는 것입니다. 동업자라는. 여기선 모두가 다 동업자죠. 만약의 경우를 대비해서."

"만약의 경우?"

"만일 우리에게 어떤 좋은 일이 생길 경우, 당신에게도 그만큼 좋은 것이죠. 특히 신문 지상에서 말입니다."

에이본 수영클럽은 분명 수영하기 위한 곳이었다. 그건 분명한 사실이었다. 거대한 풀은 200피트 가까이 되는 곡선으로 만들어져 있고, 저쪽으로 수십 개의 작은 탈의실이 있었다. 풀 주위의 타일 바닥 바깥쪽 잔디밭에 비치 의자와 테이블이 놓여있고, 물밑에 켜진 불이 분위기를 더하고 있었다.

이곳은 옥외 복도의 오른쪽에 있는 장소이고, 왼쪽은 바깥에서는 짐작밖에 할 수 없는 은밀한 곳이었다.

수십 개의 테이블 위로 녹색과 흰색 줄이 쳐진 대형 텐트가 자리잡은 휴식 공간이 있었다.

테이블마다 촛불이 켜져 있고, 그 전체를 횃불이 에워싸고 있다. 저쪽 끝에는 긴 탁자 옆에 바가 있고, 수십 쌍이 주변을 돌아다니고 있었다.

에이본 수영클럽은 가족을 동반하고 오기에 아주 알맞은 곳이었다.

복도는 오로지 뒤쪽으로만 연결되어 있는데, 거기에는 본관과 비슷한 벽돌 건물이 또 한 채 있었다. 검정 에나멜을 칠한 이중문 위 나무 간판에는 이렇게 씌어있었다.

‘에이본 온천’

에이본 수영클럽에서 이곳만은 가족을 데리고 오기에 적당한 장소가 아니었다.

매틀록은 상환 카지노에 다시 온 기분이었다. 그가 도박장에 가본 것은 사실 그게 처음이었다. 바닥을 온통 뒤덮고 있는 카펫은 아주 두꺼워서 발소리가 전혀 들리지 않았다. 다만 칩과 노름꾼들과 보드맨들의 나지막한 목소리만 들릴 뿐이었다.

벽을 따라 크랩 테이블이 줄지어 있고, 가운데에는 블랙잭 카운터가 자리 잡고 있었다. 그 사이에 사람들이 다닐 수 있도록 지그재그로 룰렛 휠이 줄지어 있었다.

넓은 방 한가운데에는 단 위에 캐셔가 있었다. 에이본 온천의 직원들은 모두 턱시도 차림이었고, 단정하게 머리를 빗고 굽실거렸다. 노름꾼들은 그들보다 편한 차림새였다.

수위는 매틀록의 빳빳한 50달러짜리 지폐를 보더니 기분이 좋아서 그를 캐셔가 있는 단으로 안내했다. 그는 슬립을 세고 있는 남자한테 말했다.

“이분은 매틀록 씨이시다. 잘 모셔라. 각별한 친구니까.”

“여부가 있나.”

남자는 웃으면서 말했다.

“죄송합니다, 매틀록 씨. 처음에는 마커를 쓸 수 없습니다.”

"당연하겠지……, 이보게, 난 좀 둘러볼까 하는데……."

"그렇게 하십시오. 감을 좀 잡으셔야지요. 여긴 라스베이거스 같지는 않습니다. 선생님께만 말씀드리는데, 여긴 미키마우스입니다. 그러니까 손님 같은 분한테는 말입니다. 제 말의 뜻을 아시지요?"

매틀록은 그의 말뜻을 정확히 알고 있었다. 50달러라는 돈은 코네티컷 에이본에서 흔히 받을 수 있는 팁이 아니니까.

그가 4,175달러를 잃는 데 3시간 12분 걸렸다. 그가 겁이 났던 것은 크랩 테이블에서 운이 좋아 준비금이 5천 달러 가까이 되었을 때뿐이었다. 처음에는 그의 목적에 맞게 순조롭게 되어갔다. 캐셔한테도 부지런히 가서 칩을 평균 2백 달러 내지 3백 달러를 산다는 사실을 여러 사람이 알 수 있게 하였다.

그의 수준으로 보면 '미키마우스'는 아니었다. 그래서 그는 처음에는 1천 5백 달러어치를 샀다. 두 번째는 1천 달러, 세 번째는 2천 달러어치를.

새벽 1시경에 그는 자코포 바르톨로지와 녹색과 흰색 줄무늬 텐트 밑의 바에서 웃고 있었다.

"당신은 정말 끝내주는 사람이오. 당신처럼 하면 많은 놈들이

'아이스 픽' 소리를 지를 것이오. 지금은 사무실에 있는 서류 몇 개만 보여주지만."

"걱정하지 마십시오, 다시 다 따고야 말 테니. 늘 그렇죠. 오늘은 너무 했소. 내일 다시 오는 게 좋을 것 같소."

"월요일에 오십시오. 내일은 수영만 합니다."

"왜요?"

"일요일이지 않습니까. 안식일."

"제기랄! 런던에서 친구가 오기로 되어있는데. 월요일엔 여기 없을 텐데. 그 친구는 손이 큽니다."

"좋은 생각이 있습니다. 윈저 숄즈에 있는 샤프한테 전화해 드리지요. 그 친구는 유대인이거든요. 그 친구한테는 일요일이 아무 소용없죠."

"그렇게 해주면 고맙겠소."

"나도 한 번 들러보겠소. 아내도 마돈나 어머니들의 모임이 있으니까."

매틀록은 시계를 보았다. 그날 저녁은 일이 잘되어 갔다. 행운을 좀 더 밀어붙여도 될지 가늠해보았다.

"사실, 문제는 사람을 찾는 데 시간이 걸린다는 것이라오."

"뭐가 문제인데 그러십니까?"

"모텔에 여자가 하나 있거든. 온종일 여행했기 때문에 지금은 자고 있죠. 근데 여자가 풀이 다 떨어진 모양이오. —뭐 센 것은 아니고 그냥 풀이면 돼요. 좀 얻어다 주겠다고는 했는데."

"그건 도와드릴 수가 없겠네요, 매틀록 씨. 여긴 두질 않는답니다. 종일 놈들이 돌아다니기 때문에. 이미지상 좋지 않지 않습니까? 알약은 몇 개 있지만 주사는 없습니다. 알약이라도 좀 드릴까요?"

"아니요, 풀이라야 합니다. 여자한테 그것 외에는 못 쓰게 하거든요."

"잘하시는 겁니다. 어느 쪽으로 가십니까?"

"하트퍼드로 돌아가야 합니다."

바르톨로지는 손가락으로 딱 소리를 냈다. 덩치가 큰 바텐더가 즉시 와서 차렷 자세로 섰다. 매틀록은 이 땅딸막한 이탈리아인이 그런 식으로 지휘하는 것이 좀 무시무시하다고 생각했다. 바르톨로지는 바텐더한테 종이와 연필을 가지고 오라고 했다.

"자, 여기 주소가 있습니다. 내가 전화 걸어드리겠소. 큰길에서 들어가면 금방 있습니다. 저 폭스에서 길을 따라 내려가면 되죠. 2층입니다. 로코라는 사람을 찾으십시오. 뭐든지 있을 겁니다."

"정말 고맙습니다."

매틀록은 종이를 받아 들었다. 이 말은 진심이었다.

"첫날밤에 4천을 쓰신 분이신 만큼 특전을 누리실 자격이 있지요. 참, 신청서를 안 쓰셨잖습니까?"

"그런 것은 필요 없을 것이오. 난 현금으로만 하니까."

"그 많은 돈을 어디에다 두십니까?"

"여기서부터 로스앤젤레스까지에 있는 37개 은행에……."

매틀록은 술잔을 내려놓고 바르톨로지에게 손을 내밀었다.

"재미있었습니다. 내일 다시 볼 수 있겠죠?"

"그럼요, 그럼요. 문까지 같이 가겠습니다. 잊지 마십시오. 새미한테 딱 붙으시면 안 됩니다. 여기로 다시 오셔야 합니다."

"약속하겠소."

두 남자는 다시 복도를 걸어 나갔다. 땅딸막한 이탈리아인은 통통한 손을 매틀록의 등 한가운데에 대고 있었다. 새로 사귄 친구라는 제스처였다. 근처 테이블에 옷을 잘 차려입은 남자가 기름이 없는 라이터를 계속 켜대면서 그들을 주시하고 있다는 것을 두 남자는 모르고 있었다.

그들이 테이블을 지나갈 때, 그가 라이터를 호주머니에 넣자, 그의 맞은편에 있던 여자가 성냥으로 불을 붙여주었다. 그 여자는 미소 지으면서 말했다.

"찍었어요?"

남자는 나직하게 웃었다.

"캐시 카메라가 여부가 있겠어? 그것도 이렇게 가까이에서."

20

에이본 수영 클럽이 출발지로 유리했다면, 로코 에이엘로가 경영하는 하트퍼드 헌트 클럽은 더없이 좋은 한탕이었다. 매틀록은 이제 자신이 하는 여행을 달리기 경주로 생각할 정도가 되었다.

그 경주는 15일 안에 끝나야 하고, 그 끝은 칼라일 근방 어디에선가 니믈롯의 부대와 마리오시의 회의가 장식해줄 것이다.

어디에선가, 누군가가 그에게 코르시카어 편지의 나머지 조각을 꺼내 보일 때가 그 끝이다.

바로톨로지의 전화는 효과가 있었다. 매틀록은 빨간 벽돌 건물 안으로 들어갔다. 처음에는 주소를 잘못 찾아온 것이 아닌가 했다. 창문으로 불빛 한 점도 보이지 않았고, 안에 사람의 기척이 전혀 없었기 때문이다.

복도 끝에 화물용 엘리베이터가 보였다. 그 앞 의자에 흑인 조종사가 앉아 있다가 매틀록이 건물 안으로 들어서자마자, 그 흑인은 일어나서 엘리베이터를 가리켰다.

위층의 복도에서 한 남자가 그를 기다리고 있었다.

"이렇게 뵙게 되어 반갑습니다. 이름은 로코라고 합니다. 로코 에이엘로."

남자는 손을 내밀었고, 매틀록은 그 손을 잡았다.

"고맙습니다. 좀 놀랐습니다. 아무 소리도 들리지 않아서 집을 잘못 찾아온 줄 알았습니다."

"소리를 들으셨다면, 공사했던 놈들이 혼났을 겁니다. 여기 벽은 두께가 18인치에다가 양쪽으로 모두 방음이 되어 있답니다. 창문은 블라인드이고, 아주 튼튼합니다."

"대단하군요."

로코는 주머니에서 작은 담배 케이스를 꺼냈다.

"조인트 한 상자 드리겠습니다. 돈은 필요 없습니다. 구경시켜 드리고 싶지만, 자코 말이 시간이 없으시다고요."

"그 사람이 잘못 알았습니다. 한잔하고 싶습니다."

"좋습니다! 어서 들어오십시오. 한 가지, 매틀록 씨. 전 아주 좋은 고객들을 상대하고 있습니다. 무슨 말인지 아시겠습니까? 아주 부자이고 확실한 사람들이죠. 그중에 자코의 일에 대해 아는 사람도 있지만, 대부분은 모릅니다. 무슨 말인지 아시겠습니까?"

"알겠습니다. 애당초 저는 수영은 별로입니다."

"잘 됐습니다, 잘 됐어……. 하트퍼드에서 최고인 이곳에 오신 것을 환영합니다."

그는 두꺼운 철문을 열었다.

"듣자니 오늘 밤 한 뭉치 날리셨다고요."

매틀록은 웃으면서 안으로 들어갔다. 희미한 조명 아래에 테이블과 손님들이 북적거렸다.

"이게 그겁니까?"

"코네티컷에서는 이런 정도입니다. 두 층을 쓰고 있죠. 각 층에 큰 방 다섯 개가 있고, 방마다 바가 있습니다. 비밀이 잘 지켜지고, 좋지 않은 행동은 없습니다. 아내나 다른 누구를 데려와도 좋은 곳이죠. 무슨 말인지 아시겠죠?"

"알 것 같습니다. 굉장하군요."

"웨이터들은 거의 다 대학생들입니다. 저는 그 학생들에게 공부할 돈을 벌게 해주죠. 흑인, 아메리카인, 유대인 다 있습니다. 전 인종차별 같은 건 하지 않으니까요. 머리 스타일만 좀 따집니다. 전 긴 머리는 좋아하지 않죠. 무슨 말인지 아시겠습니까?"

"대학생들이라고요! 위험하지 않습니까? 아이들은 입이 가볍지 않습니까?"

"이곳도 처음엔 조우대학이 시작한 것이랍니다. 서클이 모이는 장소 같은 곳이었죠. 학생들은 모두 클럽이다, 서클이다 하는 모임에 들어있으니까요."

"그렇군요. 다른 곳은 어떻습니까?"

"다른 곳이라니요?"

"내가 찾아온 목적 말입니다."

"네? 풀 말입니까? 길모퉁이에 있는 신문판매대에 가보시지 그러십니까?"

매틀록은 웃었다.

"로코, 당신이 이겼소. 하지만 당신을 좀 더 알게 되면, 글쎄 나도 거래할 수도 있을 것이오. 바르톨로지의 말을 들으니, 당신은 없는 것이 없다던데. 하지만 신경 쓰지 마십시오. 나도 피곤하니까. 그저 술이나 한잔하고 가겠소. 내 여자가 내가 어디 갔나, 궁금해하고 있을 것이오."

"바르톨로지는 이따금 말이 너무 많은 게 탈입니다."

"당신 말이 맞는 것 같습니다. 그건 그렇고, 내일 밤 윈저 숄즈에 그 사람도 같이 오기로 했습니다. 런던에서 친구가 오기로 되어있거든요. 당신도 오시겠소?"

에이엘로는 기분 좋은 기색이 완연했다. 런던 사람들은 라스베이거스와 캐리비아해 토박이들을 압도하기 시작했기 때문이었다. 새미 샤프는 그렇게 잘 알려지진 않았다.

"그렇게 해보도록 하겠습니다. 자, 뭐든 필요하신 게 있으면 부담 없이 말씀하십시오, 네?"

"그렇게 하겠습니다. 다만 저 아이들 때문에 좀 불안하군요."

에이엘로는 왼손으로 매틀록의 팔꿈치를 잡고 바 쪽으로 데리고 갔다.

"오해하시는군요. 이 아이들은 사실 아이가 아닙니다. 무슨 말인지 아시겠습니까?"

"아니, 모르겠습니다. 아이들은 그냥 아이들이죠. 저는 조금 은근한 것이 좋습니다. 궁금해서 여기저기 코를 들이댈 생각은 조금도 없습니다."

매틀록은 바텐더를 쳐다보면서 지갑을 꺼냈다. 그는 20달러 한 장을 꺼내 바에 올려놓았다.

"올드 핏츠와 물을 주시오."

"돈은 치우십시오."

로코가 말했다.

"에이엘로 씨?"

웨이터 재킷을 입은 젊은 남자가 그들에게 와서 말했다. 나이가 스물두세 살밖에는 안 되어 보였다.

"그런데?"

"이 계산서에 서명해주시겠습니까? 11번 테이블 것입니다. 존슨 부부입니다. 캔턴에서 온 분들이지요. 괜찮은 사람들입니다."

에이엘로는 웨이터에게서 빌지 판을 받아 서명했다. 젊은이는 다시 테이블 쪽으로 갔다.

"저 아이 보셨지요? 예일대 학생입니다. 몇 달 전 월남에서 돌아왔어요."

"그래요?"

"월남에선 장교였습니다. 지금은 경영학을 공부하고 있죠. 일주일에 한두 번 여기 와서 일합니다. 주로 사람을 알기 위해서지요. 학교를 졸업하면 짭짤하게 자기 사업을 시작할 겁니다."

"뭐라고요?"

"공급책이거든요. 저 아이들의 이야기를 들어보셔야 합니다. 사이공, 다낭, 홍콩에도 있답니다. 정말 요즘 아이들은 대단합니다. 저 아이들은 상황 돌아가는 것을 잘 알고 있죠. 똑똑하기도 하고요. 걱정하실 것 없습니다, 저를 믿으십시오."

"믿습니다."

매틀록은 술잔을 들어 얼른 마셨다. 목이 말라서가 아니었다. 에이엘로가 알려준 사실에 대한 충격을 감추려고 한 행동이었다. 인도차이나를 졸업한 이들은 아르망띠에르나 만지오, 심지어 판문점의 베테랑들이 아니었다. 그들은 다른 종류, 좀 더 빠르고, 더 슬프고, 무한히 더 많이 아는 부류였다.

인도차이나의 영웅은 부두와 창고에서 사람들을 많이 접해본 군인을 말하는 것이었다. 인도차이나에서 왔다는 예의 젊은이는 자기 동급 중에서 거물이었다. 그런 자들이 거의 다 돌아와 있는 것이었다.

매틀록은 남은 술을 모두 다 마시고, 3층에 있는 다른 방들을 구경시켜주겠다는 로코를 따라나섰다. 그는 에이엘로가 기대하는 만큼 적당히 감탄해주면서 다시 오겠다고 약속했다. 윈저 숄즈의 새미 샤프에 대해서는 더 이상 말하지 않았다. 말할 필요가 없었다. 에이엘로는 이미 군침을 흘리고 있으니까.

차를 타고 가면서 두 가지 생각이 그의 마음을 사로잡았다. 일요일 오후가 가기 전에 두 가지 목적을 달성해야 했다. 첫 번째는 영국인을 구하는 일이고, 두 번째는 돈을 구하는 일이었다. 이 두 가지는 모두 있어야 했다. 다음 날 저녁, 그는 윈저 숄즈에 있는 샤프의 도박장에 가야 하기 때문이다.

그가 점찍은 영국인은 웹스터에 살았다. 그는 매디슨대학에서 수학과 조교수로 있는데 2년 전 그곳에 가본 적이 있었다. 매틀록은 그를 세이브룩에서 열리는 보트 쇼에서 만났다.

이 영국인은 대부분 콘월 해안에서 살았고, 배 타는 것을 아주 좋아했다. 매틀록과 팻은 그를 금방 좋아하게 되었다. 지금 매틀록은 존 홀든이 도박에 대해 좀 알고 있기를 바랐다.

돈 문제는 어려웠다. 알렉스 앤더슨에게 다시 부탁해야 하며, 그가 납득할 핑계는 충분히 댈 수 있었다. 앤더슨은 조심성이 많은 사람이고 겁이 많았다. 한편으로 그는 보상을 좋아했다. 그러한 본능을 이용해야 할 것이다.

홀든은 매틀록의 전화에 놀라기는 했지만, 싫은 내색은 전혀 없었다. 친절한 것 외에 다른 것이 있다면, 그것은 호기심이 많다는 것이었다. 그는 자기 아파트로 오는 길을 두 번씩 거듭 설명해 주었고, 매틀록은 고맙다고 하면서 그 길을 기억하고 있다고 안심시켜주었다.

"솔직히 말하겠네, 짐. 뭔가 터질 것 같아서 그러네. 도대체 무슨 일 때문에 그러는가? 패트리샤는 잘 있나?"

홀든은 방 세 개짜리 아파트 안으로 매틀록을 맞아들이면서 말했다.

"그렇다고 할 수도 있고 아니라고도 할 수도 있네. 전부 다 이야기해주지, 별것도 아니니까. 하지만 한 가지 부탁해야겠네. 사실은 두 가지네. 첫째는 오늘 밤 여기서 자도 괜찮겠나?"

"그럼, 괜찮지."

매틀록은 홀든의 소파에 앉았다. 그는 그것이 침대 겸용으로 쓰는 것이며, 아주 편안하다는 사실을 기억했다. 몇 달 전 그와 팻은 술에 취해 그 침대에서 행복하게 잠들었었다. 불과 몇 달 전이지만, 지금은 수십 년 전처럼 느껴졌다.

"두 번째 부탁은 뭔가? 첫 번째는 부탁이랄 것도 없고, 돈 문제라면, 지금 천 달러 조금 넘게 가지고 있네. 얼마든지 쓰게."

"아니, 돈 문제가 아닐세. 아무튼 고맙군. 자네가 영국인 역할을 좀 해주었으면 하네."

홀든은 웃었다. 그는 마흔 살의 골격이 작은 남자였지만, 웃는 것은 나이가 많고 뚱뚱한 사람의 모습이었다.

"뭐 별로 어려울 게 없지 않은가? 내 말엔 아직 콘월 악센트가 좀 남아있을걸. 잘 나타나지는 않지만."

"거의 알 수 없어. 게다가 연습만 좀 하면 양키식 발음도 없앨 수 있을 걸세. 또 다른 게 있는데, 이건 좀 쉽지 않아. 도박해 본 적 있나?"

"도박? 경마인가, 아니면 축구 시합인가?"

"카드, 주사위, 룰렛 그런 것 말이네."

"제대로 해본 적은 없어. 물론 상상력이 많은 수학자이니만큼 수학 원리를 이용해서 돈을 딸 수 있다고 생각하는 시절은 지내봤지만 말일세."

"그게 잘 되던가?"

"그런 시기를 보냈다고 하지 않았나. 오래 계속하지는 않았어. 수학적인 체계가 있는지는 몰라도 나는 안 되더군. 지금도 마찬가지지."

"하지만 해본 적은 있다는 거지? 게임을 할 줄은 알겠지"

"잘 아네. 실험실 연구 같다고나 할까? 그런데 왜 그러나?"

매틀록은 블랙스톤에게 했던 이야기를 똑같이 들려주었다. 하지만 팻의 상처에 대해서는 가능한 한 줄여서 말하고, 그녀를 해친 사람들의 동기도 순화해서 말했다. 그가 말을 마치자, 영국인은 피우던 파이프의 재를 커다란 유리 재떨이에 털었다.

"영화 같군, 안 그런가? 패트리샤가 많이 다치지는 않았다는데,

놀라기만 하고 그 이상의 탈은 없는 건가?"

"그렇다네. 경찰에 가면 팻의 장학금이 나오지 않을까 싶어 그러는 걸세."

"알겠네. 사실은 모르지만, 그렇게 해보세. 내일 밤에 잃는 쪽이 낫겠지?"

"그건 상관없네. 그저 판돈만 크게 걸면 돼."

"그런데 자넨 돈을 왕창 잃을 각오가 되어있군그래."

"그렇다네."

홀든은 일어섰다.

"기꺼이 하겠네. 일이 잘되어야 할 텐데. 하지만 자네가 이야기하지 않은 부분이 많은데, 나야 이야기해주면 좋겠지만, 더 조르지는 않겠네. 자네 이야기는 수학적으로 앞뒤가 맞지 않는 모순투성이거든."

"뭐가 그런가?"

"자네가 내일 저녁에 잃을 각오가 되어있다는 돈은 패트리샤가 장학금으로 받게 될 돈보다 훨씬 많은 액수야. 따라서 논리적으로 따져볼 때, 자네는 경찰에 가고 싶지 않은 것이라고밖에는 생각할 수가 없네. 아니면 그럴 수가 없던가."

매틀록은 영국인을 올려다보면서 자신의 어리석음에 놀랐다. 그는 부끄러웠다.

"미안하네. 고의로 거짓말을 한 것은 아니네. 자네가 이런 일에 휘말릴 필요는 없어. 공연한 부탁한 것 같군."

"자네가 거짓말을 했다고는 하지 않았네. 또 그것이 중요하다고도. 다만 자네가 나한테 이야기하지 않은 것이 많다는 것뿐일세. 물론 일은 해주겠네. 그저 자네가 모든 일을 다 이야기해주고 싶어질 땐, 언제든 나는 기꺼이 듣고 싶다는 사실만 알아주길 바라는 것이지. 자, 너무 늦었고, 자네도 피곤할 테니 그만하지. 내 방을 쓰게나."

"아니, 난 여기서 자겠어. 좋은 추억이 있는 자리 아닌가. 담요 한 장만 있으면 되겠네. 또 전화도 한 통 걸어야겠고."

"뭐든지 맘대로 하게. 담요는 가져다주지. 전화기가 어디 있는지는 알지?"

홀든이 방으로 가자, 매틀록은 전화기로 갔다. 빌리기로 한 전화기는 월요일 아침까지는 쓸 수가 없었다.

"블랙스톤입니다."

"제임스 매틀록입니다. 이 번호로 걸면 전화 온 것을 받아둔다고 들었습니다만."

"네, 매틀록 씨. 연락온 것이 있습니다. 잠깐 기다리시면 제가 카드를 가져오죠. 자, 여기 있습니다. 칼라일 팀한테서 온 것입니다. 모든 것이 안전합니다. 피보호자는 치료를 잘 따르고 있습니다. 세 사람의 방문을 받았습니다. 새뮤얼 크레셀, 에드리언 실폰트, 그리노 루이스 메이어즈라는 여자분이군요. 피보호자에게 전화가 두 번 왔는데, 의사가 받지 못하게 했습니다. 같은 사람이 건 겁니다. 제이슨 그린버그라고 되어있군요. 전화를 건 곳은 웨스트버지니아의 필링입니다. 피보호자에게서 칼라일 팀이 떨어져 있은 적은 단 일 초도 없었습니다. 안심하십시오."

"고맙습니다. 그러죠. 대단히 철저하시군요. 안녕히 계십시오."

매틀록은 안도와 피로가 섞인 한숨을 쉬었다. 루이스 메이어즈는 대학원생 아파트에서 팻의 맞은편 집에 사는 사람이다. 그린버그가 전화한 사실이 마음을 든든하게 해주었다. 그린버그가 그리웠다.

그는 소파 옆에 있는 테이블 램프를 껐다. 4월의 밝은 달이 창문으로 비쳐 들었다. 블랙스톤 직원의 말은 옳았다. 그는 안심해도 되었다.

그러나 안심할 수 없게 만드는 것은 내일과 모레에 대한 생각이었다. 모든 일을 급속도로 몰아붙여야 한다. 그날 하루에 한 일은 다음 날로 이어져야 한다. 느슨함도, 행동을 늦출 일시적인 만족감도 있어선 안 된다.

내일 이후, 윈저 숄즈의 새미 샤프를 만난 후에는 어떻게 될까. 모든 일이 그의 계산대로 되어준다면 칼라일로 가야 할 것이다. 매틀록은 눈을 감고 블랙스톤이 준 페이지를 머릿속에 그렸다.

카마운트 컨트리클럽 – 만날 사람 : 하워드 스터튼

웨스트칼라일 요트 및 스키리조트 – 만날 사람 : 앨런 캔터

카마운트는 칼라일에서 동쪽으로 홀리산 부근에 있었다. 스키리조트는 서쪽으로 데론 호숫가에 있는 곳으로 여름과 겨울 휴양지였다.

그는 바르톨로지나 에이엘로, 아니면 새미 샤프가 적당히 소개해주도록 이유를 만들어야 했다. 일단 칼라일로 들어가면 힌트를 줄 것이다. 아니, 힌트 이상으로 지시하고 요구사항을 밝힐 것이다. 그에게는 그러한 대담함이 필요하다. 그것이 니믈롯의 방식이니까.

그는 축 늘어진 채 눈을 감고 있었다. 암흑 같은 잠이 쏟아졌다. 하지만 그는 잠들기 전에 편지를 생각했다. 코르시카어 편지를. 이제 그 편지를 가져와야 한다. 그 은색 편지가 필요할 것이다. 니믈롯 초청장이 될 것이다.

이제는 그의 초청장과 편지다.

매틀록의 편지.

21

윈저 숄즈 조합교회의 연장자들이 교회의 재정을 맡아봐 주는 똑똑한 유대인 변호사 새뮤얼 샤프가 노스 하트퍼드와 매사추세츠의 사우스 스프링필드에서 '달리기 선수 새미'로 불린다는 사실을 알았다면, 한 달간 저녁 예배를 취소했을 것이다.

그러나 다행히 그런 사실은 한 번도 드러난 일이 없었기에 조합교회는 그를 좋게 보고 있었다.

그는 교회를 위해 괄목할 만한 일을 해주었고, 그 자신도 후한 기금을 헌납했다. 윈저 숄즈의 조합교회는 새뮤얼 샤프에 대해 대단히 좋게 생각하고 있었다.

매틀록은 윈저 밸리 안에 있는 샤프의 사무실에서 이 사실을 모두 알 수 있었다.

벽에 걸려있는 상장들이 그 이야기의 반을 들려주었고, 자코포 바르톨로지가 그 나머지를 들려주었다.

자코포 바르톨로지는, 매틀록과 그의 영국인 친구에게, 변호사인 샤프는 물론 샤프의 일과 에이본 수영클럽도 전통이 없음을 깨닫게 해주려고 하였다.

홀든은 매틀록이 기대했던 것보다도 더 잘했다. 홀든이 백 달러짜리 지폐 — 초조해진 알렉스 앤더슨이 웹스터로 가져다준 것이었다 — 를 꺼내 크루피에에게 아무렇게나 던져주었는데, 칩을 세어보지 않아도 얼마인지 모든 이들이 알게 해주는 것을 보고, 매틀록은 큰 소리로 웃음이 터져 나오려는 것을 가까스로 참아야 하는 일이 여러 번 있었다.

홀든은 머리를 잘 써서 조심스럽게 했고, 한 번은 9천 달러로 전체에서 가장 앞장선 적도 있었다. 하지만 나중에는 딴 돈이 기백 달러로 줄었고, 그래서 윈저 밸리 사람들은 겨우 안도의 한숨을 내쉬었다.

제임스 매틀록은 이틀째 밤도 운이 억세게 나쁜 것을 저주하면서, 잃은 돈 1천 2백 달러를 잊기로 했다.

새벽 4시에 매틀록과 홀든은 에이엘로, 바르톨로지, 샤프, 그리고 다른 패거리 두 명과 함께 식당의 대형 참나무 식탁에 둘러앉아 있었다. 그들 외에 다른 사람은 없었다. 웨이터 하나와 심부름하는 소년 둘이 청소하고 있을 뿐이었다. 3층의 도박장들은 모두 문을 닫은 후였다.

허스키한 에이엘로와 땅딸막한 바르톨로지는 자기들의 고객에 대해 한마디씩 하면서, 서로 자기들 고객의 신분을 추켜세워서 말하였다. 서로 상대가 캔턴의 존슨 부부나 워즈워스 박사를 '알아두면 좋을 것'이라고 말했다.

한편 샤프는 홀든과 영국의 상황에 관심이 있었다. 그는 런던의 클럽에 관한 여러 가지 이야기와 한창 열을 내서 돈을 걸 때 영국 돈을 환산하기가 얼마나 어려운지에 대해 말해주었다.

매틀록은 새미 샤프를 보면서 그가 아주 매력적인 남자라고 생각했다. 샤프가 코네티컷과 윈저 숄즈에서 존경받는 재산가로 인정받는다는 사실을 믿기 어렵지는 않았다. 그는 샤프를 제이슨 그린버그와 비교했다.

그 두 사람 사이에는 온화하고 동정적인 분위기가 밑바탕에 깔려 있었다. 화를 낼 때도 그랬다. 샤프의 눈은 차고 모질고 끊임없이 쏘아보았다. 그것은 그의 얼굴의 다른 부분이 모두 온화한 것과는 전혀 어울리지 않았다.

그는 바르톨로지가 홀든에게 다음에는 어디로 가는지 행선지를 묻는 것을 들었다. 홀든이 즉흥적으로 한 대답은 그가 찾던 기회를 제공해주었다. 그는 때가 오기를 기다렸다.

"내 일정에 대해서는 말씀드릴 수 없습니다."

"그 말은 어디로 가는지 말할 수 없다는 뜻이지."

로코 에이엘로가 끼어들었다.

바르톨로지는 에이엘로를 힐끔 보았다.

"에이본에 꼭 한 번 들르셔야 합니다. 우리 집에 오시면 좋아하실 겁니다."

"저도 그렇게 생각합니다. 다음번에 한 번 들르지요."

"다음 주에 자니가 나한테 연락할 테니, 한 번 같이 가도록 하시지요."

매틀록이 말했다. 그는 재떨이에 담배를 비벼 껐다.

"저는……, 칼라일에 가야 합니다."

대화가 잠깐 중단되었다. 샤프, 에이엘로, 그리고 다른 두 명 중 한 명이 시선을 교환했다. 그러나 바르톨로지는 깊은 뜻을 모르는 것 같았다.

"대학교가 있는 곳 말입니까?"

바르톨로지가 물었다.

"그렇습니다. 아마 카마운트나 스키리조트에 있을 겁니다. 그게 어딘지 모두 아실 겁니다."

매틀록이 대답했다.

"네, 안다고 봐야겠죠."

에이엘로는 낮게 웃었다.

"칼라일엔 무슨 볼일이 있으십니까?"

이름을 밝히지 않은 남자 ― 아무도 그 사람의 이름을 소개하지 않았다 ― 가 시가 연기를 깊이 빨아들이면서 말했다.

"제 일이죠."

매틀록은 기분 좋게 말했다.

"그저 물어본 겁니다. 기분 나쁘게 듣지는 마십시오."

"기분 나쁘지 않습니다. 아니, 벌써 4시 반이 다 되었잖아! 여러 분들이 너무 환대해주시는군요."

매틀록은 일어서려고 의자를 뒤로 뺐다.

그러나 시거를 물고 있던 남자가 물었다.

"당신의 친구분도 같이 칼라일로 가십니까?"

홀든은 손을 들어 보였다.

"미안합니다, 일정은 밝힐 수 없습니다. 전 단지 당신들의 즐거운 집에 온 손님에 불과합니다. 이젠 정말 가봐야겠습니다."

두 남자는 테이블에서 일어섰다. 샤프도 일어섰다. 다른 사람들이 움직이기 전에 샤프가 말했다.

"내가 이분들을 차까지 모셔다드리고, 나가는 길을 안내할 터이니 자네들은 여기서 기다리게. 계산해야 할 게 있거든. 로코, 난 자네한테 빚이 있고, 프랭크는 나에게 빚이 있네. 그러니 나는 계산이 끝난 것 같긴 하지만 말이야."

시거를 물고 있는, 이름이 프랭크라고 하는 남자는 웃었다. 에이엘로는 잠시 어리둥절한 표정을 하다가 금방 샤프의 말뜻을 알아차렸다. 테이블에 있는 사람들은 남아있어야 했다.

매틀록은 자기가 이 상황을 유리하게 잘 처리했는지 가늠할 수 없었다.

그는 칼라일에 관한 이야기를, 누가 카마운트와 스키리조트에 전화를 걸어주겠다고 나설 때까지만 있고 싶었다. 홀든이 일정에 대해 말하지 않겠다고 한 것이 그 서막이었는데, 오히려 그것이 자기와 홀든이 대단히 중요한 인물이라 제3자의 소개가 필요하지 않다는 인상을 준 것이 아닐까 걱정도 되었다.

게다가 매틀록은 이번 여행이 진행될수록 칼라일 회의에 초대된 사람은 누구도 자기들끼리 대표자에 대해 논의하지 않을 것이라던 로링의 말에 기대고 있다는 사실을 깨달았다.

'오메르타'라는 말의 의미는 너무나 강하기 때문에 침묵을 깨뜨릴 수가 없었다. 하지만 샤프는 방금 테이블에 앉아 있는 사람들에게 그냥 앉아 있으라고 명령한 것이다.

그는 자기가 경험도 없는데 너무 지나치게 한 것이 아닌가 하는 기분이 들었다. 지금쯤 그린버그에게 연락을 해봐야 할 때가 된 것 같았다.

하지만 그로서는 좀 더 구체적인 것을 안 후에 그렇게 하고 싶었다. 만약 지금 그린버그와 연락하면, 그는 매틀록에게 손을 떼라고 할 것이다. 그는 그런 문제에 직면할 준비가 되어있지 않았다.

샤프는 그들을 데리고 차가 거의 다 빠져나간 주차장으로 갔다. 윈저 밸리 안에서 밤을 새우는 손님은 없었다.

"우리는 손님들의 숙박을 권장하지는 않습니다. 주로 식당이 좋은 것으로 유명하죠."

샤프가 설명했다.

"이해할 만합니다."

매틀록이 말했다.

"무례할지 모를 부탁 한 가지 드려도 되겠습니까?"

샤프는 망설이면서 말했다.

"해보시오."

"매틀록 씨와 이야기해도 되겠습니까? 단둘이서만?"

"오, 아무 염려 마십시오. 충분히 이해합니다. 전 여길 좀 둘러보겠습니다."

홀든이 한 걸음 나가면서 말했다.

"저 영국인 친구분은 아주 좋은 분이십니다."

샤프가 말했다.

"최고지요. 무슨 말입니까, 새미?"

"여러 가지입니다."

"그게 뭡니까?"

"저는 조심성이 많은 사람입니다. 하지만 또 호기심도 많죠. 보시다시피 저는 괜찮은 조직을 운영하고 있습니다."

"그건 저도 압니다."

"저는 잘 크고 있습니다. 조심스럽기는 하지만 잘하고 있죠."

"그것도 맞습니다."

"저는 실수하지 않습니다. 저는 훈련받은 법률가이며, 실수하지 않는 것을 자랑스럽게 생각합니다."

"무슨 말을 하려는 겁니까?"

"저도 그런 생각이 들었지만, 솔직히 말해서 제 동업자인 프랭크와 로코 에이엘로도 같은 생각을 했습니다. 선생은 뭘 관찰하기 위해서 이 지역으로 파견된 것이 아닌가 하는……."

"왜 그런 말씀을 하십니까?"

"왜냐고요? 당신 같은 사람이 난데없이 나타난 겁니다. 선생은 상환에 막강한 친구들이 있습니다. 선생은 우리 업소를 손바닥처럼 잘 알고 있습니다. 그러더니 또 런던에서 대단한 부자이고 훌륭한 친구를 데려오신 겁니다. 이런 것들을 모두 생각해 볼 때……, 하지만 가장 중요한 것은 선생도 알고 계시리라 믿습니다만, 칼라일의 일까지 언급하신 겁니다. 솔직히 말합시다. 그거면 다 아닙니까?"

"그렇습니까?"

"저도 바보는 아닙니다. 말씀드렸듯이, 저는 조심성이 많은 사람입니다. 저도 규칙은 알고 있고, 물어서 안 될 것은 묻지 않고 또 말해서는 안 될 것은 말하지 않습니다. 그래도 조직 안에 몇 명의 똑똑하고 또 야심도 만만치 않은 소위들이 있다는 사실을 장군들에게 알려주고 싶은 겁니다."

"지금 나더러 보고서를 제출하라는 말입니까?"

"그런 셈입니다. 저는 존경받는 변호사입니다. 제 동업자는 성공한 보험브로커입니다."

"에이엘로는 어떻습니까? 내가 보기엔 그 사람과도 친하신 것 같던데.”

“로코는 좋은 친구입니다. 빠르지는 않지만 확실합니다. 사람도 좋습니다. 하지만 우리 리그에는 끼지 않았다고 생각합니다.”

“바르톨로지는?”

“바르톨로지에 대해서는 할 말이 없습니다. 그 사람에 대해서는 선생이 직접 마음의 결정을 보셔야 할 겁니다.”

“아무 말도 안 해주면서 대단히 많은 말씀을 하시는군요.”

“제 생각에 그 친구는 말이 너무 많은 것 같습니다. 하지만 그건 그 사람 성격이지요. 그 친구는 신경을 좀 건드립니다. 하지만 로코는 그렇지 않습니다.”

매틀록은 주차장의 새벽 여명 빛 속에서 샤프를 쳐다보면서 사태를 이해했다. 그는 논리적이었다. 그 자신이 계획한 것이지만, 막상 그 일이 일어나고 보니, 그는 이상하게도 객관적인 입장이 되었다. 지금 그는 꼭두각시 노릇을 하는 자신을 구경하고 있는 것 같았다.

하지만 갑자기 그 의심, 그 이탈은 경멸의 대상이 아니라 영광스러운 일이 된 것이다.

이탈했기 때문에 더욱 명예를 갖게 된 혐의자. 그것은 좀 더 높은 지위에서 올 수밖에 없기 때문이다. 그는 이제 더 높은 지위에서 파견된 사람이다. 사람들은 그를 두려워하고 있다.

그린버그가 뭐라고 했더라? 그림자의 세계. 보이지 않는 군대가 어둠 속에서 병력을 배치하며 끊임없이 순찰하고 염탐하고 있다고 했었다.

그가 걸어가야 할 좁은 길은 험난하기 짝이 없다. 하지만 그것은 이제 그의 길이다.

"샤프, 당신은 좋은 사람이오. 아주 영리하기도 하고……. 칼라 일에 대해서는 뭘 알고 있습니까?"

"아무것도 모릅니다. 아무것도!"

"거짓말을 하시는군요. 그건 영리하지 못한 처사인데."

"사실입니다. 난 아무것도 모릅니다. 소문은 들었습니다. 아는 것과 들은 것은 전혀 다른 것입니다."

샤프는 오른손을 들어 손가락 두 개를 벌려 보였다.

"무슨 소문 말입니까? 솔직히 말해보십시오, 당신을 위해서."

"그냥 소문입니다. 친척들끼리 모인다든가 하는 아주 높은 사람들의 회의. 어떤 사람들 간에는 협정해야 한다고요."

"니믈롯?"

새미 샤프는 정확히 3초 동안 눈을 감았다. 그 3초 동안 그는 말했다.

"듣고 싶지 않은 말을 하는군요."

"그럼 안 들은 걸로 하십시오, 네?"

"그건 절대 없었던 것으로 하겠습니다."

"좋습니다. 지금 당신은 잘하고 계십니다. 안에 들어가시면, 당신이 들었다는 소문에 대해서는 말씀 안 하시는 게 좋을 것 같습니다. 그렇게 하는 것이야말로 바보 같은 소위처럼 행동하는 것 아니겠습니까?"

"바보스러운 정도가 아니라 미친 짓입니다."

"그럼, 왜 그 사람들에게 남아있으라고 했습니까? 시간도 많이 늦었는데?"

"그 친구들이 선생과 선생의 영국인 친구에 대해 어떻게 생각하는지 알고 싶었습니다. 하지만 선생이 어떤 이름을 언급하셨으니, 그런 이야기는 하지 않을 겁니다. 말씀드렸듯이 저도 규칙은 지킬 줄 압니다."

"좋습니다. 당신을 믿습니다. 당신에겐 가능성이 있습니다. 들어가 보시는 게 좋겠습니다. 참, 마지막으로 한 가지만 더 부탁드리고 싶습니다. 카마운트의 스턱톤과 스키리조트의 캔터한테 전화를 해주셨으면 합니다. 그냥 제가 개인적으로 아는 친구인데 거기 갈 거라고만 해주시오. 다른 말씀은 마시고. 이건 중요합니다. 새미, 다른 말은 하면 안 됩니다."

"기꺼이 해드리지요. 선생도 내가 그 친구들한테 안부 전하더라는 말 잊지 마십시오."

"절대 잊지 않겠습니다. 당신은 좋은 사람입니다."

"최선을 다할 뿐입니다. 나 같은 사람이 할 수 있는 것은 그것뿐이 아니겠습니까."

바로 그때 동트기 직전의 고요가 다섯 번의 요란한 굉음으로 깨졌다. 유리가 부서졌다. 안에서 사람들이 여기저기로 뛰어가면서 비명을 지르고 가구가 부서지는 소리가 났다. 매틀록은 땅바닥에 몸을 던졌다.

"존! 존!"

"여기 있네! 차 옆에! 자네 괜찮은가?"

"난 괜찮아. 거기 그대로 있어!"

샤프는 건물 아래 어두운 곳으로 뛰어갔다. 그는 구석에서 몸을 벽에 기대고 웅크리고 앉았다. 매틀록은 그의 형체를 간신히 알아볼 수 있을 정도였지만, 샤프가 재킷 안에서 권총을 꺼내는 것은 볼 수 있었다.

또다시 건물 뒤쪽에서 연거푸 총소리가 들리고, 이어서 다시 공포의 비명이 뒤따랐다. 심부름하는 소년이 옆문으로 나와 주차장을 향해 기어갔다. 그는 매틀록이 알아들을 수 없는 외국말로 미친 듯 소리를 질렀다.

몇 초 후, 재킷을 입은 다른 호텔 직원이 문으로 달려 나왔다.

그는 어깨에서 피가 솟구치는 남자를 끌다시피 하여 데리고 나오는 모양이었다.

어디서인지 또다시 총성이 울렸고, 비명을 지르던 웨이터가 땅바닥에 쓰러졌다. 그의 뒤에 있던 부상한 남자는 그대로 앞으로 고꾸라졌다. 건물 안에서는 사람들이 소리를 지르고 있었다.

"여기서 나가! 나가! 차로 가!"

그는 옆문으로 사람들이 몰려나오면서 주차장으로 가리라고 예상했지만, 나오는 사람은 아무도 없었다. 그 대신 건물의 다른 쪽에서 엔진 시동이 걸리는 소리, 그리고 잠시 후 자동차가 급발진하면서 타이어가 미끄러지는 소리가 들렸다.

그다음 그의 왼쪽으로 약 50야드 떨어진 곳에서 검은 세단 한 대가 큰길을 향해 북쪽으로 가는 것이 보였다. 그 차는 가로등 밑을 지나야 했으므로, 매틀록은 그것을 분명히 보았다.

다시 사방이 조용해졌다. 새벽의 회색빛이 점점 엷어지면서 하늘이 밝아왔다.

"짐! 짐! 이리 오게. 놈들이 간 것 같아!"

홀든이었다. 그는 자동차 옆에서 나와 재킷을 입은 남자를 내려다보았다.

"알았어!"

매틀록은 땅바닥에서 일어나면서 말했다.

"이 친구는 죽었군. 어깨 사이에 맞았어. 이 친구는 아직 숨은 쉬고 있어. 엠블런스를 부르는 게 좋겠어."

홀든은 오른쪽 어깨에서 피가 흐르는 의식불명의 심부름꾼 소년을 보면서 말했다.

"아무 소리도 들리지 않는데. 샤프는 어디 있지?"

"안으로 들어갔어. 저 문으로. 총을 가지고 있던데."

두 사람은 조심스럽게 옆문으로 갔다. 매틀록은 천천히 문을 열고 홀든보다 앞서서 안으로 들어갔다. 가구들이 뒤집혀 있고, 의자와 테이블이 모두 엎어져 있었다. 나무 바닥에 피가 붉게 물들어 번쩍거렸다.

"샤프? 어디 있습니까?"

매틀록은 조심스럽게 목소리를 높였다. 잠시 후 대답이 들렸다. 그 소리는 거의 들릴락 말락 했다.

"이 안에 있소. 식당에."

매틀록과 홀든은 참나무 아치문으로 들어갔다. 두 사람 중 누구도 평생 그런 광경을 볼 준비는 되어있지 않았다.

피로 온통 범벅이 된 시체들의 광경이 그런 것이었다.

로코 에이엘로의 시체는 빨갛게 물든 테이블보 위에 가로놓여 있었다. 그의 얼굴은 거의 다 날아가고 없었다.

샤프의 동업자라는 프랭크라는 사람은 나무 의자 등받이에 윗도리가 걸린 채 무릎을 꿇고 목에서 피를 쏟으며, 눈을 뜬 채로 죽어 있었다.

자코포 바르톨로지는 바닥의 의자 다리 옆에 몸을 구부린 채 셔츠 앞자락이 위로 말려 올라가 튀어나온 배에 수십 군데의 총탄 구멍을 드러내놓고 있었다. 검은 머리에서는 아직도 피가 흘러내리고 있었다.

바르톨로지는 총알을 맞은 가슴에서 셔츠를 찢어내려고 했는지

손에 셔츠 조각을 움켜쥐고 있었다. 바르톨로지의 뒤에 엎드린 한 남자의 머리는 바르톨로지의 오른쪽 발 위에, 팔과 다리는 사방으로 뻗어있고, 그의 등은 살을 뚫고 나온 창자들과 뒤엉킨 채 피로 덮여있었다.

"오, 세상에!"

매틀록은 자기의 눈을 아직 믿지 못하겠다는 듯 중얼거렸다. 존 홀든은 금방이라도 토할 것 같은 얼굴이었다. 샤프는 조용히, 빠르게, 힘없이 말했다.

"가시는 게 좋겠습니다. 선생과 영국인 친구분은 어서 빨리 떠나시는 게 좋겠습니다."

"경찰을 불러야 합니다."

매틀록은 아직도 당황한 채 말했다.

"밖에 사람이 있습니다, 심부름꾼 소년. 아직 살아있습니다."

홀든은 더듬거리면서 말했다.

샤프는 두 사람을 쳐다보았다. 권총을 옆에 든 채, 그의 눈은 희미하게 의심의 빛을 보였다.

"비밀이 새어 나간 것이 분명합니다. 여기서 제일 가까운 집은 최소한 반 마일은 가야 있는 농장입니다. 내가 모든 것을 다 처리하겠습니다. 두 분은 여기서 떠나십시오."

"그래야 한다고 생각하나?"

홀든이 매틀록을 보면서 물었다.

샤프가 대답했다.

"이보시오, 영국인 양반, 솔직히 나로서는 두 분이 어떻게 하든 아무 상관 없습니다. 내가 생각해야 할 것만으로도 충분하니까. 당신들을 위해서 그러는 것이오. 여기서 떠나시오. 복잡한 일을 덜수록 위험도 적어지는 것 아니겠소?"

"네, 당신 말이 맞습니다."

매틀록이 말했다.

"혹시 당신들이 조사받게 되면, 여기서 30분 전에 떠났다고 하시오. 당신들은 바르톨로지의 친구들이오. 내가 아는 것은 그것뿐이오."

"알겠습니다."

샤프는 살해된 사람들의 모습에서 눈을 돌려야 했다.

매틀록은 윈저 숄즈의 변호사가 우는 것이 아닌가 싶었다. 하지만 그는 한숨을 쉬고 다시 말했다.

"훈련받은 변호사로서 말하는데, 매틀록 씨, 난 쓸 만한 놈이오. 그 사람들에게 그 말씀만 하십시오."

"그러겠습니다."

"또 내가 보호가 필요하다고, 보호받을 자격이 있다고 해 주십시오. 그 말도 해주십시오."

"물론 그러겠습니다."

"자, 이제, 그만 가시오."

샤프는 갑자기 권총을 바닥에 냅다 던졌다. 그리고 눈물을 흘리면서 소리를 질렀다.

"제발 나가! 나가!"

22

매틀록과 홀든은 즉시 각자 흩어지기로 의견을 모았다. 매틀록은 홀든을 그의 아파트 앞에서 내려준 후 페어필드로 향했다.

그는 두려움이 덜어질 만큼 윈저 숄즈에서 멀어지고, 오후 2시까지는 블랙스톤의 회사에 갈 수 있을 정도의 거리인 하트퍼드 근처에서 투숙하고 싶었다.

사실 그는 지치고, 너무 무서워서 생각할 여유조차 없었다. 스트래트포드 서쪽에 있는 삼류모텔을 발견하고, 그는 그곳으로 결정했다. 이른 아침에 혼자 들어오는 손님을 보고 접수계원은 놀란 눈치였다.

접수하면서 매틀록은 웨스트포트에 있는 의심 많은 아내에 대한 불쾌한 불평의 말을 중얼거렸다. 그리고는 10달러짜리 지폐를 주면서 자기가 새벽 2시에 혼자 호텔에 들어온 것으로 해달라고 부탁했다.

5시간 정도 자고 일어나면 사태가 좀 더 분명해질 것이라고 믿었다.

매틀록은 5시간 20분을 잤지만 별로 달라진 것은 없었다. 분명해진 것도 없었다. 있다면 윈저 숄즈에서 일어난 참극이 더 기괴한 일로 느껴진다는 것뿐이었다. 그를 죽이려고 한 짓이었을까? 아니면 살인자들은 그가 밖으로 나오기를 기다렸다가 한 것일까?

실수였을까, 아니면 경고였을까?

1시 15분에 그는 메릿 파크웨이를 달리고 있었다. 1시 30분에는 베를린 턴파이브로 들어가 하트퍼드로 가는 뒷길로 접어들었다. 2시 5분에 그는 블랙스톤의 사무실로 걸어 들어갔다.

마이클 블랙스톤은 책상 위로 매틀록을 똑바로 보면서 말했다.

"우린 질문을 최소한으로 하지만, 그렇다고 해서 우리가 고객들한테 백지수표를 준다고는 단 일 분도 생각하지 마시오."

"그 반대를 원하는 것처럼 들리는데요?"

"그렇다면 돈을 돌려줄 테니 다른 곳을 찾아보시오. 그래도 우린 살아갈 수 있을 테니까!"

"잠깐! 당신은 여자를 보호하기 위해 고용된 것이오. 그뿐이잖소. 그 때문에 내가 하루 3백 달러씩 내는 것이오. 그 외의 일들은 지엽적인 일이고, 또 그것에 대해서도 나는 돈을 지불하고 있는 것으로 아는데요."

"더 이상의 비용 청구는 없을 것입니다. 지금 무슨 말을 하는지 모르겠소."

갑자기 블랙스톤은 팔꿈치를 구부리고 앞으로 몸을 숙였다. 그리고 쉰 소리로 속삭였다.

“빌어먹을, 매틀록. 둘씩이나! 내 리스트에 있던 사람들 두 명이 어젯밤에 살해되었단 말이오. 혹시 당신이 정신 나간 살인자라면, 난 더 이상 당신과 거래하지 않겠소. 우린 그런 거래는 하지 않는단 말이오. 당신 아버지가 누구고, 당신이 돈을 얼마나 많이 가지고 있건 상관없소.”

“아니, 당신이야말로 무슨 말을 하는지 모르겠군. 신문에서 본 것을 빼고서 말이요. 난 어젯밤 페어필드에 있는 모텔에 있었소. 새벽 2시에 들어갔단 말이오. 신문에 보니까, 그 살인극은 5시경에 일어났다던데.”

블랙스톤은 책상에서 몸을 떼고 일어났다. 그는 의심스러운 눈으로 매틀록을 쳐다보았다.

“그 사실을 증명할 수 있습니까?”

“그 모텔 이름과 전화번호가 필요합니까? 전화번호부를 주시오. 내가 찾아드릴 테니.”

“아니! ……, 아니요. 하나도 알고 싶지 않소. 정말 페어필드에 있었단 말입니까?”

“전화번호부를 주십시오!”

“좋아요, 됐소. 당신이 거짓말하고 있다고 생각하기는 하지만 설명은 충분하오. 당신 말대로 우린 그 여자를 보호하라고 고용된 거니까.”

"일요일 오후 이후 달라진 게 있습니까? 아무 일 없었습니까?"

"네……, 네. 참, 삐삐가 나왔습니다. 하루 20달러씩 더 추가될 겁니다."

"알겠습니다. 도매가격이군요."

"우리가 싸다는 말은 한 적 없습니다."

"할 수도 없겠죠."

"안 합니다."

블랙스톤은 선 채로 사무실 전화기의 구내 번호를 누르고 거기에 대고 말했다.

"매틀록 씨의 삐삐를 가져오시오."

몇 초 후 매력적인 아가씨가 담뱃갑만 한 금속제 기계를 가지고 들어왔다. 그녀는 그것을 블랙스톤의 책상 위에 놓고, 그 옆에 인덱스 카드 한 장을 놓았다. 그리고는 들어왔을 때처럼 순식간에 다시 나갔다.

"자, 이게 그겁니다. 당신의 암호는 '차저 30번'입니다. 칼라일 지역, 3인조 팀이라는 뜻입니다. 당신이 걸어야 할 전화번호는 555 — 6868번입니다. 우린 번호 여러 개를 미리 준비해 두었다가 쉬운 번호를 사용합니다. 이 삐삐는 짧게 '삑' 소리를 낼 겁니다. 여기 이 단추를 누르면 그 소리가 멈춥니다. 그 신호가 나가면, 당신은 아까 가르쳐준 그 번호로 전화를 걸어야 합니다. 그 번호의 자동응답기가 경호팀으로부터 온 전달 사항을 들려줄 것입니다.

때로는 다른 전화번호를 알려주면서 직접 통화하도록 할 때도 있을 겁니다. 다 알아들으셨습니까? 아주 간단합니다."

"알아들었습니다. 내가 이상하게 생각하는 것은, 왜 그 사람들한테 이 사무실로 연락하라고 한 다음, 당신이 나한테 전하도록 하지 않습니까? 돈 문제가 아니라도, 그렇게 하면 훨씬 수월하지 않습니까?"

"아닙니다. 그렇게 하면 실수가 생길 여지가 너무 많으니까요. 우린 아주 많은 고객을 상대하고 있습니다. 그래서 손님이 자기들을 위해 일해주는 사람들과 직접 연락하도록 합니다."

"알겠습니다."

"또 우린 고객들의 사생활을 존중합니다. 제3자, 제4자를 통해 전달되도록 하는 것은 별로 좋지 않다고 생각합니다. 참, 당신이 경호팀한테 연락하고 싶을 때는 똑같은 방법으로 하시면 됩니다. 경호원들 모두 삐삐를 하나씩 가지고 있으니까요. 그 번호를 돌리고 전할 말을 녹음해 놓으면 됩니다."

"괜찮군요."

"프로답죠."

그러고 나서 블랙스톤은 매틀록이 사무실에 들어온 후 처음으로 의자에 앉아 등을 기댔다.

"한 가지 말씀드릴 게 있습니다. 당신이 이것을 협박으로 받아들이신다면, 그것도 무리는 아닐 겁니다. 또 내가 하는 말을 듣고 우리에게 일을 맡기지 않으시겠다면, 그것도 좋습니다. 우린 사법부 요원들이 당신을 열나게 찾고 있다는 사실을 알고 있습니다. 하지만 당신에게 무슨 혐의를 두지도 않고 영장도 없습니다. 연방정부 사람들이 너무 열을 낸 나머지 당신이 가진 권리를 좀 무시하고는 있지만, 그래서 또 우리가 장사하기도 하는 거죠. 하지만 당신의 처지에 변화가 생길 경우, 혐의가 생기거나 체포영장이 발부되거나 하는 경우, 우리는 즉시 이 일에서 손을 떼고, 당신의 행방에 대해서 당국에 협조를 아끼지 않을 것입니다. 우리가 가지고 있는 정보는 당신의 변호사에게 맡기겠지만, 당신의 행방만은 그렇지 않을 겁니다. 아시겠습니까?"

"알겠습니다. 정당한 처사입니다."

"정당한 것 이상입니다. 그래서 난 당신에게 앞으로 10일분의 비용을 선금으로 내셔야 한다고 말하려는 것입니다. 물론 사용하지 않은 부분이 있으면 틀림없이 돌려드리겠습니다. 상황이 바뀌어 연방정부의 법정 명령을 받으면, 당신은 자동응답기에서 – 꼭 한 번 – 다음과 같은 메시지를 전달받게 될 것입니다. 꼭 세 마디입니다."

블랙스톤은 잠시 말을 멈추었다.

"그게 뭡니까?"

"'차저 30은 취소되었습니다.'라는 말입니다."

매틀록은 몬드 스트리트로 나와 이 여행이 끝날 때까지 그의 마음속에서 떠나지 않을 뭔가가 있을 것 같은 느낌이 들었다. 그것은 사람들이 그를 주시하고 있다는 사실이다. 이제 그는 모르는 사람들까지도 자기를 지켜보고 있다는 생각이 들기 시작했다.

그는 보이지 않는 관찰자의 눈을 찾으려고 내키지 않는 기분으로 뒤를 돌아보았다. 하지만 그를 보고 있는 눈은 없었다. 그가 알아볼 수 있는 눈은 없었다.

이제는 코르시카어 편지를 아파트에서 가져와야 한다. 그리고 블랙스톤이 한 말을 생각해 볼 때, 그가 그 편지를 찾으러 가려고 한다는 것은 생각할 수도 없는 일이었다. 분명 그의 아파트는 감시받고 있을 것이다. ― 양쪽 사람들 모두에게서.

매틀록은 블랙스톤 팀을 이용하기로 했다. 한 군데 먼저 전화를 건 후 즉각 그들에게 연락할 것이다. 먼저 하려는 전화는 코르시카어 초청장이 정말로 필요한지 확인하기 위한 것이다. 그 전화는 코네티컷 윈저 숄즈의 변호사 새뮤얼 샤프에게 할 참이었다.

매틀록은 샤프에게 지금 자기가 연기 중인 인물의 성격 중에서 동정적인 면을 잠깐 보여주기로 마음먹었다. 샤프도 일시적으로 절제를 잃은 면을 잠깐 보여주었기 때문이다.

매틀록은 지금이야말로 자기와 같은 사람 ― 상환과 런던에 막강한 친구들을 가진 사람 — 도 개인적인 생존 문제를 넘어서 감정이 있다는 사실을 보여줄 때라고 생각했다.

그는 아메리카나 호텔 로비로 들어가서 그에게 전화를 걸었다. 샤프의 비서가 전화를 받았다.

"지금 사무실에 계신다면, 샤프 씨께서 그리로 곧 전화를 드리겠답니다."

"아니요, 공중전화입니다. 또 나는 시간도 없습니다."

보류 버튼이 눌러지고 다시 침묵이 흘렀다. 기다리는 시간은 10초도 걸리지 않았다.

"지금 계신 곳의 전화번호를 알려주시겠습니까, 매틀록 씨. 샤프 씨께서 5분 안에 전화하실 겁니다."

매틀록은 전화번호를 알려주고 전화를 끊었다.

그는 플라스틱 의자에 앉아 기다리면서 다른 공중전화 부스, 다른 플라스틱 의자를 떠올렸다. 그리고 그 부스 안에서 이마에 총을 맞고 의자에 넘어져 죽은 남자를 남겨두고 쏜살같이 달려가던 검은 세단을.

전화벨이 울렸다. 매틀록은 수화기를 들었다.

"매틀록?"

"샤프?"

"사무실로 전화하면 안 됩니다. 그 정도는 아실 텐데. 여기 로비로 내려와서 공중전화로 거는 것이오."

"존경받는 변호사의 전화가 위험하리라는 생각은 미처 하지 못했습니다. 미안합니다."

전화 저쪽에서 잠시 침묵이 흘렀다. 샤프는 매틀록이 사과까지 할 줄은 예상하지 못했던 것 같다.

"난 말씀드렸듯이 조심성이 많은 사람입니다. 그래, 무슨 일입니까?"

"당신이 괜찮은지 알고 싶어서 걸었습니다. 일이 어떻게 되었는지. 어젯밤 일은 끔찍한 사건이었습니다."

"아직 대처할 여가가 없었습니다. 할 일이 너무 많아서. 경찰, 장례식, 기자들까지……."

"그 사람들은 뭐라고 합니까? 어떻게 처리하고 계십니까?"

"간단히 말하면 무구한 희생자들입니다. 프랭크도 그렇죠. 하지만 그가 죽었으니, 그리울 겁니다. 좋은 친구였거든요. 물론 2층은 문을 닫아야겠지요. 주 경찰이 뒷돈을 좀 받았습니다. 당신네 사람들이 준 것 같습니다만. 신문에 난 그대로가 되겠지요. 이탈리아인 갱들 일단이 시골식당에서 총싸움을 벌인 사건으로 말입니다."

"당신은 냉정한 지휘자시군요."

"말하지 않았습니까, 난 조심성이 많은 사람이라고. 난 불시의 위기에 대비가 되어있는 사람입니다."

"누가 한 짓입니까?"

샤프는 이 질문에 대답하지 않았다. 아예 아무 말도 하지 않고 침묵을 지켰다.

"누가 한 짓이라고 생각하느냐고 묻지 않습니까?"

"당신네 사람들이 나보다 먼저 밝혀낼 줄 압니다. …… 바르톨로지는 적이 많았습니다. 좀 기분 나쁘게 구는 사람이었으니까. 로코도 그렇다고 볼 수 있겠지요. 하지만 왜 프랭크까지? 그건 당신이 나한테 대답해주어야 할 문제입니다."

"전 모릅니다. 아무하고도 연락해 보지 않았습니다."

"날 위해서 좀 알아봐 주시오, 꼭. 그건 잘못한 짓이었습니다."

"알아보도록 하죠. 약속합니다. 참, 새미, 스턱톤하고 캔터한테 전화하는 것 잊지 마십시오."

"잊지 않겠습니다. 오늘 오후 스케줄에 넣어놓았습니다. 난 빈틈없이 일하는 사람입니다."

"고맙습니다. 프랭크에 대해선 나 역시 애도를 표합니다. 좋은 사람 같았습니다."

"형제 같은 사람이었죠."

"그랬던 것 같습니다. 또 연락하겠소, 새미. 당신에게 해주겠다고 한 일 잊지 않겠습니다. 내가……."

윈저 숄즈의 전화기에서 동전 떨어지는 소리가 매틀록의 말을 중단시켰다. 제한된 시간이 다 되어가는데, 대화를 더 길게 해봐야 소용이 없다. 그가 알아야 할 것은 다 알았다.

이제는 코르시카어 편지가 있어야만 한다. 새벽에 대량 학살극이 일어났음에도 샤프는 약속을 잊지 않고 전화해주겠다고 한 것이다. 매틀록으로서는 그것이 기적처럼 느껴졌고, 사실이 그랬다. 조심성 많은 남자는 겁에 질리지 않았다. 그는 얼음이었다.

전화 부스는 덥고 좁고 불편했다. 그는 문을 열고 얼른 호텔 로비를 지나 출구로 나갔다.

그는 어사일럼 거리 모퉁이를 돌아 적당한 식당을 찾았다. 그곳은 '차저 30'으로부터 응답 전화를 기다릴 수 있는 식당이어야 했다. 블랙스톤은 전화번호를 남겨놓으라고 했는데, 그렇다면 식당보다 더 좋은 곳이 어디 있겠는가?

랍스터 하우스라는 간판이 보였다. 주로 회사 간부들이 드나드는 중간급 식당이었다.

그는 테이블이 아니라 혼자 있을 수 있는 부스에 앉았다. 세 시가 가까워지고 있었다. 점심 먹으러 왔던 손님들은 다 빠져나가고 없었다. 그는 앉아서 버번을 시키면서 가까운 전화기가 어디 있는지 웨이트리스에게 물었다.

그가 555 – 6868번으로 전화를 걸려고 부스를 막 나가려는 찰나, 그의 재킷 안에 있던 삐삐에서 날카로운 신호음이 울렸다.

처음에 그는 당황했다. 그것은 마치 그의 몸 일부가 갑자기 미쳐서 고통의 신호를 보내는 것 같았다. 그는 떨리는 손을 재킷 안으로 집어넣어 작은 금속기계를 꺼냈다. 그는 소리를 죽이는 단추를 찾아 있는 힘을 다해 꾹 눌렀다. 혹시 다른 사람들이 그 소리를 들었는지 주위를 살펴보았다.

그렇지는 않았다. 그를 쳐다보는 사람은 아무도 없었다. 아무 소리도 듣지 못한 것이다.

그는 의자에서 일어나 얼른 전화기로 갔다. 그가 생각하는 것은 팻뿐이었다. – 무슨 일이 생겨 차저 30이 그렇게 무시무시한 기계를 작동한 것이 분명했다.

매틀록은 문을 꼭 닫고 555 – 6868번을 돌렸다.

"차저 30 보고합니다."

녹음된 목소리가 나왔다.

"555 – 1951로 전화하십시오. 놀라실 일은 아닙니다. 긴급 상황은 아닙니다. 우린 지금부터 한 시간 동안 이 번호에 있을 것입니다. 번호를 한 번 더 알려드리겠습니다. 555 – 1951번입니다. 이상."

매틀록은 차저 30이 그의 두려움을 즉시 줄여주기 위해 애썼다는 사실을 깨달았다. 그것은 아마 그가 삐삐를 처음 써보는 것이기 때문이었을 것이다. 그는 칼라일 시가 핵폭탄이 폭발할 때 일어나는 버섯구름에 사라져버렸다 해도 차저 30의 말은 사람을 달래줄 거라고 믿었다. 또 사람은 두려움이 없을 때 생각을 좀 더 분명하게 할 수 있기에 그랬을 것도 같았다.

이유야 어떻건 그 방법은 효과가 있었다. 그는 이제 조금 침착해졌다. 그는 호주머니에서 동전을 꺼내면서, 앞으로 쓸 일에 대비해서 지폐를 동전으로 바꿀 때 하는 것과 똑같은 과정을 머릿속으로 밟아 나갔다.

공중전화는 이제 그의 인생에서 중요한 한 부분이 된 것이다.

"555 - 1951번입니까?"

"네. 매틀록 씨이십니까?"

녹음에서 들었던 목소리와 같은 목소리가 대답했다.

"그렇습니다. 발렌타인 양은 별일 없습니까?"

"잘 있습니다. 의사가 아주 좋은 사람입니다. 발렌타인 양은 오늘 일어나 앉았습니다. 부기도 많이 가라앉았습니다. 의사가 아주 좋아했습니다. 발렌타인 양은 당신에 대해 아주 여러 번 물었습니다."

"뭐라고 했습니까?"

"사실대로 말했습니다. 당신이 우리를 고용해서 그녀를 경호하도록 했다고."

"아니, 내가 어디 있는지에 대해서 말이오."

"그냥 며칠 동안 어딜 좀 가야 할 일이 생겼다고만 했습니다. 여성분께 전화하시면 좋을 것 같습니다. 오늘 오후부터는 전화 받아도 된다는 허락을 받았으니까요. 물론 전화는 우리가 도청하고 있습니다."

"물론 그래야죠. 그래서 전화하라고 한 겁니까?"

"그것도 이유 중의 하나입니다. 다른 이유는 그린버그 때문입니다. 제이슨 그린버그. 그 사람이 계속 당신을 찾습니다. 당신이 연락해야 한답니다."

"그 사람이 뭐라고 했습니까? 그 사람과 이야기한 사람이 누굽니까?"

"제가 했습니다. 제 이름은 클리프입니다."

"좋아요, 클리프, 그 사람이 뭐라고 했습니까?"

"당신한테 연락이 닿는 즉시 그에게 전화하라고 전하라고 했습니다. 그건 명령이었습니다. 전화번호를 받아놓았습니다. 웨스트버지니아 필링입니다."

"알려주시오."

매틀록은 볼펜을 꺼내 전화기 밑에 있는 나무 선반에 번호를 받아 적었다.

"매틀록 씨?"

"네?"

"그린버그가 이 말을 하라고 했습니다. '도시가 죽어가는 게 아니다. 도시는 이미 죽었다.' 이게 그 사람이 한 말입니다. '도시는 이미 죽었다.'라고."

23

클리프는 매틀록의 아파트에서 코르시카어 편지를 갖다 달라는 부탁에 아무 코멘트 없이 그러겠다고 했다. 두 사람의 만남은 나중에 전화로 다시 약속하기로 했다. 그 편지가 없을 때는 차저 30이 즉시 그에게 연락하기로 했다.

매틀록은 술 한 잔으로 참았다. 그는 점심을 먹고 세 시에 랍스터 하우스에서 나왔다. 그의 군대를 재구성하고 무기를 재공급할 때가 되었다. 그는 블랙스톤의 사무실에서 몇 블록 떨어진 주차장에 캐딜락을 세워두었다.

그곳은 시에서 운영하는 주차장으로 주차구역마다 미터기가 따로 달려있었다. 미터기 앞에 와서야 매틀록은 블랙스톤의 사무실에 간 후 동전을 더 넣지 않았다는 사실을 깨달았다. 그 미터기는 한 시간마다 돈을 넣어야 하는 방식이었다.

그가 차를 두고 간 지 거의 두 시간이나 지나 있었다. 그는 렌터카회사에서 교통법규 위반을 어떻게 처리하는지 몰랐다. 그는 주차장으로 들어갔다. 하지만 그는 길을 잘못 들었다. 캐딜락은 두

줄 더 너머 네 번째 열에 있었다. 그는 그쪽으로 가다가 걸음을 멈추었다.

자동차들 사이로 하트퍼드 교통순찰차의 파란색과 흰 줄이 보였다. 그 차는 그의 캐딜락 바로 뒤에 서 있었다. 경찰관 한 명이 캐딜락의 문손잡이를 잡아당겨 보고 있고, 다른 한 명은 경찰차에 기대어서 무전기에 대고 무슨 말인가를 하고 있었다.

그들은 차를 발견한 것이다. 그는 겁이 났다. 하지만 이상하게도 놀라지는 않았다.

그는 조심조심 뒷걸음질 쳤다. 들키면 달아날 준비를 하면서. 그는 새로 등장한 이 문제로 인해 야기될 여러 가지 돌발 사건에 대해 생각 중이었다.

가장 시급한 문제는 자동차였다. 두 번째 문제는 이제 그가 하트퍼드에 있다는 사실을 그들이 알게 되었다는 것이다. 이로써 다른 교통수단을 사용할 여지도 없어졌다. 기차역, 버스터미널, 심지어 택시 회사에도 경보가 울릴 것이다. 따라서 다른 차를 구해야 했다.

하지만 그는 의아했다. 블랙스톤 말로는 아직 그에게 혐의도, 영장도 없다고 했다. 만약 그런 것이 있다면 555 – 6868번에서 메시지를 받았을 것이다. '차저 30은 취소되었습니다.'라는 말을 들었을 것이다.

하지만 그런 말은 듣지 못했다. 그런 기미조차 없었다. 그는 잠깐 순찰차로 가서 지정 주차시간을 넘긴 데 대한 딱지를 뗄까 생각했다.

그러나 그러지 않기로 했다. 이 경찰들은 미터기 시중이나 드는 사람들이 아니다. 한 골목 못 미친 곳에 다른 주차장이 있다. A&P 슈퍼마켓 바로 뒤. 게다가 사복을 한 다른 경찰관 한 명이 뒤에서 그를 따라오고 있다. 패턴은 분명했다.

매틀록은 얼른 본드 스트리트 위쪽으로 걸어갔다. 그는 첫 번째 옆길로 돌았고 그때부터는 달리기 시작했다. 그는 금방 속도를 늦추었다. 사람들이 많은 길에서 달려가는 남자보다 더 사람 눈에 잘 띄는 것은 없다. 여자라면 또 모를까.

그는 오후의 쇼핑객들과 보조를 맞추면서 사람들 속에 섞였다. 이따금 걸음을 멈추고 상점의 쇼 윈도우 안을 들여다보기까지 했다. 물건이 눈에 들어오지는 않았지만. 그런 다음 그는 지금의 상황을 다시 분석하기 시작했다.

갑자기 그의 머릿속에서는 사냥꾼에게 쫓기는 동물의 원시적인 본능이 움직였다. 앞으로 붙잡힐지도 모른다는 동물의 보호본능이 촉각을 세우면서 주위를 살폈고, 그의 몸은 카멜레온처럼 환경에 적응하기 위해 최대한 노력하고 있었다.

하지만 그는 사냥꾼의 추격을 받는 동물이 아니었다. 그가 사냥꾼이었다. 젠장, 그가 사냥꾼이다.

"아니, 짐! 이게 웬일인가? 이 큰 도시에서 뭘 하는 건가?"

매틀록은 너무 놀라서 넘어질 뻔했다. 아니, 실제로 그는 균형을 잃고 길에 넘어졌다. 그때 그의 이름을 부른 남자가 그에게로 와서 일으켜주었다.

"오! 오, 제프! 깜짝 놀랐어. 고맙네."

매틀록은 일어나서 흙을 털었다. 그는 제프 크레이머 외에 자기를 보는 사람이 없는지 주위를 둘러보았다.

"점심으로 못 먹을 걸 먹었군그래?"

크레이머는 웃었다. 그는 칼라일 동창으로, 심리학 석사 학위를 받고 지금은 고급 광고회사에서 비싼 급료를 받으며 일하고 있다.

"아닐세. 생각 좀 할 게 있어서. 교수란 게 이렇지 뭐."

그러고 나서 매틀록은 제프 크레이머를 보았다. 제프 크레이머는 고급 회사에만 다니는 것이 아니라 고급 아내도 있고, 엄청나게 고급 학교에 다니는 두 명의 아주 고급 아이들도 있다. 매틀록은 그가 처음에 했던 말을 다시 강조하기로 했다.

"사실은 버번 한 잔도 다 못 마신걸."

"그럼 마저 마시자고."

크레이머는 길 건너편에 있는 혹스헤드 술집을 가리키면서 말했다.

"몇 달 만에 자네를 보는 거로군. 신문에서 도둑이 들었다는 기사는 봤어."

"맞아! 도둑맞은 건 괜찮은데 우리 아파트를 어떤 지경으로 만들어 놓은 줄 아나? 또 차는 어떻고!"

매틀록은 제프 크레이머와 함께 혹스헤드 술집으로 향했다.

"그래서 여기 온 걸세. 여기 정비소에 트라이엄프를 맡겨놓았거든. 사실은 지금 그게 문제야."

쫓기는 동물은 적들을 위협하는 촉각만 가진 것이 아니라 불리한 상황을 유리하게 바꾸는 신비한 능력도 있다.

매틀록은 버번을 홀짝거렸고, 크레이머는 스카치를 여러 번에 나누어 절반가량 마셨다.

"스카즈데일까지 버스를 타고 가서 뉴헤이븐과 브릿지포트에서 다시 갈아타야 한다고 생각하니 끔찍해."

"차를 빌리면 되잖아."

"두 군데나 갔었어. 처음 간 데에서는 오늘 밤이나 되어야 차가 나온다고 하고, 두 번째로 간 데에서는 내일이나 나온대. 무슨 회의가 열린다나."

"그럼 오늘 밤까지 기다렸다 가지 그래."

"그럴 수 없어, 집안 문제 때문에. 아버지가 경제고문관들도 다 불러서 회의를 소집하셨어. 저녁 식사 시간에. 그런데 내가 스카즈데일까지 차도 없이 간다고 생각해봐."

매틀록은 웃음을 터뜨렸다. 그리고 50달러짜리 지폐를 바 위에 올려놓았다. 그 돈은 제프 크레이머의 관심을 끌어야 했다. 그의 아내는 고급 여자니까.

"자넨 경제고문은 고사하고 장부를 볼 줄 아는 줄은 몰랐는데?"

"아, 하지만 난 아들이 아닌가. 그 사실을 간과할 수 없겠지, 안 그런가?"

"운 좋은 새끼라는 건 빼놓을 수가 없지. 운 좋은 새끼."

"이봐! 좋은 생각이 났어. 자네 차, 여기 있나?"

"아니, 잠깐……."

"아니야, 내 말 들어봐. 노인네가 돈을 내줄 거야. 자네 차를 빌려줘. 4, 5일 정도……, 자, 내가 2백, 아니 3백 달러 줄게."

"말도 안 돼!"

"아니야, 내가 아니라 아버지가 날 오라고 하시는 거야. 그러니 아버지가 돈을 낼 거야!"

매틀록은 크레이머가 머리를 굴리는 것을 느낄 수 있었다. 그는 값싼 렌터카를 일주일 동안 빌리는 데 드는 돈을 계산하는 중이다. 하루 평균 15 내지 20마일 간다고 보면, 일주일에 105달러, 많아야 110달러다.

크레이머에게는 고급 아내와 엄청나게 고급 학교에 다니는 아주 고급 아이 둘이 있다.

"자네한테 그럴 수는 없어."

"내가 아니야! 제길, 우리 아버지라니까!"

"글쎄……."

"자, 내가 청구서를 써주지. 아버지한테 가자마자 이걸 보여드리겠어."

매틀록은 칵테일 냅킨을 뒤집어 인쇄되지 않은 면에다 볼펜으로 쓰기 시작했다.

"간단해. '나 제이스 매틀록은 제프리 크레이머에게 3백 달러를 주기로 한다.' 아니, 아버지 돈인데 뭐……. 4백 달러를 주기로 한다. 이것은 그의……, 차종이 뭐지?"

"폭스왜건. 흰색. 작년도 것이야."

크레이머의 눈은 냅킨과 매틀록이 크레이머의 팔꿈치 옆의 바에 올려둔 지폐 뭉치를 번갈아보고 있었다.

"이것은 폭스왜건을……. 한 일주일로 할까?"

"좋아."

크레이머는 잔에 남은 스카치를 모두 마셨다.

"'…… 일주일간 빌리는 비용임. 서명 제임스 매틀록.' 자, 자네도 서명하게. 여기 4백 달러가 있네. 조나단 먼로가 내는 것일세. 차는 어디 있지?"

쫓기는 동물의 본능은 적확했다. 크레이머는 돈을 주머니에 넣고 땀이 나기 시작한 턱을 손으로 닦았다. 크레이머는 호주머니에서 자동차 키 두 개와 주차증을 꺼냈다. 매틀록이 예상한 그대로, 제프 크레이머는 4백 달러와 친구를 맞바꾼 것이다.

매틀록은 일주일 안에 크레이머에게 전화를 걸어 차를 돌려주겠다고 했다. 크레이머는 자기가 술값을 내겠다고 하고는 얼른 혹스헤드 술집을 떠났다. 매틀록은 혼자 남아 술을 다 마시면서 다음 행동에 대해 생각했다.

이제 쫓기는 동물과 사냥꾼은 하나였다.

24

그는 크레이머의 흰색 폭스왜건을 타고 마운트 홀리를 향해 72번 도로를 달렸다. 한 시간 안에 그는 다른 공중전화를 찾아 또 동전을 넣고 다시 전화를 걸 것이다. 이번에는 카마운트 컨트리 클럽의 하워드 스턱톤이라는 사람한테.

그는 시계를 보았다. 8시 반이 다 되어가고 있었다. 새뮤얼 샤프는 벌써 몇 시간 전에 스턱톤에게 전화를 걸었어야 했다.

그는 하워드 스턱톤이 어떤 반응을 보일지, 어떤 사람일지 매우 궁금했다.

자동차 헤드라이트에 도로표지가 보였다.

'마운트 홀리, 법인 1896'

이 표지판 뒤에 다른 것이 또 있었다.

마운트 홀리 로터리

화요일 12시
1마일

흰색 건물 앞면 창문에 장식된 네온사인은 식당의 모든 것을 말해주고 있었다. 매틀록은 픽업트럭 옆에 차를 세우고 나와 차 문을 잠갔다. 새로 산 옷을 담은 새 가방이 뒷좌석에 있었다. 그런 것들을 사느라고 하트퍼드에서 수백 달러나 썼는데, 차를 안 잠근 채 두고 갈 수는 없었다.

그는 자갈길을 지나 하퍼 레스토랑의 바 안으로 들어갔다.

"난 지금 카마운트로 가고 있는데 말입니다, 어디로 가면 되는지 좀 가르쳐 주시겠소?"

매틀록은 20달러짜리 지폐로 술값을 내면서 말했다.

"서쪽으로 2마일 반만 가시면 됩니다. 길 아래에서 오른쪽 샛길로 들어가십시오. 20달러짜리보다 작은 지폐는 없습니까? 잔돈이 5달러짜리 두 장과 1달러짜리밖에 없어서 그럽니다. 1달러짜리는 두고 써야 하거든요."

"5달러짜리만 주고, 나머지는 동전을 던져서 정합시다, 앞이 나오면 당신이 갖고, 뒤가 나오면 그래도 당신이 갖지만, 대신 내가 술을 한 잔 더 마시기로 합시다."

매틀록은 주머니에서 동전을 꺼내, 바 테이블 위로 던지고는 손으로 동전을 덮었다. 그는 손바닥을 들어보고 바텐더한테는 보여주지 않은 채 호주머니 속에 넣었다.

"당신한테 운이 안 좋은 밤이로군. 나한테 술을 한 잔 내야 하게 되었으니 말이오. 하지만 10달러는 당신 것이오."

그의 대화는 다른 손님들 — 생맥주를 마시고 있는 세 명의 남자들의 귀에 들어가지 않을 수 없었다. 매틀록은 공중전화를 찾아 두리번거리면서 '잘된 일'이라고 생각했다.

"화장실은 모퉁이를 돌아 뒤편으로 가면 있습니다."

야구 모자를 쓴 남자 손님 하나가 말했다.

"고맙습니다. 전화기는요?"

"화장실 옆에 있습니다."

"고맙습니다."

매틀록은 종이 한 장을 꺼냈다. 그 종이에는 그가 미리 써 둔 글이 있었다.

「하워드 스턱톤, 카마운트 컨트리클럽 #203—421—1100」

그는 바텐더에게 손짓했다. 바텐더는 총알 같이 달려왔다.

"이 친구한테 전화하기로 되어있는데, 아무래도 이름을 잘못 받아 적은 것 같단 말입니다. 스택톤인지 스턱톤인지 잘 모르겠거든. 혹시 아시오?"

바텐더는 종이를 들여다보았다. 그의 얼굴에 금방 알아보는 빛이 스쳤다.

"그럼요. 제대로 적으셨습니다. 스턱톤입니다. 스턱톤 씨는 로터리의 부회장님이십니다. 지난 회기 때는 회장이셨죠. 여보게, 안 그런가?"

바텐더는 마지막 말은 다른 손님들한테 대고 말했다.

"아무렴."

"스턱톤 맞지."

"좋은 사람이지."

야구 모자를 쓴 남자는 여기에다 좀 더 덧붙여야겠다고 생각한 모양이었다.

"컨트리클럽을 한답니다. 근사한 곳이지요. 아주 근사해요."

"컨트리클럽?"

매틀록은 유머를 섞어 반문했다.

"그렇답니다. 수영장, 골프 코스, 주말엔 춤도 추죠. 아주 좋아요."

바텐더가 한술 더 떴다.

"글쎄, 뭐랄까. 좋은 말이 들리더군요, 이 스턱톤이라는 사람 말입니다."

매틀록은 술잔을 비우고, 바 뒤쪽을 쳐다보았다.

"전화기가 저 뒤에 있다고 했죠?"

"그렇습니다, 손님. 모퉁이를 돌면 있습니다."

매틀록은 호주머니에서 동전을 찾아 들고, 화장실과 공중전화가 있다는 좁은 통로로 갔다. 모퉁이를 돌자마자 그는 걸음을 멈추고 벽에 몸을 바짝 붙여 기댔다. 그리고는 사람들이 하는 말에 귀를 기울였다.

"돈 잘 쓰는 친구 같은데?"

바텐더가 말했다.

"다 그렇다니까. 내가 그랬잖아? 우리 아이가 두 주일 전에 거기서 캐디를 했는데, 어떤 녀석이 버디를 치자 우리 애한테 50달러를 주었다는 거야. 세상에! 50달러를!"

"우리 마누라 말이 거기 오는 여자들은 모두 창녀들이래. 진짜 창녀. 마누라가 거기서 일을 좀 하거든. 정말 창녀래……."

"한 번 손이라도 대봤으면 좋겠다. 브래지어도 안 했을걸."

"진짜 창녀들이라니까……."

"그럼 어때? 그 스턱톤이라는 사람은 괜찮아. 괜찮은 사람이야. 그 사람이 어떻게 한 줄 알아? 킹네 식구들한테 말이야. 아티 킹 있잖아. 잔디밭 만들다가 심장발작으로 죽은 친구 말이야. 스턱톤은 그 식구들한테 후한 부조를 했을 뿐만 아니라, A&P 슈퍼에서 매달 얼마씩 물건을 살 수 있게 해주었다는 거야. 정말이야, 그 사람은 괜찮아."

"정말 창녀들이라니까, 돈만 주면 드러눕는대……."

"스턱톤은 있는 돈을 거의 다 학교 증축하는 데 썼잖아. 그 사실을 잊으면 안 돼. 자네 말이 맞아. 그 사람은 훌륭해. 우리 애 둘이 그 학교에 다니는걸!"

"그뿐만 아니야. 현충일 날 피크닉 때에도 헌금을 많이 했다지."

"정말, 진짜 더러운 창녀들인데……."

매틀록은 소리 나지 않게 벽에 붙어 전화 부스로 갔다. 그는 가능한 한 소리가 나지 않게 문을 닫았다. 바에 있는 사람들은 하워드 스턱톤을 칭송하느라 소리가 점점 커졌다. 그가 전화 부스로 들어가는 시간이 늦어진 것에 대해서 그들이 알까 하는 데에는 신경이 가지 않았다.

그가 신경이 쓰이는 것은 그 자신이었다. 쫓기는 동물에게 자신을 보호하기 위한 본능이 있다면, 사냥꾼에게도 공격하기 위한 본능이 있을 터이다. 그는 이제 동물의 냄새를 맡고 발자국을 따라가면서 동물의 습관에 대해 파악해야 했다. 그것은 사냥꾼이 무기를 보완해줄 추상적인 도구를 가지고 있다는 뜻이다. 그 도구는 함정을 만들 수도 있는데, 그 함정에 사냥꾼 자신도 빠질 수 있는 위험이 있다.

그는 이런 생각을 머릿속에서 떨쳐냈다.

하워드 스턱톤, 마운트 홀리 로터리의 전임 회장이었고, 현재는 부회장인 자. 아티 킹이라는 직원 유족들의 뒤를 봐주고 있고, 학교 증축에 돈을 낸 사람. 남자들이 캐디한테 50달러 팁을 주고, 괜찮은 회원들에게는 여자도 대주는 화끈한 컨트리클럽 사장. 또 마운트 홀리 같은 마을이 현충일에 근사한 피크닉을 할 수 있게 해줄 정도라면 애국자이기도 하다.

이 정도면 시작하기에는 충분했다. 15분 전까지만 해도 하워드 스턱톤은 형체가 없는 사람이었지만, 지금은 그렇지 않다. 그가 어떻게 생겼는지는 지금도 모르기는 하지만, 다른 점들, 다른 요소들은 구체화 되었다. 하워드 스턱톤은 마운트 홀리에서 '인물'이었던 것이다.

매틀록은 동전을 넣고 카마운트 컨트리클럽의 번호를 돌렸다.

"정말 반갑습니다, 매틀록 씨!"

하워드 스턱톤은 카마운트 컨트리클럽의 대리석 계단에서 매틀록을 맞으면서 말했다.

"우리 아이가 차를 대드릴 겁니다. 이봐! 어서!"

흑인 주차계원은 이 남부 신사의 명령을 웃음으로 받았다. 스턱톤은 5달러짜리 동전을 허공에 던졌고, 흑인은 웃으면서 받았다.

"감사합니다!"

"가는 손이 고우면 오는 손도 곱다. 그렇지 않나? 내가 너한테 잘해주지?"

"아주 잘해주시죠, 하워드 씨!"

매틀록은 순간 자기도 텔레비전 광고의 일부인 것 같은 기분이 들었다. 하지만 주인공은 하워드 스턱톤이었다. 햇볕에 그을린 얼굴, 세기 시작한 금발, 콧수염, 깊은 파란색 눈, 그리고 잘 사는 사람의 보기 좋은 주름살.

“카마운트에 오신 것을 환영합니다, 매틀록 씨. 여긴 리치몬드 같지는 않습니다만, 그렇다고 해서 오크페노키도 아니랍니다.”

“감사합니다. 제 이름은 짐입니다.”

“짐? 이름이 좋군요. 정직한 느낌이 듭니다. 내 친구들은 나를 하워드라고 부르지요. 당신도 하워드라고 불러주십시오.”

카마운트 컨트리클럽은 남북전쟁 전의 건물을 연상시켰다. 사장을 보면 그것도 무리는 아니지만. 건물 주위에는 야자수 화분과 샹들리에가 가득했고, 연한 파란색의 벽지는 가발 쓴 사람을 그린 로코코 풍의 그림이었다.

하워드 스턱톤은 1865년에 끝난 삶의 양식을 답습하고 있었지만, 그 자신은 그 사실을 인정하지 않을 것이다. 하인들까지도 대부분 흑인으로 완전한 하인 복장을 하고 있었다.

넓은 식당에서 실내악단이 연주하는 부드러운 음악이 흘러나오고, 중앙 홀 한가운데에 완만하게 돌아가는 계단이 있었다. 아름다운 여성들이 그에 못지않게 매력적인 남자들과 팔짱을 끼고 여기저기 돌아다니고 있는 모습이 보였다.

매틀록은 스턱톤을 따라 내실로 들어갔다.

스턱톤은 두꺼운 마호가니 문을 닫고 곧바로 걸어갔다. 그리고는 뭘 마시겠느냐고 묻지도 않고 술을 따랐다.

"샘 샤프 말이 당신은 신맛을 좋아하신다더군요. 입이 고급이십니다. 나도 신 것을 마시거든요."

그는 잔 두 개를 가지고 매틀록에게로 왔다.

"아무거나 집으십시오. 요즘에는 버지니아 사람도 북부 사람한테 말을 하려면 편견을 없애야 하니까 말입니다."

"감사합니다."

매틀록은 잔을 하나 집어 들고 스턱톤이 가리키는 의자에 앉았다. 하워드 스턱톤은 매틀록 맞은편에 앉으면서 계속 말했다.

"이 버지니아 사람에게는 또 한 가지 남부 사람답지 않은 버릇이 있습니다. 본론부터 들어가는 것이죠. 당신이 이곳에 온 것이 잘한 일인지조차 나로서는 잘 모르겠습니다. 솔직히 말하겠습니다. 그래서 이 안으로 모신 것입니다."

"이해가 안 가는군요. 그럼 전화로 오지 말라고 하시지 그러셨습니까? 왜 이런 게임을 하시는 겁니까?"

"그 질문의 답은 당신이 나보다 더 잘 알 겁니다. 새미 말이 당신은 손이 아주 크다더군요. 말하자면 '국제적'이라는 겁니다. 나도 그런 점이 좋습니다. 난 성공의 사다리를 올라가는 똑똑한 젊은이를 좋아합니다. 아주 기특한 일이죠. 그건 분명한 사실입니다. 하지만 난 내가 내야 할 돈은 냅니다. 매달 줄을 통해 내고 있습니다. 애틀랜타 북부에서는 내가 가진 조직이 가장 우수합니다. 난 말썽이 일어나는 것은 싫습니다."

"나한테서는 말썽이 일어나지 않을 것입니다. 난 지친 사업가로서 한 바퀴 돌아보는 것뿐입니다."

"샤프의 가게에서 일어난 일은 어떻게 된 겁니까? 신문마다 떠들썩합니다. 난 그런 일은 절대 사양하오."

매틀록은 스턱톤을 바라보았다. 햇볕에 탄 얼굴의 모세혈관은 불그죽죽했다. 아마 그래서 일 년 내내 햇볕에 태우기로 한 것 같았다. 그렇게 하면 무수한 티가 감추어지니까.

"아직 이해를 못 하시는 것 같군요. 내가 여기 온 것은 와야 했기 때문입니다. 나도 여기 오고 싶지는 않았습니다. 개인적인 이유로 이 근방까지 왔는데 시간이 좀 일렀습니다. 그래서 구경을 하는 것이죠. 하지만 그뿐입니다. 그저 둘러만 보는 것입니다. 약속 날짜까지."

"무슨 약속입니까?"

"코네티컷 칼라일에서 약속이 있습니다."

스턱톤은 눈을 찡그리며 빗질이 잘 되어있는 콧수염을 공연히 잡아당겼다.

"칼라일에 가셔야 한다는 말입니까?"

"그렇습니다. 그건 비밀입니다, 하지만 그거야 말씀드릴 필요가 없겠지요, 안 그렇습니까?"

"안 들은 것으로 하겠습니다."

스턱톤은 계속 매틀록의 얼굴을 살폈다. 그는 매틀록이 앞에 한 말과 상반되는 말이나 망설이는 시선 같은 것이라도 내보일까 살피는 것이었다.

"좋습니다. 혹시 당신도 칼라일에서 약속이 있으십니까? 한 열흘 후에?"

스턱톤은 술을 마시고 입술을 훑은 다음, 마치 예술품이라도 되는 양 잔을 조심스럽게 탁자에 내려놓았다.

"저는 그저 몇 푼이라도 벌자고 버둥거리는 촌놈에 불과합니다. 착하게 살면서 한 푼 벌자는 것, 그게 다입니다. 칼라일에서 있다는 약속에 대해서는 아무것도 모릅니다."

"공연한 소리를 해서 죄송합니다. 제가…… 실수했나 봅니다. 우리 두 사람을 위해서, 그 말은 다른 사람한테 하지 마시기 바랍니다. 아니면, 저를 위해서라도."

"그런 짓은 절대 안 합니다. 당신은 새미의 친구이고, 약간의 활동……, 그리고 대접이 필요한 것뿐입니다."

스턱톤은 갑자기 팔꿈치를 무릎에 대고 손을 깍지 끼면서 몸을 앞으로 내밀었다. 그의 모습은 신도의 죄에 관해서 묻는 열성적인 목사 같았다.

"윈저 숄즈에서는 대관절 무슨 일이 일어났던 겁니까? 도대체 뭐였소?"

"내가 아는 한은 지방에서 일어난 복수극이었습니다. 바르톨로지는 적이 많았습니다. 말을 너무 많이 했다고 하는 사람도 있더군요. 아마 에이엘로도 그랬던 것 같습니다. 그 두 사람을 본보기로 삼아 본때를 보여준 것이었겠죠. 프랭크는 그냥 같이 있다가 당한 것 같습니다."

"빌어먹을 놈의 이탈리아 놈들! 일을 다 망쳐놓는다니까! 물론 그 수준에서 말입니다. 무슨 말인지 아시겠죠?"

또 그 타령이었다. 여운을 남겨놓는 질문. 하지만 이 남부 사람이 한 것은 질문이 아니었다. 확실한 단정이었다.

"무슨 말인지 압니다."

매틀록은 피곤하게 대답했다.

"짐, 당신한테 좀 나쁜 소식이 있습니다. 며칠 동안 테이블을 닫았습니다. 숄즈에서 일어난 사건을 보고 어찌나 겁이 났던지 말입니다."

"난 괜찮습니다. 요즘의 운을 생각하면 말입니다."

"들었습니다. 새미가 말해주었죠. 하지만 두어 가지 다른 것이 있습니다. 카마운트가 대접이 시원치 않았다고 느끼시지는 않을 겁니다. 그건 약속합니다."

두 남자는 술을 다 마셨다. 스턱톤은 이제 안심하고, 사람이 많은 카마운트 식당으로 매틀록을 데리고 갔다. 음식은 최고였다.

아무리 음식이 좋아도, 매틀록에게는 저녁을 먹는 것이 아무런 의미도 없었다. 하워드 스턱톤은 도무지 자신의 '사업'에 대해서는 모호한 말 외에는 하려 들지 않았으며, 시종일관 자기 고객들은

'최고급 양키들'이라는 사실을 상기시켰다.

그가 하는 설명은 두서가 없고, 시간상으로 앞뒤가 맞지 않는 말투성이였다. 식사가 반쯤 진행되었을 때, 스턱톤은 중요한 회원을 만나야 한다면서 자리를 떴다.

매틀록은 처음으로 스턱톤의 '최고급 양키들'을 볼 수 있었다.

그 말은 맞는 것 같았다. '최고급'이라는 말이 '돈'이라는 말과 같은 뜻이라면. 모든 테이블에서 돈이 비명을 지르고 있었다. 가장 먼저 보이는 증거는 코네티컷의 5월 초의 햇볕에 그을린 살색이었다. 이들은 자기 마음이 내킬 때는 언제든 햇볕에 얼굴을 태우는 사람들이었다.

그다음은 방 전체에 메아리치는 느긋한 웃음소리였다. 그리고 번쩍거리는 보석들. 옷 - 은은한 풍미를 발산하는 양복, 1백 퍼센트 실크 재킷, 크리스티앙 디오르 넥타이. 그리고 체리 나무 삼발이에 올려져 있는 은 탁자에 즐비한 크리스털 술병들.

하지만 뭔가 잘못된 것이 있었다. 이곳 전체에는 뭔가가 빠져있었다. 매틀록은 한참 동안 그것이 무엇인지 생각해보았다. 그러다가 그는 알았다.

검게 그을린 살갗, 웃음소리, 보석 팔찌, 재킷, 디오르 넥타이. 즉, 다시 말해서 그러한 돈과 우아함과 광채는 모두 남자들의 몫이었다.

여자들은 그 반대였다. 여자가 아니라 소녀들이지만. 파트너의 나이에 걸맞은 여자들이 몇 없는 것도 아니지만, 주류는 그렇지 않았다. 그들은 훨씬, 훨씬 더 어렸다. 그리고 달랐다.

처음에는 그 차이가 무엇인지 알 수 없었다. 그러나 잠시 후, 그 차이점을 어렴풋이 알게 되었다. 여자들 — 소녀들 — 은 대부분 그가 아주 잘 알고 있는 모습이었다.

그런 모습에 대해 그는 전에 말한 적이 있다. 그것은 캠퍼스의 모습이다. 사무실 모습, 비서의 모습, 그런 것과 비교해서 말하는 것이다. 대화할 때 좀 방만한 것, 규칙적인 일과 파일 캐비닛이나 사무기기에 익숙하지 않은 모습. 매틀록은 10년이 넘게 그런 모습을 보아 왔다. 그의 눈은 잘못 볼 수가 없었다.

이러한 모순 안에는 또 다른 모순이 있었다. 여자들이 입고 있는 옷이다. 그들이 입고 있는 옷은 캠퍼스의 여학생들이 입는 옷이 아니었다. 그들이 입고 있는 옷은 딱 맞게 재단되었고, 디자인이 너무 화려했다. — 이런 말이 있다면 말이지만. 오늘날과 같은 유니섹스 시대에 이들이 입고 있는 옷은 너무나 여성적이었다.

그들은 무대의상을 입은 것이다.

갑자기 몇 테이블 건너에서 히스테릭한 목소리가 외쳤다.

"솔직히, 정말이라니까요. 굉장해요."

저 목소리! 그것은 그가 알고 있는 목소리다!

그는 손으로 얼굴을 슬쩍 가리면서 천천히 그 목소리가 들려온 쪽으로 고개를 돌렸다. 그 여자는 샴페인을 마시면서 웃고 있었고,

그녀의 상대 ― 나이가 훨씬 많았다 ― 는 그녀의 엄청난 가슴을 흡족한 눈으로 쳐다보고 있었다.

그 여자는 버지니아 비슨이었다. 칼라일대학의 역사학 강사인 아치 비슨의 대학원생 아내.

매틀록은 스턱톤이 제공해준 넓고 화려한 방까지 가방을 들어다 올려준 흑인에게 팁을 주었다. 바닥에는 두꺼운 포도주색 카펫이 깔려 있고, 휘장이 둘러쳐져 있으며, 벽은 흰색이다. 서랍장 위에 얼음 통과 잭 다니엘 두 병, 그리고 잔이 여러 개 있다.

그는 가방을 열고 세면도구를 꺼내 침대 옆 탁자에 올려놓았다. 그리고는 다시 와서 가방을 침대에서 들어 의자의 팔걸이와 침대 위에 걸쳐놓았다.

그때 문을 살짝 두드리는 소리가 들렸다. 처음에는 하워드 스턱톤이 온 줄 알았지만, 그것은 잘못 생각한 것이었다.

선정적인 진한 빨간색 드레스를 입은 여자가 문 앞에 서서 미소를 짓고 있었다. 그녀는 10대 후반 아니면 20대 초로 보였으며 말할 수 없이 아름다웠다.

그러나 그녀의 미소는 거짓이었다.

"네?"

"스턱톤 씨가 보내셨습니다."

그녀는 이렇게 말하고 매틀록 앞을 지나 방 안으로 들어왔다.

매틀록은 문을 닫고 그녀를 멍하니 바라보았다. 당황했다기보다는 놀랐다.

"스턱톤 씨는 아주 생각이 깊으신 분이로군?"

"그렇게 생각하시니 저도 좋네요. 저기 위스키 얼음 잔 있죠? 한잔하고 싶은데요, 급하지 않으시다면."

매틀록은 술이 있는 곳으로 천천히 걸어갔다.

"급하지 않아. 뭐 마실래?"

"아무거나 좋아요. 그냥 얼음만 좀 넣어주세요."

"그러지."

매틀록은 술을 따라서 여자에게 갖다주었다.

"앉지 않겠어?"

"침대에요?"

그의 가방이 올려져 있는 의자 외에 다른 의자는 테라스 옆에 있는 것 하나뿐이었다.

"미안해."

그는 가방을 치웠다. 여자는 의자에 앉았다. 그는 하워드 스턱톤의 안목이 높다고 생각했다. 이 여자는 정말 아름다웠다.

"이름이 뭐지?"

"제니."

그녀는 술을 몇 번에 걸쳐 꽤 많이 마셨다. 술을 고르는 데까지는 아직 도가 트이지 않았을지 몰라도 마실 줄은 아는 여자였다. 그녀가 술잔을 입에서 뗄 때 매틀록은 그녀의 가운뎃손가락에 끼워져 있는 반지를 보았다.

그는 그 반지를 잘 알고 있었다. 그것은 코네티컷 웹스터에 있는 존 홀든의 아파트에서 몇 블록 떨어진 교내 책방에서 파는 것으로 메디슨대학의 반지였다.

"내가 내키지 않는다면 어떻게 할 거지?"

매틀록은 침대의 굵은 기둥에 기대면서 물었다.

"놀랍군요. 동성연애자 같지는 않으신데요?"

"동성연애자는 아니야."

여자는 매틀록을 올려다보았다. 그녀의 파르스름한 파란 눈은 따스했다. 하지만 그것은 직업적인 눈일 뿐이다. 무슨 뜻을 담은 것 같기는 하지만, 실은 아무 의미도 없는 따스함이었다. 그녀의 입술은 도톰하고 단단해 보였다.

"기분을 좀 북돋아 드리면 어떨까요?"

"그렇게 해주겠어?"

"전 잘해요."

그녀는 은근히 자랑하듯 말했다.

그녀는 너무나 어렸다. 그런데도 그녀는 닳고 닳은 늙다리처럼 느껴졌다. 그리고 분노가 있었고, 그 분노는 위장되어 있었다. 그러나 그 위장은 잘 꾸며지지 않았고, 그저 연기를 하고 있을 뿐이었다. 그녀의 옷, 눈, 입술 모두 다. 그녀는 그 역할을 혐오하면서도 직업적으로 받아들이고는 있었다.

"그냥 이야기나 좀 하면 어떻겠어?"

"이야기를 하는 것은 좀 문제가 달라요. 그러면 안 된다는 규칙은 없지만. 그 분야에서는 나도 대등한 권리가 있거든요. 쿼드 프로 쿼(그만한 대가가 있어야 나도 뭘 줄 수 있다는 뜻. 역자 주)."

"말을 아주 잘하는데. 그건 무슨 사연이 있는 것 아닌가?"

"왜요?"

"'쿼드 프로 쿼'는 밤일하는 여자들이 쓰는 말이 아니거든."

"여기는 아베니다 드 라 푸타스도 아니잖아요."

"테네시 윌리엄스?"

"내가 좀 알아요."

"알면서."

"좋아요. 됐어요. 침대 속에서 프루스트에 관해서 토론하도록 하죠. 침대 속에서 하길 바라신다면 말이에요."

"그냥 이야기나 했으면 좋겠는데."

여자는 갑자기 겁을 먹으며 거칠게 속삭였다.

"경찰인가요?"

"경찰하곤 거리가 먼 사람이야. 이 지역에서 가장 고위급 경찰관들이 나를 찾으면 아마 좋아할걸. 그렇다고 내가 죄를 저지른

건 아니고…….”

매틀록은 웃으면서 말했다.

“이젠 제 쪽에서 내키지 않네요. 한 잔 더 해도 될까요?”

“그럼.”

매틀록은 여자에게 술을 갖다주었다. 그녀가 술잔을 다 채울 때까지 아무도 말을 하지 않았다.

“여기 좀 더 있어도 돼요? 그거 할 시간만큼만?”

“돈을 못 받을까 봐 그래?”

“50달러나 되거든요.”

“거기서 기숙사 사감한테 좀 떼어줘야겠지. 메디슨대학은 좀 구식이니까. 아직도 주중에는 귀가 시간을 체크 하는 기숙사들이 있지. 오늘은 늦겠는걸?”

여자의 얼굴이 새하얘졌다.

“정말 경찰이군요! 더러운 경찰!”

그녀는 의자에서 일어나려고 했지만, 매틀록은 얼른 그녀의 앞에 서서 어깨를 붙잡았다. 그는 그 어깨를 의자 등받이 쪽으로 밀어붙였다.

“난 경찰이 아니야. 아니라고 했잖아. 너는 내키지 않는다고 했지? 하지만 난 궁금해. 아주 궁금해. 내가 알고 싶은 것을 말해주어야 해.”

여자는 일어서려고 했지만, 매틀록이 그녀의 팔을 붙잡고 있었다. 그녀는 몸을 빼내려고 안간힘을 썼다. 그는 그녀의 등을 확 밀어붙였다.

"항상 그 반지를 끼고 그 짓을 하나? 그럼 뭐가 좀 나을 것 같아서?"

"어머나 세상에! 세상에!"

그녀는 반지를 잡고는 손가락을 비틀었다. 그렇게 하면 반지가 없어지기라도 할 것처럼.

"내 말 들어 봐! 내 질문에 대답해. 안 그러면 내일 아침 웹스터에 가서 거기서 질문할 테니까! 그게 낫겠어?"

"제발! 제발!"

그녀의 눈에 눈물이 고였다. 그녀는 손을 떨기 시작했고, 숨을 헐떡였다.

"여긴 어떻게 해서 오게 되었지?"

"안 돼요! 안 돼……."

"어떻게 해서 오게 되었지?"

"모집해서……."

"누가?"

"다른…… 다른 아이들. 우린 서로 모집해요."

"몇 명이나 있어?"

"많지 않아요. 별로, 몇 안 돼요. 가만히요. 우린 가만히 하거든요. 저를 보내주세요, 제발. 가고 싶어요."

"안 돼. 아직은 안 돼. 몇 명이나 되는지, 그리고 왜 이런 짓을 하는지 알아야겠어."

"말했잖아요! 몇 명밖에 안 된다고, 7명, 아니면 8명 정도."

"아래층에만 30명은 되겠더라!"

"난 그 사람들 몰라요. 다른 데서 온 사람들이에요. 우린 서로 이름을 물어보지 않으니까요!"

"하지만 어디서 왔는지는 알지!"

"몇 명은……, 네."

"다른 학교에서 온 거야?"

"네."

"제니, 도대체 왜?"

"왜겠어요? 돈 때문이죠!"

그녀가 입고 있는 드레스는 긴 팔이었다. 그는 그녀의 오른팔을 잡고는 소매를 팔꿈치 위까지 찢었다. 여자는 팔을 빼려고 안간힘을 썼지만, 매틀록이 더 셌다.

아무런 흔적도 없었다.

그녀는 매틀록에게 발길질했다. 매틀록은 여자의 얼굴을 세게 쳤다. 얼마나 세게 쳤던지 그녀는 잠깐 꼼짝도 못 하는 것 같았다. 그는 다시 여자의 왼팔을 잡고 소매를 찢었다.

거기에 있었다. 희미해진 흔적. 최근에 만들어진 것은 아니었다. 하지만 있었다. 자주색 주삿바늘 자국들이.

"지금은 안 해요! 몇 달째 안 했어요."

"하지만 돈은 필요하잖아! 여기 올 때마다 50달러 아니, 100달러가 필요하잖아. 지금은 뭐야? 옐로? 레드? 산? 스피드? 도대체 뭐야? 풀은 그렇게 비싸지 않아!"

그녀는 울었다. 눈물이 뺨을 타고 흘러내렸다. 그녀는 얼굴을 손으로 덮고 흐느끼면서 말했다.

"힘든 일이 너무 많아요. 너무 힘들어요. 보내주세요."

매틀록은 무릎을 꿇고 여자의 머리를 팔로 감싸 가슴에 안았다.

"뭐가 힘들다는 거야? 말을 해 봐. 뭐지?"

"그 사람들이 하게 만드는 거예요……. 안 할 수가 없어요……. 얼마나 많은 아이에게 도움이 필요한지 몰라요. 하지 않으면 그들은 도와주지 않아요. 당신의 이름이 뭔지 몰라도, 나를 좀 보내주세요. 아무 말도 하지 말고, 그냥 보내주세요. 제발요!"

"보내줄게, 하지만 분명히 해줄 게 있어. 그럼 넌 가고, 난 아무 말도 하지 않겠어. 넌 그들의 협박 때문에 여기 온 거니? 다른 아이들도 협박받았어?"

그녀는 고개를 끄덕였다. 매틀록은 계속 말했다.

"뭐로 협박했지? 집어넣겠다고? 마약을 썼다는 사실을 폭로하겠다고? 그거야 문제도 안 되지, 요즘에는……."

"몰라도 너무 모르시네요!"

그녀는 눈물이 그렁그렁한 채로 말했다.

"그 사람들은 우리를 완전히 파멸시킬 수 있어요. 영원히. 가족과 학교와 그 후까지도, 어쩌면 감옥에서. 중독을 시키고, 협박하고, 배급을 주고……, 어느 남학생이 좀 문제가 있다고 하면, 그들이 구해주죠. 어느 여학생이 임신 석 달째라 의사가 필요하다 하면 그들이 의사를 구해주는 거예요. 은밀히 말이에요."

"그 사람들한테 그럴 필요 없잖아! 왜 몰라? 상담소도 있고, 그런 일을 해주는 단체도 있다는걸?"

"오, 하느님 맙소사. 도대체 무슨 옛날이야기 하는 거예요? 마약 단속반, 의사, 판사, 그런 것들을 모두 그 사람들이 하는 거라고요! 도무지 어떻게 할 수가 없다고요. 내가 할 수 있는 것은 하나도 없다고요. 그러니 나 좀 조용히 가게 해주세요. 너무 많은 이들이 다치게 될 거예요."

"그럼 그자들이 하라는 대로 계속할 거니? 겁에 질린 채 우는소리만 하면서? 손 아니, 입 아니, 팔도 닦는 걸 두려워하면서?"

그는 여자의 왼쪽 팔꿈치를 갑자기 확 잡아당겼다.

여자는 그를 올려다보았다. 절반은 겁에 질려서, 절반은 경멸에 차서.

"그래요. 끝까지 이해 못하시는군요. 어떻게 돌아가는지 도무지 이해 못하시네요. 우린 당신과는 달라요. 나한테는 내 친구들이 전부죠. 우리한테는 누구에게나 다 그래요. 우린 서로 돕고 있어요. 난 영웅이 되자는 게 아니에요. 그저 친구들이 걱정될 뿐이죠.

난 차창에 깃발을 붙이고 다니지도 않고, 존 웨인도 싫어해요. 똥 같은 놈이죠. 당신들은 모두 다 그렇다고 생각해요. 모두 똥이라고요."

매틀록은 여자의 팔을 놓아주었다.

"얼마나 버틸 수 있을 것 같니?"

"오, 난 운이 좋은 편이에요. 한 달만 지나면, 우리 부모님이 돈을 내주면 제 몫을 다 하고 나갈 수 있으니까요. 그 사람들은 졸업 후에는 연락할 생각도 안 하거든요. 할 거라고 말은 하죠. 하지만 거의 안 해요. 그냥 그럴 수 있다는 가능성만 가진 채로 사는 거죠."

그는 그 말의 의미를 이해할 수 있었다.

"정말 안 됐다. 정말 안 됐다고 생각한다."

"그러실 필요 없어요. 난 운이 좋은 편이니까요. 우리 부모님이 그렇게도 원하시는 졸업장을 탄 후 2주일만 있으면 난 비행기에 타고 있을 거예요. 난 이 빌어먹을 놈의 나라를 떠날 거예요. 그리고 영원히 안 돌아올 거예요."

25

그는 잠을 이룰 수가 없었다. 잠이 오리라고 기대하지도 않았다. 그는 여자에게 돈을 주어 보냈다. 돈 외의 다른 것은 희망도 용기도 아무것도 줄 수가 없었으므로. 그가 권유하는 것을 그녀는 거부했다.

그렇게 하는 것은 서로를 위해 뭉쳐 있다는 무명의 아이들에게 위험과 고통을 줄 수 있다는 이유로 거부했다. 그래서 그는 더 이상 요구할 수도 없었다. 그들이 가진 부담을 덜어줄 만큼의 신뢰도 위협도 없었으므로. 결국 그것은 아이들 자신의 투쟁이었다. 그들은 도움을 바라지 않았다.

그는 바그다비의 훈계를 기억했다.

'아이들을 보라, 보고 또 보라. 그들은 크고 튼튼하게 자라 너보다 더 큰 기량과 더 강한 근육으로 호랑이를 잡는다. 그들은 너보다 더 가축을 잘 보살피리라. 이제 너는 늙고 병들었다. 아이들을 보라. 아이들을 조심하라.'

아이들은 호랑이를 더 잘 잡지 않던가? 그렇다 하더라도 그들이 살린 가축은 누구네 가축인가? 또 호랑이는 누구였던가?

이 나라는 정말 '빌어먹을 나라'인가?

그 정도까지 되었단 말인가?

의문이 꼬리를 물었다. 제니 같은 아이들이 몇 명이나 있을까? 니믈롯이 사람을 모으는 범위는 얼마나 넓은가?

그는 그것을 알아내야 했다.

그 여학생은 카마운트가 삶의 수많은 기항지 중의 하나에 불과하다고 했다. 다른 곳들도 있지만, 그녀는 어디인지 모른다고 했다. 그녀의 친구들은 뉴헤이븐으로 파견된 적이 있고, 또 보스턴, 그리고 북쪽으로 하노버 외곽으로도 파견되었다고 했다.

'예일, 하버드, 다트무스.'

가장 무서운 사실은 니믈롯이 수천 가지의 미래를 협박한다는 것이다. 그녀가 뭐라고 했던가?

"그들이 연락하는 일은 거의 없어요……. 할 거라고 말은 하죠. 그냥 할 수도 있다는 가능성을 안은 채로 살아가는 거죠."

그것이 사실이라면 바그다비의 훈계는 틀렸다. 아이들은 기량이 훨씬 떨어지고 근육도 더 약하다. 그들을 경계할 이유가 없다. 동정하는 거라면 모를까.

아이들이 다른 더 강한 아이들의 지휘를 받아 작은 단위로 구분되지 않는다면.

매틀록은 뉴헤이븐으로 가기로 마음을 정했다. 거기에 가면 답이 있을지 모른다. 그에게는 예일대학에 친구들이 많다. 예정에는 없던 여정이지만, 이번 여정 자체는 필수불가결한 것이다. 니믈롯은 오디세이의 일부인 것이다.

그때 짧고 높은 소리가 매틀록의 생각을 중단시켰다. 그는 침대에 누운 채로 몸이 딱딱하게 얼어붙었다. 몇 초가 지나서야 그는 무시무시한 소리가 나는 곳으로 주의를 기울일 수 있었다. 그것은 아직 재킷 호주머니 속에 있던 삐삐 소리였다. 하지만 재킷을 어디에 벗어두었는지 침대 근처에는 보이지 않았다.

그는 침대 옆에 있는 전등을 켜고 주위를 둘러보았다. 가차 없이 계속되는 삐삐 소리에 그의 맥박은 정신없이 뛰었고 이마에는 땀이 솟았다.

그때 재킷이 보였다. 그는 방 건너편 테라스 문 옆에 있는 의자 위에 재킷을 놓아둔 것이다. 시계를 보았다. 새벽 4시 35분이었다. 그는 재킷을 향해 뛰어가서는 그 무시무시한 기구를 꺼내 소리를 껐다.

쫓기는 동물의 공포가 다시 돌아왔다. 그는 침대 옆 테이블에 있는 전화기를 들었다. 전화는 교환을 통하지 않고 직접 할 수 있었다.

다이얼 소리는 보통의 다이얼 소리와 같았다. 소리가 약간 약하기는 했지만 골랐다. 하지만 누가 도청하고 있더라도 그로서는 분간할 수 없을 것이다. 사실 그는 555 — 6868번을 다이얼하고 기다리고 있었다.

"차저 30입니다. 방해해서 죄송합니다. 피보호자에게는 변화가 없습니다. 모든 것이 만족스럽게 잘되어 가고 있습니다. 하지만 웨스트버지니아 필링에 계신 친구분께서 대단히 집요하게 구십니다. 4시 15분에 전화를 걸어 즉시 회신을 주셔야 한다고 하셨습니다. 저희도 걱정하고 있습니다. 이상입니다."

녹음된 목소리가 말했다.

매틀록은 전화를 끊고 멍하니 있다가 담배를 찾아 불을 붙였다. 미친 듯 뛰는 맥박을 진정시키는 데 그 소중한 몇 분이 필요했다.

그 빌어먹을 놈의 기계가 싫다! 그 무시무시한 '삐삐!' 하는 소리가 그에게 가져다주는 두려움이 싫었다.

그는 담배 연기를 깊이 들이마시면서 다른 길이 없다는 사실을 깨달았다. 그는 카마운트 컨트리클럽을 빠져나가 공중전화를 찾아야 했다. 그린버그가 새벽 4시에 전화를 걸었을 때는 분명 급한 용건이 있었을 것이다. 카마운트에서 그린버그에게 전화를 거는 위험을 무릅쓸 수밖에 없었다.

그는 옷을 아무렇게나 가방에 쑤셔 넣고 얼른 옷을 입었다.

야간 당번 수위나 어디서 잠이 든 주차계원이 있을 테니 그에게 그의 차, 크레이머의 차를 빼내 오게 할 수 있을 것이다. 그렇지 않으면 누구든지 깨우면 된다. 스턱톤이라도. 그는 지금도 윈저 숄즈에서 일어났던 말썽이 또 일어날까 봐 겁을 내고 있으므로,

그를 더 이상 묶어두려고 하지는 않을 것이다.

매틀록은 조용히 문을 닫고 아무도 없는 복도를 지나 계단으로 갔다. 한밤중에도 하워드 스턱톤은 자신의 유산을 잊지 못하는 듯 흐릿한 조명이 벽화를 비추고 있다. 카마운트 컨트리클럽의 실내는 전보다도 더 옛날 남부 농장의 거대한 홀을 연상시켰다.

그는 정문 현관으로 가기 시작했다. 두툼한 카펫에 이르렀을 때, 더는 갈 수 없음을 알게 되었다. 최소한 지금은.

19세기 비로드 가운을 입은 하워드 스턱톤이 현관문 옆에 있는 유리문에서 나온 것이다. 그의 옆에는 이탈리아인으로 보이는 거구의 남자가 있었다. 그의 검은 눈은 살인자의 눈이었다.

"아니, 매틀록 씨! 우릴 떠나시는 겁니까?"

그는 공격적으로 나가기로 했다.

"내 전화를 도청했으니 나한테 문제가 생겼다는 사실을 이미 아실 텐데! 하지만 그것은 내 문제지, 당신의 문제는 아니잖소. 궁금하시다면 말씀드리겠소. 난 당신이 도청한 것에 화가 났소."

이 방법은 효과가 있었다. 스턱톤은 매틀록이 화를 내자 깜짝 놀랐다.

"화를 내실 이유는 없습니다. 나도 사업을 하는 사람입니다. 당신처럼 말입니다. 당신의 프라이버시를 침해했다면 그건 당신을 보호하기 위한 것이란 말입니다. 젠장, 정말입니다!"

"그 구차한 변명 받아들이겠소. 내 차 키는 차 안에 있습니까?"

"아니, 당신의 차 안에 없습니다. 여기 있는 내 친구 마리오가 가지고 있죠. 이 친구는 아주 고품격 이탈리아인이랍니다."

"그 호주머니에 박혀 있는 가문의 문장은 나도 볼 줄 압니다. 내 키를 주실까?"

마리오는 어떻게 해야 할지 몰라 스턱톤을 보았다.

"아니, 잠깐만. 잠깐 기다리게, 마리오. 우리 충동적으로 하지 맙시다. 나도 지각이 있는 사람이오. 아주 지각 있고 합리적인 사람이지. 다만 버지니아 사람으로……."

"돈 한 푼 벌려고 하는 남부 사람! 그건 이미 알았소. 자, 이제 길을 비키고 키를 주시오!"

"이거야 정말, 당신이야말로 형편없군. 아주 형편없어! 내 입장이 한 번 되어보시오. '차저 30'인가 뭔가 하는 암호에다 필링에서 왔다는 급한 전화! 그러자 내 완벽한 전화를 사용하지 않고 당신은 여기서 나가야겠다는 것 아니오. 이봐요, 짐. 당신 같으면 어떻게 하겠소?"

매틀록은 냉랭할 정도로 또박또박 정확하게 발음했다.

"내가 당신이라면 내가 일을 같이하는 사람이 어떤 사람인지 이해하려고 할 것이오. 하워드, 우린 여러 군데를 조사해본 것이오. 내 상관들은 당신에 대해 우려하고 있소."

"그-게-무-슨 말입니까?"

스턱톤은 어찌나 빠르게 말을 했는지 전부 붙어있었다.

"그들은……, 우리는 당신이 사방에서 너무 많은 주의를 집중시키고 있다고 생각하오. 로터리클럽 회장에다 부회장까지! 세상에! 학교 건물 신축을 위해 혼자서 그 많은 기금을 다 대고, 과부들과 고아들한테 후한 선심을 베풀고, 현충일에 피크닉이라니! 또 여자들에 대해 소문을 퍼뜨리는 지방 사람들을 고용하고! 여자아이들 반은 벌거숭이로 나돌아다니지를 않나. 이곳 사람들이 진정 입을 다물고 있다고 생각하는 것이오? 맙소사, 하워드!"

"당신은 도대체 뭐 하는 사람입니까?"

"그저 다른 사업가가 바보짓을 하고 돌아다니는 것을 보면 화가 나는 지친 사업가일 뿐이오. 당신은 뭘 하고 있다고 생각하시오? 산타클로스? 그런 복장이 얼마나 사람들 눈에 잘 띄는지 알기나 하십니까?"

"그만하면 충분하오. 난 애틀랜타 북부에서 가장 훌륭한 조직을 가지고 있소. 당신네 사람들이 누구하고 말을 하는지는 모르지만, 한 가지 분명히 말해두겠소. 이 마운트 홀리는 내 말이면 지옥에라도 갈 것이오. 당신네 사람들이 파헤쳐냈다는 이야기들, 그건 좋은 일들이오. 정말 좋은 일이고말고. …… 그런 것을 당신들은 비비 틀어서 나쁜 일처럼 만들고 있소. 그건 잘못하는 일이오."

스턱톤은 손수건을 꺼내 홍조가 된 얼굴에 솟은 땀을 닦았다. 그는 몹시 화가 나서 말을 연달아 쏟아내고 있었다. 매틀록은 조심스레 머리를 빨리 회전시켰다. 아마도 스턱톤과는 이쯤에서 끝을 내야 할 것 같았다. 그는 어서 자신이 초청하는 위치가 되어야 했다. 니믈롯까지의 여행 중 마지막 장을 시작해야 하는 것이다.

"진정하십시오, 스턱톤. 마음 놓으십시오. 당신 말이 맞을지도 모르겠습니다. 그러나 지금은 그 일에 대해 생각할 시간이 없습니다. 우린 위기를 맞고 있습니다. 우리 모두. 방금 그 전화는 아주 중요한 것이었습니다."

매틀록은 말을 중단하고 초조해하는 스턱톤을 똑바로 보았다. 그리고는 가방을 바닥에 내려놓았다.

"하워드, 당신한테 무슨 일을 좀 맡기고 싶은데, 당신이 그걸 맡아줄 수 있을지 잘 모르겠소. 이것만 잘하면, 아무도 당신의 조직을 방해하지 않을 것이오. — 영원히."

"그게 뭡니까?"

"저 친구한테 산책이라도 좀 하라고 하시오. 홀 저쪽 아래라도."

"지금 하시는 말씀 들었지? 가서 담배나 한 대 피우게."

마리오는 화도 나고 당황도 한 표정으로 천천히 계단 쪽으로 걸어갔다. 스턱톤이 말했다.

"그게 뭡니까? 말씀드렸듯이, 난 말썽이 일어나는 것은 바라지 않습니다."

"내가 대표자 몇 명을 만나지 못하면 우리 모두한테 말썽이 일어날 것이오. 필링에서 전하는 말이 그것이었소."

"그게 무슨 말입니까. 대표자라니?"

"칼라일에서 있을 회의 말이오. 우리 사람들과 니블롯 조직과의 회의."

"그건 내 소관이 아니오. 그런 일에 대해서는 난 아무것도 모릅니다."

"당신이 모르고 있으리라는 것은 나도 압니다. 당신이 알 일도 아닐 것이오. 하지만 지금은 우리 모두와 관련이 되었소. 가끔은 법칙을 깨야 하는 일도 있는 법이오. 지금은 아주 힘들 때입니다. 니블롯은 너무 지나쳤소. 내가 할 수 있는 말은 이것뿐이오."

"당신이 나한테 말을 한다고? 난 목사들과 같이 살고 있소. 내가 불평하면 우리 사람들이 뭐라고 하는 줄 아시오? '다 그런 거야, 하워드. 우린 사업을 하는 거라고.'라고 하는 것이오. 그게 무슨 말입니까? 왜 내가 그들과 같이 사업을 해야 합니까?"

"그것도 오래 가지 않을 것이오. 그 때문에 내가 다른 사람들과 연락해야 한다는 것이오. 대표자들 말이오."

"그들은 회의에 나를 부르지 않습니다. 난 아무도 모릅니다."

"물론 모르시겠지요. 또 알아야 할 처지도 아니었을 것이고. 회의는 아주 은밀히 이루어지죠. 우리도 그 지역에 누가 있는지 모를 정도니까. 어떤 조직, 어느 집안사람인지도. 하지만 난 지시를 받았소. 우린 한두 명은 만나야 하오."

"도와드릴 수가 없습니다."

매틀록은 스턱톤을 뚫어지게 쳐다보았다.

"도와줄 수 있을 것이오. 내 말을 들어보시오. 아침에 전화를 걸고 말을 퍼뜨리시오. 조심조심! 겁에 질려서는 안 됩니다. 누구에게든 당신이 모르는 말은 하지 말고, 내 이름도 대지 마시오. 그냥 당신이 은색 코르시카어 편지를 가진 사람을 만났다고만 하시오. 그 사람에게 같은 은색 편지를 가진 사람을 은밀히 만나야 한다고 하시오. 할 수 없다면 한 사람만 가지고 시작하겠소. 알아들으셨습니까?"

"알아듣기는 했지만, 내키지는 않소. 이건 정말 나와는 아무 상관도 없는 일이잖소."

"이 집 문을 닫는 편이 낫겠습니까? 10년, 20년 공들여 일궈온 이 웅장한 유적을 잃어버리는 편이 낫겠습니까? 감옥에서 장례식을 치르는 일은 아주 감동적이라고는 합디다마는."

"좋소! 알았소. 전화하겠소. 난 아무것도 모른다고 하겠소. 난 그저 말만 전하는 것뿐이오."

"그것이면 충분합니다. 연락되면, 내가 오늘 밤 아니면, 내일 밤에 스키리조트에 있을 거라고 하시오. 그 편지를 가지고 오라고 하시오. 그 편지가 없는 사람과는 이야기하지 않을 테니!"

"편지가 없는 사람은……."

"이제 자동차 키를 주시오."

스턱톤은 마리오를 다시 불렀다. 매틀록은 자동차 키를 받았다.

그는 마운트 홀리에서 남쪽으로 72번 도로로 접어들었다. 어디서였는지 기억은 나지 않았지만, 하트퍼드에서 오는 길에 이미 공중전화를 여러 대 지나쳤다.

지금은 공중전화 이외의 다른 것은 모두 덧없고 낯설고 두려웠다. 그는 차저 30이 시킨 대로 그린버그에게 전화할 것이다. 그러기 전에 우선 블랙스톤 사람과 연락해야 한다.

즉시 랑데부를 주선하는 것이 급선무다. 이제는 코르시카어 편지가 반드시 있어야 한다. 이제 말을 퍼뜨렸으니 되건 안 되건 협상의 목적을 이루어야 한다. 스턱톤의 전언이 제대로 들어가 누군가에게 연락이 된다면, 그 누군가는 매틀록이 그 편지를 내놓지 않는 한 살인을 하거나, 살인을 당할 것이다.

아니면, 이 일은 모두 허사일까? 그는 크레셀과 그린버그가 말한 것처럼 아마추어에 불과할까? 자기 자신도 알 수가 없었다. 매틀록은 자신의 모든 면을 보고, 그의 학문적인 상상력이 가진 모든 수단을 동원하여 생각을 똑바로 하려고 했다.

그러나 과연 그것으로 충분할까? 아니면 그의 책임감, 그의 격렬한 복수심과 혐오가 그를 돈키호테로 만들고 있는 것은 아닐까?

그렇더라도 그는 그런대로 밀고 나가야 한다. 그저 최선을 다할 수밖에 없다. 그에게는 충분한 이유가 있다. 데이빗이라는 동생, 팻이라는 여자, 루카스라는 착한 노인, 로링이라는 좋은 친구, 제니라는 겁에 질린 메디슨대학의 여학생.

매틀록은 72번 도로 끝 한적한 곳에서 공중전화를 발견하고

555－6868번의 녹음기에 공중전화 번호를 말한 뒤 차저 30이 전화 걸어오기를 기다렸다.

우유배달 트럭이 지나갔다. 트럭 운전사는 노래를 부르면서 매틀록에게 손을 흔들어 보였다. 몇 분 후에 커다란 이삿짐 회사 트럭이 지나갔고, 그로부터 얼마 안 있어 농산물을 실은 트럭이 지나갔다. 5시 반이 가까웠고, 날이 밝아오고 있었다. 하늘은 먹구름이 끼어 흐릿한 잿빛이었다.

그때 전화가 울렸다.

"여보세요!"

"무슨 일입니까? 웨스트버지니아의 친구분한테 연락하셨습니까? 더 이상 기다릴 수 없다고 하시던데요."

"몇 분 후에 걸 것이오. 클리프요?"

매틀록은 그가 클리프가 아니라는 것을 알았다. 목소리가 달랐다.

"아닙니다, 전 짐입니다. 선생님과 같은 이름이죠."

"좋소, 짐. 내가 클리프라는 친구에게 시킨 일을 했소? 그 편지 가지고 나왔소?"

"네. 이탈리아어로 적혀 있는 그 은색 종이 말씀이죠? 아마 이탈리아어인 것 같습니다."

"맞소."

매틀록은 두 시간 후 그 편지를 받기로 약속을 정했다. 클리프라는 블랙스톤 직원과 스코필드 애비뉴에 있는 지하철역 인근의 야간 식당에서 만나기로 했다. 차저 30은 주차장에서 신속히 일을 끝내자고 했다. 매틀록은 자기가 타고 있는 자동차를 설명해주고 전화를 끊었다.

다음에는 필링에 있는 제이슨 그린버그에게 전화를 걸었다. 그린버그는 몹시 화가 나 있었다.

"약속을 어기는 것으로도 부족해서 이젠 군대까지 고용한 것이오? 도대체 미국 정부가 못하는 일을 그런 광대들이 할 수 있다고 생각하는 것이오?"

"그 광대들은 하루에 3백 달러나 든답니다, 제이슨. 잘못하면 재미없죠."

"정신이 나갔군! 왜 그런 짓을 하는 것이오? 그렇게 하지 않겠다고 약속하지 않았소? 우리 사람들과 같이 일하겠다고 하지 않았느냐 말이오."

"당신네 사람은 내가 도저히 지킬 수 없는 최후통첩을 해 왔소. 그게 당신 생각이었다면, 당신한테도 휴스턴한테 한 것과 똑같은 말을 해주겠소."

"그게 무슨 말이오? 최후통첩이라니?"

"잘 알면서 왜 이러십니까? 그런 장난 그만두십시오. 내 말을 들으시오."

매틀록은 거짓말을 하기 전에 잠깐 말을 끊음으로써 최대한 위엄 있게 들리도록 했다.

"하트퍼드의 한 변호사가 내가 서명한 아주 중요한 편지를 가지고 있소. 당신한테 서명해준 편지와 비슷한 것인데, 다만 내용이 좀 다릅니다. 그 편지에는 내가 이 일에 기용되게 된 경위, 당신들이 나를 끌어들였다가는 어떤 식으로 빼버렸는지, 당신이 나한테 새빨간 거짓말에 서명하게 강요한 사연 등이 자세히 적힌 겁니다. 당신들이 어떤 짓을 하면, 그는 편지를 폭로할 것이고, 그럼 사법부는 정신없이 바빠지겠지. 그런 아이디어를 준 사람은 제이슨, 당신이었소. 아주 기발한 생각이었지. 그 편지를 보면 군인 중엔 칼라일 캠퍼스를 갈기갈기 찢어놓고 싶은 사람도 있을지 모르겠소. 운이 좋으면 전국에 걸쳐 데모도 일어날 수 있겠지요. 학교들은 그 둔한 잠에서 깨어날 준비가 되어있다고 실폰트도 말하지 않았습니까? 다만, 이번에는 전쟁이나 마약이나 징용 같은 것은 아닐 것이오. 좀 더 나은 명칭을 찾을 수 있을 것이오. 정부의 침투, 경찰국가, 게슈타포 전략. 그런 사태에 대비가 되어있소?"

"제발, 그만 집어치우시오! 그래봐야 당신한테도 좋을 게 하나도 없소. 당신이 뭐 그렇게 중요한 인물도 아니잖소. 그런데 그게 무슨 말이오? 그 친구한테 내가 직접 브리핑을 해주었단 말이오. 당신이 하는 일을 그 친구한테 알려주어야 한다는 것 외에 다른 조건은 없었소."

"젠장! 난 캠퍼스 밖으로 나가서는 안 되고, 교직원이나 교수진들과는 절대 이야기해서도 안 되고, 학생들만 조사해야 한다니, 그럼 학생들부터 처치한다는 것 아니요? 그런 제약만 지키면 난 새처럼 자유롭지! 이보시오, 당신도 팻을 보지 않았소. 놈들이 팻한테 어떤 짓을 했는지 보지 않았소? 강간까지 하질 않았소. 그린버그, 그런데 내가 휴스턴이 그렇게 이해심이 많은 것에 대해 감사하라는 것이오?"

"내 말 믿으시오. 그런 조건은 내가 브리핑한 후에 추가된 것입니다. 그러고도 나한테는 알려주지 않았던 것이오. 이건 사실입니다. 하지만 그런 조건을 덧붙인 것은 당신을 보호하기 위한 것이었소. 그 정도는 알지 않습니까?"

"그건 우리 계약에 들어있지 않았소."

"그랬죠. 그리고 나한테 이야기해주어야 하는 것이었소."

"또, 그들이 누구를 보호해준다는 것인지 모르겠소. 나입니까, 아니면 자신들입니까?"

"좋은 질문입니다. 그들은 나한테 이야기해주었어야 했소. 책임자를 바꾼다고 해서 권위까지 바꿀 수 있는 것은 아니니까. 그건 논리적으로 말이 안 되오."

"그건 도덕적으로 틀린 것입니다. 이번 오디세이를 하다 보니 점점 도덕성 문제에 가까이 다가가고 있는 것 같소."

"반가운 말입니다. 하지만 이제 그 여행도 끝이 가까워진 것 같습니다."

"해보시오!"

"그들은 그렇게 할 겁니다. 변호사 사무실에 있다는 편지 같은 것은 아무런 의미도 없소. 내가 먼저 말해보겠다고 한 것이오. 당신이 48시간 안에 보호 감금으로 자수하지 않으면, 그들은 영장을 발부할 것입니다."

"무슨 근거로?"

"위협적인 존재. 정신적으로 불균형한 사람. 그들은 당신의 군대 기록을 다시 들추어낼 것입니다. — 두 번에 걸친 군사재판, 전투 상황의 지속적인 불안 상태, 마약 사용. 그리고 알코올 — 증인도 있습니다. 또 인종차별 — 그들은 크레셀한테서 루뭄바 사건 이야기도 다 들었습니다. 게다가 아직 증거는 없지만 보아하니 당신은 범죄자로 알려진 사람들과 만나고 다닌다고도 합디다. 그들은 에이본 어딘가에서 사진도 찍었습니다. 자수하십시오, 짐. 그들은 당신의 일생을 망칠 것입니다."

26

48시간이라고? 왜 48시간인가? 왜 24시간, 12시간, 아니 당장이 아니란 말인가? 말이 되지 않았다. 그때 그는 이해가 되었다. 그러자 그는 공중전화 부스 안에서 혼자 웃기 시작했다.

그는 새벽 5시 반에 코네티컷 마운트 홀리의 한적한 고속도로에 있는 공중전화 부스 안에서 큰 소리로 웃어댄 것이다.

계산이 밝은 이 사람들은 그에게 무언가를 해낼 시간만큼만 주고 있었다. – 그가 해낼 수만 있다면 말이다. 만약 해내지 못한다면, 그리고 그에게 무슨 일이 일어날 경우라도, 그들은 결백할 것이다.

그들이 그를 정신적으로 불균형한 마약중독자에다가 인종차별을 하고 유명한 범죄자들과 어울린다고 간주한다는 것이 공식적인 입장이며, 그래서 그들은 그에게 경고했다. 그러한 미친 사람을 다루는 것과 그에 따르는 위험을 줄이기를 희망하는 둘을 교묘하게 저울질하면서 '시간'을 배정한 것이다.

매틀록이 웨스트 하트퍼드에 도착한 것은 6시 45분이었다. 그는 음식을 먹으면 필요한 에너지가 생길 것 같은 기분에 아침을 거나하게 시켜 먹었다. 그는 계속 시계를 보았다. 7시 반까지는 주차장으로 가 있어야 한다.

그는 차저 30과의 만남이 어떤 식으로 이루어질까 궁금했다.

남자는 덩치가 엄청나게 컸다. 매틀록이 자신이 작다고 느낀 것은 이것이 처음이었다. 차저 30의 클리프는 프리모 카네라의 옛날 사진을 연상시켰다. 얼굴만 빼고. 그의 얼굴은 마르고 지적이고 환하게 웃어 보였다.

"차에서 내리지 마십시오, 매틀록 씨."

그는 손을 차 안으로 집어넣어 매틀록과 악수했다.

"여기 그 편지가 있습니다. 제가 봉투에 넣었죠. 참, 발렌타인 양은 어젯밤에 웃으셨습니다. 기분이 훨씬 나아지셨죠. 뇌파진동 그래프도 고르게 찍히고 있고, 신진대사도 정상으로 돌아오고 있고, 동공도 축소되고 있습니다. 아시고 싶어 하실 것 같아서 말씀드리는 겁니다."

"듣고 보니 좋아지는 것 같군요."

"그렇습니다. 우리는 이제 의사와도 친해졌습니다. 우리한테 다 터놓고 말해줍니다."

“병원에서는 당신들이 경호를 서는 것에 대해 어떻게 받아들이고 있습니까?”

“블랙스톤 씨가 그런 문제는 사전에 해결해 두십니다. 우린 발렌타인 양의 병실 옆의 양쪽 방을 쓰고 있습니다.”

“물론 그 비용은 나한테 날아오겠지요.”

“블랙스톤 씨를 아시지 않습니까?”

“점점 알아가고 있소. 일류급이라는 것을.”

“그의 고객들도 그렇습니다. 전 이만 가봐야겠습니다. 만나서 반가웠습니다.”

블랙스톤 쪽 사람은 빠른 걸음으로 낡은 자동차로 갔다.

이제 매틀록이 뉴헤이븐으로 가야 할 시간이다.

ജ്ഞ

매틀록은 계획도, 구체적으로 누구를 만나야겠다는 생각도 없었다. 그는 끄는 사람이 아니라 끌려가는 사람이었다. 그가 가지고 있는 정보라고 해봐야 구름같이 애매하고 피상적이고 너무 부족해서 절대적이랄 것이 없었다.

하지만 그래도 누구를 만나보아야겠다고 생각할 정도는 되었다. 하지만 그게 누가 됐건, 그 사람은 대학을 전체적으로 볼 줄 아는 사람이어야 했다. 샘 크레셀처럼 대학가의 전반적인 긴장을 다루는 사람이어야 했다.

그러나 예일은 칼라일보다 다섯 배나 더 큰 학교였다. 게다가 칼라일대학처럼 주변 환경이 외진 곳에 있지도 않았다. 학생과라는 중심적인 곳이 없는 것은 아니었지만, 거기에는 그가 아는 사람이 없었다.

그런 데에 가서 여대생들이 코네티컷, 매사추세츠, 뉴햄프셔주까지 연결되는 창녀들의 서클을 구성하고 있다는 믿기 어려운 이야기를 했을 때, 그의 말을 심각하게 받아들여 준다면 난리가 날 것이다. 그러나 그의 말을 심각하게 받아들여 줄지조차 자신할 수 없었고, 그러면 결국 헛수고만 하는 꼴이다.

한 가지 가능성은 있다. 학생과와는 비교도 안 되겠지만, 그런대로 학교 전체의 상황을 볼 수 있는 교학과가 있다. 그는 예일대학 교학과에서 일하는 피터 대니얼즈라는 사람을 알고 있다. 그와 대니얼즈는 예비학교에서 학생들을 모집하기 위한 오리엔테이션을 할 때 같이 강의한 적이 있었다.

대니얼즈하고는 그가 알고 있는 사실은 이야기해줄 수 있을 정도의 친분은 있었다. 대니얼즈는 그를 의심하거나 겁을 먹거나 할 사람은 아니다. 그 여학생에 대해 이야기하는 선에서 이야기의 범위를 좁힐 수는 있을 것이다.

그는 채플 스트리트에 차를 댔다. 길 한 옆에 실리만 단과대학으로 가는 아치가 있고, 반대편에는 넓은 잔디밭에 교학과 건물로 가는 콘크리트 포장 길이 있다. 대니얼즈의 사무실은 2층에 있었다. 매틀록은 차에서 나와 문을 잠근 후, 성조기와 예일대학 기가 걸려있는 벽돌 건물을 향해 걸어갔다.

"말도 안 돼! 지금이 어떤 세상인데, 누가 섹스를 하는 데 돈을 내느냐 말이야. 마음대로 할 수 있는데."

"난 내가 본 것을 말하는 걸세. 그 여학생이 한 말을 그대로 하는 것이고, 그 여학생이 거짓말을 하는 건 아니었어."

"하지만 확실한 건 아니잖아."

"다른 문제와 너무 많이 연관되어 있어서 그래. 그런 문제들도 난 직접 보았지."

"뻔한 질문 하나 할까? 왜 경찰에 가질 않나?"

"뻔한 대답을 해주지. 대학은 그동안도 충분히 문제가 많았어. 내가 알고 있는 사실들은 그런 문제들과는 성격이 좀 달라. 정보가 좀 더 있어야 해. 선불리 나섰다가 중상모략 죄로 걸려들고 싶지 않은 걸세."

"알았네, 그렇다고 해두지. 하지만 난 도와줄 수가 없네."

"학생들 이름만 몇 개 가르쳐 줘. 학생이든 교수든 말이야. 자네가 알고 있는 사람들……. 문제가 있다는 것을 자네가 아는 사람들, 연관된 굵직한 사람들 말일세. 그런 사람들 명단이 있지 않나. 있다는 사실을 다 알고 있네. 우리도 가지고 있으니까. 맹세코, 그 사람들은 누가 그 명단을 흘렸는지 모를 걸세."

대니얼즈는 의자에서 일어나 파이프에 불을 붙였다.

"너무 범위가 넓어. 문제가 있다니, 어떻게 말인가? 학점? 정치적 문제? …… 마약? 알코올?"

"잠깐만."

대니얼즈의 말에 한 가지 기억나는 것이 있었다. 매틀록은 하트퍼드의 외진 건물 안, 조명이 어두침침한 담배가 자욱한 방을 기억했다. 로코 에이엘로의 헌트 클럽이었다. 그리고 에이엘로에게 서명해달라고 계산서를 가지고 왔던 웨이터 제복을 입은 키가 큰 젊은 청년. 월남과 다낭의 퇴역군인. 연락하고, 자신의 둥지를 만들고 있는 예일대 학생, 경영학 전공.

"만나고 싶은 사람이 누구인지 알았어."

"이름이 뭐지?"

"이름은 몰라. 하지만 퇴역군인이야. — 인도차이나에 갔다 왔지. 22살 아니면 23살. 키가 큰 편이고, 머리는 연한 갈색, 경영학 전공."

"그런 학생은 5백 명은 돼. 의예과, 법대, 그리고 공대생들만 빼면, 모두 인문계로 분류되거든. 학적부를 모두 뒤져봐야 해."

"입학원서에 사진은?"

"그건 이제 못하게 되어 있잖나."

매틀록은 창밖을 바라보았다. 생각에 잠겨서 눈썹을 찡그린 채. 그는 다시 대니얼즈를 보았다.

"피터, 지금은 5월이야……."

"그래서? 11월이면 어때? 그래도 평등법이 바뀌지는 않을걸."

"한 달 후면 졸업식이야. 졸업반 학생들은 사진을 찍지. 졸업 앨범에 넣기 위해서 말이야."

대니얼즈는 금방 이해했다. 그는 입에서 파이프를 떼고 문 쪽으로 가기 시작했다.

"같이 가세."

ᘓᘐ

그의 이름은 앨런 페이스였다. 4학년이었고, 수강 과목은 경영학이 주가 아니라, 정치학을 주전공으로 하고 있었다. 그는 캠퍼스 밖 처치 스트리트의 햄든 역 근처에 살고 있었다.

기록된 성적을 보면 앨런 페이스는 우수한 학생이었다. 전 과목에서 줄곧 우등생이었고, 시라쿠즈에 있는 맥스웰 정치학 학교 장학생이었다.

그는 군에서 28개월 복무했는데, 이것은 의무복무 기간보다 4개월을 더 근무한 것이었다. 퇴역군인들이 그렇듯이 그의 과외활동은 극히 적었다.

페이스는 군 복무 중 조달청에 소속된 장교였다. 그는 의무 복무 기간이 끝난 후 사이공 연대에서 4개월간의 연장 복무를 자원했으며, 이 사실은 그의 입학원서에 특기사항으로 처리되어 있었다. 앨런 페이스는 자기 일생 중 4개월을 국가를 위해 더 바친 셈이다. 지금 같은 극단의 냉소주의 시대에 그는 분명 명예로운 인간이었다.

햄든을 향해 처치 스트리트를 달리면서 매틀록은 머리를 정리할 기회가 생겼다. 한 번에 한 가지씩만 해결해야 했다. 한 가지를 해치우면 그다음 일로, 서로 동떨어진 사실들을 그 의미 이상으로 상상해서 해석하면 안 되었다. 모든 것을 한 데 섞어 그 전체가 부분들보다 더 커지게 해서는 안 되는 것이다.

이 앨런 페이스가 홀로 게임을 하고 있을 가능성도 있다. 완전히 독립적으로 어떠한 방해 없이.

하지만 그건 논리적으로 맞지 않았다.

페이스가 사는 아파트 건물은 도시 외곽에서 흔히 볼 수 있는, 특색이 없는 갈색 벽돌 건물이었다. 그것은 4, 50년 전 시멘트벽을 넘어 시골로 나가면서 도시를 완전히 떠날 용기는 없었던 신흥 중산층의 상징이었다. 그러나 매틀록의 눈에 이러한 아파트는 학생이 살 곳으로는 보이지 않았다.

하지만 그는 거기에 있었다. 피터 대니얼즈가 그 사실을 확인해 준 것이다.

페이스는 문의 쇠고리를 풀려고 하지 않았다. 그 학생의 마음을 푼 것은 매틀록이 두 가지 사실을 특히 강조했기 때문이었다. 한 가지는 그가 경찰이 아니라는 사실, 그리고 다른 한 가지는 로코 에이엘로의 이름이었다.

"원하시는 게 뭡니까? 전 할 일이 많습니다. 이야기할 시간이 없다고요. 내일 종합시험이 있어서요."

"앉아도 되겠나?"

"왜요? 말씀드리지 않습니까, 전 바쁘다고."

키 큰 갈색 머리의 학생은 자기 책상으로 갔다. 책상 위에는 책과 종이가 수북이 쌓여 있었다. 아파트는 책상만 제외하고는 깔끔하고 꽤 넓었다. 문이 여러 개 있고, 짧은 복도에 또 다른 문들이 있었다. 보통 학생들 너덧이 같이 쓰는 아파트였다. 하지만 앨런 페이스는 이 아파트에 혼자 살고 있었다.

"어쨌든 긴 말 않겠네. 로코한테 그만큼의 빚은 지지 않았나?"

"그게 무슨 말씀이십니까?"

"로코가 내 친구였다는 뜻이지. 요전 날 밤 자네가 그에게 서명하라고 계산서 가지고 왔을 때 같이 있던 사람이 나였네. 기억하나? 그 친구는 자네한테 아주 잘해주었지. 지금은 죽었네."

"그건 압니다. 신문에서 봤습니다. 안 됐다고 생각합니다. 하지만 그 사람한테 진 빚은 없습니다."

"하지만 자넨 그 친구한테서 도움을 받지 않았나?"

"무슨 말씀을 하시는 건지 모르겠군요."

"왜 이러나, 페이스. 자네도 시간이 없고, 나도 바쁜 사람일세. 자네가 로코의 죽음과 관련된 건 아니야. 그건 나도 알고 있어. 하지만 난 정보가 필요한데, 그걸 자네가 좀 줘야겠어."

"사람을 잘못 찾아오셨습니다. 전 댁을 모릅니다. 전 아무것도 모릅니다."

"난 자네를 알아. 자네에 대한 모든 것을 알고 있어. 에이엘로와 나는 사업을 같이할 생각이었지. 자, 그건 자네와는 상관없는 일이지. 하지만 우린 개인적인 정보를 서로 주고받았다 이거야. 내가 자네를 찾아온 것은 솔직히 로코가 죽어버리고 나니 빈자리가 났기 때문이네. 사실 난 지금 자네한테 부탁하는 것이고, 그 값은 내겠네."

"말씀드리지 않았습니까, 저는 당신네 사람이 아닙니다. 에이엘로도 잘 몰랐습니다. 그저 테이블 시중이나 들고 몇 달러 받은 것뿐이니까요. 물론 소문은 들었습니다만, 그게 전부입니다. 뭘 알고 싶어 하시는 건지 모르겠지만, 다른 사람을 찾아보시는 게 좋을 겁니다."

페이스는 날카로웠다. 그는 몸을 적당히 사리면서도 전혀 아무것도 모르는 바보 같은 짓은 하지 않았다. 어쩌면 그가 사실을 말하는 것인지도 몰랐다. 그것을 알아내는 길은 한 가지밖에 없다.

"다시 말하겠네. 베트남에서 15개월. 사이공과 다낭에 있었지. 홍콩과 일본으로 원정 갔고. 조달청 장교, 햄든대학에서 우등할 정도의 능력 있는 젊은이가 하기에는 너무 따분하고 한심한 일이었지."

"조달청 복무는 좋았습니다. 전투도 안 하고 땀을 흘릴 필요도 없었으니까요. 원정은 누구나 다 했습니다. 알아보십시오."

매틀록은 페이스의 말에 아랑곳하지 않고 계속 말했다.

"그다음엔 헌신적이던 장교가 민간인으로 돌아왔지. 사이공에서 4개월 동안 연장 복무를 자원해서 하고 돌아온 자네는 투자할 만큼 돈이 있었는데, 그건 군대에서 받은 봉급은 아니었어. 자네는 뉴헤이븐에서 가장 막강한 공급책 중 한 사람이 되었지. 더 계속할까?"

페이스는 책상 옆에 선 채 숨을 멈춘 것 같았다. 그는 새하얘진 얼굴로 매틀록을 노려보았다. 그가 말을 할 때는 겁에 질린 젊은이의 목소리가 그대로 나왔다.

"증명할 수 있는 것은 아무것도 없습니다. 난 아무 짓도 안 했습니다. 내 군대 기록, 이곳 학적부의 기록은 모두 다 좋습니다. 아주 좋습니다."

"최고지. 티 하나 없어. 자랑할 만한 기록이지. 이건 진심으로 하는 말이네. 난 자네가 그런 기록들을 망치기를 바라지 않네.

이것 역시 진심으로 하는 말이네."

"걱정하지 마십시오, 난 결백합니다!"

"아니, 그렇지 않아. 넌 조합장이지. 에이엘로가 그 점을 분명히 해두었지. 서류상으로……."

"거짓말!"

"바보로군. 에이엘로가 거래하면서 아무 조사도 안 한 채로 할 것 같나? 그렇게 할 수 있겠어? 그는 아주 광범위하고 세세하게 장부에 기록해두었는데, 내가 지금 그걸 가지고 있는 거야. 말했잖아, 우린 사업을 같이하려고 했다고. 동업하는 사람끼리는 서로 장부를 검사하게 되어있지. 그 정도쯤은 알 텐데."

페이스는 들릴락 말락 하는 소리로 말했다.

"그런 장부는 없습니다. 누구도 그런 장부는 두지 않죠. 도시, 마을, 암호는 있을지 몰라도 이름은 없습니다. 절대 이름은 쓰지 않습니다."

"그렇다면 내가 어떻게 여길 찾아왔겠나?"

"하트퍼드에서 저를 보았기 때문이죠. 연락망을 보고 찾아서 온 것이죠."

"바보 같은 소리 마라. 그보다는 더 잘 알 텐데."

매틀록이 즉각적으로 한 말의 의미는 깊었다.

"왜 저한테 오셨습니까? 전 그렇게 중요한 사람도 아닌데요. 저에 대해 안다고 하셨는데, 그럼 제가 중요하지 않다는 것도 아시지 않습니까?"

"말했잖아. 난 정보가 필요하다고. 높은 나리들한테 가고 싶지는 않아. 내가 불리한 입장이 되고 싶지는 않은 거야. 그래서 자네한테 값을 내겠다는 것이지. 내가 자네에 대해 알고 있는 모든 것을 없애버리겠다고."

이 낯선 이의 손아귀에서 벗어날 수 있다는 희망이 페이스의 마음을 열게 한 것이 분명했다. 그는 얼른 대답했다.

"제가 질문에 대답을 못 하면 어떻게 하실 겁니까? 제가 거짓말한다고 생각하실 것 아닙니까?"

"거짓말을 한다면 그보다 더 큰 실수는 없겠지. 하여간 자넬 믿어보는 수밖에."

"물어보십시오."

"여학생을 한 명 만났어. 이 근처 대학에 다니는 학생이지. 그 여학생을 만난 상황은 직업적인 매춘이라고밖에 표현할 수 없는 상황이었어. 철저히 직업적인. 약속하고, 정해진 화대를 받고, 고객에 대한 사전지식 없이. 그런 것에 대해 뭘 아나?"

페이스는 매틀록 앞으로 몇 발자국 가까이 다가왔다.

"무슨 뜻이죠, 제가 뭘 아느냐고요? 그런 게 있다는 건 압니다. 그 외에 뭘 더 알아야 하죠?"

"얼마나 퍼져있지?"

"전부 다요. 뉴스거리도 안 됩니다."

"나한테는 뉴스거린데."

"현실을 모르시는군요. 대학도시 몇 군데만 돌아보십시오."

매틀록은 침을 삼켰다. 그 정도로 현실에 어두웠단 말인가?

"내가…… 대학도시들을 아주 잘 알고 있다면?"

"그럼 선생님이 아는 사람들은 담을 쌓고 사는 사람들이라고 해야겠죠. 저 역시 그 분야와는 상관이 없습니다. 또 뭐죠?"

"잠깐, 이 문제에 대해 좀 더 이야기해보자. ……. 왜지?"

"뭐가 왜입니까?"

"여학생들이 왜 그런 짓을 하는 거지?"

"빵 때문이죠. 사람 하는 일이 다 빵 때문 아닙니까?"

"자네 같은 지성인이 그런 말을 믿지는 않겠지. 그건 조직적으로 하는 일이니?"

"그럴 겁니다. 말씀드렸듯이, 전 그 분야에는 관계 안 합니다."

"조심해! 난 자네에 대한 서류가 많다는 사실……."

"알았어요. 네, 조직이 있습니다. 모든 일이 다 조직된 거죠. 그게 잘 되는 건지는 모르지만."

"구체적으로 그 활동이 이루어지는 곳이 어디야?"

"말했잖아요! 전부라고."

"학교 안에도?"

"아니요, 안은 아니에요. 밖에서만 하죠. 학교가 시골에 있으면 보통 2, 3마일 정도 떨어진 곳에서. 교외의 외떨어진 낡은 집에서.

도시의 경우는 시내의 호텔, 회원전용 클럽, 아파트 등지에서. 하지만 여기서는 안 합니다."

"그럼…… 컬럼비아, 하버드, 래드클리프, 스키스, 홀리요크 전부 다? 남쪽으로도?"

"사람들은 프린스턴은 잊어버리죠. 프린스턴 뒷골목에 가면 옛날에 지은 집들이 많죠. 네, 그런 곳 전부 다입니다."

"정말 믿기 어렵군. 하지만 왜? 그 '빵' 소린 집어치우고……."

"빵은 곧 자유입니다. 이 아이들한테는 그게 자유란 말입니다. 그 애들은 정신이 돈 아이들이 아닙니다. 검은 베레모를 쓰고 야전점퍼를 입고 뛰어다니는 아이들이 아니란 말입니다. 우리 중에 그런 아이는 별로 없습니다. 우린 배웠죠. 돈을 벌어라, 그럼 멋있는 사람들이 널 좋아할 테니. 또 선생님께서 이미 아셨는지 모르겠지만, 돈을 벌기가 전같이 쉽지 않습니다. 아이들 대부분은 돈이 필요한 이들입니다."

"내가 아까 말한 그 여학생은 강제로 그 일을 해야만 한다던데."

"오, 강제로 하는 아이는 아무도 없어요! 그건 새빨간 거짓말이에요."

"그 여학생이 그랬어. 몇 가지 이야기해주었지. 서로를 규제한다고, 법원이나 의사, 심지어 직장까지……."

"그런 건 금시초문입니다."

"또 그 후까지도, 나중에도 연락을 해온다고. — 2, 3년 후에.

구닥다리 협박 수단이지. 내가 지금 자네한테 하는 것처럼.”

“그렇다면 그 여학생은 전에 문제가 있었을 겁니다. 그게 마약 문제였다면, 거기까지 갈 필요가 없으니까요. 누구한테 돈을 빚졌는데 갚지 못한 게 아니라면…….”

“니믈롯이 누구지?”

매틀록은 이 질문을 별로 강조하지 않고 무덤덤하게 말했다. 그러나 이 질문에 페이스는 뒤로 돌아서 성큼성큼 가버렸다.

“그건 모릅니다. 그런 정보는 갖고 있지 않습니다.”

매틀록은 의자에서 일어나서 그대로 서 있었다.

“한 번만 더 묻겠다. 만약 그 답을 못 들으면, 난 문으로 나갈 것이고, 자넨 그것으로 끝장이다. 아주 유망하던 인생이 완전히 뒤바뀌겠지. 살아있다면 말이지만……. 니믈롯이 누구지?”

페이스는 뒤로 홱 돌았다. 매틀록은 그의 두려움을 또 보았다. 루카스 헤론의 얼굴, 루카스 헤론의 눈에 서려 있던 그 두려움을.

“제발 절 도와주십시오. 그 질문엔 대답할 수 없습니다!”

“할 수 없는 거니, 아니면 안 하는 거니?”

“할 수 없는 겁니다. 모르니까요!”

“내 생각엔 알고 있는 것 같다. 하지만 한 번만 더 묻겠다고 했으니, 더는 묻지 않겠다.”

매틀록은 페이스를 다시 쳐다보지 않은 채 아파트 문 쪽으로 걸어가기 시작했다.

"안 돼요! …… 젠장, 전 모른단 말입니다. 제가 어떻게 알겠어요? 그럴 수 없어요."

페이스는 매틀록의 옆으로 달려왔다.

"뭘 그럴 수 없어?"

"선생님이 하시겠다고 한 일……. 제 말을 믿어주세요. 전 그 사람들이 누군지 몰라요. 전……."

"그 사람들?"

페이스는 당황한 표정이 되었다.

"네……, 아마 여러 명 아니겠어요? 저도 모르겠어요. 전 아무와도 연락 안 해요. 다른 사람들이 해주죠. 전 안 해요. 그 사람들은 저한테 이래라저래라하지 않는다고요."

"하지만 그 사람들을 의식은 하지."

이것은 질문이 아니고 단정이었다.

"의식은……, 네, 의식은 해요. 하지만 누구인지는 정말 몰라요. 몰라!"

매틀록은 뒤로 돌아 페이스를 마주 보았다.

"타협하자. 네가 아는 것만 말해라."

그래서 이 겁에 질린 젊은이는 아는 대로 들려주었다. 그 말을 들으면서, 이제는 제임스 매틀록이 두려움에 싸이기 시작했다.

니믈롯은 눈에 보이지 않는 무서운 꼭두각시 조종자였다. 얼굴도 없고, 형체도 없지만 무시무시한 권한을 가진 존재. 그건 한 사람이거나 여러 사람이거나 하는 것이 아니었다. — 어떤 힘이었다. 북동부의 모든 일류대학, 상아탑을 위해 봉사하는 모든 시당국, 뉴잉글랜드의 복잡한 고등교육재단에서 보이지 않는 힘을 발휘하는 복합적이고 추상적인 개념이었다.

마약은 여러 가지 국면 중의 하나에 불과했으며, 5월의 회의가 열리는 가장 시급한 이유였다.

니믈롯 조직은 마약 외에 수십 곳의 대학행정부에도 손을 뻗치고 있어, 학교 교과목을 정하고, 대학교 직원을 고용하거나 해고하고, 학위와 장학금 정책 등도 모두 니믈롯 조직의 지시에 따라서 이루어지고 있다고 페이스는 확신하고 있었다.

매틀록은 칼라일대학을 떠올렸다. 죽은 로링의 말에 의하면 칼라일의 교무과장이 니믈롯의 하수인이라고 하지 않았던가. 또 급성장하고 있는 역사학과 강사 아치 비슨과 대학 축구팀 코치, 그리고 로링이 준 명단에 있던 10여 명의 교수와 교직원들. 아직 얼마나 더 있을까. 그들의 침투는 얼마나 더 깊을까?

왜?

매춘은 부수적인 사업이었다. 젖비린내 나는 아이들끼리 서로 창녀를 모집한 것이다. 주소를 주고, 돈을 주고. 능력과 매력을 갖춘 젊은 육체들이 니믈롯을 찾아가서 계약을 맺는 것이다. 그리고 니믈롯과의 계약에 '자유'가, '빵'이 있는 것이다.

그리고 '아무도 다치지 않았다.'라고 했다. 이것은 희생자가 없는 범죄인 것이다.

"범죄가 아닙니다. 그것은 그저 자유지요. 위로부터의 압력은 없습니다."

앨런 페이스는 이 보이지 않는, 현실적이고 타산적인 니믈롯을 아주 좋게 보고 있었다. 좋게 보는 그 이상이었다.

"외부에서 볼 때 크게 다르다고 생각하십니까? 그렇지 않습니다. 그건 미국의 축소판입니다. 조직적이고, 전산화되고, 법인 구조를 갖추고 있으니까요. 미국 신드롬과 똑 닮았죠. 그건 회사 정책이란 말입니다. GM, ITT, 마벨사나 똑같습니다. 다만 똑똑한 사람이 있어 학교 안에 조직한 것뿐이죠. 게다가 아주 급성장하고 있습니다. 맞서 싸우지 마십시오. 아예 들어오십시오."

"자네는 그렇게 할 생각인가?"

"다 그렇게 하는 겁니다. 그건 믿음이죠. 제가 알기로는 선생님께도 이젠 그런 믿음이 생기셨을 겁니다. 사람을 모집하는 일을 하는 겁니다. 그런 사람들은 어디에나 다 있죠. 선생님이 들어오실 줄 알고 있습니다."

"아니라면?"

"그렇다면 정신이 나간 거죠."

27

뉴헤이븐 중심가를 향해 달리고 있는 흰색 스테이션왜건과 그 차의 운전자를 누가 본다면, 아주 부유한 사람의 차이고 운전자는 그 차에 걸맞은 사람일 거라고 짐작할 것이다.

그런 사람들은 그 차의 운전자가 지난 한 시간 동안 알게 된 사실들에 감각이 마비되어 지나가는 차량을 전혀 의식하지 못하고 있다는 사실, 그가 48시간 동안 잠 한숨 못 잔 지친 사람이라는 사실, 언제든 생명이 끊어져 무한한 안개 속으로 떨어질 각오를 한 채 심연 속에서 가느다란 줄에 매달린 기분이라는 사실을 모를 것이다.

매틀록은 가능한 한 생각을 하지 않으려고 안간힘을 썼다. 공부할 때 스케줄을 만들어 열중하던 세월로부터 그가 배운 것이 있다면 피로와 지나친 생각이 겹치면, 그의 정신이 기능을 제대로 발휘하지 못한다는 사실이다.

그런데 지금은 무엇보다도 그 기능을 행동으로 옮겼다.

그는 해도海圖에도 나와 있지 않은 망망대해에 떠 있다. 바다

한가운데에 떠 있는 작은 섬 에일로엔 무시무시한 사람들만 사는 악의 본산이다. 줄리안 뒤조아, 루카스 헤론, 바르톨로지, 에일로, 샤프, 스턱톤, 그리고 페이스 같은 사람들, 독약에 중독되었고 또 타인까지도 중독시키는 사람들이 살고 있었다.

'니믈롯.'

해도에도 없는 바다? 아니, 해도에 없는 것이 아니다. 그 바다에 가본 사람은 많다. 그들은 지구를 비웃는 사람들이다.

그는 셰라톤 호텔에 방을 잡았다. 침대 끝에 걸터앉아 카마운트의 하워드 스턱톤에게 전화 걸었다.

스턱톤은 자리에 없었다.

그는 카마운트 교환수에게 사무적인 어조로 스턱톤에게 — 그는 시계를 보았다. 2시 10분이었다. — 네 시간 후인 6시에 전화해 달라고 전하라고 했다. 그는 셰라톤 호텔의 번호를 알려주고 전화를 끊었다.

그는 최소한 네 시간은 자야 했다. 그 후에 다시 잠을 잘 수 있을지 모르므로.

그는 다시 수화기를 들고 5시 45분에 깨워달라고 부탁했다.

그는 머리를 베개에 뉘면서 팔로 눈을 가렸다. 셔츠의 천을 통해 깎지 못한 수염이 느껴졌다. 이발소에 가야 할 것이다. 여행 가방을 차 안에 두고 왔다. 너무 피곤하고, 생각이 너무 많아 가방을 방으로 가져오라고 시키는 것조차 잊어버린 것이다.

짧은 세 번의 날카로운 전화벨 소리가 어김없이 그의 잠을 깨워 주었다. 정확히 6시 15분 전이었다. 15분 후면 전화벨이 울릴 것이다. 이번에는 좀 더 긴 보통의 전화벨 소리일 것이다. 그 소리가 들린 것은 정확히 6시였고, 전화를 걸어온 사람은 하워드 스턱톤이었다.

"간단하게 하겠습니다, 매틀록. 연락되었습니다. 단, 그 사람은 스키 리조트 안에서는 만나고 싶지 않다고 합니다. 이스트 고지 슬로프로 가십시오. ㅡ 봄과 여름에도 경치를 구경하고 싶어 하는 사람들을 위한 슬로프가 있습니다. 리프트를 타고 꼭대기까지 올라가십시오. 오늘 저녁 8시 30분입니다. 꼭대기에 남자 한 명이 있을 겁니다. 이게 전부입니다. 이건 나하고는 아무 상관도 없는 일이니까!"

스턱톤이 '쾅!' 하고 수화기를 내려놓는 소리가 매틀록의 귀에 메아리쳤다.

어쨌든 연락은 된 것이다. 그는 해낸 것이다. 니믈롯과 연락이 된 것이다. 그 회의와 연락이 된 것이다.

그는 스키 리프트를 향해 어두운 길을 걸어 올라갔다. 리조트의 주차계원에게 10달러를 줌으로써 그 문제는 해결되었다.

'저 스테이션왜건을 타고 온 잘생긴 녀석은 여자와 약속이 있는데, 남편은 나중에나 올 모양이군. 다 그렇고 그런 거지 뭐.'

주차계원은 아주 협조적이었다.

이스트 고지 슬로프에 닿았을 때는 온종일 꾸물거리던 비가 드디어 내리기 시작했다. 코네티컷에서 4월의 소나기는 언제나 5월의 폭우와 같았다. 매틀록은 우비를 살 생각을 하지 못한 것을 후회했다.

그는 아무도 없는 리프트를 둘러보았다. 점점 굵어지는 빗줄기 사이로 높이 걸린 이중선이 마치 안개 낀 항구에 정박해 있는 배의 돛 줄 같았다. 리프트 줄을 돌리는 복잡한 기계가 있는 오두막에서 아주 작은, 거의 보일락 말락 하는 불빛이 새 나왔다. 매틀록은 그곳으로 가서 문을 두드렸다. 작고 깡마른 남자가 문을 열고 그를 쳐다보았다.

"올라가시겠소?"

"그렇습니다."

"이름이 뭡니까?"

"매틀록."

"아, 그러시군. 크로스바 탈 줄 압니까?"

"스키를 타 본 적이 있습니다. 팔은 고리에 걸고 엉덩이는 붙이고, 발은 받침대에 놓고."

"내가 안 봐줘도 되겠군. 내가 출발시킬 테니 타시오."

"알겠습니다."

"비에 젖을 텐데?"

"압니다."

매틀록이 입구 오른쪽에 서자, 기계가 작동하기 시작했다. 줄이 천천히 삐거덕거리면서 움직이기 시작했고 크로스바 하나가 앞으로 왔다.

그는 리프트 안에 올라타고는 발을 받침대에 올리고 허리 앞쪽의 안전띠를 잠갔다. 줄이 땅에서 올라가는 것이 느껴졌다.

그는 이스트 고지 꼭대기로 가는 중이다. 니믈롯과의 접선을 위해서. 그가 땅에서 10피트 정도 올라갔을 때부터 비는 싫지 않을 뿐 아니라, 오히려 쾌감을 주기 시작했다. 그는 여정의, 경주의 끝을 향해 가는 중이다.

저 꼭대기에서 만나게 될 사람이 누구건 간에 그는 완전히 혼란에 빠질 것이다. 그는 그렇게 될 것을 예상했다.

만약 살해당한 로링과 정정하게 살아있는 그린버그가 해준 말이 모두 사실이라면, 다른 방식으로는 되지 않을 것이다. 이 회의는 완전히 비밀로, 참석하게 될 대표자들은 서로 모르게 되어있다. '오메르타'의 맹세는 사실이 되는 것이다.

그 복잡한 전략이 어떻게 되어가고 있는지 그는 전부 보았다. 그러한 전략에 방해자가 끼게 되면 의심과 공포와 혼란이 있을 수밖에 없다. 매틀록이 기대하는 것은 바로 그 혼란이다.

루카스 헤론은 자기 자신의 계획에 영향을 받았다고 비난했다. 그는 영향을 받은 것이 아니라 이해를 한 것뿐이다. 그건 다른 문제였다. 그를 니믈롯으로부터 한 발자국 떨어지게 한 것은 그러한 이해 때문이었다.

꼭대기로 올라감에 따라 땅에 있을 때보다 강해지는 바람에 날리는 빗줄기가 더 세차게 느껴졌다. 슬로프 위로 올라가면서 매틀록의 크로스바는 조금씩 더 흔들렸다. 기계 창고의 작은 불빛이 이제는 비와 어둠 때문에 간신히 보일 정도였다. 꼭대기까지 절반 정도는 올라온 듯했다.

갑자기 덜컹거리면서 기계가 섰다. 매틀록은 허리에 맨 안전띠를 붙잡고 줄에 무엇이 걸렸는지 보려고 위쪽을 살펴보았다. 걸린 것은 없었다.

그는 잘 안 움직이는 몸을 뒤로 돌려 기계 창고 쪽을 보았다. 이제는 보일락 말락 하던 불빛마저도 없었다. 그는 이마에 손을 얹어 비를 막았다. 그가 잘못 본 것일 것이다. 비 때문에 보이지 않고, 어쩌면 줄 때문에 보이지 않는 것이리라고 짐작하면서 그는 오른쪽으로 돌아보았다가 다시 왼쪽으로 돌아보았다. 그래도 여전히 산 아래의 불빛은 보이지 않았다.

퓨즈가 나간 것일까. 만약 그렇다면 사람들이 손전등이라도 켰을 것이다. 아니면 누전일까? 비가 올 때는 보통 스키 리프트를 작동하지 않으니까.

그는 아래를 보았다. 땅까지는 약 15미터가량 되었다. 발 받침대에 매달리면 다리부터 땅까지 8내지 9피트 정도 될 것이다. 그 정도면 충분히 뛰어내릴 수 있는 높이다. 나머지는 걸어서 가면 된다. 하지만 좀 서두르기는 해야 한다.

꼭대기까지 20분 정도는 걸릴 것이다. 길도 모르니까. 그가 늦어 그의 접선자가 겁을 먹고 그냥 가버리는 사태는 없어야 했다.

"거기 그대로 있으시오! 기구를 풀지 마시오!"

암흑 속에서 비를 가르며 목소리가 튀어나왔다. 이 거친 명령에 매틀록은 놀라기도 하고 겁도 나서 그 자리에 얼어붙었다. 남자는 그의 바로 아래, 줄 오른쪽에 있었다. 레인코트를 입고 무슨 모자 같은 것을 쓰고 있었는데, 그의 얼굴은커녕 키가 어느 정도인지도 분간할 수 없었다.

"누구십니까? 원하는 게 뭐요?"

"난 당신을 만나러 온 사람이오. 당신 주머니 속에 있는 편지를 보고 싶소. 이리 던지시오."

"내가 당신의 편지를 본 후에 보여주겠소. 그게 약속 아니오. 난 그렇게 약속했소!"

"이해를 못 하는군, 매틀록. 그 편지를 던지시오, 그게 전부요."

"도대체 무슨 말을 하는 거요?"

강한 손전등 불빛이 그의 시야를 가렸다. 그는 허리에 맨 안전띠를 풀려고 손을 가져갔다.

"만지지 마! 손을 똑바로 앞으로 하지 않으면 죽여 버리겠어!"

강한 손전등 불빛은 그의 얼굴에서 가슴으로 내려갔다. 매틀록은 눈에서 수천 개의 별을 보았다. 시력이 다시 돌아오자 그는 아래에 있는 남자가 손전등으로 길을 비추면서 줄 쪽으로 더 가까이 다가오는 것을 보았다.

그 불빛에, 그는 또 그 남자가 오른손에 커다란 자동소총을 들고 있는 것도 보았다. 불빛이 다시 그의 얼굴로 돌아왔다. 이번에는 바로 그의 아래에서 직선으로 뻗어왔다.

"협박하지 마, 이 새끼야!"

매틀록은 자기가 화를 내는 것이 그날 새벽 4시에 스턱톤에게 효과가 있었던 것을 떠올리고는 소리쳤다.

"그 빌어먹을 놈의 총 치우고 날 내려줘! 우린 시간이 없고, 난 장난은 싫어하니까!"

그러나 효과는 같지 않았다. 그의 밑에 있는 남자는 웃기 시작했다. 그 웃음은 기분 나빴다. 그것은 가식이 없는 웃음이었다. 그 남자는 지금 즐기는 것이다.

"아주 웃기는군. 엉덩이를 공중에 대고 그렇게 앉아 있는 모습이 정말 웃겨. 지금 네 꼴이 어떻게 보이는 줄 알아? 사격장에서 표적으로 나와 앉아 있는 원숭이 인형 같다고! 내 말뜻 알아들었어? 자, 어서 그 편지를 던져!"

그는 다시 웃었다. 매틀록에게 그 소리는 모든 것을 분명히 밝혀주었다.

그는 접선한 것이 아니었다. 그의 모든 계획, 그의 모든 행동은 허사가 되었다. 그가 니믈롯이 존재한다는 사실을 몰랐을 때나 지금이나 니믈롯과의 거리는 똑같은 것이다.

그는 함정에 빠진 것이다. 그래도 어떻게든 해봐야 했다. 지금 할 수 있는 것은 그것밖에 없다.

"넌 지금 일생일대의 실수를 하고 있어!"

"오, 빌어먹을, 집어치우고 어서 그 편지나 줘! 우린 일주일 동안이나 그 편지를 찾아다녔다고! 난 그 편지를 받아오라고 명령받았어!"

"줄 수 없어."

"그럼 머리통을 날려주겠다!"

"똥 같은 소리 말아라. 넌 그걸 가지고 있어! 그걸 안 가지고 여기까지 오진 않았을걸!"

"그건 내 등에 멘 지갑 속에 들어있단 말이야."

"어서 꺼내!"

"말했잖아, 할 수가 없다고! 이 좁은 4인치짜리 나무판에 앉아 있는 데다가, 발까지 받침대에 묶여있고, 게다가 허공에 떠 있는데 어떻게 꺼내지!"

빗소리에 그의 말은 절반밖에 들리지 않았다. 그의 밑에 있는 남자는 영문을 모르고 짜증을 냈다.

"어서 꺼내라고 했잖아!"

"아무래도 내려가야겠어. 줄에 손이 닿지 않아! 꼼짝도 못 하겠어! 난 총이 없다고!"

매틀록은 크게 소리쳤다.

자동소총을 든 남자는 줄에서 몇 피트 뒤로 물러섰다. 그는 손전등 불빛과 무기를 모두 매틀록을 향해 겨누었다.

"좋아, 내려와! 이상한 짓 하면 머리를 날려버리겠다."

매틀록은 허리의 안전띠를 풀었다. 그는 발 받침대를 잡고 공중에 매달렸다. 비가 몸을 적시고 있고, 불빛이 눈을 가렸다. 그는 당장 생각해야 했다. 즉시 방법을 생각해내야 한다. 그의 목숨은 이제 땅에 있는 저 남자에게 달려있다.

"그 불빛 좀 치우시오! 보이지 않잖소."

"개 같은 소리 말고, 어서 뛰어내려!"

그는 뛰어내렸다. 그리고 땅에 떨어지는 즉시, 그는 고통스러운 비명을 지르면서 다리를 부여잡았다.

"아이고! 내 발목, 내 발. 발목이 부러졌어!"

그는 고통스러워하면서 몸을 비틀어 젖은 땅바닥에 엎드렸다.

"닥쳐! 어서 편지나 꺼내. 어서!"

"염병할, 도대체 나한테 원하는 게 뭐야. 발목이 돌아갔단 말이야. 부러졌다고……."

"안 됐군. 어서 편지나 내놔."

매틀록은 땅바닥에 엎어진 채 통증을 참느라고 고개를 앞뒤로 움직였다. 그는 아픔을 참으면서 간신히 말했다.

"줄은 여기 있어. 그 줄을 풀어."

그는 셔츠를 찢어 천으로 된 벨트 일부를 보여주었다.

"네가 풀어. 어서!"

남자는 가까이 왔다. 하지만 잘 보이지 않았다. 그는 좀 더 가까이 왔다. 손전등 불빛은 이제 매틀록의 바로 위에 있다. 그 불빛은 그의 가슴께로 내려왔다. 매틀록은 검은 자동소총을 보았다.

그가 기다리던 바로 그 순간이었다.

매틀록은 오른손으로 그 총을 잡으면서 동시에 온몸을 레인코트를 입은 남자의 다리를 향해 던졌다. 그리고 잡은 자동소총을 온 힘을 다해 땅 쪽으로 눌렀다. 두 발이 발사되었다. 총이 발사되는 힘에 매틀록의 손이 날아가는 것 같았고 귀도 멍멍했다.

남자는 이제 그의 밑에 깔려서 두 다리와 비어있는 한쪽 팔로 매틀록을 밀쳐내려고 안간힘을 쓰고 있었다. 매틀록은 총을 들고 있는 쪽의 팔을 누르고 손목을 이로 깨물었다. 매틀록의 이가 사내의 살 속으로 파고들면서 피가 솟아 나왔다. 피는 쏟아지는 비와 섞였다.

남자는 비명을 지르면서 손의 힘을 뺐다. 매틀록은 총을 빼앗아 들고, 그것으로 남자의 머리를 연거푸 내리쳤다. 강한 손전등 불빛이 키 큰 풀밭 속에서 수풀만 비추었다.

매틀록은 피범벅이 되어 정신없이 누워있는 사내의 얼굴을 내려다보았다. 그는 숨이 찼고, 남자의 피 맛이 아직 입 안에 남아있었다. 그는 이와 입속을 닦아내기 위해 대여섯 차례 침을 뱉었다.

"좋아! 자, 이제 어떻게 된 건지 말해보실까? 이건 함정이지?"

매틀록은 사내의 목덜미를 잡아 머리를 채어 올리면서 말했다.

"그 편지! 난 그 편지를 가져가야 해!"

사내의 목소리는 거의 들리지도 않을 만큼 작았다.

"난 함정에 빠진 거지. 지난주의 모든 일이 다 함정이었지?"

"그래……, 그랬어. 그 편지."

"그 편지가 중요하긴 한 모양이지."

"그 편지가 널 죽일 거야. 그 편지를 갖기 위해 널 죽일 거야! 넌 가망이 없어……. 도저히 가망이 없어……."

"그들이 누구야?"

"몰라……. 난 몰라!"

"니믈롯이 누구지?"

"몰라……. 오메르타! …… 오메르타!"

남자는 눈을 크게 떴다. 매틀록은 떨어진 손전등의 희미한 불빛으로 이 사내에게 무슨 일이 일어났음을 직감했다. 그의 고통스러운 상상을 어떤 생각이 압도했다. 그것은 보고 있기가 괴로웠다. 그것은 겁에 질린 루카스 헤론, 겁먹은 앨런 페이스의 모습과 너무나 흡사했다.

"자, 내가 슬로프 아래로 데려가지."

하지만 그는 내려갈 수가 없었다. 피범벅이 된 남자가 힘겨운 몸을 앞으로 던지면서 매틀록의 오른손에 들려있던 총을 잡으려고 최후의 시도를 한 것이다.

매틀록은 놀라 뒤로 비켜나면서 본능적으로 총을 발사했다. 피와 살점이 사방으로 튀었다. 남자의 목 절반이 날아가 버렸다.

매틀록은 천천히 일어났다. 총에서 나오는 화약 연기가 죽은 사내의 시체 위로 피어올랐다. 비는 계속 퍼붓고 있었다.

그는 풀밭에서 손전등을 집어 들려고 몸을 숙이다가 심한 역겨움에 토하기 시작했다.

28

10분 후, 매틀록은 리프트 길에서 50야드 떨어진 커다란 단풍나무 뒤에서 아래쪽 주차장을 바라보고 있었다. 새로 난 잎사귀들이 비를 조금 가려주기는 했지만, 그의 옷은 젖은 흙과 피로 범벅이 되어있었다.

주차장 앞쪽의 리조트로 들어가는 돌문 옆에 그의 흰색 스테이션왜건이 보였다. 주차장은 조용했다. 들어오는 차도 없고, 주차된 차의 운전사들은 그가 떠날 때까지 밖으로 나오지 않을 것이다.

그가 10달러를 주었던 주차계원이 식당 입구에서 수위와 이야기하고 있었다. 매틀록은 어서 차로 달려가 가능한 한 빨리 이곳을 떠나고 싶었다.

하지만 두 남자가 그의 얼룩진 옷을 보면 이스트 고지 슬로프에서 무슨 일이 있었는지 궁금해할 것은 뻔하다. 그러니 기다리는 수밖에 없다. 누군가가 나와서 두 사람의 주의를 끌거나, 두 사람이 안으로 들어갈 때까지.

기다리는 시간은 지루했다. 지루하다기보다는 두려웠다. 리프트 부근에 사람의 모습은 보이지도 않고, 어떤 소리도 들리지 않았지만, 그렇다고 아무도 없다는 뜻은 아니다. 죽은 니믈롯의 연락책과 같이 온 사람이 어디엔가 숨어 매틀록처럼 기다리고 있을지도 모르는 일이다. 시체가 발견되면 그들은 매틀록을 저지하고 죽일 것이다. 복수가 아니라 그 코르시카어 편지를 가지려고.

그는 달리 방법이 없었다. 그가 할 수 있는 일은 이제 다 했다. 그는 사법부 사람들한테 이용당했던 것처럼 니믈롯에게도 이용당한 것이다. 제이슨 그린버그에게 전화를 걸어, 그가 하라는 대로 할 수밖에 없음을 절실히 깨달았다.

어떤 면에서는 그가 할 일을 끝낸 것이고, 아니면 곧 끝나게 될 것이 반가웠다. 지금도 표면적인 책임은 다했지만, 더 이상 그가 할 수 있는 일은 없었다. 그는 실패한 것이다.

저 아래 식당 문이 열리면서 웨이트리스 한 명이 나와 제복 입은 수위에게 손짓했다. 그와 주차계원은 웨이트리스와 이야기하기 위해 계단 위로 올라갔다.

매틀록은 자갈밭으로 뛰어나가 주차장 끝에 세워진 차들 앞으로 달려갔다. 그는 자동차 두 대 사이에 숨어 식당 문 쪽을 살폈다. 웨이트리스는 수위에게 커피를 주었다. 세 명은 커피를 마시면서 모두 웃고 있었다.

그는 주차된 차들을 빙 돌아 스테이션왜건 앞에 웅크렸다. 살금살금 기어가서 차창으로 보니 다행히 키가 꽂혀있었다. 그는 깊은

숨을 쉬고 가능한 한 소리를 내지 않고 문을 연 뒤 안으로 들어갔다. 그는 차 안의 불이 꺼지도록 차 문을 얼른 살짝 닫았다. 두 남자와 웨이트리스는 아무것도 모른 체 여전히 웃으면서 이야기하고 있었다.

그는 의자에 앉아 시동을 걸고 후진 기어를 넣고는 문 앞쪽으로 후진했다. 그리고는 돌기둥 사이로 빠져나가 고속도로로 가는 길을 쏜살같이 달렸다.

식당 앞 계단에 있던 세 사람은 순간 깜짝 놀랐다. 그러다가는 금방 어리둥절해했다. 호기심까지 발동시키면서. 그때 주차장 뒤편에서 방금 들은 것보다 더 요란하게 엔진 시동 걸리는 소리가 들렸다. 강한 헤드라이트가 비치면서 긴 검은색 리무진이 앞으로 쏜살같이 달려 나갔다.

차가 돌기둥 쪽으로 돌면서 바퀴가 미끄러지는 소리가 들렸다. 리무진은 스테이션왜건의 뒤를 따라 속력을 높였다.

고속도로에는 차가 많지 않았다. 그렇지만 그는 칼라일까지 뒷길로 가는 것이 나으리라 생각했다. 그는 곧장 크레셀의 집으로 가기로 했다. 두 사람이 함께 그린버그에게 전화를 거는 것이다. 그는 방금 사람을 무자비하게 살해했으며, 그 일이 정당화되건 안 되건 간에 그 충격은 아직 그를 두려움에 떨게 했다.

그 충격은 아마 평생 그를 따라다닐 것이다. 그는 크레셀을 만나는 것이 잘하는 일인지도 확신이 없었다.

하지만 다른 사람이 없었다. 아파트로 돌아가 연방정부 요원이 잡으러 올 때까지 기다리지 않는 한. 또 그렇게 한다 해도 연방정부 대신 니믈롯 쪽 대원이 올 수도 있는 것이다.

길은 S자로 굽어있었다. 그는 이 굽잇길을 지나면 농장들 사이로 긴 길이 나온다는 것을 떠올렸다. 고속도로가 직선이기는 하지만, 뒷길에는 차가 없어서 시간을 더 단축할 수 있는 것이다. 마지막 교차로의 반원을 돌면서 그는 운전대를 잡은 팔에 너무 힘을 준 탓에 팔에 통증이 느껴졌다. 근육의 방어 체계가 다시 발동하면서 떨리는 팔다리에 힘이 들어갔던 것이다.

곧은길이 나타났다. 비도 약간 누그러졌다. 그가 액셀을 힘껏 밟자 차가 앞으로 홱 나아갔다.

그는 경찰차가 따라오는지 두 번 세 번 백미러를 보았다. 뒤에서 점점 가까이 따라오는 차의 불빛이 보였다. 그는 속도계를 보았다. 시속 87마일이었는데도 백미러의 불빛은 계속해서 점점 더 가까워지고 있었다.

쫓기는 동물의 본능이 즉각 살아났다. 그는 뒤따라오는 차가 경찰차가 아니라는 것은 이미 알고 있었다. 축축한 정적을 가르는 사이렌도 아직은 없고, 권위를 상징하는 경광등도 없었다.

그는 오른발을 더 힘껏 밀어 액셀을 최고까지 밟았다. 속도계는 시속 94마일까지 올라갔다. 스테이션왜건은 그 이상은 달릴 수가 없었다.

이제 헤드라이트는 바로 그의 뒤에까지 와 있었다. 미지의 추적자는 뒤 범퍼와 몇 피트, 아니 몇 인치 간격을 두고 있었다. 갑자기 헤드라이트가 왼쪽으로 비켜나면서 차가 스테이션왜건과 나란히 달리게 되었다.

그것은 로링이 살해된 후 그가 보았던 그 검은 리무진이었다. 윈저 숄즈에서 학살이 있은 몇 분 후 어두운 길에서 튀어 나간 바로 그 리무진이었다.

매틀록은 앞에 보이는 길에 신경 쓰면서, 그를 길 오른쪽으로 밀어붙이는 리무진의 운전자에게도 신경을 써야 했다. 스테이션왜건은 엄청난 속도 때문에 요란하게 흔들렸다. 운전대를 잡고 있기가 점점 더 힘들어졌다.

그때 옆에 있는 차 창문으로 그를 겨누고 있는 권총의 총구가 보였다. 밖으로 뻗은 팔 뒤에서 쏘아보는 시선에는 절박감이 번쩍거렸다.

총성이 들리면서 깨어진 유리 조각들이 그의 얼굴과 앞좌석으로 떨어졌다. 그는 브레이크를 힘껏 밟으면서 핸들을 오른쪽으로 꺾었다. 차는 길옆으로 껑충 뛰면서 철망으로 된 울타리를 지나 자갈이 많은 밭으로 떨어졌다.

왜건은 50내지 60피트가량 도로 밖 풀밭으로 튕겨 나가면서 소유지의 경계를 나타내는 돌 더미를 박았다. 헤드라이트가 깨지면서 차의 불빛이 꺼지고, 차체가 찌그러지는 소리가 났다. 동시에 그의 몸도 앞으로 퉁겨졌다. 팔로 머리를 감싼 덕분에 머리가 창문을 부수지는 않았다.

하지만 그는 의식이 있었다. 그리고 쫓기는 동물의 본능이 그를 떠나지 않았다.

차 문이 열렸다가 닫히는 소리가 들렸다. 살인자가 그를 찾아, 코르시카어 편지를 찾아 밭으로 들어오려고 하는 것이 보였다. 이마에서 피가 흘러내렸다. — 총알이 스쳐서 피가 나는 것인지, 깨진 창문 유리 조각에 다쳐서 나는 것인지 알 수 없지만. 그는 흐르는 피가 반가웠다. 지금 그에게는 그것이 필요했다. 자기의 이마에 피 흘리는 모습이 필요한 것이다. 그는 운전대 위에 엎어진 채로 꼼짝않고 숨을 죽였다.

그리고 이스트 고지에서 레인코트를 입은 남자에게서 빼앗은 자동소총을 재킷 속에서 잡고 있었다. 총구는 그의 왼팔 아래로 문을 겨누었다.

스테이션왜건 밖에서 폭신한 흙을 밟는 둔한 발소리가 들렸다. 그리고 깨진 창문을 통해 어떤 얼굴이 그를 살펴보는 것을 — 장님이 느끼듯이 — 느낄 수 있었다. 문고리가 찰칵하는 소리, 그리고 문이 열리면서 삐걱거리는 소리가 들렸다.

손 하나가 그의 어깨를 잡았다. 순간 그는 총을 쏘았다.

이어 비명이 그의 귀를 먹먹하게 했다. 남자의 비명은 축축이 젖은 어둠을 갈랐다. 매틀록은 의자에서 뛰어나와 아파서 왼팔을 부여잡고 있는 살인자 위로 몸을 던졌다. 매틀록은 남자의 얼굴과 목을 총으로 정신없이 때렸다. 남자는 땅에 쓰러졌다. 그의 손에 총은 보이지 않았다. 매틀록은 발로 남자의 목을 눌렀다.

"말을 하겠다는 신호를 보내면 그만하지! 그렇지 않으면 가만두지 않겠다."

남자는 숨을 헉헉거렸다. 그러면서 재빨리 오른손을 들어 항복의 표시를 했다.

매틀록은 발을 치우고 무릎을 꿇고 앉아 남자를 내려다보았다.

그는 체격이 단단하고 검은 머리에, 잔인한 살인자 같은 우락부락한 이목구비를 하고 있었다.

"누가 보냈어? 이 차를 어떻게 알아봤지?"

남자는 대답하려는 듯 고개를 조금 쳐들었다. 그러나 대답 대신 그는 오른손을 허리로 가져가더니 칼을 빼 들고 왼쪽으로 몸을 굴리면서 고릴라 같은 무릎으로 매틀록의 사타구니를 찼다. 칼날이 매틀록의 셔츠를 찢으면서 옷 속으로 들어왔다. 날카로운 칼날이 살을 스치는 것을 느끼면서 순간적으로 이제는 정말 죽나보다고 생각했다.

동시에 그는 묵중한 자동소총의 총구를 남자의 관자놀이에 대고 힘껏 내리쳤다. 그것으로 충분했다. 살인자의 머리가 뒤로 확 젖혀졌다. 이마와 머리 사이에서 피가 흘러내렸다. 매틀록은 일어나서 칼을 쥔 손을 발로 내리눌렀다.

잠시 후 살인자는 눈을 떴다.

그리고 그다음 5분간 매틀록은 도저히 할 수 없을 것 같은 일을 했다. ― 그는 사람을 고문한 것이다. 그는 살인자가 되어 칼로 그를 고문했다. 눈 주위와 그 아래의 살갗을 찌르고, 자기 살을 찔렀던 그 뾰족한 칼끝으로 입술을 찔렀다. 남자가 비명을 지르면, 매틀록은 총구로 그 입술을 내리찍어 살인자의 이를 부서뜨렸다.

얼마 걸리지 않았다.

"그 편지!"

"그밖에 또 뭐가 있지?"

살인자는 몸을 뒤틀며 신음하고 입에서 피를 뱉었다. 그러나 말은 하지 않았다. 매틀록이 말했다. 조용히, 아주 진지하고 확신에 찬 어조로,

"대답하지 않으면 이 칼끝으로 네 놈의 눈을 찔러주마. 난 이젠 남의 사정 같은 건 알 바 아니야. 내 말을 믿는 게 좋을 거다."

"그 노인!"

남자의 목 깊숙이에서 말이 더듬더듬 나왔다.

"그 노인이 다 썼다고 했어……. 아무도 몰라……. 당신이 그 사람하고 말해봤잖아……."

"어느 노인……?"

무시무시한 생각이 떠오르면서 매틀록은 말을 끊었다.

"루카스 헤론? 그 사람 말이냐?"

"그 사람이 다 써두었다고 했어. 그래서 그들은 당신도 알고 있다고 생각하는 거지. 그 노인이 거짓말했을지도 모르지만……. 제발, 그건 거짓말이었는지도 모른다고……."

살인자는 의식을 잃었다.

매틀록은 천천히 일어났다. 손이, 그의 전신이 떨리고 있었다. 그는 잦아드는 빗속에 가만히 서 있는 리무진을 보았다. 이것은 그의 마지막 도박이 될 것이다.

하지만 그의 머리를 휘젓는 무엇이 있었다. 무엇인지 잡히지는 않지만, 분명히 느낄 수는 있는 그런 것이. 그는 그 느낌을 믿어야 했다. 그는 사냥꾼과 쫓기는 동물의 본능을 믿어야 했다.

'그 노인!'

그 답은 루카스 헤론의 집 안 어딘가에 있을 것이다.

29

그는 헤론의 집에서 2마일 떨어진 곳에 차를 세워두고, 혹시라도 자신을 미행하는 또 다른 차가 다가오면 숲으로 달아날 준비를 하면서 길옆으로 붙어서 걸어갔다.

다가오는 차는 없었다.

그는 집이 보일 때마다 밖을 내다보는 사람이 있는지 살피면서 재빨리 지나갔다.

밖을 내다보는 사람은 없었다.

그는 헤론의 집 밖에 이르러 땅바닥에 몸을 웅크렸다. 천천히 조심스럽게 찻길을 걸어 현관까지 다가갔다. 집은 컴컴했다. 차도 사람도 없었다. 죽음의 기운밖에는.

현관문에 공식문서처럼 보이는 것이 어둠 속에 희미하게 보였다. 그는 다가가서 라이터를 켰다. 그것은 집 안의 출입을 금지한다는 보안관의 안내문이었다.

'또 한 번 범죄를 저질러야 하는가.'

그는 집 뒤로 돌아갔다. 뒷문 앞에 서서 헤론이 잔디밭으로 달려가 숲속으로 완전히 사라졌던 일을 기억해 냈다.

뒷문에도 보안관의 안내문이 붙어있었다. 그것은 유리창에 풀로 붙여져 있었다.

매틀록은 벨트에 차고 있던 자동소총을 꺼내 가능한 한 조용히 안내문이 붙은 왼쪽 창문을 깼다. 그리고 문을 열고 그림자처럼 안으로 숨어 들어갔다.

처음 느낌은 어둡다는 적막감이었다. 빛과 어둠은 상대적임을 그는 지난주 동안 배웠다. 밤에도 눈이 적응할 수 있는 빛은 있고, 낮에도 그림자 때문에 보이지 않는 경우가 허다했다.

그러나 헤론의 집 안의 어둠은 완전했다. 라이터를 켜고서야 그는 그 이유를 알았다.

주방의 작은 창문들에는 모두 커튼이 쳐져 있었다. 그 커튼들은 흔히 보는 그런 것이 아니라 주문 제작한 것이었다. 천은 아주 두꺼웠고, 창틀에 달린 알루미늄 걸이에 걸려있었다.

그는 커튼으로 가서 다시 불을 켰다. 그것은 보통 커튼보다 두꺼울 뿐 아니라 움직이지 않도록 위아래를 고정해 둔 것이었다. 빛이 창으로 들어오지도 나가지도 못할 것 같았다.

헤론이 프라이버시를 지키고 싶어 하는 욕구, 아니 지켜야 했던 필요는 평범한 것이 아니었던 모양이다. 모든 방의 모든 창문이 막혀있다면, 그것은 훨씬 쉬웠을 것이다.

세 번째 불을 켜면서 그는 헤론의 거실로 들어갔다. 흔들리는 불빛에 보인 것은 그의 걸음과 숨을 멎게 했다.

방 전체가 아수라장이었다. 책들은 방바닥에 흩어져있고, 가구는 뒤집힌 채 부서졌으며, 양탄자도 뒤집혔고, 심지어 벽도 일부 파손되어 있었다. 그는 비슨의 집에서 저녁을 먹던 날 밤 자기 아파트에 들어온 기분이었다. 헤론의 거실은 철저하게, 처참하게 수색당한 것이다.

그는 창문 커튼과 어두움 때문에 아무것도 보지 못하던 눈이 이제는 적응됐는지 보기 위해 다시 주방으로 갔다. 시각은 돌아왔다. 서랍이란 서랍은 모두 열려있고, 찬장 안에 있던 내용물이 모두 밖으로 내던져져 있었다.

그제야 빗자루를 넣어두는 캐비닛 바닥에 손전등 두 개가 보였다. 하나는 상자 모양이고, 다른 하나는 목이 긴 스포츠형이었다. 상자 모양의 것은 불이 들어오지 않았지만, 두 번째 것은 불이 들어왔다.

그는 다시 거실로 가 손전등을 비춰보며 창문틀을 살펴보았다. 창문마다 커튼은 창틀에 고정되어 있었다.

좁은 계단 앞에 좁은 복도가 있고, 그 건너편에 열린 문이 있었다. 그곳은 헤론의 서재였다. 서재 안은 거실보다 더 엉망이었다. 두 개의 파일 캐비닛이 옆으로 누워있고, 뒷면은 뜯겨 나갔다. 가죽을 덮은 커다란 책상은 벽에서 앞쪽으로 내던져진 채 판판하게 생긴 데는 모두 쪼개지고 갈라져 있었다. 거실이 그랬던 것처럼 벽이 군데군데 부서져 있다. 그 부분을 두드려보면 속이 빈 소리가 났을 것이라고 매틀록은 생각했다.

위층으로 올라가니 침실 두 칸과 욕실도 마찬가지로 파손되고 헤집어져 있었다.

그는 다시 계단을 내려왔다. 계단마저도 느슨하게 빠져있었다.

루카스 헤론의 집은 프로들이 수색한 것이다. 그들이 발견하지 못한 것을 그가 찾아낼 수 있을까? 그는 거실로 돌아와 부서진 소파에 앉았다. 그의 마지막 노력도 수포가 될 것 같은 예감이 들었다. 그는 담배를 피워 물고 생각을 정리하기 시작했다.

누가 집을 뒤졌건 간에 그들은 찾고자 하는 것을 찾지 못했다. 아니 찾았을까? 알 수 없다. 밭에서 만난 무자비한 살인자가 노인이 '써 놓았다'라고 한 것 외에는. 그는 그 사실이 코르시카어 편지만큼 중요하기라도 한 것처럼 말했었다.

하지만 그는 또 '…… 그 사람이 거짓말을 한 것인지도 모른다.'라고 했었다. 거짓말을 했을까? 극도의 공포에 싸인 남자가 왜 그렇게 중요한 단서를, 확증하는 말을 구태여 거짓으로 말했을까?

미치기 직전의 예민한 정신 상태에서 최악의 악은 거부되는 것이 일반적이다. 말라가는 온전한 정신을 붙잡기 위해 악은 거부해야 하는 것이다.

아니……, 아니다. 그들은 찾아야 할 것을 찾지 못했다. 그렇게 철저하게 뒤져서도 찾지 못했다면, 그것은 존재하지 않는다는 뜻일 것이다.

하지만 그는 그것이 존재한다는 사실을 알고 있었다.

헤론은 니믈롯의 세계와 관계했을지는 몰라도 니믈롯으로 태어난 사람은 아니었다. 니믈롯과 그의 관계는 편안한 관계가 아니었을 것이다. 그것은 아주 고통스러운 관계였을 것이다. 그는 어딘가에 기소장을 남겨두었을 것이다. 그처럼 착한 사람이 그런 것을 안 써 두었을 리가 없을 것이다. 루카스 헤론은 여러 가지 장점이 있었으니까. 어딘가……, 분명 어딘가에 있을 것이다.

'하지만 어디에?'

그는 의자에서 일어나 어두운 방 안을 왔다 갔다 하면서 손전등을 여기저기 비추어보았다. 그것은 무엇을 보기 위해서라기보다는 자신이 초조해서였다.

그는 4일 전 저녁에 루카스가 했던 말 한마디 한마디를 다시 세세히 되짚어 보았다. 그는 또다시 사냥꾼이 되어 냄새를 맡고, 그 냄새를 날라다 준 바람의 방향을 가늠하고 있었다. 그리고 그는 가까이 와 있었다.

젠장, 그는 아주 가까이 와 있는 것이다! 헤론은 현관문을 여는 순간부터 매틀록이 무엇을 찾고 있는지 알고 있었다. 그것을 알아보는 눈빛이 그의 눈에 스쳐 갔다.

매틀록도 그것을 놓치지 않았다. 그는 그런 뜻을 그 노인에게 비치기까지 했는데, 노인은 웃으면서 그가 한 계획들의 영향을 너무 많이 받았다고 비난한 것이다.

하지만 다른 것이 있었다. 그런 계획들 이전에 무언가가 이 안에 있었다. 이 방 안에. 헤론이 밖으로 나가서 앉자고 하기 전에, 그는 그렇게 하자고 제안한 것이 아니라 아예 명령했다.

뒷마당으로 가자는 명령을 내리기 직전에 그는 안으로 조용히 들어왔었다. 조용히 걸어 들어와서 매틀록을 놀라게 했었다.

그때 그는 술을 가득 채운 잔 두 개를 든 채 여닫이문을 밀었는데도 매틀록은 그 소리를 듣지 못했다. 매틀록은 손전등의 버튼을 누르고 주방 문 밑을 비추었다. 바닥에는 소리를 죽여줄 양탄자도 없었다. 그냥 나무 마루였다.

그는 주방 문으로 가서 문지방을 지난 후 문을 닫았다. 그리고 루카스 헤론이 술잔 두 개를 든 채 밀던 방향으로 문을 살짝 밀어보았다. 오래된 집 문이 다 그렇듯 돌쩌귀가 삐거덕거렸고, 문은 금방 열렸다. 그는 문을 조금씩, 조금씩 닫아보았다.

아무 소리도 나지 않았다.

루카스 헤론은 술을 만들어 소리가 나지 않도록 조용히 문을 열고 거실로 돌아온 것이다. 따라서 헤론은 매틀록 모르게 그를 관찰할 수 있었을 것이다. 그 후 그는 밖으로 나가자고 단호하게 명령했었다.

매틀록은 기억을 더듬어 루카스 헤론이 정확히 어떤 말을 했었는지, 또 그 말을 정확히 언제 했는지 기억을 더듬어보았다.

"……, 밖으로 나가세. 날씨가 이렇게 좋은데 안에 있을 수야 없지. 나가세."

그러고는 답을, 심지어 동의의 표시조차 기다리지 않은 채 헤론은 얼른 문으로 나갔다. 루카스라면 당연히 차렸을 정중한 예의도 차리지 않은 채.

그는 군인과 신사와 같이 단호하게 명령을 내린 것이다.

'국회법에 따라서.'

그거였다! 매틀록은 손전등의 불빛을 책상 위로 돌렸다.

그 사진! 남태평양의 한 작은 섬 정글에서 지도와 톰슨 자동소총을 든 채 서 있는 해군 장교의 사진.

"나는 사는 게 언제나 낭비가 아니었다는 사실을 기억하기 위해 저 옛날 사진을 걸어두고 있다네."

헤론이 주방 문으로 들어온 순간, 매틀록은 그 사진을 유심히 보고 있었다. 그가 그렇게 하는 것이 노인의 마음을 불편하게 했고, 그래서 그는 즉시 밖으로 나가자고 한 것이다. 평소의 그와는 달리 퉁명스럽고 갑작스럽게.

매틀록은 얼른 책상으로 갔다. 셀로판지에 싸인 그 작은 사진은 전에 있던 그 자리, 책상 위 오른쪽 벽에 걸려있었다. 그것보다 더 큰 유리 액자에 든 사진들은 깨져 있었지만, 이것만은 그대로 있었다. 그것은 작아서 전혀 중요해 보이지 않았을 것이다.

그는 마분지로 만들어진 틀을 잡고 사진을 벽에 고정해둔 압정을 떼어냈다. 그리고 사진을 뒤집어 자세히 살폈다.

손전등 불빛에 마분지 위쪽 구석에 긁힌 자국이 보였다. 손톱에 긁힌 자국일까? 그는 불을 책상 위로 비추었다. 깎지 않은 연필과 종이, 그리고 가위가 있었다. 그는 가위를 집어 끝을 마분지 틈새로 집어넣어 틀에서 사진을 뜯어냈다.

그렇게 해서 그는 그것을 찾았다.

작은 사진 뒤에 굵은 만년필로 그린 그림이 있었다. 그것은 직사각형 모양이었고, 밑변과 윗변에는 작은 점들이 찍혀있었다. 그 위에 두 개의 작은 화살표가 있었는데, 하나는 똑바른 것이었고, 다른 하나는 오른쪽을 가리키고 있었다. 화살촉 위쪽에는 각각 30이라는 숫자가 씌어있었다. 두 개의 30.

'30.'

그 선 옆에는 서툴게 그린 나무들이 있었다.

위쪽 숫자들 위에 다른 간단한 스케치가 있었다. 반원들이 서로 엮여 아래의 선과 연결되어 있었다. 구름이다. 그 밑에는 또 나무들의 그림이 있다.

그것은 지도였고, 그 지도가 나타내는 것은 분명했다. 그것은 헤론의 뒷마당이다. 삼면의 선은 헤론의 녹색 담을 의미했다.

숫자 30은 수치다. 하지만 다른 것이 또 있었다. 그것은 현대적인 상징들이다.

수십 년 동안 낭만주의 시대 언어학과 과장을 지낸 루카스 헤론은 언어에 대해 남달리 애착하고 있었다. 마지막임을 나타내는데 '30'이라는 상징보다 더 적절한 것이 어디 있겠는가?

저널리즘을 공부하는 학생이라면, 어떤 뉴스 기사 끝에 숫자 30을 쓰는 것은 그 기사가 끝이라는 뜻임을 확인해 줄 것이다. 다 끝났다는 뜻이다.

더 이상 할 말이 없다는 것이다.

매틀록은 왼손에 사진을 뒤집은 채로 들고, 오른손으로는 손전등을 잡았다. 그는 지도에 나타난 대로 숲 중간쯤 – 약간 왼쪽으로 들어갔다. 30은 피트일 수도, 야드, 미터, 발자국일 수도 있다.

그는 12인치를 30번 간 만큼에서 표시했다. 똑바로 30피트, 오른쪽으로 30피트.

아무것도 없었다.

비에 젖은 잡목과 풀 외에는 아무것도 없었다.

그는 녹색 담 입구로 돌아와 야드와 발자국을 섞어 다시 측량해 보기로 했다. 하지만 그렇게 정글처럼 우거진 곳에서 한 발자국은 많은 차이가 날 수 있다.

그는 똑바로 30 발자국을 가서 표시하고, 다시 30야드가 되는 지점까지 갔다. 그다음 다시 30 발자국을 표시한 지점으로 돌아와 거기서 직각으로 꺾어서 가기 시작했다.

역시 아무것도 없다. 30 발자국으로 표시한 지점 근처에 오래된 단풍나무 한 그루가 있다. 그 외에 특별하게 보이는 것은 없었다.

다시 표시된 지점으로 돌아와 야드로 재기 시작했다.

똑바로 30야드. 그러니까 90피트였고, 여유분으로 1, 2피트를 더 갔다. 그다음 천천히 다음번 젖은 수풀 사이로 다시 30야드, 또다시 90피트였다. 전부 180피트, 축구장의 3분의 2만큼 되는 크기였다.

수풀이 우거져서 나아가는 데는 점점 더 시간이 더뎌졌다. 매틀록은 앞길을 막는 젖은 나뭇가지들을 헤쳐 나가는 데 필요한 벌채용 낫이나 칼이라도 가져올 걸 하고 후회했다.

한 번은 숫자를 세며 가다가 잊어버려 앞으로 나아가면서 정신을 똑바로 차려야 했다. ― 22 발자국이었던가, 23 발자국이었던가? 무슨 상관이 있는가? 3피트 내지 6피트 정도가 무슨 대수로운 차이겠는가 말이다.

그는 그 지점에 도착했다. 그것은 28 발자국 아니면 30 발자국이다. 맞기만 한다면 그 정도의 오차는 상관없다. 그는 손전등으로 땅바닥을 비추며 천천히 세로로 앞뒤로 왔다 갔다 했다.

아무것도 없었다. 수천 가지 잡초와 진한 갈색으로 젖은 땅밖에 보이지 않았다. 그는 손전등을 앞으로 비추면서 자기가 저쪽을 갔는지 안 갔는지 기억을 더듬었다. 모든 것이 다 너무나 똑같아 보였다.

실패할 확률이 점점 커지고 있었다. 그는 돌아갔다가 다시 시작할까 생각했다. 아마 30이라는 숫자는 다른 측량 단위인지도 모른다고 생각했다. 미터이거나 아니면, 그 지도 어딘가에 숨겨진 다른 숫자와 곱해야 하는 것인지도. 점들? 혹시 직사각형 위와 아래에 있던 점들을 세야 했던 건 아닐까? 그 점들은 왜 있는 걸까?

그는 6피트의 여유를 주었고, 거기서 다시 몇 피트를 더 주었다.

그래도 아무것도 없었다.

그는 다시 점들이 생각나서 안주머니에서 사진을 꺼냈다. 그가 똑바로 일어서서 앉아 있노라 아프던 허리의 근육을 펴는데, 그의 발 앞쪽에 딱딱한 뭔가의 표면이 닿았다. 처음에 그는 그것이 떨어진 나뭇가지나 돌일 것이라고 짐작했다.

하지만 그렇지 않았다.

길게 자란 잡초 밑에 있어서 보이지는 않았다. 하지만 그의 발에 그 물체의 윤곽은 느껴졌다. 그것은 똑바르고 정밀하게 세공된 것이었다. 그것은 숲 일부가 아니었다.

그는 불을 잡초 위로 가까이 비추었다. 그것은 잡초도 아니었다. 그것은 작은 꽃망울을 틔우기 시작한 꽃이었다. 햇빛이나 많은 자리가 필요 없는 꽃.

정글의 꽃이었다. 이건 돈을 주고 사서 심은 것이다.

그는 그 꽃들을 옆으로 밀어내고 허리를 구부렸다. 그 밑에 폭 2피트에 길이 1.5피트가량 되는 두꺼운 나무판이 보였다. 그 나무판은 흙 속으로 1인치 정도 박혀있었다. 그 표면은 니스 칠을 하도 많이 해서 윤이 반지르르한 것이 손전등 불빛에 반사되어 유리처럼 빛났다.

매틀록은 손으로 흙을 파고 상자를 꺼냈다. 그 밑에 청동으로 만든 것 같은 패가 나왔다.

감사패

루카스 N. 헤론 소령

1943년 5월

남태평양 솔로몬군도

제1 해군 연대

14 공습대대, 브라보 분대

장교와 사병들로부터

흙 속에 박힌 채 불빛에 비친 그것은 마치 무덤을 보는 것 같은 기분을 느끼게 했다.

그는 이 감사패 주변의 흙을 돌아가면서 팠다. 그는 무릎을 꿇은 채로 그 감사패를 들어 올려 한쪽 옆으로 치워놓았다.

마침내 그는 찾아냈다.

흙 속에 도서관에서 중요한 수서 본을 보관하는 데 쓰는 것 같은 금속 상자가 있었다. 그것은 진공에, 방수까지 되는 것으로 몇 세기가 지나도 끄떡없는 것이었다.

매틀록은 그것을 관이라고 생각했다.

그는 상자를 들고 차가운 손가락으로 상자의 걸쇠를 열었다. 그것을 밀어 올리는 데 상당한 힘이 들기는 했지만, 결국 열기는 했다.

캔을 딸 때 나는 것과 같은 바람 빠지는 소리가 났다. 고무 패킹이 떨어졌다. 그 안에 공책 모양의 기름먹인 천이 나왔다.

바로 고소장이었다.

30

노트는 300페이지가 넘었고 글씨는 모두 잉크로 직접 쓴 것이었다. 일기 형식으로 되어있지만, 날짜는 일관성이 없었다.

매일매일 쓴 부분도 있고, 또 몇 주, 몇 달씩 사이를 두고 쓰기도 했다. 글씨체도 다양했다. 명료한 서술체가 이어지는가 하면 두서없는 넋두리도 있었다. 그럴 때 필체는 흔들렸고 글자를 알아보기도 힘들 정도였다.

루카스 헤론의 일기는 번뇌의 비명, 고통의 울부짖음이었다. 그것은 희망을 잃은 남자의 삶의 고백이었다.

차가운 땅바닥에 앉아 헤론의 말을 음미하면서 매틀록은 헤론의 둥지, 녹색의 벽, 창문 커튼, 그 완전한 고립 뒤에 숨어있는 동기를 이해하게 되었다.

루카스 헤론은 25년간 마약 중독자로 지냈다. 그의 통증은 마약이 아니면 견딜 수가 없는 것이었다. 그리고 그를 위해 해줄 수 있는 것은 여생을 퇴역 군인병원에 가두는 것뿐이었다.

루카스 헤론은 그러한 죽음 같은 삶을 사는 대신 다른 삶으로 뛰어든 것이다.

루카스 다니엘 헤론 소령은 일본군들이 점령한 솔로몬 군도와 캐롤라이나 군도의 여러 섬에서 전개된 공격에서 제1 해군연대 14대대의 수많은 분대를 이끌었다.

그리고 루카스 헤론 소령은 2개 분대를 이끌고 정글을 지나 해변으로 돌아온 후, 캐롤라이나 군도의 펠레리우 섬에서 들것에 실려 후송되었다. 아무도 그가 살아나리라고 생각하지 않았다.

루카스 헤론 소령은 일본군의 총탄에 목 밑을 맞았는데, 그 총탄이 그의 신경에 박혔다. 그는 살 가망이 없었다. 의사들, 처음엔 브리스베인에서, 그다음에는 샌디에이고, 그리고 마지막으로 베데스다에서 그를 진찰한 의사들은 더 이상의 수술은 불가능하다고 생각했다. 환자가 수술을 견딜 수 없다는 것이 이유였다.

조금만 잘못되어도 그는 식물인간이 될 것이라는 게 중론이었다. 아무도 그런 책임은 지고 싶어 하지 않았다.

그들은 통증을 줄여주기 위해 환자에게 강한 약을 처방했다. 그렇게 그는 2년이 넘도록 메릴랜드 병원에 누워있었다.

회복 – 부분적이지만 – 은 느리고 고통스러웠다. 처음에는 목에 부목을 대고 약을 먹어야 했다. 그다음에는 걷기 위해 부목과 철제 보조기를 끼고 다녀야 했다. 살아있는 사람들의 세계로 돌아오기는 했지만, 약은 여전히 계속 먹어야 했다. 그리고 고통이 엄습할 때는 밤에 모르핀 주사를 맞았다.

루카스 헤론 같은 사람은 수백, 수천 명이었다. 하지만 그와 같은 화려한 경력을 가진 사람은 많지 않았다. 태평양 전쟁의 영웅, 뛰어난 학자, 나무랄 데 없는 인격자.

그는 완벽했다. 그는 이용 가치가 차고도 넘쳤다.

그러나 그는 마약이 없이는 살 수가, 견딜 수가 없었다. 다른 한편으로는 그가 마약에 의존하고 있다는 사실이 알려지면, 그는 다시 병원으로 돌아가야 했을 것이다.

이러한 대안들은 서서히, 그리고 미묘하게 분명해져 갔다.

'서서히'라는 말은 그에게 약을 대주는 사람들이 이따금 부탁을 해왔다는 뜻이다. 보스턴에서 사람을 만나줘야 한다든가, 뉴욕에 돈 줄 사람이 있다든가 하는.

'미묘하게'라는 뜻은 헤론이 그런 식으로 개입되는 데 대해 의문을 품으면, 그것은 나쁘지도 않은 일이라는 말을 듣게 되었다는 뜻이다. 나쁘지는 않지만 필요한 일이라는.

세월이 지나면서 그는 자기를 필요로 하는 사람들에게 엄청나게 소중한 존재가 되어갔다. 보스턴에서 사람을 만나는 일, 뉴욕에서 돈을 주는 일은 점점 더 잦아졌고, 더 자주 필요해졌다. 그러자 루카스는 더욱더 멀리 파견되었다. 겨울방학, 봄 학기 중간, 여름방학에 캐나다, 멕시코, 프랑스……, 지중해로.

그는 전령이 된 것이다.

그리고 언제든 병원으로 돌아가게 될 수도 있다는 생각은 그의 고통 받는 육체와 정신에서 떠나지 않았다.

그들은 그를 기가 막히게 잘 이용했다. 그는 자신이 한 일의 결과를 보게 되는 일도 없었고, 자신의 도움으로 점점 더 커가는 파괴의 망을 구체적으로 의식한 일도 없었다. 그리고 마침내 그가 그 모든 것을 알게 되었을 때는 너무 늦었었다. 파괴의 망은 이미 다 만들어져 있었다.

니믈룻이 결정적 힘을 가진 것이다.

1951년 4월 22일.

학기 중에 그들은 나를 다시 멕시코로 보낸다. 나는 M 대학에 들렀다가 — 언제나 그랬던 것처럼 — 돌아오는 길에 베일러에 들러야 한다.

아이러니 : 이곳 출납계원이 주겠다는 것이다. 나는 사양했다. 장애인 연금으로 충분하다고. 받을 걸 그랬나 보다.

1956년 6월 13일.

3주일간 리스본에 간다. 작은 배를 타고, 아조레스 제도로 해서 쿠바를 거쳐 마지막으로 파나마까지 간다. 중간에 — 나를 위해 — 소르본, 톨레도대학, 마드리드대학에 정박한다.

나는 학계의 쇠파리가 되는 것이다. 방법은 마음에 들지 않지만 — 누가 마음에 들겠는가? — 구식 법이 내 책임도 아니다. 아주 많은 이들이 도움의 전화를 받았다.

나처럼 도움 없이는 단 하루도 견딜 수 없는 사람들이다. 걱정된다. 하지만 내가 어떻게 할 수 있겠는가? 내가 안 하면 다른 사람들이 할 것이다.

1957년 2월 24일.

겁은 나지만 마음은 편하고 내 걱정에 대해선 별로 신경 쓰지 않는다. 이제 그들은 나를 어디로 보낼 때, '니믈롯'이 보내는 전령이라고 한다.

그 이름은 암호이며, 의미 없는 기술적 용어라는 것이다. 그것을 사용하면 존대받게 된다. 다 바보 같은 짓이다. So-Pac에 있는 맥아더의 HQ로부터 받는 비밀정보처럼.

그들은 암호만 가지고 있고, 실상은 아무것도 없다.

통증이 더 심하다. 의사는 앞으로 더 심해질 것이라고 한다. 하지만 '니믈롯'은 생각이 깊다. 나처럼.

1957년 3월 10일.

그들은 나한테 화가 났다! 이틀째 나에게 약을 주지 않았다. 난 자살도 생각해 보았다. 하트포드에 있는 재향군인병원에 가려고 차를 가지고 나갔지만, 고속도로에서 걸렸다. 그들은 칼라일 순찰차를 타고 있었다. 그들이 이곳에 경찰서를 두고 있다는 사실을 진작 알았어야 했는데. 타협하든가 병원으로 돌아가든가 둘 중 하나를 택해야 한다고 했다.

그들은 옳았다. 난 캐나다로 가야 했고, 할 일은 북아프리카에서 오는 사람을 데려오는 일이었다.

나는 해야 한다. 끊임없이 전화가 걸려 온다. 오늘 저녁에는 뉴저지 이스트 오렌지 출신이라는 사람이 전화를 걸어와, 자기와 자기 외의 6명이 나한테 달려있다고 했다.

우리 같은 사람들이 너무나 많다. 왜? 왜, 우리는 무시당해야 하는가? 우린 도움이 필요한데, 우리에게 주어지는 것은 병원밖에 없다.

1960년 8월 19일.

내 입장을 분명히 밝혔다. 그들은 너무 지나쳤다. '니믈롯'은 지명을 나타내는 암호가 아니라, 사람을 나타내는 암호이다. 지리적인 것은 변하지 않지만, 사람은 변한다.

그들은 나 같은 사람들을 더 이상 도와주지 않는다. 하지만 우리 전부가 아니다. 그들은 돈을 벌겠다고 더 팔을 뻗치고, 사람들을 끈다.

1960년 8월 20일.

이제 그들은 나를 협박하고 있다. 내 약장이 비면 더 이상 약 구경은 못할 것이란다. 상관없다! 일주일, 잘하면 열흘 버틸 만큼은 있으니까. 내가 술을 좀 더 좋아한다면 좋을 텐데. 술을 마셔도 탈만 안 나면 좋겠다.

1960년 8월 28일.

다리가 후들거렸지만, 칼라일 경찰서로 갔다. 아무 생각도 없었다. 경찰서에서 가장 높은 사람을 만나게 해달라고 했더니, 5시가 넘어 그는 퇴근했다고 한다. 그래서 내가 마약에 대한 정보가 있다고 하니까, 10분 만에 경찰서장이 나타났다.

그때는 이미 내 꼴만 보아도 다 알 수 있는 지경이었다. 바지에 오줌을 싼 것이다. 경찰서장은 나를 작은 방으로 데리고 가더니 주사를 놓아주었다. 그도 니믈롯의 사람인 것이다.

1965년 10월 7일.

이 니믈롯이란 자는 나를 좋아하지 않는다. 내가 만나본 두 니믈롯과는 늘 잘 지냈지만, 이번 사람은 더 엄격하고 내가 하는 일에 더 불만족을 표시한다.

난 학생들에게 손대는 짓은 하지 않는다. 그도 그것은 인정한다. 하지만 그는 내가 수업할 때 점점 바보같이 굴고 있다는 것이다.

내가 적극적으로 노력하지 않는다는 것이다.

내가 애원하지 않는 것은 상관없지만, 복장을 더 보수적으로 입어야 한다는 것이다. 이상하다. 그의 이름은 매튜 오턴, 하트퍼드 부지사의 말단보좌관이다. 하지만 그는 니믈롯이다. 그리고 나는 복종할 것이다.

1967년 11월 14일.

이제 등의 통증은 참을 수 없다. 의사 말이 등이 무너져 내릴 것이라고 말하기는 했지만, 이 정도는 아니었다! 강의를 40분만 하면 그다음에는 핑계를 대고 강의실을 나와야 한다. 그때마다 나 자신에게 묻는다. '이렇게까지 해야 할 가치가 있는가?' 하고. 그래야 한다. 그렇지 않으면 더 이상 버틸 수가 없을 테니까. 아니면 내가 너무 이기주의자여서, 겁쟁이여서 스스로 목숨을 끊지 못하는 것일까?

오늘 밤 니믈롯이 나를 보러온다. 일주일 후면 추수감사절이다. — 어디로 가게 될지 모르겠다.

1970년 1월 27일.

이제는 끝내야 한다. C. 프라이의 말처럼 '화단에서 웃고 있는 청순한 딸기'는 이젠 그만 쐐기풀로 돌아가야 하는 것이다. 이제 나한테는 아무것도 남은 것이 없고, 니믈롯은 너무나 많은 사람을,

너무나 철저히 감염시켰다. 난 죽어버리겠다. — 가능한 한 고통 없이 — 그동안 너무 고통스러웠다.

1970년 1월 28일.

자살하려고 했다. 하지만 할 수가 없다. 내가 그렇게 원하는 일조차 못 할 만큼 감염이 되었단 말인가? 하지만 니믈롯이 나를 죽일 것이다. 나는 그 사실을 알고, 니믈롯은 나보다도 더 잘 안다.

1970년 1월 29일.

니믈롯, 그는 아서 라토나였다. 믿어지지 않는다. 마운트 홀리에 중산층을 위한 주택을 지은 그 아서 라토나라니! 어쨌든 그는 받아들이기 힘든 명령을 나에게 했다. 난 그 명령은 받아들일 수 없다고 말했다. 내 존재는 이미 너무 중요해서 나를 저버릴 수는 없다. 그 사실도 내가 그에게 말했다. 그는 나한테 많은 액수의 돈을 터키에 있는 토로스 다글라리로 운반하라고 한다. 왜, 도대체 왜, 내 인생은 끝이 나질 않는가?

1971년 4월 18일.

놀랍도록 이상한 세계이다. 살기 위해서, 숨을 쉬기 위해서, 사람은 지겨울 정도로 너무나 많은 것을 해야 한다. 무섭다. 그 핑계들과 그 합리화는 더 끔찍하다. 그러나 판단을 해야 할 필요성을 연기하는 일이 어김없이 생긴다.

통증은 목과 등뼈에서 더 아래로 내려갔다. 하지만 그게 다가 아닐 것이다. 언제나 그랬던 것처럼 니믈롯의 의사에게 갔다. 그래야 하니까. 체중이 줄었고, 내 반사 신경은 한심할 정도이다.

그는 걱정하면서 내일 사우스베리에 있는 개인병원에 입원하라고 했다. 검사를 하기 위해서라고 한다. 그들이 나를 위해 최선을 다하리라는 것은 안다.

그들은 나를 다른 곳으로도 여행해야 한다고 말한다. 아주 중요한 여행이라고 니믈롯이 말했다. 나는 여름 내내 여행해야 한다고 한다. 내가 안 가면, 다른 사람이 갈 것이라고. 몹시 아프다.

1971년 5월 22일.

늙고 지친 병사는 집으로 돌아왔다. 헤론의 둥지는 나의 구원이다. 나는 신장이 하나 없다. 남은 신장도 아직 알 수 없다고 의사는 말한다. 하지만 난 의사보다 더 잘 안다. 난 죽어가고 있다.

오, 하느님, 죽는 것은 대환영이다. 더 이상 여행을 안 해도 되고, 더 이상 협박을 안 받아도 될 테니까. 니믈롯도 더는 어떻게 하지 못할 것이다. 그들은 나를 살려둘 것이다. 할 수 있는 데까지. 지금은 그렇게 해야 한다.

내가 몇 년째 기록을 해두었다고 의사에게 귀띔해 주었다. 그는 말도 못 한 채 나를 물끄러미 보았다. 그렇게 두려움에 떠는 사람은 처음 보았다.

1971년 5월 23일.

라토나 니믈롯이 오늘 아침에 왔다.

그가 다른 이야기를 하기 전에 나는 죽어가고 있다고 말했다. 이제 나한테는 아무것도 문제가 아니라고, 내 인생을 끝내기로 마음먹었으며, 그 결정은 내가 한 것이 아니라고. 또 나는 준비가 되어있다고, 마음이 편하다고까지 말했다. 죽으려고 시도도 해보았지만 성공하지 못했다고.

그는 '의사한테 한 말'에 관해서 물었다. 그 말을 할 용기가 없는 것이다. 그의 두려움은 짙은 안개처럼 거실 안을 메웠다.

나는 조용히, 그러나 단호하게 대답했다. 어떤 기록이건 그것은 그에게 줄 것이라고. 단, 내 최후의 날들이 편안해질 수만 있다면 말이다.

그는 몹시 화를 냈다. 하지만 달리 할 수 있는 것은 없었다. 자기가 죽을 것을 알고 있는 고통 받는 노인을 어떻게 할 수 있겠는가? 말로나마 싸울 것이 남아있겠는가?

1971년 8월 14일.

니믈롯이 죽었다! 라토나가 혈전증으로 죽은 것이다. 나보다도 먼저. 얼마나 아이러니한가! 하지만 일은 아무 변화 없이 계속된다. 그래도 매주 나한테 공급되고 있고, 매주 그 사람들은 나한테 묻는다. — '어디 있습니까? 그 기록은 어디 있습니까?' 하고, 거의 협박조까지 되었지만, 나는 니믈롯이 죽어가는 노인과 약속했음을 상기시켜준다.

내가 왜 그 약속을 바꾸겠냐고? 그들은 다시 겁먹은 얼굴이 된다. 신임 니믈롯이 곧 선출될 것이라고 한다. 난 알고 싶지 않다고 했다. — 정말 알고 싶지 않다!

1971년 9월 20일.

칼라일에 새 학년이 시작되었다. 나로서는 마지막 해이다. 내가 무슨 책임을 질 수 있겠는가? 니믈롯이 죽음으로써 나한테 용기가 생겼다. 아니면 내가 깨달은 것일까? 이미 엎지른 물을 주워 담을 수는 없지만 해볼 수는 있다.

나는 심하게 다친 사람들을 찾아, 다른 것은 못 해도 도움을 주고 싶다. 그저 말이나 충고밖엔 못 해주더라도, 나도 경험해 보았다는 사실만 알려주어도 위로가 되는 것 같다. 내가 말해본 사람들은 그 사실만 알아도 위로를 받는 것 같다.

내가 말해본 사람들은 모두 다 굉장히 놀랐다. 상상해 보라! 저 '멋쟁이 늙은 새'가 그랬다니! 고통과 마비 증상은 견디기 힘들다. 더 기다릴 수 없을 것 같다.

1971년 12월 23일.

나로서는 마지막이 될 크리스마스 이틀 전이다. 집에 오라는 초대를 많이 받았지만, 뉴욕에 갈 것이라고 했다. 물론 뉴욕에는 가지 않는다. 이곳 둥지에서 지낼 것이다. 신경이 쓰이는 전갈이 왔다. 신임 니믈롯은 지금까지의 누구보다도 엄하고 강하다고 한다. 무자비하다고까지 했다. 그는 전임자들이 간단하게 처형을 한 것처럼 쉽게 처형 명령을 내린다는 것이다. 아니면 그저 나한테 겁을 주려고 이런 말을 하는 것일까? 하지만 나는 겁나지 않는다.

1972년 2월 18일.

의사가 나한테 좀 더 강력한 '처방'을 하겠다면서, 과용은 하지 않도록 조심하라고 했다. 그 역시 신임 니믈롯에 대해서 말했다. 그 사람도 걱정한다. — 이번의 이 니믈롯은 미친 사람이라는 뜻까지 비쳤다. 나는 아무것도 알고 싶지 않다고 했다.

1972년 2월 26일.

믿을 수가 없다. 니믈롯은 악마이다. 미친 사람이 틀림없다. 그는 여기서 3년 이상 일해 온 사람들을 모두 제거하고 — 나라를 떠나게 했다. — 만약 말을 듣지 않으면 죽이겠다고 했다. 의사도 다음 주에 떠난다. 아내, 가족, 병원. 죽은 라토나의 부인은 '자동차 사고'로 죽었다. 연락책 중 한 사람 — 폴리찌 — 은 뉴헤이븐에서 총에 맞고 죽었다. 또 한 명 카팔보는 마약과용으로 죽었는데, 소문에 의하면 다른 사람이 주사한 것이란다.

1972년 4월 5일.

니믈롯으로부터 연락이 왔다. 모든 기록을 다 보내라고. 안 그러면 나한테 공급을 끊겠다는 것이다. 내 집을 24시간 감시할 것이라고 한다. 내가 어딜 가든 사람이 따라다닐 것이라고 한다. 병원 진료는 마음대로 받아도 된다고 한다.

암 환자에게 공급이 끊기면 그 결과는 상상할 수도 없다. 니믈롯이 모르고 있는 사실이 있다. 그것은 의사가 떠나기 전에 나한테 서너 달은 버틸 수 있는 약을 주고 갔다는 것이다. 그는 솔직히 내가 그 이상 살 수 있으리라고 생각하지 않았다. 이 끔찍하고 무서운 삶에서 처음으로 나는 강자의 입장에 섰다. 내 인생은 죽음 때문에 더 강해졌다.

1972년 4월 10일.

니믈롯은 나한테 히스테릭한 정도까지 이르렀다. 그는 나를 공개하겠다고 협박했다. 나를 공개해 봐야 나한테는 의미가 없다. 그에게 그 뜻도 전했다. 그는 칼라일학교를 모조리 파괴하겠다고 했다. 하지만 만약 그렇게 한다면 그 자신도 파괴될 것이다.

그가 회의를 소집한다는 소문이 돌고 있다. 막강한 사람들의 중요한 모임이라고 한다. 내 집은 이제 24시간 감시받고 있다. 니믈롯이 말했던 대로, 물론 칼라일 경찰이 하는 것이다. 니믈롯의 개인 군대 말이다.

1972년 4월 22일.

니믈롯이 이겼다. 무서운 일이지만, 그가 이겼다. 그는 두 장의 신문 기사를 오려 보냈다. 두 개 모두 마약과용으로 죽은 학생들에 관한 기사였다. 하나는 케임브리지에서 죽은 여학생이고, 다른 하나는 트리니티의 남학생이다.

그는 내가 기록을 내주지 않으면 매주 한 명씩 더 죽일 것이라고 했다. 인질을 처형하는 것이다. 그를 막아야 한다. 하지만 어떻게? 내가 어떻게 막을 수 있단 말인가? 계획은 있지만 잘할 수 있을지 모르겠다. 나는 기록을 만들어 둘 생각이다. 완벽하게. 어려울 것이다. 가끔 손이 떨린다. 해낼 수 있을까? 해내야 한다. 한 번에 몇 개씩 주겠다고 했다. 나 자신을 보호하기 위해서라고. 그가 동의할까?

1972년 4월 24일.

니믈롯은 믿기 어려운 악마이기는 하지만 현실주의자이다. 그는 다른 길이 없다는 사실을 아는 것이다. 우리는 모두 죽을 때까지 경주한다. 내가 역겹다. 나는 타자기와 여러 개의 만년필과 여러 종류의 종이를 번갈아 쓰고 있다. 희생자를 만드는 일은 중단했지만, 내가 단 한 번이라도 기록을 가져다주지 않으면 재개하겠다고 한다.

니믈롯의 인질들은 내 손에 달려있다. 그들이 처형되는 것은 오로지 나한테만 달린 것이다.

1972년 4월 27일.

이상한 일이 일어나고 있다. 비슨이 교무과의 우리 연락책한테 전화를 걸었다. 짐 매틀록이 비슨의 집에 왔는데 의심스럽다는 것이다. 그는 질문을 하고 비슨의 아내와 바보 같은 짓을 했다고 한다. 매틀록은 어느 리스트에도 없는 사람이다.

그는 니믈롯의 일원이 아니다. 다른 쪽도 아니다. 산 적도, 판 적도 없었다. 칼라일 순찰차가 늘 밖에 있다. 니믈롯의 군대가 경계를 하는 것이다. 웬일일까?

1972년 4월 27일 오후.

전령이 왔다. 두 사람이었다. 그들이 한 말은 너무나 믿기 힘들어서 여기 쓸 수가 없다. 난 니믈롯이 누구인지 한 번도 물어본 적이 없다. 알고 싶었던 적도 없었다.

하지만 공포가 엄습하고 있고, 무언가 니믈롯의 힘으로 할 수 없는 일이 벌어지고 있다. 그런데 전령들이 니믈롯이 누구인지 말해주었다. 거짓말일 것이다. 믿을 수 없고, 믿지 않겠다. 그게 사실이라면 이건 지옥이다.

매틀록은 마지막 일기를 맥없이 바라보았다. 글씨는 거의 알아보기 힘들었다. 연필이 나가는 것을 막을 수 없기라도 한 것처럼 단어와 단어가 모두 붙어있었다.

4월 28일.

매틀록이 왔었다. 그는 알고 있다. 다른 사람들이 아는 것이다. 그는 이제 정부 사람들이 개입했다고 한다. 이제 다 끝났다! 하지만 앞으로 어떤 일이 일어날지 그들은 모르고 있다. 피바다, 살인, 처형이 있을 것이다.

니믈롯은 그 이하로는 할 수 없는 인간이다. 너무나 큰 고통이 있을 것이다. 대규모의 살인이 있을 텐데, 그것은 큰 고통이 될 것이다. 대규모의 살인이, 그것이 별 볼 일 없는 엘리자베스 시대 교수 때문에 일어난다니…….

전령이 연락을 해왔다. 니믈롯이 직접 온다는 것이다. 대면하게 되는 것이다. 이제 난 사실을 알게 될 것이다. 그가 정말로 누구인지, 만약 그가 내가 들은 그 사람이라면, 그렇다면 이 기록을 어떻게든 숨겨야 한다. 어떻게든. 앞으로 남은 일은 그것뿐이다. 이제 내가 협박할 차례이다.

이제 다 끝났다. 고통도 이제 곧 끝날 것이다. 그동안 너무 많은 고통이 있었다. 확실히 알게 되었을 때 마지막으로 한 번만 더 쓰겠다.

&

매틀록은 공책을 닫았다. 제니라는 여학생이 뭐라고 했더라? 그들은 법원과 경찰과 의사도 다 소유하고 있다고. 또 앨런 페이스는 뭐라고 했더라? 북동부의 주요 대학행정부 모두라고 했다. 학교 내의 모든 정책, 고용, 파면, 교과목, 거대한 재단. 그들이 모두 손아귀에 쥐고 있다고 했다.

하지만 매틀록은 고소장을 가지고 있었다.

그것이면 충분했다. 니믈롯을 저지하기에 충분하다. – 그가 누구건 간에. 유혈사태와 처형을 막기 충분하다.

이제 그는 제이슨 그린버그에게 연락해야 한다.

'혼자서.'

31

그는 방수 천으로 싼 노트를 들고, 차의 통행이 별로 없는 뒷길로 해서 칼라일시를 향해 걷기 시작했다. 차를 타고 가는 것은 너무 위험하기 때문이다.

밭에 쓰러져 있는 남자는 지금쯤 의식을 되찾고 누군가를 통해 니믈롯에게 연락했을 것이다. 그리고 그를 찾으라는 경보가 울렸을 것이고, 보이지 않는 군대는 지금쯤 그의 뒤를 쫓고 있을 것이다. 그의 유일한 희망은 그린버그에게 연락하는 일이다. 제이슨 그린버그가 어떻게 해야 할지 가르쳐줄 것이다.

그의 셔츠에는 피가 묻어있고, 바지와 재킷에는 진흙이 덕지덕지 붙어있다. 그의 몰골은 철도역 화물 야적장 옆에 있는 빌즈 바의 부랑자를 연상시켰다. 시간은 새벽 2시 반이 다 되어가고 있었지만, 그런 곳은 새벽까지 문을 연다. 그들에게는 법이 편리한 도구일 뿐 명령이 아니었다. 그는 칼리지 파크웨이에 도착해서 산에서 내려갔다.

그는 가능한 한 젖은 옷을 털고, 피에 젖은 셔츠를 재킷으로 가렸다. 그리고 지저분한 바의 안으로 들어갔다. 싸구려 담배 연기가 자욱했다.

뮤직 박스에서는 슬래브 음악이 흘러나오고 있고, 남자들은 목청을 돋우어 떠들어대고 있었다. 매틀록은 자신도 그런 분위기 속에 녹아드는 것을 느꼈다. 여기서는 몇 분이나마 마음을 놓을 수 있을 것 같았다.

그는 뒤쪽의 부스에 앉았다.

"아니, 무슨 일 있으셨습니까?"

예의 바텐더, 며칠 전 간신히 친구가 된 의심 많은 바텐더다. 벌써 몇 년이나 흐른 것 같지만.

"소나기를 만나서 두어 번 넘어졌지, 빌어먹을. 위스키에다가 먹을 것 좀 남아있나?"

"치즈 샌드위치가 있습니다. 고기는 드시지 마십시오. 빵도 좀 오래된 겁니다."

"괜찮아. 샌드위치 두 개 하고, 맥주 한 잔 주게. 그래 주겠나?"

"그럼요, 물론이죠. 손님……, 정말 여기서 드시겠습니까? 제 말은, 여긴 손님 같은 분이 식사하실만한 곳이 아니라서…… 제 말뜻 아시겠습니까?"

또 그 소리였다. 끊임없는, 상관도 없는, 무의미한 질문. 그건 질문도 아니었다. 그런데 소중한 이 몇 분간, 또 그런 말을 들어야 한다니.

"알고말고. ……, 하지만 여기서 먹겠네."

"고생은 손님의 위장이 할 것이니까, 전 모르겠습니다."

바텐더는 자기 자리로 터덜터덜 돌아갔다.

매틀록은 그린버그의 전화번호를 찾아 고약한 냄새가 나는 공중전화로 갔다. 그는 동전을 넣고 다이얼을 돌렸다.

"죄송합니다, 그 번호는 끊겼습니다. 통화하시려는 분의 다른 전화번호는 모르십니까?"

"다시 해보시오! 그럴 리가 없으니까."

그녀가 다시 다이얼을 돌려보았지만 마찬가지였다. 웨스트버지니아 필링의 직원은 코네티컷 칼라일의 교환수에게 그린버그라는 사람은 워싱턴시로 연락해야 할 것이라고 했다. 그리고 전화거는 사람이 누구인지 몰라도 워싱턴의 어디로 해야 할지는 알고 있을 것이라는 대답이다.

"하지만 그린버그 씨는 아침이 되어야 워싱턴의 번호에 연결될 것입니다. 전화를 거신 분에게 그렇게 알려주세요."

이것이 그녀의 말이었다.

그는 생각하려고 했다. 워싱턴, 사법부, 마약반에 전화를 걸어도 안전할까? 이러한 상황에서 워싱턴은 하트포드의 누군가에게 더 빨리 연락해서 그를 추적하게 할 수 있지 않을까? 게다가 그린버그는 자신도 하트퍼드 지부 사람들을 믿지 않는다고 했다.

그때보다 지금, 그는 그린버그의 우려를 더 잘 이해했다. 칼라일 경찰도 니믈롯의 개인 군대일 정도이니까.

워싱턴으로 전화를 걸 수는 없다. 대신 실폰트에게 전화해야겠다. 그의 마지막 희망은 칼라일대학 총장이다.

그는 실폰트의 전화번호를 돌렸다.

"제임스! 이 사람, 제임스! 자네 괜찮은가? 도대체 그동안 어디 있었나?"

"세상에 있는지도 몰랐던 그런 곳에 가 있었죠. 정말, 그런 데가 있는 줄도 몰랐던 그런 곳들 말입니다."

"별일은 없는 거지? 그게 중요한 것이지! 그래, 괜찮은 거지?"

"네. 그리고 이젠 전부 다 가지고 있습니다, 전부. 헤론이 모든 것을 기술해 두었습니다. 23년간의 기록입니다."

"그럼 그 사람도 한 패였단 말인가?"

"그런 것 같습니다."

"쯧쯧, 가엾은 사람, 아프기까지 한 몸에……. 이해가 안 되는군. 하지만 지금은 그게 중요한 게 아닐세. 그건 당국이 알아서 할 일이니까. 지금 어디 있나? 내가 차를 보내지. 아니 내가 가겠네. 그동안 얼마나 걱정했는지 아나. 사법부 사람들이 내내 나한테 연락했었어."

"그냥 거기 계십시오, 제가 가겠습니다. — 총장님의 차는 모두가 다 아니까요. 제가 가는 편이 덜 위험할 겁니다. 지금 저를 찾고들 있으니까 말입니다. 여기서 누구더러 택시를 불러달라고 하겠습니다. 총장님이 댁에 계신지만 확인하려고 했습니다."

"좋을 대로 하게. 정말이지, 이제 마음이 좀 놓이는군. 크레셀한테 연락하겠네. 자네 말을 그 사람도 들어야 하니까. 그래야 하지 않겠나?"

"그렇습니다. 그럼 금방 가겠습니다."

그는 자리로 돌아와 맛이 없어 보이는 샌드위치를 먹기 시작했다. 맥주를 반 정도 마셨을 때, 그의 재킷 안에서 짧고 히스테릭한 블랙스톤의 삐삐 소리가 그의 귀를 울렸다. 그는 기계를 꺼내 버튼을 눌렀다. 그는 555 — 6868 외에는 아무 생각도 하지 않은 채 의자에서 벌떡 일어나 다시 공중전화로 갔다. 그리고는 떨리는 손으로 어설프게 동전을 꺼내 다이얼을 돌렸다.

녹음으로 나오는 말은 그의 얼굴을 때리는 채찍 같았다.

"차저 30은 취소되었습니다."

그러고는 끝이었다. 블랙스톤이 약속했던 것처럼 그 세 마디 외에는 아무 말도 없었고, 그것도 단 한 번으로 끝이었다. 말할 사람도, 애원할 사람도 없었다.

하지만 그럴 수는 없다. 이런 식으로 잘리지는 않을 것이며, 그럴 수도 없다. 만약 블랙스톤이 그를 취소시킨다면, 그가 그 이유를 알 권리가 있다. 팻이 안전한지 알 권리는 있다.

몇 분이 지나고, 그리고 몇 차례의 협박을 하고서야 그는 블랙스톤과 통화할 수 있었다.

"당신하고는 이야기하고 싶지 않습니다. 그 점은 분명히 했을 텐데요. 하지만 상관없소. 왜냐하면 난 이 전화를 추적해서 당신이 전화를 끊는 순간, 당신을 잡을 수 있는 위치를 그들에게 알려 줄 수도 있으니까."

졸음에 겨운 목소리는 험악했다.

"협박하지 마시오. 그동안 나한테서 받은 돈이면 나를 협박할 만큼보다는 더 될 텐데……, 왜 취소한 겁니까? 나도 그걸 알 권리는 있소."

"왜냐하면 당신은 구린내가 나기 때문이오. 더러운 쓰레기 냄새가 난다고!"

"그 정도로는 부족합니다. 그건 말도 되지 않잖소."

"그렇다면 요약해드리지. 당신 앞으로 영장이 발부되었소. 법원이 서명한……."

"뭐라고요? 보호 감금 말이오. 보호 감금!"

"살인 혐의입니다, 매틀록. 마약 분배 공모. 알려진 마약 분배책 방조. 아까 말했듯이 당신은 구린내가 나. 난 그런 일을 하는 놈들은 딱 질색이라고!"

매틀록은 할 말을 잃었다. 살인이라고? 공모? 블랙스톤은 지금 무슨 말을 하는 건가?

"그게 무슨 말인지 모르겠지만, 그건 사실이 아니오. 전부 다 사실이 아니란 말입니다. 난 목숨을 걸었소. 내 목숨을. 들었소?

이것을 갖기 위해서…….”

“말씀은 아주 잘하시지만, 조심성은 없으시군. 게다가 더러운 개자식이고. 칼라일 밖에서 목을 찔린 사람이 밭에서 발견되었소. 정부 사람들이 포드왜건의 임자를 찾는 데 10분밖에 안 걸렸지.”

“난 죽이지 않았소. 정말이오, 난 죽이지 않았단 말이오.”

“오, 어련하시겠어. 또 이스트 고지에서 총을 쏴 죽인 놈도 본 적이 없으시겠지! 하지만 주차계원과 다른 두 명이 당신을 현장에서 보았으니 어쩌나? 참, 이걸 잊어버렸군. 당신은 또 바보 멍청이요. 유리창 와이퍼 밑에 주차증을 그대로 놔두셨으니.”

“아니, 잠깐! 잠깐! 이건 전부 말도 안 돼요. 이스트 고지의 그놈은 거기서 나를 만나자고 하고는 나를 죽이려고 했단 말입니다.”

“그런 이야기는 변호사한테나 하시오. 우린 사법부 사람들한테 고스란히 다 말했으니까. 내가 그렇게 자청했지. 우린 평판이 좋으니까. 참, 아주 비싸게 파신 모양이더군. 은행 계좌에 6만 달러나 가지고 계시던데? 정말이지, 매틀록 당신은 냄새가 나!”

매틀록은 너무 놀라서 목소리를 크게 할 수 없었다. 그의 목소리는 거의 들리지 않을 정도였다.

“내 말 좀 들어보십시오. 들어야 합니다. 당신이 한 말, 그건 전부 설명할 수 있습니다. 밭에서 발견되었다는 남자만 빼고, 그건 나도 이해할 수가 없습니다. 하지만 당신이 내 말을 믿든 안 믿든 그건 상관없소. 지금 난 손에 설욕할 증거를 들고 있으니까.

중요한 건 당신들이 그 여자를 지켜줘야 한다는 것이오. 취소하지 마십시오. 여자를 지켜주십시오."

"말을 잘 이해하지 못하시는 것 같군. 당신의 계약은 취소되었소. 차저 30은 취소되었단 말이오."

"여자는 어떻게 하고?"

"우린 무책임한 사람들이 아니오. 여자는 안전합니다. 지금 칼라일 경찰이 보호하고 있으니까."

블랙스톤은 말했다.

ॐ

바 분위기가 어수선했다. 바텐더는 문을 닫으려고 하고, 손님들은 그것을 싫어했다. 맥주에 찌든 마호가니 테이블 위로 욕설이 오갔고, 그보다는 덜 아쉬워하거나, 술이 더 필요한 손님들은 천천히 문 쪽으로 갔다.

매틀록은 고약한 냄새가 나는 전화기 옆에 얼어붙은 듯 서 있었다. 바에서 들리는 소리가 고함처럼 더 커졌지만, 그에게는 아무것도 들리지 않았다. 그의 눈앞에 있는 형체들은 전부 흐릿하게 보였다. 속이 뒤집힐 것 같아 그는 루카스 헤론의 공책을 담은 방수포를 손과 벨트 사이에 낀 채 바지 앞부분을 부여잡고 있었다. 이스트 고지 산비탈에서 시체 옆에 토했던 것처럼 지금도 토할 것 같았다.

하지만 시간이 없었다. 팻이 니믈롯의 개인 군대에 잡혀있다. 그는 지금 당장 행동해야 한다. 행동하면 용수철은 튀어 오를 것이다. 용수철이 다시 수축하는 일은 없을 것이다.

끔찍한 사실은 그가 어디서부터 시작해야 할지를 모른다는 것이다.

“왜 그러십니까, 손님? 샌드위치 때문인가요?”

“뭐라고?”

“금방이라도 토하실 것 같아서요.”

“오? …… 아니요.”

매틀록은 바 안의 모든 사람이 나간 사실을 그제야 알았다.

노트! 노트를 몸값으로 대신해야 한다! 니믈롯한테 그 노트를, 그 고소장을 주는 것이다.

하지만 그다음엔? 니믈롯이 팻을 살려줄까? 또 그를 살려줄까? 루카스 헤론도 이렇게 썼다. ‘신임 니믈롯은 악마다. 무자비한. 그는…… 처형을 명령한다.’

니믈롯은 누가 루카스 헤론의 일기에 대해 알고 있다는 사실보다 훨씬 못한 이유로도 살인을 한 사람이다.

“손님, 죄송합니다만, 이제 문을 닫아야 합니다.”

“택시 좀 불러주겠나?”

“택시요? 지금은 3시도 넘었습니다. 또 택시가 있다고 해도,

새벽 3시에 이 변두리까지는 오지 않을 겁니다."

"자네 차 있나?"

"아니, 잠깐. 저도 여길 치우고 가봐야 합니다. 오늘 밤은 손님이 많았죠. 장부 정리만 하는 데도 20분은 걸릴 겁니다."

매틀록은 돈을 꺼냈다. 제일 적은 액수가 100달러짜리였다.

"난 차가 필요하네. — 지금, 당장. 얼마면 되겠나? 한 시간, 아니 그 전에 갖다주겠네."

바텐더는 매틀록의 돈을 보았다. 그런 돈은 흔히 보는 액수가 아니다.

"똥차라서 운전하기도 쉽지 않을 텐데요."

"난 뭐든 다 운전할 수 있어! 자, 여기 100달러! 내가 차를 망가뜨리거나 하면 이 돈 다 가지게. 자! 어서 받아, 제발!"

"좋습니다. 좋아요, 손님."

바텐더는 앞치마 밑에서 자동차 키를 꺼냈다.

"여기 네모나게 생긴 것이 자동차 키입니다. 차는 뒤편에 있습니다. 62년형 셰비입니다. 뒷문으로 나가십시오."

"고맙네."

매틀록은 바텐더가 가리키는 문 쪽으로 갔다.

"손님, 잠깐만!"

"뭔가?"

"성함이 뭐라고 하셨죠? 무슨 '록'이었죠? 잊어버렸습니다. 제 말은, 제 차를 빌려드리면서 이름도 몰라서야!"

매틀록은 잠시 생각했다.

"니믈롯. 니믈롯일세. 내 이름은 니믈롯이야."

"그건 이름이 아닙니다, 손님. 그건 송어잡이 할 때 쓰는 미끼 아닙니까? 손님이 제 차를 가지고 가시니, 손님의 성함을 알아 둬야겠습니다."

매틀록은 여전히 손에 돈을 들고 있었다. 그는 3백 달러를 더 세어 바닥에 던졌다. 그러는 것이 옳을 것 같았다. 그는 크레이머에게 스테이션왜건을 빌리면서 400달러를 주었다. 그때와 지금도 비슷했다.

"이렇게 하면 400달러가 되네. 62년형 세비를 빌려주고 400달러나 받는 일은 쉽지 않지. 꼭 다시 돌려주겠네!"

그는 문으로 뛰어갔다. 그가 마지막으로 들은 것은 빌즈 바 웨이터의 감사하다는, 그러나 영문을 모르겠다는 것 같은 말이었다.

"니믈롯, 웃기는 사람이군!"

차는 주인이 말했던 대로 고물이었다. 하지만 굴러가기는 했다. 그리고 그것이면 되었다. 실폰트는 상황을 분석하고 앞으로의 행동을 결정하는 데 도움을 줄 것이다. 두 사람의 의견이 한 사람의 의견보다는 나은 법이니까.

그는 일어난 모든 일의 책임을 지기가 두려웠다. — 그럴 능력이 없었다. 실폰트는 높은 자리에 있는 사람들을 알고 있을 것이다.

샘 크레셀은 자초지종을 다 들으면 반대를 하고 몸을 사릴 것이다. 하지만 그는 무사할 것이다. 팻의 안전이 가장 중요하다. 실폰트는 그것도 이해해줄 것이다.

지금은 협박해야 할 때임을 알았다. — 헤론이 종국에 가서 협박한 것처럼. 니믈롯은 팻을 데리고 있고, 그는 헤론의 고소장을 가지고 있다. 한 사람의 목숨을 구하면 수백 명, 아니 수천 명이 보호될 것이다. 니믈롯은 이러한 흥정의 가치를 알 것이다. 의심의 여지도 없다.

그는 역에서 우회전하여 칼리지 파크웨이를 달리기 시작했다. 실폰트의 집은 그 길 끝에 있다. 그는 62년형 세비가 갈 수 있는 최대한의 속도로 달렸지만, 비탈길을 오를 때는 시속 30마일 이상으로는 가지 못했다. 길에 다른 차는 없고, 비가 온 뒤라 깨끗했다. 상가가 나오고 주택가가 나오고, 드디어 캠퍼스는 어둡고 조용한 길이 되어 이어졌다.

크레셀의 집이 칼리지 파크웨이에서 반 블록 떨어진 하이 스트리트에 있다는 사실이 생각났다. 그곳으로 돌아가 봐야 30초 이상 더 걸리지는 않을 것이다. 그 정도면 충분할 것 같았다.

크레셀이 아직 실폰트의 집으로 출발하지 않았다면, 그와 같이 차를 타고 가면서 이야기해줄 수 있을 것이다. 매틀록은 이야기를 어서 시작해야 했다. 혼자서는 더 이상 견딜 수가 없었다.

그는 모퉁이에서 차를 하이 스트리트 쪽으로 좌회전했다. 크레셀의 집은 길가 진달래꽃이 울타리를 치고 있는 넓은 앞마당 뒤쪽에 자리 잡고 있었다. 아래층에 불이 켜져 있는 것으로 보아 크레셀은 집에 있는 모양이었다. 두 대의 차가 집 사이의 길에 있었다. 매틀록은 속도를 줄였다.

찻길 뒤쪽으로 희미한 그림자가 보였다. 크레셀의 주방에도 불이 켜져 있었다. 창문에서 흘러나오는 불빛에 제3의 차 후드가 반짝거렸다. 크레셀의 집엔 차가 두 대뿐이었다.

그는 다시 집 앞에 있는 차를 보았다. 그것은 칼라일 경찰의 순찰차였다! 칼라일 경찰이 크레셀의 집에 있는 것이다.

니믈롯의 개인 군대가 크레셀과 함께 있는 것이다.

아니면 니믈롯의 개인 군대가 니믈롯과 함께 있는 것일까?

그는 순찰차를 아슬아슬하게 비켜 가서 좌회전하고는 다음번 모퉁이까지 전속력으로 갔다. 거기서 그는 다시 우회전하면서 액셀을 끝까지 밟았다. 그는 정신이 없고, 놀라고, 두려웠다. 만약 실폰트가 크레셀에게 전화했고 — 그런 것 같이 보였지만 — 크레셀이 니믈롯과 한 패이거나 그가 니믈롯이라면, 다른 순찰차, 개인 군대의 다른 군인들이 그를 기다리고 있을 것이다.

그는 일주일 전, 로링이 살해되던 날 밤 칼라일 경찰서에 갔던 일을 돌이켜 보았다. 크레셀은 그때도 그를 불편하게 했었다. 또 그전에도, 로링과 그린버그에 대해서도 크레셀의 적대감은 합리적인 선을 벗어났었다.

오, 하느님 맙소사! 이제 너무나 분명해졌다. 그의 본능은 맞았다. 그가 사냥꾼이면서 또 쫓기는 동물이었던 때의 본능이 옳은 것이었다. 그는 너무나 철저히 감시당했고, 그의 행동은 모두 다 예측된 것이다. 연락을 맡아준다던 크레셀이 사실은 스파이, 추격자, 최고의 살인자였다.

이제는 모든 것이 전과는 다르게 보였다. — 다만 그 겉모습 뒤에 숨겨진 것에 대한 느낌 외에는. 그 느낌을 믿어야 했다.

어떻게든 실폰트에게 가야 했다. 실폰트에게 유다는 바로 크레셀이었음을 알려야 했다. 이제는 그 두 사람이 자기방어의 길을 모색하고, 어디서부터 반격해야 할지 찾아야 했다.

그러지 않으면, 그가 사랑하는 여자를 잃게 된다.

단 일 초도 허비할 수 없다. 실폰트는 분명 매틀록이 루카스 헤론의 일기를 가지고 있다는 사실을 크레셀에게 말했을 것이고, 크레셀에게는 그것만 중요하다. 니믈롯에게도.

니믈롯은 코르시카어 편지와 그 일기를 다 가져야 한다. 지금 그는 그 두 가지 다 어디 있는지 알고 있다. 그의 군대는 승리냐, 재앙이냐를 판가름할 순간이 왔음을 들었을 것이다. 그들은 실폰트의 집에서 그를 기다리고 있을 것이다. 실폰트의 집은 그들이 그에게 쳐놓은 함정일 것이다.

매틀록은 다음 모퉁이에서 서쪽으로 회전했다. 그의 바지 주머니에 열쇠고리가 있었는데, 그중에는 팻의 아파트 열쇠도 있었다.

그가 아는 한, 그런 열쇠가 있다는 사실은 아무도 몰랐고, 또 그가 그곳으로 갈 것이라고 믿는 사람은 아무도 없을 것이다.

그는 팻의 아파트로 가기로 했다. 공중전화로 가서 가로등에 몸을 내비치는 위험을 불사할 수는 없었다. 사방에서 순찰차들이 그를 찾고 있을 것이 뻔했다.

뒤에서 요란한 엔진소리가 들리자, 그의 위에 예리한 통증이 찾아왔다. 차 한 대가 그를 뒤따르고 있었다. 점점 더 가까이 다가왔다. 62년형 셰비는 그것과는 경쟁이 되지 않았다.

액셀을 밟는 그의 오른쪽 다리에 힘이 너무 들어가 쥐가 나려고 했다. 그는 핸들을 움켜쥐고 옆길로 급회전했다. 팔의 근육이 긴장하면서 아려왔다.

다시 또 회전, 그는 핸들을 왼쪽으로 꺾었다. 차바퀴가 연석을 밟았다가 다시 길 가운데로 들어섰다. 그의 뒤를 따라오는 차는 계속 같은 속도를 유지하면서 10피트 이상의 간격은 두지 않았다. 백미러에 헤드라이트가 반사되어 눈이 부셨다.

추격자는 그와의 간격을 좁히려고 하지 않았다. 간격을 좁히려면 벌써 100야드, 아니 200야드 전에 할 수 있었다. 그는 기다렸다. 무엇인가를 기다리는 것이다. 하지만 무엇을 기다리는 것일까?

그가 이해할 수 없는 것이 너무나 많았다. 그가 잘못 생각하고, 잘못 이해한 것이 너무나 많았다. 그는 중요한 고비마다 이용당했다. 그들이 말했던 것처럼, 그는 아마추어였다. 처음부터 그는 불가항력이었다.

그런데 이제 그의 마지막 공격마저도 기습당하는 것으로 끝나려 한다. 그들은 그가 사랑하는 여자를 죽일 것이다. 실폰트도 끝이다. — 그는 이제 너무 많이 알고 있으니까! 얼마나 많은 사람이 파멸될지 알 수 없다.

만약 그런 식으로밖에 될 수 없다면, 만약 그에게서 정말 희망을 빼앗아 간다면, 최소한 그 마지막 장면에서는 뭔가 보여주기라도 해야 한다. 그는 벨트 안의 자동소총을 꺼냈다.

지금 그들 — 추격자와 쫓기는 자 — 이 달리고 있는 길은 캠퍼스의 외곽으로 나 있고, 과학관 건물에 넓은 주차장 몇 개가 있을 뿐, 이렇다 할 주택은 없었다.

그는 가능한 한 오른쪽으로 차를 붙이고 오른팔을 가슴에 붙이고 총구를 차창 밖으로 빼 뒤에 오는 차를 겨누었다.

그는 두 발을 쏘았다. 뒤에 오던 차는 속력을 냈다. 차가 연거푸 부딪치는 충격, 뒤의 차가 셰비의 뒤를 들이받는 금속과 금속의 마찰을 느꼈다. 그는 다시 소총의 방아쇠를 당겼다. 총성은 들리지 않고, 대신 빈 탄창이 철컥거리는 소리만 났다.

그의 마지막 제스처마저도 헛되이 끝나고 만 것이다.

추격자는 다시 한번 그의 차를 받았다. 핸들이 공회전하면서 셰비는 길 밖으로 떨어졌다. 그는 차를 다시 돌리려고 애쓰면서 여차하면 뛰어내릴 준비를 하고 문의 손잡이를 잡았다.

그는 모든 생각을 멈추었다. 생존 본능이 모두 마비되었다. 그 몇 초 동안 시간은 정지했다. 그의 뒤에 있던 차가 그의 차와 나란히 붙었고, 그는 추격자의 얼굴을 보았다.

안경 아래로 눈 주위에 붕대와 거즈를 칭칭 감기는 했지만, 검은 혁명 분자의 얼굴까지 숨길 수는 없었다. 쥘리앙 뒤누아였다.

그가 기억하는 것은 그것이 마지막이었다. 셰비는 오른쪽으로 회전하면서 길 아래로 미끄러졌다.

순간, 모든 것이 암흑으로 변했다.

32

통증 때문에 잠이 깼다. 그의 왼쪽 반신은 모두 아픈 것 같았다. 그는 고개를 돌려보았다. 머릿밑에 베개가 느껴졌다.

방에는 희미한 조명이, 맞은편 테이블에 있는 스탠드에서 불빛이 비치고 있었다. 그는 머리를 돌리며 오른쪽 어깨를 짚고 몸을 일으켰다. 팔꿈치를 매트리스에 대고 힘을 주었지만, 왼쪽 팔은 마비된 것처럼 몸의 움직임에 그냥 따라왔다.

그러다가 갑자기 멈추었다.

침대 발치와 일직선이 되는 곳의 의자에 한 남자가 앉아 있었다. 처음에는 형체를 분간할 수 없었다. 조명도 약한데다 눈이 침침했다.

서서히 남자의 모습이 또렷해졌다. 그는 흑인이었고, 검은 눈으로 매틀록을 빤히 바라보고 있었다. 그는 칼라일대학의 흑인 좌파 우두머리인 애덤 윌리엄즈였다.

윌리엄즈는 부드러운 목소리로 말했고, 매틀록이 잘못 들은 것이 아니라면, 그 목소리에는 따스함이 있었다.

“쥴리앙 형제한테 깨어나셨다고 말하겠습니다. 교수님을 보러 올 겁니다.”

윌리엄즈는 의자에서 일어나 문으로 갔다.

“왼쪽 어깨를 다치셨습니다. 침대에서 내려오지 마십시오. 이 방에는 창문도 없습니다. 복도에는 보초도 서 있고요. 쉬십시오. 쉬셔야 합니다.”

“쉴 시간이 없어, 이 바보 같으니라고!”

매틀록은 기를 쓰고 일어나려고 했다. 하지만 통증이 너무 컸다. 그는 아직 자신이 얼마나 아픈지 모르고 있었다.

“해봐야 소용없습니다.”

윌리엄즈는 문을 열고 나가서는 굳게 닫았다.

매틀록은 베개 위로 다시 쓰러졌다……. 쥴리앙 형제……. 이제 기억이 났다. 질주하는 자동차 창문으로 그를 바라보던 쥴리앙 뒤누아의 붕대를 감은 얼굴을 보았던 것이. 그리고 그의 귀에 들려오던 뒤누아의 말소리가. 그가 운전자에게 명령하는 소리를 들었던 것이.

“박아, 다시 박아! 밀어내!”

그리고는 모든 것이 캄캄해졌고, 그 암흑은 요란한 굉음, 부서지는 금속의 소리로 가득 찼었다. 그리고 그의 몸이 암흑의 진공 속으로 던져지면서 빙빙 돌았다.

아! 그게 언제였던가? 그는 시계를 보려고 왼손을 들려고 했지만 팔은 꼼짝도 하지 않았다. 통증은 속속들이 찌르는 것 같았다. 그는 오른손으로 손목의 붕대를 들춰보았지만, 시계는 없었다.

그는 가까스로 다시 일어나 침대 끝에 걸터앉았다. 발이 마룻바닥에 닿는 것이 그렇게 고마울 수가 없었다. 그는 다시 기억의 조각들을 짜 맞추고, 무슨 일이 있었는지, 지금 그가 어디로 가고 있는지 재정립해야 했다.

그는 팻의 아파트로 가고 있었다. 에드리언 실폰트에게 전화를 걸 안전한 전화기를 찾아서. 그에게 크레셀이 적임을, 크레셀이 니믈롯임을 알려주기 위해서. 그리고 헤론의 일기장을 팻의 몸값으로 쓰기로 마음먹었었다. 그때 추격이 시작되었다.

하지만 그것은 추격도 아니었다. 그의 뒤에 따라오던 줄리앙 뒤누아를 태운 차는 무시무시한 테러 게임을 하지 않았다. 그 차는 산고양이가 다친 염소를 가지고 놀듯이 그를 가지고 놀았다. 그러다가 그를 공격하고 암흑 속으로 떨어뜨렸다.

매틀록은 도망쳐야 한다는 사실을 알고 있었다. 하지만 어디에서, 누구한테로?

"안녕히 주무셨습니까? 일어나 앉으셨군요. 좋습니다. 그렇게 심하게 다치신 몸으로. 그건 좋은 징조니까 말입니다."

"지금 몇 시요? 여기가 어디요?"

"4시 30분이 조금 못 되었습니다. 여긴 루뭄바 홀입니다. 보십시오. 난 아무것도 숨기지 않습니다. 자, 그러니 선생도 나한테 아무것도 숨기시면 안 됩니다."

"이것 보시오! 난 당신과 당신들 중 누구와도 싸울 이유가 없소! 난……."

"아니, 내 생각은 그렇지 않습니다. 내 얼굴을 보십시오. 선생 때문에 내가 장님이 되지 않은 것은 오로지 아주 큰 행운 덕분이었소. 선생은 내 안경을 내 눈 속으로 쑤셔 박으려고 했으니까. 내가 장님이 되면 내 일이 얼마나 손해가 날지 상상하실 수 있겠소?"

"빌어먹을! 당신이 나한테 산을 처넣었으니까 그렇지!"

"그렇게 하도록 한 사람이 선생이었지! 선생은 우리 형제들한테 아주 좋지 않은 추적을 시작하셨잖소. 개입할 자격도 없는 추적에……. 하지만 이런 말싸움은 피차 제자리걸음일 뿐이오. 우린 선생이 가져다준 것에 대해 대단히 감사하고 있소."

"그 노트……."

"또 코르시카어 편지도. 그 초청장 말이오. 우린 그 초청장이 있다는 사실을 알고 있었고, 노트는 소문으로만 들었지. 그게 헛소문이 아니란 것은 오늘 밤, 아니 오늘 새벽에야 알게 되었소. 선생은 정말 자부심을 가져도 되겠더군. 경험이 많은 사람들도 못 해낸 일을 해내셨으니까. 선생은 보물, 정말 보물을 찾아내신 것이오."

"난 그걸 돌려받아야 합니다!"

"그건 힘들 겁니다."

윌리엄즈가 벽에 기대어 선 채로 말했다.

"그걸 돌려받지 못하면 여자가 죽게 됩니다. 나는 당신들이 하고 싶은 대로 하시오. 하지만 그 여자를 찾는 데 그 노트를 이용하게만 해주시오. 제발, 제발 부탁이오!"

"대단히 깊이 사랑하시는군요. 눈물까지 흘리는 걸 보니……."

"당신도 교육받은 사람이잖소. 이럴 수는 없소! 이봐요, 거기서 필요한 정보는 무엇이든 다 써먹으시오. 그런 다음 나한테 돌려주고 나를 보내주시오. 다시 돌아오겠다고 맹세합니다. 여자에게 기회를 주시오. 기회를 주시오!"

뒤누아는 매틀록이 잠에서 깼을 때 애덤 윌리엄즈가 앉아 있던 의자로 천천히 걸어갔다. 그는 의자를 침대 가까이 가져와서 앉으며 다리를 우아하게 꼬았다.

"암담한 기분이시죠? 아마 절망까지 하셨겠지."

"그동안 무슨 꼴을 겪었는지 모를 거요."

"압니다. 그런데 지금 나한테 이성을 바라시는 겁니다. 교육받은 사람으로 대해주기를. 당신을 도와주는 것이 내 권한 안에 있다는 사실, 따라서 내가 선생보다 우월하다는 사실을 선생은 알고 있소. 그렇지 않다면, 나한테 그런 청은 하지 않을 것이오."

"오, 제발, 어렵게 만들지 마시오."

"이제 선생은 상황이 어떤지 알고 있소. 선생은 희망이 없다는 것. 선생의 청이 받아들여질지 어떨지 모르시겠지. 그런데 내가 발렌타인 양의 목숨에 대해 털끝만큼의 관심이라도 있을 것 같습니까? 솔직히 그 여자가 나한테 무슨 중요한 의미가 있다고 믿으시는 겁니까? 우리 아이들, 우리 사랑하는 사람들의 생명에 대해 선생이 생각하는 것보다 나을 이유가 있다고?"

매틀록은 뒤누아에게 대답해야 한다는 사실을 인지하고 있다. 그가 이 질문의 답을 피하면 그는 아무것도 주지 않을 것이다. 이것 또한 게임이다. 그리고 그는 그 게임을 해야 한다.

"나한테 이럴 권한은 없소. 그리고 그 사실을 당신도 알고 있소. 그들을 위해 아무것도 안 하는 사람들을 나도 혐오하오. 당신은 나를 알고 있소. — 당신 입으로 그 사실을 말했듯이. 그러나 당신은 그 사실도 알 것이오."

"아하, 하지만 난 모르는데? 더 나은 자, 워싱턴 사람들을 위해 일하기로 한 사람은 선생이오. 수십 년 동안, 2백 년 동안 우리 민족은 그 더 낫다는 워싱턴 사람들한테 청원했었소. '도와주세요.'하고 그들은 울었소. '우리에게서 희망을 빼앗아 가지 마세요!' 하고 그들은 절규했소. 하지만 아무도 들어주지 않았소. 그런데, 지금 나더러 당신 말을 들으라는 것이오?"

"그렇소! 왜냐하면 나는 당신의 적이 아니기 때문이오. 내가 당신이 바라는 바의 사람은 못될지 몰라도, 당신의 적은 아니오. 당신이 나를, 나 같은 사람들을 증오의 대상으로 만든다면, 당신들은 끝입니다. 수적으로도 당신들은 비교가 안 된다는 사실을 잊지 마시오, 뒤누아. 당신들이 '파울'을 선언할 때마다 바리케이드를 쳐부수지는 않지만, 그래도 그 선언을 듣기는 하오. 우린 돕고 싶은 것이오."

뒤누아는 매틀록을 차갑게 쳐다보았다.

"증명해 보시오."

매틀록은 뒤누아의 시선을 맞받아 쳐다보았다.

"나를 당신의 미끼로, 인질로 쓰시오. 정 여의치가 않으면 나를 죽이시오. 하지만 그 여자는 꺼내주시오."

"그런 것, 인질, 살인 같은 일은 당신의 동의가 없이도 할 수 있소. 그건 용감하기는 하지만 증명은 되지 않소."

매틀록은 뒤누아에게서 시선을 떼지 않았다. 그리고 그는 조용히 말했다.

"내가 진술서를 쓰겠소. 서면으로든, 말로든, 녹음이든. 위협 때문에 강제로 하는 것이 아니라, 자진해서. 모두 다 털어놓겠소. 내가 어떻게 이용당했는지, 어떤 일을 했는지, 모두 다. 당신은 니믈롯뿐 아니라 워싱턴 사람들까지 갖게 될 것이오."

뒤누아는 팔짱을 끼고 매틀록처럼 조용하게 말했다.

"그렇게 하면 당신의 교수 생활은 끝장난다는 사실 알고 있소? 당신이 그토록 사랑하는 이 생활 말이오. 이름 있는 대학은 당신한테 자리를 주지 않을 것이오. 다시는 신뢰받을 수 없을 것이오. 어느 편에 서든지."

"당신은 증거를 원했소. 내가 줄 수 있는 것은 이것이 다요."

뒤누아는 의자에 꼼짝하지도 않고 앉아 있었다. 윌리엄즈는 벽에 기댄 자세에서 몸을 풀었다. 몇 분 동안 아무도 말하지 않았다. 이윽고 뒤누아가 싱긋 웃었다. 붕대로 싸인 그의 눈은 동정적이었다.

"당신은 좋은 사람이오. 바보인지는 모르겠지만, 인내심은 놀랍소. 당신에게 필요한 도움을 드리겠소. 당신에게서 희망을 빼앗지 않겠소. 애덤, 자네도 동의하나?"

"동의합니다."

뒤누아는 의자에서 일어나 매틀록에게로 다가왔다.

"이런 말이 있죠. 정치는 모르는 사람들끼리도 같은 방에서 자게 만든다는. 그 반대로 현실적인 목적을 위해서는 모르는 사람들끼리도 정치적 동맹자가 될 수 있는 것이오. 역사가 그 사실을 말해주고 있지. 우린 선생만큼이나 이 니믈롯이 필요합니다. 그가 평화협상을 하려고 하는 마피오시까지도. 아이들을 희생시켜 살아가는 자들은 바로 그들이오. 본때를 보여줘야 합니다. 다른 니믈롯, 다른 마피오시가 태어나지 못하도록……. 도와드리겠소. 하지만 조건이 있습니다."

"그게 뭡니까?"

"니믈롯과 마피오시를 처치하는 문제는 전적으로 우리가 할 것이오. 우린 당신네 판사들과 배심원들을 믿지 못하오. 당신네 법원은 모두 부패했고, 당신네 법 제도는 돈 먹기 싸움일 뿐이오. 스페인 중독자는 감옥에 들어가고, 부자 갱들은 상고하고, 그렇게는 안 됩니다. 그들의 처리 문제는 우리가 결정해야 하오."

"그 문제는 상관없소. 하고 싶은 대로 하시오."

"당신이 상관없는 정도로는 부족합니다. 그보다 더 중대한 뭔가가 필요하오. 보장이 필요합니다."

"어떻게 보장하란 말입니까?"

"당신의 침묵으로 우리의 존재를 밝히지 않는 것. 우린 그 코르시카어 편지를 가지고 어떻게든 5월의 회의를 찾아내서 참석할 것이오. 그 일기에서 우리가 필요한 정보는 모두 갖겠소. 말이 났으니 말이지만, 우린 지금 그렇게 하고 있소. 하지만 당신의 침묵이 가장 중요하오. 지금 당장 도와드리겠소. 물론 최선을 다해서. 하지만 당신은 우리가 개입했다는 말을 입 밖에 내서는 안 됩니다. 어떤 일이 있어도. 직접적으로든 간접적으로든, 우리가 개입했다는 사실을 암시해도 안 되오. 만약 그렇게 할 경우엔 우리가 당신과 그 여자의 목숨을 없앨 것이오. 알아들으셨소?"

"알겠소."

"그럼 우린 합의한 겁니까?"

"그렇소."

"고맙습니다."

뒤누아는 웃으면서 말했다.

33

줄리앙 뒤누아가 앞으로의 가능성에 대해 대강 설명하고 전략을 세우기 시작하면서, 매틀록은 이 흑인들이 왜 자기를 찾는지, 그리고 뒤누아가 왜 그를 도와주려고 하는지 분명히 알게 되었다. 매틀록은 그들에게 필요한 정보를 가지고 있었다.

그가 누구와 접선하는지, 학교 안 사람인지, 외부 사람인지, 정부 사람은 누구이고 어디에 있는지, 접선은 어떻게 하는지…….

다시 말해서 줄리앙 뒤누아가 니믈롯을 만나러 갈 때 누구를 피해야 하는가에 대한 정보다.

"선생은 만약의 사태에 대비한 아무런 준비도 없으셨군요. 위험의 요소가 너무 많았습니다."

뒤누아가 말했다.

"나도 그런 생각이 들기는 했습니다. 하지만 그 전적인 책임이 나에게 있는 것은 아니잖소."

"아, 그거야 그렇고말고!"

뒤누아는 웃었고, 윌리엄즈도 따라 웃었다. 세 사람은 창문이 없는 방에서 작업했다. 카드 테이블과 여러 권의 노란 종이를 들여왔다. 뒤누아는 매틀록이 제공하는 모든 정보를 적어 나갔다.

그들 이름의 스펠링과 주소가 정확한지 재차 확인했다. 프로다웠다. 매틀록은 그린버그와 이야기할 때 느꼈던 부족함을 또 한 번 경험했다.

뒤누아는 몇 장의 종이를 스테이플러로 찍고 새 종이에 쓰기 시작했다.

"왜 그렇게 하는 겁니까?"

매틀록이 물었다.

"이것들은 아래층에 있는 복사기로 복사할 겁니다. 정보는 뉴욕에 있는 내 사무실로 보내질 겁니다. 헤론 교수의 공책 복사본도 마찬가지입니다."

"그것으로 장난치진 않겠죠?"

"간단히 말해서, 네."

"내가 줄 수 있는 것은 이게 다입니다. 자, 이제 어떻게 할 겁니까? 난 어떻게 하면 되는 겁니까? 난 두렵소. 그거야 말을 안 해도 아시겠지만, 여자한테 어떤 일이 생길지 생각할 엄두도 나지 않습니다."

"아무 일도 일어나지 않을 것입니다. 내가 그렇다고 하면 그대로 믿으셔도 됩니다. 지금 발렌타인 양은 자기 어머니, 아니 선생의 팔에 안겨있는 것처럼 안전합니다. 미끼는 선생이 아니라, 그 여자니까. 미끼는 싱싱하게 보관될 겁니다. 그들이 원하는 것을 선생이 가지고 있기 때문이지요. 그것이 없으면 그들은 목숨을 부지할 수가 없으니까 말입니다."

"그럼 어서 내가 그것을 주게 해주시오. 빠를수록 좋은 것 아니겠소?"

"걱정하지 마십시오. 그렇게 될 테니까. 하지만 어떻게 해야 할지에 대해 조심스럽게 결정해야 합니다. 지금으로서는 두 가지 대안이 있습니다. 첫째는 크레셀입니다. 직접 대면하는 겁니다. 두 번째는 경찰을 이용하는 겁니다. 선생이 니믈롯에게 전할 메시지를 경찰을 통해 전하는 겁니다."

"왜 그렇게 합니까? 왜 경찰을 이용하는 겁니까?"

"대안을 말씀드리는 겁니다. 왜 경찰을 이용하느냐고요? 잘 모르겠습니다. 헤론의 일기에 과거에 니믈롯이 교체되었다는 사실이 분명히 적혀 있기 때문입니다. 현재의 니믈롯은 세 번째입니다, 맞죠?"

"그렇소. 첫 번째는 부지사 사무실에서 일했던 오턴이라는 사람이었습니다. 두 번째는 건축업자 안젤로 라토나. 그리고 세 번째는 아마도 크레셀인 것 같습니다. 당신 생각은 어떻습니까?"

"아직 확실히 모르겠습니다. 누가 니믈롯이건 그 니믈롯은 권위적인 힘을 가지고 있습니다. 따라서 그건 사람이 문제가 아니라 그 지위가 문제입니다. 그 지위를 가진 사람은 권한을 마음대로 휘두를 수 있습니다."

"하지만 그 권한도 가졌다가는 없어지는 것입니다. 니믈롯이 최종적인 권위자는 아닙니다."

"맞습니다. 따라서 그 무기를 가지고 있는 사람이 그 사람이라는 말을 은근히 퍼뜨린다면 매틀록이 유리해지는 것입니다. 크레셀은 그 점을 경계해야 할 것입니다. 모든 이들을 위해서."

"그건 나를 잡으려는 사람들이 더 많아질 것이라는 뜻입니까?"

"그럴 수도 있습니다. 반대로 초조해진 범인들 일부가 선생을 보호하게 될 수도 있다는 뜻이기도 합니다. 선생에 대한 위협이 없어질 때까지는. 그 위협이 사라질 때까지는 아무도 성급한 행동을 하지 않을 것입니다. 아무도 니믈롯이 성급하게 행동하기를 바라지 않을 것입니다."

매틀록은 담배에 불을 붙이고 조용히 듣고 있었다.

"그렇다면 당신은 니믈롯을 그의 조직으로부터 분리하려는 것입니까?"

뒤누아는 캐스터네츠처럼 손가락으로 딱딱 소리를 냈다. 그는 미소를 지으면서 말했다.

"빨리 배우시는군요. 그게 바로 반란의 제1과입니다. 침투의 최고 목표입니다. 분열!"

문이 열렸다. 한 흑인이 흥분해서 들어왔다. 그는 아무 말 없이 뒤누아에게 쪽지를 전해주었다. 뒤누아는 그 쪽지를 읽더니 얼마

동안 눈을 감고 있었다. 이것은 그가 당혹감을 표시하는 방법이었다. 그는 흑인 심부름꾼에게 고맙다고 하고는 그를 정중하게 내보냈다. 그는 매틀록을 보면서 그 쪽지를 윌리엄즈에게 주었다.

"우리가 세운 전략이 바로 조금 전까지는 훌륭했을지 몰라도, 이제는 소용없게 된 것 같소. 크레셀과 그의 아내가 죽었소. 실폰트는 집에서 강제 연행되어 칼라일 경찰차에 실려 갔소."

"뭐라고? 크레셀이? 믿을 수 없어! 그럴 리가 없소!"

"하지만 사실입니다. 두 사람의 시체가 15분 전에 실려 나갔다는 보고가 들어왔습니다. 살인과 자살이랍니다. 물론 꼭 들어맞는 말이겠지만."

"이럴 수가! 오, 이럴 수가! 내 잘못이야. 내가 그렇게 만들었어. 내가 그렇게 할 수밖에 없도록 한 거야. 어디로 데려갔답니까?"

"모릅니다. 파수를 보던 형제들도 경찰차는 감히 추적하지 못했답니다."

그는 말이 나오지 않았다. 또다시 마비와 두려움이 엄습했다. 그는 정신없이 침대로 들어가 말없이 앉아 멍하니 허공을 바라보았다. 아무 소용없다는 패배감이 엄습했다. 그는 너무 많은 고통과 너무 많은 죽음을 초래했다.

"문제가 좀 복잡해졌습니다. 니믈롯은 선생의 유일한 연락책을 제거했습니다. 그렇게 하면서 그자는 중요한 질문에 대답해준 것이며, 하마터면 우리가 중대한 과실을 저지를 뻔한 사태를 막아주었습니다. 물론 크레셀 말입니다. 하지만 다른 각도에서 보면, 니믈롯은 우리의 선택의 폭을 좁혀주었습니다. 이제 한 가지 방법밖에 없습니다. 그의 개인 군대, 즉 칼라일 경찰을 통해서 협상해야 할 것입니다."

매틀록은 넋이 나간 채로 줄리앙 뒤누아를 쳐다보았다.

"당신이 할 수 있는 것이 그것밖엔 안 되오? 거기 앉아서 다음 행동을 결정하는 것. 크레셀은 죽었소. 그의 아내도 죽었소. 에드리언 실폰트는 아마 지금쯤 살해되었을 것이오. 이 사람들은 내 친구였소!"

"나도 조의를 표합니다. 하지만 솔직히 말합시다. 난 이 세 사람이 죽어서 아쉬울 것은 하나도 없습니다. 사실 불의의 사망을 한 사람은 에드리언 실폰트뿐이오. 그 사람이 살아있다면 우리와 같이 일할 수 있었을 테니 말입니다. 그 사람은 아주 똑똑하니까. 하지만 그 사람이 죽었다고 해서 내 가슴이 찢어지는 것은 아닙니다. 매달 수천 명이 죽습니다. 난 그 사람들을 위해 흘리는 눈물이 더 많습니다. 하지만 우리의 문제로 돌아가서 선생께 다른 길은 없습니다. 경찰을 통해서 연락해야 합니다."

"하지만 그 점에서 당신은 틀린 것이오. 나에게는 다른 길이 있습니다. 오늘 아침 일찍 그린버그는 웨스트버지니아를 떠났습니다. 지금쯤 워싱턴에 도착했을 겁니다. 그 사람과 연락이 닿을 수 있는 뉴욕 전화번호가 있습니다. 난 그린버그를 잡겠습니다."

그는 이미 고통을 충분히 맛보았다. 팻의 목숨을 걸고 위험한 모험을 하고 싶지는 않았다. 더는. 그럴 능력도 없었다.

뒤누아는 의자 등받이에 기대어 앉았다. 그는 매틀록을 똑바로 보았다.

"조금 전에 내가 선생은 잘 배우는 학생이라고 했는데, 그 말은 수정해야겠소. 선생은 빠르기는 하지만 피상적이오. 그린버그에게 연락할 수는 없습니다. 그 사람은 우리 계약에 들어있지 않고, 당신은 그 계약을 위반할 수 없소. 우리가 합의한 약속에 따라서 행동해야 하며, 그러지 않을 땐 앞에서 잠깐 소개한 벌칙을 감수해야 할 것이오."

"빌어먹을, 더 이상 날 협박할 생각은 마시오. 협박은 이제 신물 나니까."

매틀록은 일어섰다. 뒤누아는 재킷 안으로 손을 집어넣어 총을 꺼냈다. 그것은 매틀록이 이스트 고지에서 죽은 남자에게서 빼앗았던 검은 자동소총이다. 뒤누아도 따라 일어섰다.

"새벽이면 선생의 시체 부검 결과가 나올 것이오."

"제발! 여자가 지금 살인자한테 잡혀있단 말이오."

"선생도 마찬가지지요. 아직도 그 사실을 깨닫지 못한단 말입니까? 우리의 동기는 서로 다르지만, 그 사실에 대해서는 착각하지 맙시다. 우린 살인도 합니다, 필요하다면."

"그럴 수는 없을 것이오!"

"그럴 수 있소. 그렇게 한 적도 있소. 그보다 더, 훨씬 더한 것도 할 것이오. 우린 선생의 보잘것없는 시체를 경찰서 앞에 떨어뜨릴 것이오. 그리고 선생의 피 묻은 셔츠에 쪽지를 달아둘 것이오. 협상하기 전에 그 여자를 죽여야 한다고. 그들은 반갑게 동의할 것이오. 왜냐하면 그쪽이나 우리나 그 여자가 살아있는 것을 바라지 않으니까. 그 여자까지 죽으면, 거인들은 자기들끼리 싸우면 될 것이오."

"당신은 악마군."

"되어야 한다면 무엇이든 될 수 있소."

몇 분 동안 아무도 말을 하지 않았다. 매틀록은 눈을 감고 속삭이듯 말했다.

"내가 어떻게 하면 되겠소?"

"이제 말이 통하는군."

뒤누아는 의자에 앉으면서 초조해하는 애덤 윌리엄즈를 쳐다보았다. 매틀록은 잠깐 이 캠퍼스의 과격파 학생과 일체감을 느꼈다. 그 역시 겁을 내고 있었다. 매틀록처럼 그도 니믈룻의 세계와 거래를 하는 데는 미흡했다. 뒤누아도 매틀록의 생각을 읽은 듯했다.

"자신감을 가지셔야 합니다. 선생은 다른 누구보다 더 많은 일을 해내셨다는 사실을 잊지 마십시오. 경험도 없이 말입니다. 그리고 선생은 보통 사람이 가지지 못한 용기가 있습니다."

"기분은 그렇지 않소."

"용감한 사람은 자기가 용감하다고 느끼지 않는 법이죠. 그게 남다른 점 아닙니까? 자, 앉으십시오."

매틀록은 시키는 대로 했다.

"보십시오. 선생이나 나나 별반 다르지 않습니다. 다른 기회가 되면, 우린 같은 편이 될 수도 있을 겁니다. 내 형제들이 알듯이, 난 성인聖人을 찾고 있기는 하지만."

"이 세상에 성인은 없소."

매틀록이 말했다.

"없을지도 모르죠. 하지만 그래도……, 이 문제에 대해서는 다음에 토론합시다. 지금은 계획을 세워야 합니다. 니믈롯은 선생을 기다리고 있을 것입니다. 그를 실망하게 하면 안 되겠죠. 하지만 우린 선생을 철저히 보호해야 합니다."

그는 탁자에 가까이 다가앉았다. 그의 입술에 희미한 미소가 번졌고 눈이 반짝거렸다.

검은 혁명당원의 전략은 다른 것은 몰라도 매틀록과 팻을 보호하기 위해 고안된 복잡한 행동들의 연속인 것은 분명했다. 매틀록은 그 사실을 인정하지 않을 수 없었다.

"그것 말고 다른 동기가 있습니다. 솔직히 말하면, 그 두 번째 동기가 나한테는 더 중요합니다. 니믈롯은 다른 방법이 없어야만, 제 모습을 드러낼 것입니다. 난 니믈롯이 필요합니다. 니믈롯이 아닌 대리인이나 위장 작전은 수용할 수 없습니다."

그 계획의 핵심은 헤론의 노트였다. 그중에서도 마지막 날의 일기. 니믈롯의 정체에 관한 대목이다.

"헤론은 심부름꾼이 대준 이름은 쓰지 않겠다고 분명히 했습니다. 쓸 수 없다고 한 것이 아닙니다. 그것은 만일의 경우, 그 정보가 정확하지 않을 때, 사람을 곤란하게 만들지 않겠다는 의도였을 겁니다. 그는 주관적인 해석으로 죄를 뒤집어쓰게 되는 일을 방지하려고 했습니다. 매틀록 당신처럼 말이오. 선생도 히스테릭한 전화 한 통을 근거로 헤론을 범인으로 단정하지는 않았소. 선생도 알다시피 그 사람은 언제 죽을지 알 수 없는 사람이었습니다. 그의 육체는 더 이상 견딜 수 없을 지경까지 와 있었던 겁니다. 그래서 그는 분명하게 해두어야 했을 것입니다."

뒤누아는 백지에다 의미도 없는 그림을 그리고 있었다.

"그런데 그는 살해당했소. 겉으로는 자살처럼 보이게."

"그렇소. 다른 것이 아니라도 일기가 그 사실을 증명하고 있습니다. 헤론이 니믈롯이 누구인지 분명히 확인할 수 있었다면, 그는 그 노트에 그 사실을 분명히 밝혀두었을 것입니다. 우리의 적은 그가 그렇게 했는지 안 했는지 알 길이 없습니다. 그게 우리의 무기입니다."

매틀록의 일차적인 보호는 칼라일 경찰서장에게 그가 니믈롯의 정체를 알고 있다는 사실을 알려주는 것으로 정했다.

그는 니믈롯하고만 협상하겠다고 하는 내용이다. 이렇게 하는 것이 위험의 소지를 다소라도 줄이는 방법이었다.

그는 쫓기는 자였다. 그에게 체포영장이 발급되어 있다는 사실을 칼라일 경찰도 분명 알고 있을 것이다. 좀 더 가벼운 고소 내용이면 면피가 될지 몰라도 살인 혐의는 피할 수 없을 것이다.

왜냐하면 그는 사람을 죽였고, 그 증거는 분명히 있으나 그의 구체적인 알리바이는 없기 때문이다. 그는 자기가 죽인 사람들이 누구인지 알지 못했다. 자기방어를 증명해줄 목격자도 없었다.

살인 하나하나마다 끔찍한 방법으로 이루어졌기 때문에 살인자를 사회에서 제거하는 데는 이론의 여지가 없을 것이다. 그가 최대한 희망을 품을 수 있는 것은 그저 감옥에서 몇 년 살다 나오는 게 고작이었다.

이런 상황에서 그는 니믈롯과의 협상을 위한 조건을 내걸 필요가 있었다. 루카스 헤론의 일기와 그의, 그리고 팻의 목숨을 바꾸자는 조건이었다. 분명 그 일기는 두 사람이 어딘가에서 새 삶을 시작할 만한 값어치는 있을 것이다.

니믈롯은 그렇게 할 수 있었다. 그렇게 해야 했다.

"여기서 가장 중요한 것은……, 이것을 1단계라고 합시다. 선생이 얼마만큼의 자신감을 보여주느냐 하는 것입니다. 지금 선생은 겁에 질려있습니다. 선생은 사람을 죽인 것입니다. 폭력적인 사람은 아니지만, 불가피하게 꼬임에 빠져 무서운 범죄를 저지르게 된 것입니다."

"그건 사실이오."

"좋습니다. 그런 기분을 그들에게 전달하십시오. 겁에 질린 사람은 그런 상황에서 벗어나고자 하는 마음밖에 없습니다. 니믈룻도 그것만큼은 믿을 것입니다. 그렇게 하면 일단 선생의 안전은 보장될 것입니다."

그다음에 매틀록은 두 번째 전화를 걸 것이다. 니믈룻 그를 만나기로 했다는 사실을 확인하기 위해서. 여기서 매틀록은 니믈룻에게 만날 장소를 고르라고 할 것이다. 그 장소를 알기 위해서 매틀록은 다시 전화를 걸 것이다. 하지만 만나는 시간은 아침 10시 이전이어야 한다.

"그때쯤 되면 선생은 자유가 눈앞에 보이자 갑자기 의심하는 겁니다. 점점 히스테리를 일으키면서 안전에 대한 보장을 요구해야 합니다."

"어떤?"

"제3자, 신화적인 제3자를……."

매틀록은 칼라일 경찰에 자기가 니믈룻 조직에 대한 진술서를 써두었다고 알려야 한다는 것이었다. 헤론의 일기와 정체, 모든 것에 대해서. 이 진술서는 봉투에 넣어 봉인해서 어느 친구에게 주었다고 하고, 매틀록이 다른 지시를 하지 않으면 그 편지는 아침 10시에 사법부로 우송될 것이라고 통고하면 된다.

"이 2단계 역시 자신감에 달려있습니다. 하지만 이건 종류가 다른 자신감입니다. 우리 안에 갇혀있던 동물에게 갑자기 문을 열어주면 어떻게 하는지 아십니까? 그 동물은 아주 경계하면서 조심합니다. 도망칠 문으로 아주 조심스럽게 다가갑니다. 우리의 매틀록 선생도 그렇게 해야 합니다. 그렇게 할 것이라고 다들 예상할 것입니다. 선생은 지난주 내내 가장 중요한 존재였습니다. 논리적으로 따지면 선생은 지금쯤은 죽었어야 합니다. 하지만 지금 살아있습니다. 선생은 그런 기발한 전략을 계속 써야 합니다."

"알아들었소."

마지막 단계는 줄리앙 뒤누아가 매틀록과 팻의 안전을 확실히 보장하기 위해서 고안한 것이다. 그것은 마지막으로 니믈롯의 연락책에게 전화하는 일이다. 이 전화를 거는 목적은 만남의 장소와 정확한 시간을 확인하기 위한 것이다.

그 두 가지를 다 매틀록은 주저 없이 받아들여야 했다.

처음에는 그러다가, 몇 분 후 그는 니믈롯이 정한 사항을 거절해야 한다. 시간은 그대로 두고 장소만.

그는 망설이고 말을 더듬고 가능한 한 정신이 없는 사람처럼 굴어야 한다. 그러다가 갑자기 자기가 정한 다른 장소를 불쑥 말해버리는 것이다. 마치 그전에는 전혀 생각해 본 적도 없고 그 순간에 갑자기 생각난 것처럼. 그리고는 친구가 아침 10시에 워싱턴으로 보내주기로 했다는 가공의 진술서에 대해 다시 한번 언급해야 한다. 그런 다음 아무 말도 듣지 않고 전화를 끊는 것이다.

"3단계에서 가장 중요한 것은 선생이 경황이 없어 하는 면을 분명히 보여주는 것입니다. 선생의 반응이 원초적이라는 것을 니믈롯이 알 수 있도록. 이제 일이 성사되려는 참입니다. 선생은 앞으로 나섰다가는 뒤로 물러서고, 그가 쳐두었을지도 모를 그물을 피하기 위한 장애물을 설치하는 것입니다. 히스테릭해진 사람은 다친 코브라처럼 위험한 존재가 되기도 하는 법입니다. 이제는 이성 같은 것은 없고, 오직 생존만 있기 때문입니다. 그는 이제 선생을 직접 만나야 하고, 여자를 데려와야 합니다. 물론 경호대를 끌고 오기는 하겠지요. 그의 의도는 바뀌지 않을 테니까. 그는 일기를 받아 쥐고, 선생의 협상안에 대해 그럴듯한 계획을 댈 것입니다. 그러다가 선생이 썼다는 진술서도 없고, 그것을 부쳐줄 친구도 없다는 사실을 알고 나면, 그는 선생과 여자를 모두 죽이려고 할 것입니다. 하지만 그의 의도는 실행되지 못할 것입니다. 우리가 그를 기다리고 있을 테니까 말입니다."

"어떻게? 어떻게 그를 기다리고 있을 겁니까?"

"내 경호 대원들과 함께 말이죠. 이제 우리, 선생과 나는 그두 번째로 정할 약속 장소에 대해 생각해 보아야 합니다. 선생이 잘 아는 곳, 자주 가본 곳이라면 더 좋을 것입니다. 너무 멀지 않은 곳이어야 합니다. 선생은 법의 추격을 받는 사람이니까. 하지만 충분히 갈 수 있는 곳이어야 합니다. 어쩌면 뒷길로 해서 빨리 걸어가야 할 테니까 말입니다."

"당신이 말하는 곳은 헤론의 둥지입니다. 헤론의 집 말이오."

"그 집은 안 됩니다. 심리학적으로 볼 때 앞뒤가 맞지 않기 때문입니다. 그건 도망자의 행동양식에도 맞지 않습니다. 헤론의 둥지는 그 도망자가 두려움을 느끼는 곳입니다. 그는 그곳으로 다시 가고 싶지 않을 것입니다. 다른 곳을 생각해야 합니다."

윌리엄즈가 말하려고 했다. 그는 아직 뒤누아의 세계에 들어가는 데에 대해서 경계하고 있었다.

"내 생각엔……."

"뭔가, 윌리엄즈 형제? 어떤 생각이지?"

"매틀록 교수님은 식당 체셔 캣에서 자주 식사하십니다."

매틀록은 고개를 번쩍 쳐들었다.

"자네도? 자네도 나를 미행했단 말인가?"

"네. 그런 곳에 들어가지는 않습니다. 눈에 띄니까요."

"계속하게. 형제."

뒤누아가 끼어들었다.

"체셔 캣은 칼라일에서 4마일 정도 떨어져 있습니다. 고속도로에서 반 마일 정도 안쪽으로 들어가 있죠. 보통은 그렇게 해서 가지만, 뒷길로 해서 갈 수도 있고, 식당 옆에는 밖에서 식사할 수 있도록 만든 정원이 있습니다. 그 옆으로는 숲이 있습니다."

"그 부근에 사람이 있나?"

"야간경비원이 한 사람 있는 것으로 알고 있습니다. 1시에나 열죠. 청소부나 주방일 하는 사람들은 9시 반이나 10시는 되어야 올 겁니다."

"아주 좋군."

뒤누아는 시계를 보았다.

"지금은 5시 10분이오. 1단계, 2단계, 그리고 3단계 사이에 15분씩 간격을 두기로 하고, 다른 전화기까지 가는 데 걸리는 시간 20분을 더 잡으면, 6시 15분 정도가 되겠군. 넉넉히 6시 30분으로 합시다. 만나는 시간은 7시, 장소는 체셔 캣에서. 노트를 가지고 오게, 형제. 난 사람들에게 지시하겠네."

윌리엄즈는 의자에서 일어나 문으로 갔다. 그는 뒤로 돌아서며 뒤누아에게 다짐하듯 말했다.

"마음을 바꾸지 않으시겠습니까? 저를 다른 사람들과 같이 가지 못하게 하실 겁니까?"

뒤누아는 고개도 들지 않은 채 퉁명스럽게 말했다.

"신경질 나게 굴지 말게. 난 생각할 게 많아."

윌리엄즈는 방을 나갔다.

매틀록은 뒤누아를 보았다. 그는 계속 노란 종이에 의미 없는 그림을 그리고 있었다. 다만 이제는 연필에 힘을 더 주어 노란 종이에 깊은 골이 패도록 하고 있다는 점은 달랐지만. 매틀록은 이제 그 그림이 무엇을 그린 것인지 알았다. 그것은 비죽비죽한 선들이 한 가운데로 모여들고 있었다.

번개를 그린 것이다.

"보시오. 아직 늦지 않았소. 당국에 연락하시오, 제발. 이 아이들의 목숨을 위태롭게 만들 수는 없소."

거즈 붕대로 감싸인 뒤누아의 눈이 안경 뒤에서 매틀록을 쳐다보았다. 그는 경멸스럽다는 듯이 말했다.

"내가 들어가지 못하는 물속으로 이 아이들을 들여보낼 사람으로 보입니까? 살아남을지도 알 수 없는 그런 곳에, 내가? 매틀록, 우리는 당신의 참모총장이 아니오. 우리는 당신보다 우리 젊은이들에게 더 존경심을 갖고 있소."

매틀록은 문에서 애덤 윌리엄즈가 항의했던 것을 상기했다.

"그럼 윌리엄즈가 한 말은 뭐였소? 당신하고 같이 간다든가 하는 건?"

"나를 따라오십시오."

뒤누아는 매틀록을 데리고 작은 방을 나와 복도를 지나 계단으로 갔다. 학생들 몇 명이 돌아다니고 있었지만, 그 나머지 루뭄바 홀은 잠들어있었다. 그들은 두 층을 내려가서, 이전에 매틀록이 아프리카 부족 의식 공연을 보았던 회의실로 갔다. 가는 동안 뒤누아는 한마디도 하지 않았다.

회의실 안에는 흑인 8명이 있었다. 모두 키가 8척이 넘었다. 그들은 모두 비슷한 옷을 입고 있었는데, 몸에 꼭 붙는 카키색 셔츠에 발목까지 오는 검정 부츠를 갖춰 신고, 몇 명은 앉아서 카드놀이를 하는가 하면, 또 책을 읽거나 조용조용 이야기하는 사람도 있었다.

그중 몇 명은 소매를 걷어붙이고 있었는데, 그 팔은 탄탄한 근육과 피부에 달라붙은 혈관을 드러내 보여주었다. 그들은 뒤누아와 매틀록에게 고개를 끄덕여 인사했다. 두세 명은 매틀록의 마음을 달래주려는 듯 미소까지 보여주었다.

뒤누아가 조용히 말했다.

"우리 수비대입니다."

"세상에!"

"정예부대죠. 이 사람들은 모두 3년 이상씩 훈련받았습니다. 못 쓰는 무기가 없고, 고치지 못하는 차가 없습니다. 또 철학 토론에 끼지 못할 사람도 없고, 모두 최악의 전투에 익숙한 사람들입니다. 재래식이건, 게릴라전이건 상관없이. 모두 죽을 때까지 싸울 사람들이죠."

"테러 군단 아니오? 흔히 있는?"

"그런 표현으로는 흔히 있는 것이 아니죠. 잊지 마십시오. 난 그런 개자식들과 같이 자랐다는 사실을. 뒤발리에의 통통 마쿠트는 하이에나 떼였습니다. 그들이 하는 짓을 난 내 눈으로 다 보았습니다. 이 사람들은 그런 동물이 아닙니다.”

“뒤발리에를 말한 게 아니었소.”

“또 한편 파파독한테 진 빚이 있다는 사실도 압니다. 통통이 주창한 추상적인 개념이 나한테는 좋게 보였습니다. 다만 재구성해야 했습니다. 그런 부대들은 전국에서 생겨나고 있습니다.”

“과거의 한때 생겨났던 것이오. 그들도 그때는 ‘정예부대’라고 불렸소. 또한 군대라고도 불렸지. — SS부대라고.”

뒤누아는 매틀록을 쳐다보았다. 그의 눈은 괴로워하고 있었다.

“그런 식으로 비유되는 것은 고통스럽습니다. 맞지도 않고, 우린 해야 할 일을 하는 겁니다. 옳다고 생각하는 일을.”

“Ein Volk, Ein Erich, Ein Fuehrer.”

매틀록은 조용히 말했다.

34

모든 일은 신속하게 진행되었다. 뒤누아의 정예군 중 두 명이 그에게 배속되었고, 나머지는 니믈룻과의 랑데부를 위해, 매틀록을 기다리고 있을 니믈룻의 개인 부대 중에서 선발된 소수 정예군을 만날 채비하고 떠났다.

길이 비어있다는 정찰병의 보고를 들은 후, 매틀록은 거구의 두 흑인과 함께 캠퍼스로 나갔다.

그는 1학년 기숙사 1층에 있는 공중전화에서 첫 번째 전화를 걸었다.

그는 뒤누아가 전달하라고 했던 인상에 덧붙여 두려움, 그의 깊은 내면의 두려움도 전했다. 겁에 질려 안전을 희구하는 사람의 감정을 쏟아내는 일은 어렵지 않았다. 실제 기분이 그랬으니까.

전화기에 대고 히스테릭하게 말하면서, 그는 어느 게 현실이고, 어느 게 연극인지 분간할 수 없었다. 그는 자유로워지고 싶었다. 만약 니믈룻이 그 일을 망쳐놓는다면, 니믈룻한테 신망을 얻을 필요도 없지 않은가?

그에게는 이 모든 것이 악몽이었다. 한순간 모든 사실을 내뱉어 버리고 자신을 니믈롯에게 맡기게 될까 봐 겁이 났다.

뒤누아가 만든 통통 마쿠트의 모습이 계속 눈에 어른거렸다. 그는 첫 번째 전화를 무사히 끝냈다. 칼라일 경찰의 '간부'가 매틀록의 전화 내용을 알려주고, 답을 들은 후 매틀록의 다음 전화를 기다리기로 했다.

정찰병이 다음번 공중전화 근처에 사람이 있다고 전해왔다. 전화박스는 길모퉁이에 있었는데, 그 부근에서 순찰차 한 대를 목격했다는 것이다. 뒤누아는 공중전화가 시간이 더 걸리기는 하지만 추적이 가능하다는 사실까지 알기 때문에, 전화를 걸 때마다 다른 장소를 이용하기로 한 것이다.

마지막 전화는 고속도로에 있는 것을 이용하기로 되어있었다. 그들은 두 번째 전화를 걸기로 했던 곳이 막히자, 학생관 건물 뒤편 계단에 있는 공중전화로 매틀록을 데려갔다.

두 번째 전화는 좀 쉬웠다. 그것이 잘된 일인지는 몰라도, 매틀록은 아침 10시에 우체통에 넣기로 되어있다는 가상의 진술서에 대해 분명히 강조했다.

그것은 효과가 있었다. '간부'는 이제 겁을 내고 있었고, 그 사실을 숨기려 하지도 않았다. 니믈롯의 개인 군대가 의심하기 시작한 것일까? 부대는 적이 쏜 총탄에 배가 터져 나오는 광경을 상상하고 있을 것이다. 따라서 장군들은 위험에 대해 좀 더 경각심을 가져야 한다.

그는 그를 기다리고 있는 자동차로 돌아왔다. 그것은 눈에 잘 띄지 않는 낡은 뷰크였다. 하지만 내부는 겉모습과 달랐다. 내부는 적확한 도구를 갖춘 탱크였다.

계기판 아래에는 고성능 무전기가 있고, 창문은 0.5인치는 됨직한 방탄유리였다. 양옆으로 총구가 짧은 고성능 라이플이 장착되어 있고, 차체 주위에는 그 총구를 끼울 수 있도록 고무를 댄 구멍이 나 있었다. 엔진 소리가 어마어마했다. 그것은 매틀록이 들어본 적 없는 강력 모터였다.

그들은 보통 속도로 앞서가는 차를 따라갔다. 뒤에도 다른 차가 있었다. 뒤누아가 모든 면에서 그를 안전하게 호위할 것이라고 한 말은 정말이었다. 뒤누아는 정말 프로였다.

그 프로가 하는 일을 생각하니 매틀록은 마음이 무거웠다.

그 일은 검은색이었다. 그것은 또 'Ein Volk, Ein Reich, Ein Fuehrer'였다.

니믈롯과 그 무리가 내거는 기치도 그것이었다.

그는 다시 듣고 싶은 말들이 생각났다.

"…… 이 빌어먹을 놈의 나라를 떠날 거예요……."

지금, 그 지경까지 왔단 말인가?

또,

"……이게 다른 줄 아세요? 이건 미국의 축소판이라고요! 회사라고요!"

이 나라는 병들어 있다. 그 병을 고쳐줄 약은 어디 있는가?

"자, 다 왔습니다. 3단계입니다."

뒤누아가 안심시키듯 미소 지으면서 그의 팔을 토닥거렸다. 매틀록은 차에서 나왔다. 그들은 칼라일 남쪽에 있는 고속도로에 있었다. 앞서가던 차는 약 100야드 앞에서 헤드라이트를 끈 채 갓길에 서 있었다. 뒤에 오던 차도 똑같이 했다.

그의 앞에 두 개의 공중전화 부스가 있었다. 흑인 한 명이 오른쪽 부스로 가서 문을 열었다. 문이 열리자 위에 달려있던 전등에 불이 들어왔다. 그는 얼른 전구 밑에 있는 유리를 빼냈다. 전구가 드러났다. 그는 전구를 돌려 빼서 부스 안을 컴컴하게 만들었다. 그 흑인이 이런 식으로 불빛을 없애는 것을 보고 매틀록은 놀랐다. ─ 아니, 솔직히 감명받았다. 유리를 깨는 편이 훨씬 더 쉽고 빨랐을 텐데 말이다.

세 번째, 마지막 전화의 목적은 뒤누아가 지시한 대로 니믈롯이 정한 약속 장소를 거부하는 것이다. 니믈롯이 매틀록이 겁에 질려 정해주는 장소 즉, 체셔 캣을 받아들이지 않을 수 없도록.

칼라일 경찰서에서 들려오는 목소리는 명확하고 조심스러웠다.

"우리의 친구는 선생이 걱정하는 마음을 이해합니다, 매틀록. 그분도 선생과 같은 마음입니다. 그는 운동장 남쪽 문에서 여자와 함께 선생을 만나러 갈 것입니다. 체육관과 기숙사에서 그리 멀지 않은 작은 운동장 말입니다. 야간경비가 있으니, 선생한테 무슨 일이 일어나지도 않을 겁니다."

"좋소. 좋아, 알았소."

매틀록은 은근히 미친 사람처럼 들리도록 최후의 거절을 할 수 있도록 초석을 깔면서 말했다.

"거긴 사방에 사람들이 있소. 당신들이 어리석은 짓을 하려고 하면 내가 소릴 지르면 되지. 소리를 지르겠어!"

"물론입니다. 하지만 그러실 필요는 없을 겁니다. 누구도 다치는 것은 원하지 않으니까 말이죠. 그저 교환만 하면 되는 것 아닙니까? 우리 친구도 그렇게 말하라고 했습니다."

"그자가 팻을 데려온다는 것을 내가 어떻게 알지? 난 그걸 확실히 알아야 해!"

"이건 교환입니다, 매틀록."

목소리에 약간 다급한 기색이 보였다. 뒤누아의 '코브라'는 예측을 불허했다.

"그게 전부입니다. 우리의 친구는 선생이 발견하신 것을 가지고 싶어 하신다는 사실 기억하시죠?"

"기억하지……."

매틀록은 열심히 생각했다. 그는 히스테리, 예측불허는 유지하면서, 장소는 바꾸어야 했다. 의심받지 않게 바꾸어야 한다. 만일 니믈롯이 의심하게 된다면, 뒤누아는 팻에게 사형을 언도하는 것이나 마찬가지가 되는 것이다.

"그 친구라는 사람한테 내가 워싱턴 사람들 앞으로 보내는 진술서가 봉투 속에 있다는 사실을 기억하라고 하시오!"

"그건 알고 있습니다. 아니, 걱정하는 겁니다. 무슨 말인지 아시겠소? 자, 그러니 운동장에서 만나는 겁니다. 아셨죠? 한 시간 후에, 아셨죠?"

지금이다. 다시는 기회가 없을 것이다.

"아니! 잠깐……, 난 그 캠퍼스로는 가지 않겠어! 워싱턴 사람들, 그 사람들이 사방에서 감시하고 있을 테니까. 사방에 다 있을 것이오. 나를 잡아갈 거란 말이오."

"아닙니다. 그렇지 않을……."

"당신이 어떻게 안다고 그래?"

"거기엔 아무도 없습니다. 그러니 절 도와주십시오. 괜찮을 겁니다. 진정하십시오."

"당신한텐 그게 쉽겠지만, 난 안 그래! 안 돼. 내가 장소를 정하겠어."

그는 말을 하면서 생각을 하는 것처럼 말을 드문드문 끊어가면서 황급히 말했다. 처음에 그는 헤론의 집을 말했다가, 그 목소리가 찬성이나 반대를 하기 전에 얼른 취소해버렸다. 그런 다음 그는 야적장으로 정했다가, 즉시 자기가 그곳으로 갈 수 없는 억지 이유를 댔다.

"그렇게 흥분하지 마십시오. 이건 그저 교환하는 것뿐입니다."

"그 식당! 그래, 마을 밖에 있는 식당. 체셔 캣! 그 식당 뒤에 정원이 있어……."

전화 저쪽 편의 목소리는 그의 이야기를 따라오느라고 정신이 없었다. 매틀록은 자기의 작전이 잘 되어가고 있음을 알았다. 그는 마지막으로 다시 한번 일기와 가상의 진술서에 대해 언급한 후 수화기를 쾅 내려놓았다.

그는 부스 안에 힘없이 서 있었다. 얼굴에서 땀방울이 흘러내렸다. 하지만 이른 아침 공기는 차가웠다.

"아주 잘하셨습니다. 선생의 적은 학교 안의 장소를 택했군요. 영리한 생각이었소. 아주 잘하셨습니다."

지휘를 맡은 흑인이 말했다.

매틀록은 제복을 입은 흑인의 칭찬에 감사를 표하면서 자기의 능력에 대해 적지 않게 놀라워하면서 그를 쳐다보았다.

"다시 하라면 못할 것 같소."

"하실 수 있습니다. 극도의 긴장은 기억력을 활성화해줍니다. 사람은 컴퓨터와는 다르죠. 사람은 계속 기억을 찾고, 거부하고, 받아들이는 일을 모두 동시에 할 수 있습니다. 물론 극도의 공포에 휩싸이기 전까지 말입니다. 지금 인간의 한계에 관한 재미있는 연구가 이루어지고 있죠."

흑인은 매틀록을 자동차 쪽으로 데리고 가면서 말했다.

"그렇소?"

매틀록은 차까지 다 왔다. 흑인은 그에게 안에 타라고 손짓했다.

차는 앞으로 나아갔고, 그들은 다른 두 대의 호위를 받으면서 고속도로를 달려갔다.

"우린 뒤쪽 농장지대에 난 길을 이용해서 대각선 방향으로 해서 식당으로 갈 겁니다. 식당으로부터 남서쪽으로 가서, 식당 직원들이 쓰는 길에서 100야드 정도 떨어진 곳에서 선생님을 내려드리겠습니다. 가서 가르쳐 드리겠습니다. 그럼 정원에서 커다란 흰색 정자와 연못이 있는 곳으로 곧장 걸어가십시오. 어딘지 아시겠습니까?"

운전석에 앉은 흑인이 말했다.

"압니다. 하지만 당신이 그걸 어떻게 아는지 모르겠소."

운전자는 웃었다.

"전 천리안은 아닙니다. 선생께서 전화 거시는 동안, 무전으로 우리 사람들과 연락했습니다. 지금 준비가 다 완료되었습니다. 우린 준비가 된 것입니다. 잘 기억하십시오. 정자와 연못입니다. 그리고 이것은 노트와 봉투입니다."

운전자는 문에 달린 주머니에서 방수 천에 싸인 노트를 꺼냈다. 봉투는 그 노트에 두꺼운 테이프로 붙여져 있었다.

"10분도 채 안 되어 그곳에 도착할 겁니다."

지휘하는 남자가 말했다. 매틀록은 그를 쳐다보았다. 그의 다리에는 가죽 칼집이 묶여있었다. 전에는 그것을 보지 못했다. 매틀록은 그 이유를 알았다. 그 칼집 안에 든 뿔 손잡이가 달린 칼은 바로 조금 전에 넣은 것이다. 칼날은 길이가 최소 10인치는 되었다.

뒤누아의 정예군은 바야흐로 명실공히 준비가 다 된 것이다.

35

그는 높은 흰색 정자 옆에 서 있었다. 동쪽 능선 위로 해가 떴고, 그의 뒤에 있는 숲은 아직 안개가 자욱하고 이른 아침의 햇빛을 반사하고 있었다. 그의 앞에는 새잎과 우거진 나무들이 이 평화스러운 안식처로 들어오는 샛길 양옆을 메우고 있었다.

여기저기에 대리석 벤치가 몇 개 놓여있고, 모두 다 아침 이슬에 젖어 반짝였다. 테라스 한가운데에 인공으로 만든 연못의 물소리만 끊임없이 이어지고, 새들이 태양과 새날을 반기는 기쁨의 신호를 보내고 있었다.

매틀록은 헤론의 둥지에 갔던 날, 외부 세계로부터 그 노인을 고립시켰던 녹색 벽을 떠올렸다. 그곳과 비슷한 점이 있었다. 이런 일은 그런 곳에서 끝을 내는 것이 딱 어울릴 것 같았다.

뒤누아의 사람들은 어디 있는지 궁금했다. 정예군들은 어디에 숨어있을까? 그들은 지금 그를 보면서 그의 초조한 동작들, 너무나 명백한 두려움을 보고 있을까? 아니면 게릴라처럼 퍼져있을까? 땅에, 아니면 나무 아래에서 금방이라도 살인하기 위해 뛰어오를 자세로 웅크리고 있을까?

그들은 누구를 죽이게 될까? 니믈롯의 병력은 몇이나 되고, 얼마나 무장하고 있을까? 니믈롯은 올까? 과연 니믈롯은 그가 사랑하는 여자를 무사히 그에게로 데리고 올까?

만약 니믈롯이 약속대로 해준다면, 그가 다시 팻을 보게 된다면, 두 사람은 과연 필연코 뒤따르게 될 대학살극에서 살아남을 수 있을까?

'과연 니믈롯은 누구일까?'

그는 숨을 멈추었다. 팔과 다리의 근육이 공포로 무섭게 경련을 일으키면서 뻣뻣해졌다. 그는 눈을 꼭 감았다. ― 소리를 들으려고 그러는 것인지, 아니면 기도를 하는 것인지, 그 자신도 몰랐다. 그렇게 그는 눈을 꼭 감은 채 귀를 기울였다.

처음에는 한 대가, 그다음에는 두 대의 차가 고속도로를 벗어나 체서 캣 입구로 통하는 옆길로 들어섰다. 두 대의 차는 맹렬한 속도로 달려왔고, 식당 주차장 안으로 회전하면서 타이어가 미끄러지는 소리가 요란하게 났다.

그러더니 갑자기 모든 것이 조용해졌다. 새들마저도 소리를 죽였다. 어디서도 아무 소리도 들리지 않았다.

매틀록은 정자 아래로 들어가 몸을 기둥에 붙였다. 그는 무슨 소리든 듣기 위해 귀를 세웠다.

아무 소리도 들리지 않았다. 하지만 완전한 침묵은 아니다. 그 소리는 정적과 한데 녹아 들어가 흡사 나뭇잎이 살랑대는 소리처럼 흔적이 없었다.

그것은 뭔가 끌리는 소리였다. 멈칫거리면서 끊어졌다가 다시 스치는 소리. 그의 앞에 있는 길에서, 나무들 속에 가려진 길들 중 한 곳에서 나는 소리였다.

처음엔 잘 들리지 않았다. 무시할 수도 있는 소리였다. 그러다가 그것은 조금씩 분명해졌다. 역시 멈칫거리면서 선명하지 않게.

그때 그는 조용하고 고통스러운 신음을 들었다. 그 소리는 그의 뇌 속을 뚫고 들어왔다.

"제이미……, 제이미? 제이미……."

애원하면서 부르는 그의 이름은 울먹임으로 바뀌었다. 그는 평생 느껴보지 못했던 분노를 느꼈다. 그는 방수포에 싸인 노트를 내동댕이쳤다. 눈물과 분노가 그의 눈을 가렸다. 그는 정자의 기둥 뒤에서 뛰어나가면서 소리를 질렀다. 새들이 놀라 나무에서 파드득 날아갔다.

"팻! 팻! 어디 있어? 팻, 어디야? 어디?"

울음소리 – 반은 안도감, 반은 고통의 – 가 더 커졌다.

"여기……, 여기, 제이미! 난 눈이 안 보여요."

그는 소리가 나는 쪽으로 달려갔다. 길 중간 정도에 그녀가 나무 기둥 옆 땅바닥에 무릎을 꿇고 붕대를 감은 머리를 땅에 댄 채 엎어져 있었다. 그녀는 넘어진 것이다. 목뒤에 피가 흐르고 있었다. 머리에 난 상처가 터진 것이다.

그는 여자에게 달려가 부드럽게 머리를 들었다.

그녀의 이마에서 눈두덩 위를 걸쳐 관자놀이까지 3인치짜리 반창고가 붙어있고 그 밑에 붕대가 감겨있었다. 떨어지지 않도록 너무 꽉 붙여서, 그것을 뜯는 게 끔찍한 고문이 될 터였다.

그는 여자를 끌어안고 연거푸 이름을 불렀다.

"이제 다 괜찮을 거야……. 다 잘 될 거야."

그는 여자의 얼굴을 자기 얼굴에 붙인 채 천천히 일으켜 세웠다. 그는 분노가 이글거리는 가운데 생각나는 모든 말로 그녀를 안심시켰다.

갑자기 난데없이, 아무런 경고 없이 여자가 비명을 지르면서 멍든 몸과 상처투성이의 머리를 꼿꼿이 세웠다.

"그 사람들한테 줘요, 제발! 그게 뭔지 몰라도 줘버려요!"

그는 비틀거리면서 정자가 있는 곳으로 갔다.

"그래, 줄게. 그래……."

"제발, 제이미. 다시는 그 사람들이 나한테 손을 못 대게 해줘요! 다시는!"

"그래, 그래. 절대……, 절대로……."

그는 여자를 천천히 땅에 앉혔다.

"이 반창고 좀 떼어줘요. 어서 이걸 떼어줘요."

"지금은 안 돼, 너무 아플 거야. 금방 해줄게……."

"괜찮아요. 더 이상 못 참겠어요."

그가 할 수 있는 것이 무엇인가? 그는 어떻게 해야 한단 말인가?

"오, 하느님! 오, 하느님, 이 개새끼 하느님! 말을 해줘요, 말을!"

그는 정자 쪽을 보았다. 방수포에 싸인 노트는 땅바닥에 떨어져 있었다.

이제 그는 다른 방법이 없었다. 이제는 아무것도 상관없다.

"니믈롯! ……, 어서 나와, 니믈롯! 네 놈의 군대를 데리고 와! 어서 와서 가져가, 니믈롯! 여기 있다!"

그의 말이 끝나고 조용한 가운데 발소리가 들렸다.

규칙적이고 자신감에 찬 발소리.

길 중간에 니믈롯의 모습이 보였다.

에드리언 실폰트가 정원 끝에 서 있었다.

"미안하네, 제임스."

매틀록은 여자의 머리를 땅바닥에 내려놓았다. 그의 두뇌는 기능을 조절할 능력을 잃었다. 충격이 너무나 완벽해서 말도 나오지 않았다. 그는 이 끔찍한, 이 믿을 수 없는 현실을 받아들일 수가 없었다. 그는 천천히 일어났다.

"어서 주게, 매틀록. 약속하지 않았나. 우린 자넬 해치지 않을 걸세."

"아니야 ……, 아니야. 믿을 수 없어! 이건 아니야. 이럴 수가 없어……."

"미안하지만, 사실이라네."

실폰트는 오른손 손가락으로 딱 소리를 냈다. 그것은 신호였다.

"아니야 ……, 아니야! 아니야!"

매틀록은 소리를 질렀다. 여자도 덩달아 비명을 질렀다. 그는 실폰트에게 말했다.

"총장님은 잡혀갔다던데! 난 총장님이 죽은 줄만 알았습니다. 나 때문에 그렇게 되었다고 자책까지 했단 말입니다."

"난 잡혀간 것이 아니었네. 호위받으며 간 것이지. 어서 그 일기장을 주게."

실폰트는 짜증을 내면서 다시 손가락으로 딱 소리를 냈다.

"그리고 코르시카어 편지도, 그 두 가지 다 가지고 왔겠지?"

숨죽인 기침 소리, 긁는 소리, 간헐적인 놀람의 소리가 들렸다. 실폰트는 뒤를 돌아보면서 보이지 않는 군대를 향해 날카롭게 말했다.

"어서 나와!"

"왜요?"

"그렇게 해야 했기 때문이지. 다른 길이 없었으니까."

"다른 길이 없었다고요? 뭐가 말입니까?"

"파멸이지! 우린 경제적으로 완전히 고갈되었었단 말일세. 모든 자본이 다 고갈되었고, 어디 호소할 데도 없었네. 도덕적 부패로 갈 데까지 갔지. 고등교육은 이윤도 남지 않는 국가적 낭비가 되었네. 우리 스스로 리더십을 구축하는 것 외에는 도리가 없었네. 그래서 그렇게 한 것이고, 그래서 우린 살아남을 수 있었네."

고통스러운 당혹감 속에서 퍼즐 조각들이 제자리에 들어가 맞춰졌다. 미지의 전동장치에 기어가 들어가면서 묵중한 철제문이 열렸다. …… 칼라일의 막강한 자금력 …… 하지만, 그건 칼라일 이상이다. 실폰트가 방금 말하지 않았던가! 고등교육은 국가적 낭비가 되어버렸다고!

'어디나 다 그럴 것이다!'

캠퍼스에서 기금모금을 계속하기는 했지만, 요즘 들어서는 다급한 외침이 없었다. 수많은 대학에서 수백 가지 캠페인의 주제가 되었던 재정적 위기에 대한 위협도 들리지 않았다.

그러한 모든 정황은 그러한 위기가 사라지고 정상으로 되돌아왔다는 뜻이었다.

하지만 정상적으로 돌아온 것이 아니었다. 그것은 악마로 변신한 것이었다.

"오, 하느님 맙소사!"

매틀록은 완전히 공포에 질려 나직하게 말했다.

"하느님도 도움은 되지 못했다네. 우리가 이룬 일들은 모두 인간의 손으로 한 것이었지. 우릴 보게. 우린 독립했잖은가! 우리의 힘은 조직적으로 커지고 있지. 5년 안에 북동부의 모든 주요 대학들이 자립연방 일부가 될 걸세!"

"당신은 병들었소. ……. 당신은 암이야!"

"우린 살아남을 걸세. 그 선택을 하기는 별로 어렵지 않았지. 아무도 그런 사태를 막으려고 하지 않았네. 우린 그 주역을 바꾸기로 10년 전에 결정했지."

"하지만 하필이면, 왜 당신이……."

"그래, 나를 선택한 건 잘한 일이지 않나?"

실폰트는 다시 식당 쪽을 돌아보았다. 그는 소리를 질렀다.

"나오라고 했잖아! 걱정할 것 없어. 우리 친구는 너희들이 누구든 상관하지 않을 거야. 곧 가실 테니까. 안 그런가, 제임스?"

"당신은 미쳤어. 당신은……."

"조금도! 나보다 더 제정신을 가진 사람은 없다네. 더 현실적인 사람도……. 역사는 되풀이된다는 것, 자네도 알겠지. 깃발은 찢어지고, 사회는 서로 싸우는 당파로 나뉘었지. 착각해서 겉에 생채기만 내도 피가 흐르는 걸세."

"당신이 피를 흘리게 하는 거야!"

매틀록은 소리쳤다. 더 이상 남은 것이 없었다. 스프링은 튀어오를 데까지 다 튕겨 올랐다.

"그와 정반대라네! 이 잘난 척하는 바보 같으니라고! 네놈이 뭔데 그런 소리를 하는 거지? 우리 학교의 문을 닫아야 하는 상황에 있을 때, 나 같은 사람이 그걸 막기 위해 동분서주하는 동안 넌 어디 있었지? 넌 안전했어. 우리가 너를 보호해주었으니까.

그런데 우리의 탄원에 대해 대답도 없었지. 우리가 필요한 것을 해줄 여유도 없었어."

"노력도 하지 않았잖습니까! 열심히……."

"거짓말! 바보!"

실폰트는 이제 고함을 지르고 있었다. 그는 미친 사람이었다. 아니면 고통당하는 사람이거나.

"남아있는 게 뭐가 있지? 기금? 그건 사기였어. 다른 세금이 있었으니까. …… 재단? 속 좁은 폭군들! …… 정부? 눈이 멀었지. 더러운 놈들! 정부 정책도 모두 돈으로 매수한 것이었어. 다 끝난 것이었다고! 그런 사정을 나보다 더 잘 아는 사람은 없었어. 여러 해 동안 …… 빌고, 애원하고 …… 무식쟁이 놈들과 그들의 건방진 위원회에 손바닥을 비벼보았지만, 아무 소용없었어. 우린 서로 죽이고 있었던 거야. 그래도 아무도 귀 기울여주지 않았어. 그리고 언제나 …… 언제나 뒤에서는 변명하고 시간을 늦추고 …… 결국 우린 선생이었지, 시행자가 아니라……."

실폰트의 목소리가 갑자기 낮아졌다. 그리고 힘이 들어갔다. 그의 마지막 말은 아주 확신에 차 있었다.

"하지만, 젊은이. 지금 우린 시행자라네. 조직은 다 글러 먹었어. 지도자들은 배울 줄을 몰라. 아이들을 한 번 봐. 그 아이들은 보았어. 그들은 이해했지. 그래서 우리는 그 아이들을 등록시켜주었어. 우리의 동맹은 우연이 아닌 거야."

매틀록은 더 이상 실폰트를 보고 있을 수가 없었다. 실폰트가 그 말을 한 것이다.

"아이들을 보라……, 보고 또 보라. 보고 경계하라."

지도자들은 배울 줄 모른다고…… 오, 하느님? 그런 것인가? 정말 그랬던 것인가? 니믈롯과 뒤누아. '연맹'과 '정예군' 또다시 시작되는 것인가?

"자, 제임스, 그 편지는 어디 있지? 누가 그걸 가지고 있지?"

"편지? 무슨 편지 말입니까?"

"오늘 아침에 부치기로 되어있다는 편지 말이네. 이제 그 편지는 보내지 않기로 하지 않았나, 안 그런가?"

"무슨 말인지 모르겠군요."

매틀록은 가물가물한 정신을 가다듬으려고 안간힘을 썼다.

"그 편지, 누가 가지고 있지?"

"편지?"

매틀록은 이렇게 말하면서 자기가 말을 잘못하고 있음을 깨달았다. 하지만 어쩔 수가 없었다. 그는 생각할 수가 없었다.

"그 편지! …… 편지는 없어, 그렇지 않은가? …… 오늘 아침 10시에 부치기로 되어있다는 '진술서'는 원래 없었던 거지. 거짓말을 했지."

"거짓말이었습니다. …… 거짓말."

그는 이제 힘을 다 써버렸다. 이제는 아무것도 남아있지 않았다.

실폰트는 조용히 웃었다. 그것은 매틀록이 늘 듣던 그의 웃음소리가 아니었다. 전에는 들어보지 못한 잔인함이 묻어있었다.

"정말 똑똑하군그래. 하지만 말할 수 없이 나약했어. 난 처음부터 알고 있었지. 넌 정부가 고른 인물로 적격이다. 진정으로 강한 책임감이 없으니까. 그들은 그것을 기동성이라고 했지. 난 그것을 무관심한 융통성이라고 하겠어. 넌 말을 잘하지만, 그게 다야. 그건 의미가 없지. 넌 아주 상징적 인물일 뿐이야."

실폰트는 어깨 너머로 길 쪽을 향해 소리쳤다.

"됐다, 모두 나와라! 매틀록 박사님께서 어떤 이름도, 어떤 사람도 폭로할 위치에 있지 않으니까. 어서 나와, 이 토끼들아!"

"으악……."

짧은 비명이 정적을 갈랐다. 실폰트는 몸을 홱 돌렸다.

또다시 숨 가쁜 소리. 이것은 사람의 기도가 마지막 숨을 들이켜는 소리가 분명했다.

또다시 긴 비명.

"누구냐? 거기 누가 있는 거야?"

실폰트는 마지막 비명이 들려온 길 쪽으로 달려갔다.

그는 다른 쪽에서 들려오는 무시무시한 고함에 걸음을 멈추었다. 그는 다시 뛰어서 돌아왔다. 그는 겁에 질려 어쩔 줄을 모르고 있었다.

"거기 누구냐? 너희들 다 어디 있는 거지? 어서 나와!"

침묵이 대답해주었다. 실폰트는 매틀록을 보았다.

"너, 무슨 짓을 한 거지? 도대체 무슨 짓을 한 거야, 이 벌레 같은 놈아? 누굴 데리고 왔지? 저기 누가 있어, 말해봐!"

설사 매틀록이 말할 능력이 있었더라도, 그럴 필요는 없었다. 그때 정원 끝에 있는 길에서 줄리앙 뒤누아가 걸어 나온 것이다.

"안녕하시오, 니믈롯."

실폰트의 눈이 튀어나왔다.

"넌 누구냐? 우리 아이들은 어디 있지?"

"내 이름은 자끄 드베로, 헤이소우 도미에, 줄리앙 뒤누아 — 마음에 드는 것으로 고르십시오. 당신들은 우리의 적수도 되지 않소. 모두 열 명이더군. 우린 여덟이었소. 싸움이 안 되는 거지. 당신 사람들은 죽었소. 그들의 시체를 어떻게 처치하든 내 알 바 아니오."

"당신은 누구요?"

"당신의 적이오."

실폰트는 왼손으로 재킷을 젖히면서 오른손을 안으로 집어넣었다. 뒤누아가 주의시키기 위해 소리를 질렀다. 매틀록은 10년 동안 존경했던 사람에게로 몸을 던졌다. 한 가지 목적, 한 가지 생각밖에 없었다. 설혹 그것으로 인해 그 자신의 인생이 끝난다고 하더라도.

그를 죽이겠다는 게 목적이었다.

실폰트의 얼굴과 그의 얼굴이 나란히 되었다. 링컨을 닮은 얼굴은 이제 공포와 놀라움으로 일그러져 있었다. 그는 겁에 질린 동물처럼 오른팔을 그 얼굴에 내리쳤다. 그의 손은 살 속으로 파고들었고, 일그러진 입에서 튀어나오는 피가 느껴졌다.

순간 대지를 진동시키는 폭발음이 들리면서, 그의 왼쪽 어깨에 날카로운 통증이 왔다. 하지만 그는 멈추지 않았다.

"그만하시오, 매틀록! 제발 그만하시오!"

뒤누아가 그의 몸을 떼어내 땅바닥으로 내동댕이쳤다. 검은 근육질의 팔이 그를 내리누르고 있었다. 그동안 그는 비명, 고통의 외침, 그의 이름이 되풀이되는 소리를 들었다.

"제이미…… 제이미…… 제이미."

그는 남아있는 힘을 다해 몸을 일으키면서 자기를 누르고 있는 흑인의 갈비뼈와 등뼈에 발길질을 해댔다.

몇 초간 그는 자유가 되었다.

그는 앞으로 달려갔다. 팔과 무릎이 돌에 부딪혔다. 그는 어떻게 되더라도, 몸 왼쪽 전체로 번지는 아픔이 아무리 크더라도, 그는 어떻게든 여자에게 가야 했다. 그를 위해 그 무서운 경험을 했던 여자에게로.

"팻"

고통은 더 이상 견딜 수가 없었다. 그는 또 넘어졌다. 하지만 그의 손이 여자의 손에 닿았다. 그들은 손을 잡은 채 서로에게 위로를 전했다. 두 사람 모두 그 순간 죽을지도 모른다는 사실을 알면서.

갑자기 매틀록의 손에서 힘이 빠졌다.

모든 것이 캄캄해졌다.

그는 눈을 떴다. 검은 흑인이 그의 앞에 무릎을 꿇고 앉아 있었다. 그는 대리석 의자에 기대어 앉아 있었다. 그의 셔츠는 벗겨져 있었고, 왼쪽 어깨가 화끈거렸다.

"다치신 것보다 통증이 더 심할 겁니다. 몸의 왼쪽 윗부분은 자동차에서 멍이 들었고, 총알이 왼쪽 어깨 연골 밑을 관통했습니다. 그 두 가지가 복합되어 굉장히 아플 겁니다."

그 흑인이 말했다.

"우리가 국부마취를 했습니다. 좀 나을 겁니다."

이 말을 한 사람은 그의 오른쪽에 서 있던 줄리앙 뒤누아였다.

"발렌타인 양은 의사에게 데려갔습니다. 의사가 반창고를 떼어 줄 겁니다. 그 사람도 흑인이고 마음은 착하지만, 총상을 치료할 만큼은 안 됩니다. 우리가 토링턴에 있는 의사한테 연락했으니, 20분 후면 올 겁니다."

"왜 팻도 기다렸다가 그 의사한테 보이지 그랬소?"

"솔직히 말씀드리자면, 우린 이야기를 해야 하기 때문입니다. 간단히, 단둘이서. 또 여자분을 위해서였습니다. 그 반창고는 가능한 한 빨리 떼어드려야 하니까요."

"실톤트는 어디 있소?"

"사라졌습니다. 우리가 아는 것, 선생이 아는 것은 그게 전부입니다. 그 사실을 이해해주셔야 합니다. 왜냐하면, 우리가 해야 한다면, 선생과 발렌타인 양에게 했던 협박을 해야 할 테니 말입니다. 그러고 싶진 않습니다. 선생과 나는 적이 아니니까."

"틀렸소. 우린 적이요."

"결국에 가서는 그렇게 될 수밖에 없을지 모르지요. 하지만 지금은 피차 서로 어려울 때 도와준 동지입니다. 우린 그렇게 믿고 있습니다. 또 선생도 그러리라고 믿습니다."

"그렇소."

"우린 서로에게서 배운 점이 있을지도 모르겠습니다."

매틀록은 검은 혁명당원의 눈을 들여다보았다.

"당신이 나한테서 뭘 배웠을지 모르겠소."

뒤누아는 부드럽게 웃었다.

"한 인간이 행동으로, 아니 용기로 오명을 넘어설 수 있다는 것을 배웠소."

"무슨 말인지 이해가 안 되는데?"

"생각해 보십시오. 아시게 될 겁니다."

"이제 어떻게 되는 거요? 팻은? 나는? 난 즉시 체포될 텐데."

"그렇게는 되지 않을 겁니다. 한 시간 안에 그린버그가 우리 조직이 보낸, 정확히 말하자면 내가 보낸 서류를 읽게 될 겁니다. 아마 그 내용은 비밀 보관창고에 묻혀 버리겠지만. 한심한 일입니다. 도덕적으로 법적으로, 그리고 정치적으로 너무나 많은 오류가 생겨나고 있습니다. 우리가 오늘 아침 선생의 중개인 노릇을 해드린 겁니다. 유명한 선생의 돈을 좀 빼서 발렌타인 양과 오래 여행이라도 하시면서 쉬시는 게 좋을 것 같아서 말입니다. 선선히 승낙하시겠죠? 그러리라고 믿습니다."

"그럼 실폰트는 어떻게 되는 겁니까? 그 사람을 죽일 겁니까?"

"니믈롯이 죽을 가치나 있습니까? 그에 관한 대답도 하실 필요 없습니다. 그런 이야기는 하지 맙시다. 그저 몇 가지 질문에 답이 나올 때까지 그 사람은 살아있을 것이라고만 알아 두십시오."

"그 사람이 행방불명되면 어떤 일이 생길지 알고 하는 말이오?"

"폭탄이 몇 개 터지고, 소문이 돌겠죠. 여러 가지에 대해서. 믿음이 깨지면 신도들은 수선을 피우게 마련이니까. 그렇게 하라고 하죠. 그러나 칼라일은 끄떡없을 겁니다. 자, 이제 쉬십시오. 의사가 곧 올 겁니다."

뒤누아는 조용히 그에게로 와서 말한 제복 흑인에게로 관심을 돌렸다. 그의 상처에 붕대를 대주느라 무릎을 꿇고 있던 흑인이 일어섰다.

매틀록은 크고 마른 줄리앙 뒤누아가 조용히 자신 있게 지시 내리는 모습을 바라보았다. 그가 고마웠다. 하지만 그것은 고통스러웠다. 그 고통은 뒤누아가 갑자기 어떤 다른 이미지를 보이면서 더 심해졌다.

그것은 죽음의 이미지였다.

"뒤누아?"

"네?"

"조심하시오."

에필로그

카리브해의 푸른 물에 뜨거운 오후의 햇살이 비치고 있다. 모래는 따뜻하고 부드러웠다. 외딴섬은 평화로웠고 다른 세상과는 완전히 동떨어진 별천지였다.

매틀록은 찰랑거리는 물에 발목을 적시며 해변을 걸었다. 모래사장만큼 물도 따뜻했다.

그는 그린버그가 보내준 신문을 들고 있었다. 사실은 신문 한 조각이었지만.

코네티컷 칼라일의 충격 사태

백인과 흑인 합쳐 23명 사망, 칼라일 도시 망연자실

대학 총장 행방불명

5월 10일, 칼라일 — 이 작은 대학도시 외곽의 주택가에서 끔찍한 대규모 살인극이 어제 일어났다. 23명이 사망했다. 연방 당국은 이 살인극이 공격자와 피격자들의 목숨을 앗아간 기습전의 결과라고 보는데…….

그다음에는 사망자들의 신원과 경찰이 밝힌 간단한 신상 소개가 나와 있었다.

줄리앙 뒤누아도 그중의 한 명이었다.

죽음의 유령은 정말 있었다. 뒤누아는 도망치지 않은 것이다. 그가 감행한 폭력은 그 자신의 목숨도 앗아가는 폭력이었다.

그 나머지 기사 내용은 이 대학살극의 주인공들의 기이한 의미와 동기에 대한 추측만 싣고 있었다. 그리고 에드리언 실폰트의 실종과의 연관성에 대한 추측도 있었다.

오직 추측뿐이었다. 니믈롯이나 매틀록에 대한 언급은 없었다. 오랜 시간에 걸친 연방정부의 수사에 관한 언급도 없었다. 그 사실은 한 가지도 없었다.

오두막집의 문이 열리는 소리에 그는 뒤를 돌아보았다. 팻이 50야드 떨어진 베란다에 서 있었다. 그녀는 손짓하면서 매틀록을 향해 내려왔다.

그녀는 짧은 바지에 얇은 실크 블라우스를 입고, 발은 맨발이었고, 웃고 있었다. 다리와 팔의 붕대는 풀었고 카리브해의 태양이 그녀의 피부를 아름다운 갈색으로 만들어 놓았다. 그녀는 이마의 상처를 가리기 위해 넓은 오렌지색 머리띠를 하고 있었다.

그녀는 그와 결혼하지 않을 것이다. 그녀는 동정심 때문에, 빚 때문에 결혼할 수 없다고 했다. 하지만 매틀록은 결혼하리라는 것을 알고 있다. 아니면 둘 다 독신으로 살든가, 줄리앙 뒤누아가 그렇게 만든 것이다.

"담배 가지고 왔어?"

그가 물었다.

"아니요. 담배는 없지만, 라이터는 가지고 왔어요."

"고약한 취미군."

"우리 부두로 가요."

"라이터는 왜 가지고 왔지?"

그는 신문을 겨드랑이에 끼고 여자의 손을 잡았다.

"장례식. 화장하려고. 고고학자들은 화장을 지내는 데 중요한 의미를 부여하거든요."

"뭘 화장해?"

"당신은 온종일 그 신문을 들고 다녔잖아요. 그걸 화장해야겠어요."

그녀는 부드럽게 웃었다.

"이걸 태워버린다고 그 내용이 달라지진 않아."

팻은 그의 생각을 일축했다.

"제이슨이 왜 그걸 보냈다고 생각해요? 우린 몇 주일 동안 아무 것도 생각하지 않기로 했잖아요. 신문도, 라디오도, 사람들을 만나는 것도 하지 말고, 그저 따뜻한 물과 모래와 함께 있는 거예요. 그 사람이 그런 규칙을 만들고는 자기가 그 규칙을 깼잖아요."

"그 사람은 그런 규칙을 권한 것이고, 그걸 지키기가 어려우리라는 것은 알고 있었어."

"다른 사람을 시켜서 규칙을 깰 수는 있었잖아요. 그 사람은 내가 생각했던 것처럼 좋은 사람이 아닌 것 같아요."

"더 나은 사람이었겠지."

"그건 궤변이에요."

그녀는 그의 손을 꼭 잡았다. 파도가 밀려와서 그들의 발을 적셨다. 하늘에서 갈매기 한 마리가 물 위로 내려왔다. 갈매기는 날개를 수면에 펼치고 목을 격렬하게 흔들었다. 그러고는 고기 한 마리도 못 낚은 채 다시 하늘로 올라갔다.

"그린버그는 내가 아주 힘든 결정을 내려야 한다는 사실을 알고 있었던 거야."

"결정은 했잖아요. 그 사람도 그건 알고 있을 텐데요."

매틀록은 그녀를 보았다. 물론 그린버그는 알고 있었다. 그녀도 알고 있었다.

"고통은 아주 더 많을 거야. 정당화할 수 있는 이상으로."

"그건 그 사람들이 할 말이에요. 그 사람들은 당신한테 자기들 식으로 하게 해달라고 할 거예요. 조용히, 효율적으로, 가능한 한 잡음이 없도록. 모든 사람을 위해서."

"아마 그게 최상의 방법일 테지. 그 사람들이 옳을 거야."

"당신은 그렇게 믿지 않으면서."

"맞아, 안 믿지."

그들은 잠시 아무 말 없이 걸었다. 그들 앞에 부두가 펼쳐져 있었다. 수십 년, 아니 수백 년간 그곳에서 말없이 파도를 견뎌온 바위들 틈에. 이제 그것은 자연적인 조형물이 되어있었다.

니믈롯도 그랬다. 예상의 논리적인 확장. 바람직하지는 않지만 예상된 존재로, 미국의 축소판……, 표면 바로 아래에 숨긴 사냥꾼들, 건설자들, 살인자들과 그들에게 쫓기는 자들이 동맹을 맺고 있었다.

'아이들을 보게. 그들은 이해한다네. ……. 우린 그들을 등록해 주었지.'

'지도자들은 배울 줄을 몰라.'

필요가 실제였기 때문에 불가피해진 것인가?

그런데도 지도자들은 배울 생각을 하지 않는다.

"제이슨이 진실이란 좋은 것도 나쁜 것도 아니라고 했어. 그저 진실이라는 거지. 그래서 그가 이 신문을 나에게 보내준 거야."

매틀록은 커다란 바위에 앉았다. 팻은 그의 옆에 섰다. 파도가 들어오면서 물보라가 위로 날렸다. 팻은 신문 두 장을 집었다.

"그렇다면, 이것도 진실이에요."

이것은 선언이었다.

"그들의 진실이지. 그들의 판단이고, 뻔한 상표를 붙여서는 게임을 계속하는 거야. 좋은 놈들과 나쁜 놈들과 그 중간 놈들은 제시간에 목표지점에 도달하겠지."

"당신의 진실은 뭐죠?"

"가서 모두 다 이야기하는 것이지."

"그 사람들은 반대할 거예요. 그들은 왜 그렇게 하면 안 되는지 이유를 댈걸요. 수백 가지 이유를."

"나는 넘어가지 않아."

"그럼 그들은 당신을 위협하고 개입을 막을 거예요. 제이슨은 그걸 알고 싶은 거죠."

"내가 생각해 보기를 바라는 거야."

팻은 신문을 들고 라이터 불을 댕겼다.

신문은 카리브해의 물보라 때문에 실실 타들어 갔지만 타기는 했다.

"이건 뭐 대단한 화장도 아닌걸."

매틀록이 나직이 말했다.

"돌아갈 때까지는 이 정도면 돼요."

한 줄기 바닷바람이 불어와 다 타고 남은 신문지의 잿빛 흔적을 날려버렸다.

<끝>